d

Dror Mishani

Vertrauen

Ein Fall für Avi Avraham

ROMAN

Aus dem Hebräischen
von Markus Lemke

Diogenes

Titel der 2021 bei Ahuzat Bayit, Tel Aviv, erschienenen
Originalausgabe: ›Emuna‹
Translated from the Hebrew language: EMUNA
First published by: Ahuzat Bayit 2021

Das Zitat aus *Don Quijote* in Kapitel 15:
Übersetzung von Ludwig Braunfels
Der Krimi, den Avi Avraham im Roman liest, ist eine Reverenz an
Der Zusammenhang von Leonardo Sciascia.
Covermotiv: Foto von Delfina Carmona

Der Diogenes Verlag wird vom Bundesamt für Kultur
für die Jahre 2021–2024 unterstützt

www.diogenes.ch
300/22/852/1
ISBN 978 3 257 07177 1

»Geh aus deinem Vaterland und von deiner
Verwandtschaft und aus deines Vaters Haus.«

1. Buch Mose 12:1

ERSTER TEIL

Verschwinden

I

Kommandant Benny Saban, Chef des Ayalon-Polizeidistrikts, versuchte erst gar nicht, seine Fassungslosigkeit zu verbergen. Verärgert zog er die Schublade seines Schreibtischs auf und holte ein blaues Samtetui heraus und daraus wiederum ein Gerät aus dunkelblauem Glas, das an einen altmodischen Füllfederhalter erinnerte. »Das glaub ich dir nicht, Avi«, sagte er. »Das kannst du nicht ernst meinen.«

Doch Oberinspektor Avraham Avraham meinte es sehr ernst. Er hatte zwar erst am Morgen um dieses Treffen gebeten, aber er hatte es seit dem Frühsommer geplant und wartete darauf, seit er aus dem Urlaub zurück war. Saban fragte: »Das stört dich nicht, oder? Der Dampfer?« Und Avraham schüttelte den Kopf.

Ilana Liss, die vor Saban Distriktkommandantin gewesen war, hatte aus ebendieser Schublade gerne einen der durchsichtigen Plastikbecher geholt, ein bisschen Wasser hineingefüllt, ihn auf den Schreibtisch gestellt und Avraham gebeten: »Mach uns mal eine Zigarette an«, obwohl das Rauchen auf dem Revier untersagt war. Er hatte immer erst eine Zigarette angesteckt und sie ihr gereicht und sich dann selbst eine angezündet. Nur ganz am Anfang ihrer Zusammenarbeit, als sie noch jung gewesen waren, hatte er sich einfach zwei Zigaretten auf einmal in den Mund gesteckt und beide mit einer einzigen, langen Flamme entzündet.

Sabans Vaporizer stieß eine rosa Wolke aus, und sein Vorgesetzter redete aus dieser Wolke heraus weiter auf Avraham ein. »Aber du bist doch erst höchstens zwei Jahre, Avi … Ich verstehe dich nicht. Wie alt bist du jetzt? Sechsundvierzig? Siebenundvierzig?«

»Dreiundvierzig.«

»Im Ernst? Trotzdem. Wohin, denkst du, kannst du in dem Alter noch wechseln?«

Er wusste nicht genau, wohin. Wollte versuchen, zu einer der landesweit operierenden Abteilungen der Polizei versetzt zu werden. Zur Einheit für internationale Ermittlungen oder zum Dezernat für Betrugsfälle. Ja, vielleicht sogar zu einem der anderen Sicherheitsorgane. Und genau genommen war er auch schon fast vierundvierzig.

»Was denn für andere Sicherheitsorgane, Avi? Wovon redest du? Willst du etwa zum Inlandsgeheimdienst, willst du mir auf einmal zum Shabak-Agenten werden?«

Wie immer, wenn er sich aufregte, zwinkerte Saban stark. Und Avraham dachte, dass er ihn mehr mochte, als er bei ihrer ersten Begegnung in diesem Büro für möglich gehalten hätte. An dem Tag war Saban vor allem der Mann gewesen, der im Sessel von Ilana Liss Platz nahm, nachdem sie sich wegen ihrer Erkrankung hatte beurlauben lassen müssen. Wie Avraham es geahnt hatte, war er ein weit weniger inspirierender Vorgesetzter – Saban versuchte vor allem, den Etatrahmen nicht zu überziehen und »unsere Zahlen zu verbessern« –, aber er hatte Avraham in der ganzen Zeit nicht ein einziges Mal belogen und mühte sich vergebens, seinen Hang zu Überaufgeregtheit und Stress zu kaschieren, was bei Avraham Vertrauen weckte, ja vielleicht sogar Sympathie. Aber mit Saban über die Gründe für sein Versetzungsgesuch reden wollte er nicht. Was hätte er ihm sagen können? Ihm den Moment im Wald schildern, als aus dem glasklaren Wasser des Sees die Erkenntnis aufgestiegen war, dass er andere Fälle wollte?

»Ich verstehe wirklich nicht, was das Problem ist«, beharrte Saban. »Du bist jetzt gerade mal zwei Jahre Leiter des Ermittlungsdezernats und machst einen ziemlich guten Job, einen ziemlich sehr guten sogar. Gib dir noch ein Jahr, anderthalb, vielleicht ziehe ich ja weiter, wer weiß, und dann kannst du befördert werden, wirst Vizekommandant, kannst versuchen, einen Distrikt zu bekommen. Warum das jetzt alles über Bord werfen? Du hast doch gerade erst geheiratet. Was brauchst du noch mehr Veränderungen?«

Säße Ilana noch in diesem Sessel, hätten sie jetzt ausführlich miteinander über das gesprochen, was Avraham während des Sommers erlebt hatte. Aber Ilana war nicht im Zimmer – zumindest nicht wie einst, denn für einen flüchtigen Moment sah Avraham sie dennoch, wie sie aufstand, um das Fenster zu öffnen, ihre Gegenwart luzide und schwebend, und er schloss die Augen, als wollte er das Bild unter seinen Lidern festhalten, ehe es sich auflöste.

*

Ilana war zu Beginn des Sommers gestorben, und in die tiefe Trauer über ihren Tod hatte sich Wut gemischt, Wut darüber, dass sie sich geweigert hatte, ihn zu sehen, und ein

Schuldgefühl, weil er nicht bei ihrer Beerdigung gewesen war.

Seit dem Pessachfest hatte sie sich in ihrem Haus verschanzt und niemanden mehr empfangen bis auf ihre Familie und einige wenige Freunde, zu denen er nicht zählte. Avraham war, so hatte sie es offenbar beschlossen, nicht einer der nahen Menschen, die sie bei ihrer Krankheit und ihrem Sterben begleiten sollten, und er hatte resigniert, hatte aufgehört, sie anzurufen und ihr Nachrichten zu schicken, hatte nur noch ab und an mit Gerry telefoniert, um zu erfahren, wie es ihr ging.

Zu Marianka hatte er gesagt, er verstehe Ilana, aber die Wahrheit war, dass er nicht verstand. Wofür bestrafte sie ihn? Warum durften Kollegen, die sie weit weniger gut kannten als er, sie treffen, während Avraham selbst auch nur ein einziger Besuch versagt blieb? Er wusste natürlich, dass sie den Moment, in dem ihr Herz zu schlagen aufhörte, nicht extra so gelegt hatte, dass er bei der Beerdigung nicht dabei sein konnte, und dennoch fühlte sich der Zeitpunkt ihres Todes in ihrem Haus in Ramat Hasharon mitten während seiner Hochzeitsreise mit Marianka in Slowenien wie ein weiterer Beleg für ihre Absicht, ihm wehzutun, an.

Genau wie der Abschiedsbrief.

Als Avrahams Mitarbeiter Eliyahu Maalul ihn von ihrem Tod in Kenntnis setzte, rief er sofort Gerry an, um ihm sein Beileid auszudrücken und sich dafür zu entschuldigen, dass er nicht zur Beisetzung kommen würde, und Gerry sagte, Ilana habe einen Abschiedsbrief für ihn geschrieben, den er gerne abholen könne, wenn er zurück in Israel wäre.

Seine gesamten Flitterwochen mit Marianka hatte Avraham überlegt, was Ilana ihm wohl geschrieben haben könnte. Sie hatten zweimal geheiratet, einmal im Rathaus von Koper, der Stadt, in der Marianka geboren und aufgewachsen war, und einmal in einer kleinen, direkt an der Adriaküste gelegenen Kirche. Dabei gewesen waren außer ihnen nur Bojan und Annika Milaniç, Mariankas Eltern, die aus ihrem Bedauern keinen Hehl machten, wenn sie den Mann, der ihnen ihre Tochter wegnahm, pflichtschuldig umarmten. Außerdem noch einige Verwandte, deren Namen sich Avraham partout nicht merken konnte, und zwei Jugendfreundinnen von Marianka, Eva und Monica, die ihr aufgeregt gestanden, er erinnere sie an den Hauptdarsteller aus der Serie *Fauda*, und beim Mittagessen im Anschluss an die Trauung Avraham fragten, ob er sich bei seiner Arbeit denn auch als Araber verkleide und gegen Terrororganisationen kämpfe. In jener Nacht hatten ihn Eva und Monica im Traum heimgesucht, und da alle seine Versuche, sie daraus zu vertreiben, scheiterten, fügte sich Avraham wohl oder übel in ihre erregende Anwesenheit in dem kurzen Traum, der zum Glück schon bald von einem anderen abgelöst wurde, in dem er als Halbwüchsiger mit seinem Vater in ihrem weißen Subaru die Schnellstraße hinauf nach Jerusalem fuhr. Im Traum war sein Vater ungefähr so alt wie er jetzt, rauchte die ganze Fahrt über und erzählte dem jungen Avraham eine lange Geschichte, an die er sich am Morgen nicht mehr erinnern konnte. Offenbar Avrahams Art, seinen Vater, der wegen seines Gesundheitszustands nicht mehr fliegen konnte, an seiner Hochzeit teilhaben zu lassen.

Sie waren fünf Nächte in Koper geblieben und dann in

die Wälder gefahren, in einem alten Fiat ohne Klimaanlage, den ein Onkel von Marianka meinte ihnen leihen zu müssen. Sie hatten viel gelesen und Wanderungen unternommen, von denen Marianka mit Körben voller Preiselbeeren und frischen Pilzen zurückgekehrt war. Immer wieder gab es Momente, da konnte er es nach wie vor nicht glauben, dass diese Frau mit ihm zusammen in Cholon leben würde. Sie hatte begonnen, in Israel für eine Detektei zu arbeiten, die sich auf Nachforschungen und Observationen spezialisiert hatte, insbesondere im Auftrag von Frauen, die in Scheidungsverfahren steckten. Und gelegentlich wurde sie von der Polizei angeheuert, um bei Vernehmungen von Touristen zu übersetzen oder bei Online-Befragungen von Zeugen im Ausland. Er selbst fand nichts Trauriges daran, Tausende Kilometer weg von zuhause, von seinen Eltern und seinen Freunden zu heiraten, denn diese Hochzeit gehörte nur ihnen beiden und niemandem sonst. Der Priester hatte Englisch gesprochen, und als Avraham nicht verstand, was er tun sollte, flüsterte Marianka es ihm ins Ohr.

Es war gegen Abend gewesen, sie saßen an einem See, dessen Wasser in dunklen Farben die Kronen der Bäume ringsherum nachzeichnete. Marianka saß mit angezogenen Knien auf einer Holzbank vor der Hütte, die sie gemietet hatten, und schrieb mit Bleistift in ein rotes Heft, Worte in einer Sprache, die er nicht verstand, und Avraham las den letzten Fall von Kurt Wallander, bei dem sein Lieblingsermittler in die Keller des schwedischen Geheimdienstes und zu Atom-U-Booten geführt wurde, finsteren Geheimnissen aus den Tagen des Kalten Krieges auf der Spur. Als Marianka ihn fragte: »Worüber denkst du nach?«, sagte er, über gar nichts, weil er meistens so antwortete, besann sich dann aber und erzählte es ihr. »Ich weiß nicht, ob ich noch zurückkann«, sagte er, und als sie fragte, ob er zurück nach Cholon meine, erwiderte er: »In den Job. Zu all den kleinen, gewöhnlichen Fällen.« Und natürlich hing es, wie Marianka gleich vermutete, mit Ilana zusammen, aber das war nicht der einzige Grund.

Die meisten Fälle, in denen er in den letzten Jahren ermittelt hatte, waren tragische Gewalttaten gewesen, deren Aufklärung niemandem mehr geholfen hatte. Wem hat es genützt, dass er herausgefunden hat, dass Raphael Sharabi seinen Sohn Ofer getötet hat? Oder dass Chaim Sara seine Frau Jennifer erwürgt und sie vor dem Haus seiner Mutter verscharrt hat? Es ist, als würde er nur in bedeutungslosen Kriegen kämpfen, die nicht zu gewinnen sind. Bei denen es nur Verlierer gibt.

»Wie kannst du sagen, dass das keine wichtigen Fälle waren?«, fragte Marianka, und er antwortete: »Klar waren sie wichtig für diejenigen, die daran beteiligt waren, aber sie zu lösen hat nichts am größeren Bild verändert. Und selbst den Opfern und Angehörigen ist nicht geholfen.« Ofer Sharabi und Jennifer Salazar hatte es naturgemäß nichts mehr genützt, dass er denjenigen überführte, der sie ermordet hatte – aber ihren Familien auch nicht. Hannah Sharabi hatte nicht nur ihren Sohn, sondern auch ihren Ehemann verloren. Und die Kinder von Jennifer Salazar mussten jetzt nicht nur ohne Mutter, sondern auch ohne ihren Vater auskommen. »Ich glaube, meine größte Leistung in den letzten Jahren war, den Schimpansen einzufangen, meinst du nicht?«

Marianka erinnerte ihn daran, dass es ein Orang-Utan gewesen war.

In Wahrheit hatte Avraham den Affen noch nicht einmal selbst eingefangen, sondern ihn nur entdeckt, wie er da auf einer Steinmauer in einem Villenviertel am Strand von Rishon Lezion kauerte, und über Funk mitgeteilt, wo sich der Primat befand. Er war gerade auf dem Rückweg zum Revier gewesen, nach einem Termin im Hafen von Ashdod im Zusammenhang mit dem Schmuggel von gefälschten Viagra-Tabletten, als er über Funk von der Flucht eines gefährlichen Menschenaffen aus dem Tierpark hörte und von der Schnellstraße abbog, um bei der Suche zu helfen. Am nächsten Tag erschien sein Foto auf der letzten Seite der *Israel Hayom*, und die Pressesprecherin der Polizei hatte ihn genötigt, sich in einer der Morgenshows im Fernsehen interviewen zu lassen, gemeinsam mit einer Tierpflegerin des Zoos, aus dem der Affe ausgerissen war. Der Moderator hatte ihn gefragt: »Und hatten Sie denn keine Angst? Der Affe hätte Sie doch angreifen können.« Avraham verneinte.

Der Affe hatte sich ja nicht bewegt. Als hätte er längst begriffen, dass sein Fluchtversuch gescheitert war, und resigniert.

Das Tier hatte sich auch nicht gewehrt, als die Tierpflegerin sich näherte, es war von der Mauer herunter in ihre Arme geklettert, und zusammen waren sie in einen Pick-up des Zoos gestiegen und verschwunden. Dennoch hatte der Moderator, als er Avraham verabschiedete, ihm für seinen Mut gedankt.

*

Saban versuchte, seine E-Zigarette auszumachen, ohne Erfolg, am Ende legte er das Gerät einfach in das aufgeklappte Etui, wo es weitersummte und parfümierte Schwaden ausstieß. »Hör zu, Avi.« Er seufzte. »Ich werd dein Gesuch weiterleiten, was bleibt mir anderes übrig, aber du weißt, das kann Wochen, sogar Monate dauern, ja? Und hast du eine Idee, wer dich ersetzen könnte? Meinst du, man muss jemanden von außen holen, oder ist Wahabe schon reif für den Job?« Avraham erwiderte, seiner Meinung nach leiste Esthi Wahabe hervorragende Arbeit. Als Saban fragte, ob er eine Inspektorin namens Orna Ben-Chamo kenne, die vor Kurzem einen Rechtsanwalt aus Givatayim überführt hatte, der zwei Frauen umgebracht und ihren Tod als Selbstmord inszeniert hatte, sagte Avraham, er habe sie noch nie getroffen, von Ilana Liss aber viel Gutes über sie gehört.

An der Tür seines Büros verharrte Saban und legte eine Hand mit akkurat geschnittenen und polierten Nägeln auf Avrahams Schulter. »Ich glaub, ich kapiere, was mit dir los ist«, sagte er. »Auch wenn du meinst, ich sehe es nicht. Du denkst, der Distrikt und die Ermittlungen hier sind eine Nummer zu klein für dich, ist es nicht so, Avi? Du bist so ein Stiller und tust so bescheiden, aber im Grunde genommen bist du überzeugt, du gehörst in die oberste Liga. Ich hab auch die Geschichten darüber gehört, dass du meinst, alle Ermittler und Detektive im Fernsehen und in Büchern lägen irgendwo immer falsch, und nur du weißt, was die tatsächliche Lösung ist. Geht es nicht darum?«

Avraham lächelte und sagte, das sei es nicht, und Saban schloss plötzlich die schon geöffnete Tür wieder, als sei das, was er ihm nun sagen wollte, streng vertraulich. »Aber damit du Bescheid weißt, du irrst dich gewaltig, wenn du so über unsere Arbeit hier denkst. Nicht von ungefähr heißt das Ministerium jetzt ›Ministerium für innere Sicherheit‹ und nicht mehr ›Polizeiministerium‹. Wir sind Teil des Sicherheitsapparats von Israel, und was wir hier machen, ist nicht weniger wichtig als das, was andere Organisationen leisten. Außerdem, vergiss nicht, das ist dein Zuhause hier. Wie viele Jahre bist du jetzt schon hier? Mindestens fünfzehn, oder?«

Auf dem Weg zu seinem Büro sah Avraham, wie Eliyahu Maalul sich in der Teeküche am Ende des Ganges den vierten oder fünften schwarzen Kaffee an diesem Tag einschenkte, und dachte, dass er Saban vielleicht hätte bitten sollen, sein Versetzungsgesuch vertraulich zu behandeln. Ilanit war nicht an ihrem Platz, und obwohl er annahm, sie sei in der Mittagspause, rief er sie an, um zu fragen, ob es etwas Neues gebe. »Nur was heute Morgen schon da war«, sagte Ilanit. »Sonst nichts.«

»Was-heute-Morgen-schon-da-war« waren Fälle, wie er sie seit bald zehn Jahren bearbeitete, seit er zum Distrikt gestoßen war. *9:07: Avi, von der Intensivstation des Wolfson ist eine Meldung gekommen über einen wenige Tage alten Säugling, der vor dem Krankenhauseingang gefunden wurde, ohne Identifikationsmerkmale. Wahabe hinschicken? 9:53: Ein geistig verwirrter 36-Jähriger hat versucht, seine Mutter in ihrer Wohnung in der Aharonowitsch-Straße anzuzünden, und einen Sozialarbeiter mit einem Küchenmesser angegriffen. 10:37: Die Rechtsanwältin des Verdächtigen in der Viagra-Schmuggelsache will dich unbedingt sprechen. Wann rufst du sie zurück? 11:19: Der Direk-*

tor eines Hotels in Bat Yam meldet einen Touristen, der verschwunden ist, ohne seine Zimmerrechnung zu bezahlen. 11:22: Ein dreijähriger Junge, der in einem Auto auf dem Parkplatz der Sahav-Shopping-Mall vergessen wurde, ist im Zustand extremer Dehydrierung in die Notaufnahme gekommen und nach einer Stunde gestorben. Möchtest du, dass wir die Eltern noch heute zur Vernehmung herbringen, oder sollen wir bis nach der Beisetzung warten?

Jenseits dessen, was Saban als »dein Zuhause« bezeichnet hatte, gab es hochkomplexe Geheimoperationen, um den Wettlauf der Iraner zur Atombombe zu stoppen, gab es heroische Vereitelungen von Terrorakten und Ermittlungen gegen Staatspräsidenten, Regierungschefs und Minister und hinter all dem Menschen, deren Arbeit tatsächlich etwas bewirkte. Die in wirklich wichtigen Kriegen kämpften, bei denen es die Möglichkeit gab zu siegen; Kriege, bei denen es nicht nur Verlierer gab, sondern auch Sieger und Helden. Und er sollte unterdessen verzweifelte Eltern zur Vernehmung einbestellen, die ihren Sohn im Auto gelassen hatten und losgegangen waren, um nur rasch eine Spülmaschine zu kaufen. Oder einen geistig Verwirrten zum Sprechen bringen, der versucht hatte, in einem Wutanfall seine eigene Mutter umzubringen, um seine Motive zu ergründen. Doch Saban irrte. Er dachte nicht, dass diese Fälle eine Nummer zu klein für ihn waren. Aber er wollte endlich das tun, wovon er geträumt hatte, als er zur Polizei gegangen war, und was er nur Ilana verraten hatte, bei seinem Einstellungsgespräch für den Posten im Distrikt, das auch ihre erste Begegnung gewesen war: Leben retten und Grausamkeit, Gewalt und das Böse bekämpfen.

Ilana hatte ihn damals gefragt, mit einem Lächeln, das er mit den Jahren erst zu deuten lernte: »Denkst du, die Polizei ist der richtige Ort, um das zu tun?« Und als Avraham bejahte, sagte sie: »Ich wünschte, ich könnte dir sagen, du hast recht.«

Er rief Ilanit an und bat sie, ihm aus der Cafeteria Reis mit Bohnen mitzubringen. Schrieb Marianka, er habe vor, heute früh Schluss zu machen, und ob sie mit ihm am Strand laufen gehen wolle, und sie antwortete ihm vierzig Minuten später, sie habe Karatetraining und würde nicht vor neun zu Hause sein. Ilanit brachte ihm grünen Salat mit Avocado und Ei mit, weil die Bohnen schon aus waren. Und sagte, die Rechtsanwältin des Verdächtigen bei der Geschichte mit dem gefälschten Viagra wolle die Vernehmung ihres Mandanten verschieben, weil dieser gerade erst eine Blinddarmoperation hinter sich habe.

Er hätte eigentlich nach Hause fahren können.

Esthi Wahabe war im Wolfson-Krankenhaus, sammelte Informationen über das wenige Tage alte Mädchen, das jemand vor dem Portal ausgesetzt hatte, und nahm die Zeugenaussagen der Ärzte auf, die den Jungen behandelt hatten, der im Wagen zurückgelassen worden und dann gestorben war. Und Eliyahu Maalul wartete noch auf den Sozialarbeiter, der von dem Mann, der versucht hatte, seine Mutter umzubringen, angegriffen worden war, und befragte in der Zwischenzeit dessen Psychiater am Telefon.

Er rief Gerry an, um zu fragen, ob er vorbeikommen und Ilanas Abschiedsbrief abholen könne, und wie bei allen vorherigen Versuchen ging niemand ran. Als er in seinen weißen Hyundai stieg, war ihm noch nicht klar, wohin er wollte, aber am Ende fuhr er zu dem Hotel in Bat Yam, weil sonst keiner mehr da war, den er hätte hinschicken können. Im Radio ging es um die nächste mysteriöse Vergiftung eines russischen Oppositionellen, mutmaßlich durch Vladimir Putins Geheimdienst, und Avraham malte sich unwillkürlich aus, wie der CIA und der MI6 ihn anheuerten, um das Rätsel zu lösen.

»Inspector Avraham? This is Langley calling. We know you expected our call.«

Der Anblick des *Palace Hotel* rief ihm in Erinnerung, dass er sich auf dem Ben-Gurion-Weg in Bat Yam befand.

Obgleich Avraham laut dem Schild in einem der Fenster ein »Exklusives Suite-Hotel« vor sich hatte, sah das *Palace* aus wie ein heruntergekommenes Mietshaus, dem das Meer den Putz von den Wänden geschält hatte. Die meisten der Plastikblenden vor den Fenstern waren jahrelanger Vernachlässigung zum Opfer gefallen und die verbliebenen in unterschiedlichen Schattierungen von Dreck eingefärbt. Der einzige Vorzug war die Lage. Die Balkone überblickten die Strandpromenade und das Meer, das überall dasselbe war und Avraham jedes Mal erfreute, wenn er es sah. Auf einem der Balkone des *Palace* standen drei junge Männer mit nacktem Oberkörper und rauchten, doch als sie Avraham auf den Hoteleingang zugehen sahen, hatten sie es eilig, in ihr Zimmer zu verschwinden.

Avraham kannte wenige Orte, wo die Diskrepanz zwischen den Dingen und den Namen, die sie für sich beanspruchten, so groß war wie hier. Aber nicht nur beim *Palace*. Nebenan befand sich ein Restaurant namens *Élégance*, dessen mit fleckigem Wachstuch bedeckte Tische den Weg auf der Strandpromenade versperrten. Daran reihte sich das *Venezia*, ein geschlossenes Fischrestaurant, und ein *De-Luxe-Feinkostladen*, der in einen Kiosk umgewandelt worden war und vor allem Zigaretten und billigen Alkohol im Angebot hatte. Das Hotel unmittelbar neben dem *Palace* war sogar noch heruntergekommener, machte ihm aber mit klingendem Namen Konkurrenz – *Monaco Hotel: Sea Shore Luxury and More*.

Aber ist das nicht auch genau deine Geschichte? An der Tür deines Büros hängt ein Schild mit der Aufschrift »Leiter der Ermittlungs- und Aufklärungsabteilung«. Und auf dem Schreibtisch mitten im Raum thront die braune Mahagonipfeife, die Marianka dir auf dem armenischen Markt in der Jerusalemer Altstadt gekauft hat.

Du bist ein »Detektiv«.

Wie Kurt Wallander, nur mit blätterndem Putz an den Wänden, mit fleckiger Wachstuchdecke und schadhaften Fensterläden.

Ein Detektiv, der es mit trauergebeugten Eltern, versehrten Kindern und kleinen, traurigen Fällen zu tun hat, deren Aufklärung der Welt nur weiteres Leid beschert.

Die Lobby des *Palace* überraschte ihn trotz allem.

Sie war nur durch eine gläserne Schiebetür von der Straße getrennt und im fernöstlichen Stil gehalten. Auf dem Marmorboden gleich am Eingang waren zwei riesige Porzellangefäße platziert, die Avraham um Haupteslänge überragten und mit Frauen in Kimonos und japanischen oder chinesischen Schriftzeichen bemalt waren, gigantische Vasen, aus denen langstielige grellbunte Plastikblumen wuchsen, und gleich dahinter ein Kübel mit einem Zierkirschbaum, dessen Echtheit ebenfalls angezweifelt werden konnte. Hinter dem hohen Holztresen am Empfang lugte der helle Haarschopf eines Mannes hervor, der in einem Buch las. Er brauchte einige Zeit, um zu verstehen, in welcher Angelegenheit Avraham ins Hotel gekommen war, aber dann trat ein breites Lächeln auf sein Gesicht: »Ach, das hat sich schon erledigt. Da gibt's kein Problem mehr.« Am Mittag, einige Stunden nachdem der Hoteldirektor bei der Polizei angerufen hatte, waren zwei Verwandte des Touristen erschienen, hatten gesagt, er wohne ab jetzt bei ihnen, sein Gepäck mitgenommen und die Zimmerrechnung bezahlt. Oleg hatte die Polizei nicht informiert, weil er sicher gewesen war, die würde ohnehin niemanden vorbeischicken.

So musste dieser Tag ja enden.

Avraham hätte im Restaurant *Élégance* Platz nehmen und Spezialitäten der georgischen Küche bestellen können, die Chinkali-Teigtaschen oder das mit Käse gefüllte Chatschapuri-Brot, die auf den Fotos im Restaurantfenster verführerisch ölig glänzten, und warten, bis Marianka mit ihrem Karatetraining fertig war. »Woher wissen Sie, dass es seine Verwandten waren?«, fragte er den Mann am Empfang.

»Na, das haben die mir gesagt. Sie haben ja auch für ihn bezahlt.«

»Na und?«

»Was soll das heißen, ›na und‹? Warum sollte einer für jemanden bezahlen, mit dem er nicht verwandt ist?«

»Sie haben also zwei Leute, die Sie nicht kennen, die

Koffer eines Gastes mitnehmen lassen, nur weil die Sie darum gebeten haben?«

Oleg wirkte jetzt doch verlegen. Er sagte zu Avraham: »Na, aber er war doch schon seit zwei Tagen nicht mehr hier. Ist nach zwei oder drei Stunden weg und nicht wiedergekommen. Und ohnehin waren die Koffer leer.« Und als Avraham fragte: »Woher wissen Sie das?«, wurde er rot.

»Hab ich denen angesehen. Die sahen vollkommen leer aus.«

»Haben Sie sie geöffnet, in seinem Zimmer vielleicht?«

»Was soll das? Wieso sollte ich seine Koffer aufmachen?«

Als Oleg von seinem Stuhl aufstand, verstand Avraham, warum man ihn für die Rezeption eingestellt hatte. Er war großgewachsen und wirkte durchtrainiert. Sollte es im *Palace* Probleme mit Gästen geben, und Avraham hatte das Gefühl, dass das durchaus mal der Fall sein konnte, würde Oleg sie zu lösen wissen. »Haben die Ihnen einen Namen dagelassen? Eine Telefonnummer?«, fragte er weiter, und der Mann am Empfang wurde immer verlegener.

»Von wem?«

»Von den Verwandten. Das ist doch, was die gesagt haben, oder nicht? Dass sie zu seiner Familie gehören?«

»Ja. Aber die haben mir keine Nummer gegeben.«

»Sonst irgendwelche Angaben?«

»Nein, nichts.«

»Wie haben sie bezahlt?«

»In bar. Sechshundert Schekel in Zweihunderterscheinen. Vierhundert für die beiden Nächte, die er sozusagen schon da war, und zweihundert für die eine Nacht, die er noch reserviert hatte. Insgesamt hatte er für drei Nächte gebucht.«

»Gibt es hier eine Kamera? Kann man die mal sehen?«

»Sicher. Die ist hier genau über uns, an der Decke.«

»Nein, ich meine nicht die Kamera. Die Verwandten. Auf der Aufnahme der Überwachungskamera.«

»Ah, ja sicher. Wollen Sie sie jetzt sofort sehen?«

Noch nicht. Erst wollte er das Zimmer in Augenschein nehmen und fragte den Mann am Empfang: »Wissen Sie noch, was die über ihn wussten?«

»Wie, was die wussten? Die haben gesagt, der Tourist, der hier wohnt, sie sind Verwandte von ihm und gekommen, um für ihn zu bezahlen. Und das war's.«

»Dann wussten sie nicht, wie er heißt? Haben die Ihnen seinen Pass oder irgendeinen anderen Ausweis gezeigt?«

Jetzt wirkte Oleg ehrlich betroffen. »Denken Sie, die hatten gar nichts mit ihm zu tun?«, fragte er. »Und dass er jetzt jeden Augenblick zurückkommen könnte und keine Koffer mehr hat?«

Avraham sagte: »Ich habe keine Ahnung. Kommen Sie, zeigen Sie mir sein Zimmer.«

Das Zimmer lag im zweiten Stock.

Es war großzügig geschnitten, vielleicht, weil das Gebäude ursprünglich nicht als Hotel gedacht gewesen war, und ziemlich düster, weil das große, geschlossene Fenster nicht aufs Meer blickte, sondern auf einen Hinterhof und ein schäbiges Gebäude, das ihm alles Sonnenlicht raubte. Avraham zog den muffigen Vorhang beiseite, der mal cremefarben gewesen war, öffnete die seit Jahren nicht mehr gereinigten Sonnenblenden und schaute hinaus. Auf der schmutzigen Fensterscheibe stand etwas, das ein Finger in den Staub geschrieben hatte – *Yaakov Ben-Chayat*. Wer den Raum einst geplant hatte, musste ihn sich tatsächlich als Gemach in einem Palast vorgestellt haben: An der Decke waren Blumengirlanden aus Stuck, und an den Wänden hingen mächtige Gemälde in vergoldeten Rahmen, als wäre man in einem Museum in Florenz. Zwei Details weckten sofort Avrahams Aufmerksamkeit: die Minibar und eine Porzellantasse auf dem Waschbecken im Badezimmer.

»Hat jemand das Zimmer sauber gemacht, seit die hier waren?«, fragte er, und Oleg schüttelte den Kopf. »Die Putzfrau kommt einmal die Woche. Morgen früh ist sie da.«

»Und haben Sie die Minibar aufgefüllt oder war die voll?«

»Das macht auch die Putzfrau.«

In den wenigen Stunden, die der Tourist in seinem Zimmer verbracht hatte, hatte er offenbar keinen Alkohol getrunken. Hatte sich aber mit dem elektrischen Wasserkocher einen Kaffee gemacht. Sollte man seine Fingerabdrücke benötigen, würden sich diese wohl finden lassen. »Waren Sie dabei, als die in das Zimmer wollten?«, fragte Avraham, und Oleg schüttelte erneut den Kopf. Er sei ganz allein im Hotel gewesen und habe die Rezeption nicht verlassen können.

»Woher wussten Sie überhaupt, dass er Tourist ist?«

»Wer?«

»Der Mann, der das Zimmer genommen hat. Und verschwunden ist. Welche Sprache hat er gesprochen?«

»Englisch, aber er hatte einen Akzent. Französisch, glaub ich. Und er hat auch seinen Pass vorgelegt, ich kann das für Sie überprüfen.«

»Waren Sie an dem Tag hier, als er ankam?«

»In der Nacht. Ich arbeite immer nachmittags und nachts, jeden Tag.«

»Und was hat er gesagt?«

»Nichts Besonderes. Aber er hat Englisch gesprochen, mit Akzent, und er ist in ’nem Taxi vom Flughafen gekommen. Ich hab’s gesehen.«

Avraham bat Oleg, das Zimmer abzuschließen und dort niemanden mehr hineinzulassen. Auf dem Weg nach unten fragte er, wie viele Gäste gerade im Hotel wohnten, und Oleg sagte, im Augenblick seien nur zwei Zimmer mit Gästen belegt, aber ein Teil der Zimmer würde stundenweise vermietet. »Naja, Sie wissen schon, Pärchen, Verheiratete und auch noch andere Leute. Aber Touristen sind nur in den Suiten. Und im vierten Stock sind Chinesen. Die die U-Bahn bauen. Ingenieure.«

Warum hatte der Tourist dann, nach dessen Namen Avraham noch immer nicht gefragt hatte, ein Zimmer zum Hinterhof bekommen und nicht eins mit Meerblick?

Oleg sagte, der Gast habe danach gefragt. Ein Zimmer nicht zur Straße.

Als sie wieder an der Rezeption waren, bat Avraham Oleg zu überprüfen, unter welchem Namen und wie der Tourist das Zimmer reserviert hatte, worauf Oleg einen bejahrten Rechner anwarf und fast fünf Minuten warten musste, bis er hochgefahren war. Der Mann hieß Jacques Bartoldi und hatte das Zimmer nicht im Voraus reserviert, sondern war einfach ins Hotel gekommen, hatte gefragt, ob sie noch ein Zimmer frei hätten, und es für drei Nächte gebucht. Und tatsächlich hatte er Oleg die Nummer eines Schweizer

Passes hinterlassen, die Avraham in sein Notizbuch übertrug. Doch bis er Bartoldi auf der Aufnahme der Überwachungskamera würde sehen können, musste Avraham mit dem vorliebnehmen, woran Oleg sich erinnerte. Aus der Brusttasche seines Hemdes holte er einen blauen Stift und schrieb damit in das schöne, schwarze Heft, das Marianka ihm in Slowenien gekauft hatte: *Ungefähr sechzig, großgewachsen, mindestens 1,85 m, sehr hager, ziemlich dunkler Teint und silbergraues, für einen Mann seines Alters relativ dichtes Haar. Trug braune Anzughose und braunes Jackett, als er nachts im Hotel eintraf, und auch, als er es am nächsten Morgen gegen fünf oder sechs verließ.*

»Als er frühmorgens aufgebrochen ist, hat er da irgendetwas zu Ihnen gesagt?«, fragte Avraham, und Oleg wirkte einen Moment wie jemand, der tatsächlich angestrengt versuchte, sich zu erinnern.

»Nu, ja. Auch deswegen haben wir angerufen. Er hat gefragt, ob es ein Restaurant gibt, das ich empfehlen kann, und als ich gesagt hab, ich kenn ein gutes, hat er gefragt, ob ich abends im Hotel bin, wenn er zurückkommt, und ihm zeige, wie er da hinkommt. Ich hab gemeint, er soll sich keine Sorgen machen, ich bin den ganzen Abend hier, und er hat gesagt: ›Schön, dann sehen wir uns in ein paar Stunden.‹ Auf Englisch. Verstehen Sie? Deshalb waren wir sicher, er kommt wieder.«

Auf dem Nachhauseweg schaltete Avraham das Radio nicht ein.

Die Überwachungskamera des *Palace* lag auf dem Beifahrersitz, aber Avraham sah vor seinem geistigen Auge bereits einen etwa sechzigjährigen Mann, großgewachsen und hager, der mitten in der Nacht an der Strandpromenade von Bat Yam vor dem Hotel aus einem Taxi steigt, auf Englisch mit französischem Akzent um ein nicht zur Straße gelegenes Zimmer bittet, jedoch nicht schlafen geht, ja sich noch nicht einmal aufs Bett legt, um auszuruhen, sondern sich einen Kaffee macht, früh am Morgen sein Zimmer verlässt und verspricht, gegen Abend zurück zu sein – aber nicht wiederkommt. Und dann hatten zwei Männer sein Gepäck abgeholt, noch ehe Avraham Gelegenheit fand, wegen der Anzeige im *Palace* vorbeizuschauen oder einen Beamten hinzuschicken. Doch warum beschlich ihn das Gefühl, er würde noch bedauern, es nicht früher nach Bat Yam geschafft zu haben, um der Sache nachzugehen? Denn momentan hatte er ja keinerlei Grund zu der Annahme, der Tourist könnte sich in Gefahr befinden, einmal abgesehen vielleicht von dessen Versicherung Oleg gegenüber, am Abend wäre er wieder da.

Und da war auch noch die Antwort des Rezeptionisten auf die letzte Frage, die Avraham ihm gestellt hatte.

»Die Männer, die gekommen sind, um seine Koffer abzuholen, sahen die ihm ähnlich?«, hatte er gefragt, und Oleg wurde erneut rot und sagte dann: »Ich weiß nicht mehr, wie sie genau aussahen, aber einer war ziemlich klein. Und blond. Kann man auf dem Video sehen. Aber Verwandte sehen sich ja nicht unbedingt alle ähnlich, oder?«

2

Die Polizisten kamen um Viertel nach fünf.

Sie waren offensichtlich davon ausgegangen, sie würden sie wecken, aber Liora war schon dabei, die Waschmaschine auf dem zum Hauswirtschaftsraum umfunktionierten Balkon zu befüllen, weshalb sie sie nicht die Treppe zum dritten Stock hinaufsteigen hörte. Als sie an die Tür hämmerten und sie lautstark aufforderten: »Polizei, sofort aufmachen«, erschrak sie zwar – aber die würden keine Chance haben zu finden, wonach sie suchten.

Sie hatte sich gut vorbereitet, und die Wohnung war so blitzsauber wie vor dem Pessachfest. Gut dreißig Jahre als Reinigungskraft hatten sie zu einer Expertin im Spurenverwischen gemacht.

Der Polizist war fett, schwitzte und stank nach Thunfisch. Er ging einmal durch die ganze Wohnung, fragte Liora, ob sie allein sei, und als er den Wäschekorb vor der Maschine bemerkte, forderte er sie auf, die Trommel zu leeren, und kontrollierte die schmutzigen Kleidungsstücke, eins nach dem anderen. Er rief die äthiopische Polizistin und flüsterte ihr etwas ins Ohr, worauf sie begann, die Unterhosen und BHs zu betasten und daran zu schnuppern wie ein hungriger Köter. Dann nahmen sie sich das Zimmer der Mädchen vor, leerten Schränke und Schubladen, machten im Bad und auf der Toilette weiter und stiegen auf die Leiter, um die Abstellkammer im Flur zu inspizieren, der einzige Teil der Wohnung, den Liora nicht sauber gemacht hatte, weil dort Davids Werkzeug und Baumaterialien lagerten. Sie sagte zu dem Polizisten: »Können Sie mir mal erklären, was Sie überhaupt wollen? Was suchen Sie denn hier?« Und als er fragte: »Wo sind Ihre Töchter?«, erwiderte sie: »Schlafen woanders«, und fügte dann hinzu: »Warum, haben meine Töchter was ausgefressen? Sind Sie hier, um sie zu verhaften?«

Die Enttäuschung der Polizisten war mit Händen zu greifen.

Sie schwankte, ob sie Avi Edri anrufen sollte, und entschied sich dann dagegen, holte aber ihr Handy und fing an zu filmen. Die achtlos auf die Betten geworfenen Kleidungsstücke, die Kissen, die im Wohnzimmer einfach vom Sofa gefegt worden waren, die Schubladen auf dem Fußboden und ihr durchwühlter Inhalt. In Danielles Zimmer leuchtete die äthiopische Polizistin mit einer Taschenlampe unter das Bett und zog ein bordeauxfarbenes Laken darunter hervor, und Liora erschrak kurz, aber die Staubflusen daran zeigten deutlich, dass es schon seit Wochen dort gelegen hatte. Sie sagte: »Ich möchte, dass Sie alles, was Sie durcheinandergebracht haben, wieder aufräumen«, und der Polizist sagte: »Kein Problem, machen wir.« Sie richtete die Kamera auf ihn, denn einer wie er ließ sich bestimmt nicht gern filmen, und sagte: »Können Sie mir sagen, wie Sie heißen? Ich seh den Namen nicht. Und sagen Sie auch in die Kamera, was Sie hier suchen, weil, das hab ich nicht verstanden.« Er wollte schon gehen, aber die Polizistin durchsuchte noch die Küche, den Kühlschrank, den Tiefkühler, und dann auch die Schränke mit den Konserven, die Besteckschubladen. Wie zwei enttäuschte Einbrecher, die in ein Haus mit einem Tresor eingestiegen sind und feststellen müssen, dass er leer ist. Am Ende packten sie ein paar Handtücher und Kindersachen in einen Karton. Sie filmte noch immer, als sie ihr mitteilten, sie sei vorläufig festgenommen und sie müsse mit aufs Revier kommen. Und als Liora sagte: »Warum denn mitkommen? Erklären Sie mir erst mal, wieso!«, antwortete der Polizist: »Fürs Erste wegen Verletzung der Aufsichtspflicht gegenüber einem minderjährigen Kind und Gefährdung schutzbefohlener Minderjähriger. Alles Weitere wird man Ihnen auf dem Revier sagen.« Und Liora sagte: »Aber die Mädchen schlafen doch bei meiner ältesten Tochter! Was denn, sind Sie nicht ganz bei Trost? Kommen Sie, wir rufen sie an. Was soll das denn, Verletzung der Aufsichtspflicht?«

All das war Teil ihres Plans, den sie im Kopf hatte für den Fall, dass die Polizei trotz allem auf sie kam. Auch wenn sie nie geglaubt hätte, dass es so schnell geschehen würde.

Die Straße war leer und dunkel, als sie in den Streifenwagen stieg.

Die Nachbarn standen nicht am Fenster, obwohl alle das Klopfen und die Schreierei der Polizisten gehört haben mussten, aber das war nichts Ungewöhnliches im Viertel, und wer davon wach geworden war, hatte sich vielleicht einfach umgedreht und weitergeschlafen.

Sie wusste nicht, wie es der Polizei gelungen war, sie zu identifizieren – auch wenn sie so ihre Vermutungen hatte –, aber sie hatte keine Angst, auch nicht, als der Streifenwagen am Krankenhaus vorbeifuhr, zufällig oder vielleicht in der Absicht, sie in Panik zu versetzen. Die Beamtin fuhr, und der Polizist saß neben ihr auf dem Beifahrersitz, tippte mit einer Hand auf einem Tablet herum und hielt in der anderen ein halbaufgegessenes Thunfischsandwich fest, als drohte irgendjemand, es ihm wegzunehmen. Da die Scheiben des Streifenwagens abgedunkelt waren, sah Liora nicht, ob an der Kontrollschleuse am Eingang zum Einkaufszentrum vor dem Krankenhaus die Sicherheitsfrau saß oder der alte Wachmann und ob dort noch mehr Polizisten oder Streifenwagen waren.

Wenn du mich jetzt sehen würdest, dann würdest du mich gar nicht wiedererkennen, sagte sie insgeheim zu David. Könntest nicht glauben, dass ich mir keine Angst einjagen lasse.

Du bist bei mir und Gott auch, und diesmal weiß ich, was zu tun ist.

*

So war es gewesen von der Sekunde an, als der Arzt endlich aus der Wohnung war. Alles, was sie tat, war sorgfältig geplant.

Das Krankenhaus hatte sie sich vorher genau angeschaut. Es hatte zwei Eingänge – einen durch die Tiefgarage, wenn man mit dem Auto kam, und einen, wenn man zu Fuß war, durch das Einkaufszentrum. Liora begriff, dass es zu gefährlich für sie wäre, mit dem Auto zu kommen, da die Security-Leute an der Einfahrt zum Parkhaus die Fahrzeuge genau kontrollierten, und auch, weil sie beim Herausfahren auf keinen Fall aufgehalten werden wollte. Wenn ein Wagen aus irgendeinem Grund beim Verlassen des Parkhauses eine Panne hätte oder so, würde sie dahinter feststecken, sie musste aber den Krankenhauskomplex so schnell wie möglich wieder verlassen. Im Parkhaus gab es auch mehr Überwachungskameras, und sie spürte, da waren noch weitere Augen, die sie nicht sehen konnte. Am Eingang zum Einkaufszentrum dagegen hing nur eine einzige Kamera, neben der Taschenkontrolle, und wenn sie mit Kopfbedeckung käme oder ihr Gesicht im richtigen Augenblick wegdrehte, würde es unmöglich sein, sie zu erkennen. Und der alte Wachmann am Eingang zum Einkaufszentrum verlangte nie, dass man seine Taschen aufmachte, und das war am allerwichtigsten. Er fuhr bloß mit seinem Metalldetektor, der bestimmt noch nicht mal funktionierte, darüber, ohne auch nur hinzuschauen. Und selbst wenn er sie auffordern sollte, ihre Tasche aufzumachen, bliebe noch Zeit, den Rückzug anzutreten, ihm zu sagen, sie hätte was vergessen und würde gleich wiederkommen.

Die Filiale des *Café Roladin* befand sich gleich am Eingang des Einkaufszentrums. Sie hatte einen Kaffee Hafuch bestellt und ein gerade frisch aus dem Backofen gekommenes Käseteilchen mit Rosinen und setzte sich so hin, dass sie den Kontrollposten und den Ausgang zur Straße im Blick hatte.

Jede Minute kam ein Bus an. Linie 140, Linie 26, Linie 12 und wieder ein 140er. Manchmal fuhren auch zwei oder drei auf einmal vor. Die Entfernung von ihrem Tisch im Café bis zur Haltstellte betrug vielleicht fünfzig Meter, und die könnte sie in dreißig oder vierzig Sekunden zurücklegen. Könnte in gut einer Minute in einem abfahrenden Bus sitzen, ohne dass irgendjemand die Tasche bemerkte, die sie unter dem Tisch zurücklassen würde. Und selbst wenn sie jemandem auffiel und er ihr hinterherrufen sollte: »Hallo, die Dame, Sie haben hier Ihre Tasche vergessen«, könnte Liora immer noch kehrtmachen, sich bedanken und es ein andermal versuchen.

Erst hatte sie gedacht, der ideale Zeitpunkt wäre in den frühen Morgenstunden oder aber nachts, unmittelbar vor Fahrplanende, aber dann würden sich auch weniger Menschen im Einkaufszentrum aufhalten und die Busse seltener fahren. Besser, das Café brummte und beim Wachmann am Eingang war richtig Betrieb. Außerdem, war das nicht genau die richtige Art, Verbrechen in diesem Land zu begehen, am helllichten Tage und vor den Augen möglichst vieler Leute? Wer nachts in Wohnungen einbrach, wurde mitunter ja noch gefasst und bestraft, aber wer wirklich schwere Verbrechen beging, am helllichten Tag und am besten, wenn alle Welt dabei zusah, wurde nicht erwischt, nie. Und falls doch, hatte er Rechtsanwälte, die ihm halfen, ungeschoren davonzukommen.

Es war das erste Mal, dass sie das Polizeirevier in Cholon durch den Hintereingang betrat, vom Parkplatz aus. Und sie trug keine Handschellen, als der dicke Polizist mit ihr die Treppe zum zweiten Stock hochstieg. Er führte sie in einen kleinen Vernehmungsraum ohne Fenster, die Klimaanlage war nicht eingeschaltet, und sie spürte, wie ihr das T-Shirt an Brust und Hals klebte, aber das machte ihr nichts aus. Mehr als eine Stunde verging, ehe etwas geschah, doch sie hatte in ihrer Handtasche eine kleine Bibel, und das Lesen beruhigte sie, verlieh ihrem Körper ein Gewicht und eine Stabilität von innen.

Als die Kriminalbeamtin den Raum betrat, verhielt sie sich anfangs, als wäre Liora gar nicht dort. Sie ließ sich vor dem Computer nieder und fing an, etwas zu tippen, wobei ihr Gesicht zu nah am Bildschirm klebte. Erst als sie sich vorstellte und dabei gezwungen war, den Blick auf Liora zu richten, verstand diese, warum die Polizistin versucht hatte, ihre Augen zu verbergen. Sie hatte eine Sehschwäche oder schielte, ihr Blick fiel immer einige Zentimeter vor das, was sie anschauen wollte. Und ihre Augen waren gerötet und wässrig, wie von einem feuchten Häutchen überzogen.

Inspektorin Esthi Wahabe bat sie, ihren Namen anzugeben und die Nummer ihres Personalausweises, und sie nannte beides mit lauter Stimme, der man hoffentlich anhörte, dass sie keine Angst hatte. »Liora Talias. Und der Personalausweis ist 35 655 131.«

Eine Kamera nahm sie aus einer Ecke des Raumes auf.

»Geburtsdatum?«

»Der Dritte des Monats Tevet.«

Die Kriminalbeamtin blickte zu ihr auf, und Liora spürte, dass ihr die Sehbehinderung der Beamtin zusätzliche Sicherheit verlieh. »Was ist das nach westlichem Kalender?«, fragte die Polizistin, und Liora sagte: »Warum, ist der hebräische nicht gut genug?«, fügte dann aber hinzu: »23. Dezember 1979.« Als sie nach ihrer Adresse gefragt wurde, antwortete sie: »Sie kennen doch meine Adresse. Sie haben ja die beiden Clowns losgeschickt, um mich aus meiner Wohnung zu holen, oder etwa nicht? War wohl sehr wichtig, dass sie morgens um fünf an die Tür bollern und rumschreien, als wären wir Schwerverbrecher. Und was haben sie gefunden? Gar nichts.«

Die Ermittlerin schaute Liora so unverwandt an, wie sie nur konnte. »Ihre Wohnadresse?«, fragte sie, und Liora antwortete: »Hagiborim 2, Bat Yam.«

»Vielen Dank. Ich beginne mit der Vernehmung. Zu Ihrer Information, diese wird in Bild und Ton aufgezeichnet. Es ist jetzt 8:40 Uhr, Dienstagmorgen, der 26. August. Dies ist eine Vernehmung unter Anfangsverdacht. Können Sie mir erklären, warum Sie das Baby ausgesetzt haben?«

Liora antwortete umgehend: »Ich hab überhaupt kein Baby ausgesetzt. Ich weiß echt nicht, was Sie von mir wollen.«

»Am gestrigen Montag, dem 25. August, haben Sie in einer schwarzen Tasche ein Baby im Wolfson-Krankenhaus zurückgelassen. Genau genommen nicht im Krankenhaus selbst, sondern im Einkaufszentrum davor. Sie haben die Ladenpassage mit einer schwarzen Tasche betreten und ohne die Tasche wieder verlassen.«

Für einen kurzen Augenblick war sie wieder dort, vor dem Eingang zum Einkaufszentrum.

Schon von weitem hatte sie gesehen, dass der alte Wachmann nicht da war und an seiner Stelle ausgerechnet eine junge Sicherheitsfrau Dienst tat, die sich die Taschen aufmachen ließ. Sie hatte ein, zwei Sekunden gezögert, mehr nicht. Die Securitymitarbeiterin verlangte nicht von allen, ihre Taschen zu öffnen, und griff auch nicht mit der Hand hinein. Sie schaute nur flüchtig in die Gepäckstücke und fuhr mit dem Metalldetektor außen entlang. Liora sagte zu der Polizistin: »Ich hab keine Ahnung, wovon Sie reden.

Woher sollte ich denn ein Baby haben, um es irgendwo abzustellen, he? Und wenn, warum sollte ich's in eine Tasche stecken?«

»Ich glaube, Sie haben ein Baby. Und dass Sie es dort abgestellt haben.«

»Dann irren Sie sich halt.«

Plötzlich wurde Liora klar: Die Stunde, die sie allein im Vernehmungsraum verbracht hatte, hatte ihr, anstatt sie unter Druck zu setzen, geholfen. Sie hatte sich an das Zimmer gewöhnt und daran, sich darin zu befinden. Die früheren Gespräche, die sie in Vernehmungsräumen geführt hatte, vielleicht sogar genau in diesem hier, gaben ihr zusätzliche Kraft. Gebe Gott, du könntest mich jetzt sehen, sagte sie unhörbar zu David.

»Es gibt Aufnahmen von der Überwachungskamera im Einkaufszentrum, die Sie mit der Tasche, in der sich das Baby befindet, beim Betreten der Ladenpassage zeigen und beim Verlassen ohne Tasche. Man sieht zweifelsfrei die Tasche und man sieht, dass *Sie* sie in der Hand halten. Ich sage nicht, dass es vorsätzlich war. Möglich, dass Sie sie versehentlich vergessen haben. Vielleicht haben Sie das Baby ja dort vergessen, haben es erst ein paar Stunden später bemerkt und sind dann in Panik geraten. Kann es sein, dass es das ist, was passiert ist?«

Liora lächelte, und der Blick der Ermittlerin geriet erneut zu kurz. Das war die Phase, in der die andere annahm, Liora wäre beschränkt und würde gleich bei der ersten Lüge gestehen. Liora sagte: »Meinen Sie, wenn Sie mir sagen, ich hätt's versehentlich vergessen, würd ich Ihnen sagen, es gehört mir?« Und als die Polizistin fragte: »Wollen Sie die

Kleine mal sehen? Vielleicht hilft Ihnen das ja, sich zu erinnern?«, blaffte sie zurück: »Sagen Sie mal, sind Sie noch ganz dicht? Denken Sie, bloß weil Sie mir irgend 'n Baby zeigen, sag ich Ihnen, ich hätt's ausgesetzt? Sie lassen die Wohnung einer stinknormalen Familie von zwei Polizisten stürmen, morgens um fünf, mit Durchsuchungsbeschluss und Haftbefehl wegen eines Babys, das es nicht gibt, und jetzt wollen Sie, dass ich mitkomm und es mir anschaue? Ich kapier's nicht, spielen Sie mir hier was vor, oder ist das in echt?« Ihr schien, die Polizistin sei erschrocken, vielleicht weniger wegen ihrer Worte als wegen des Tons. Und jetzt wusste sie zumindest, das Baby lebte. Nicht, dass sie Zweifel gehabt hatte – sie war davon ausgegangen, dass der Säugling innerhalb weniger Minuten gefunden und sofort versorgt werden würde. Trotzdem, in den Meldungen im Internet über das Baby, das am Eingang des Wolfson gefunden worden war, stand nichts über seinen Zustand, und jetzt wusste sie, sie hatte recht gehabt und die Kleine würde durchkommen.

Die Polizistin gab nicht auf, aber je mehr Zeit verging, desto sicherer fühlte Liora sich ihrer selbst und ihrer Kräfte und ließ sich auch nicht beirren, als die andere anfing, sie herunterzumachen.

»Der Ton, in dem Sie mit mir reden, macht mir keine Angst«, sagte die Kriminalerin zu Liora. »Ich habe in diesem Raum schon Menschen gegenübergesessen, die waren ein bisschen furchterregender als Sie. Ich schlage daher vor, Sie wechseln mal die Platte und begreifen, ich kann Ihnen helfen. Und noch möchte ich Ihnen gerne helfen, aber kann sein, dass das nicht mehr allzu lange der Fall ist.

Wir wissen, dass Sie das Baby dort ausgesetzt haben, nicht nur wegen der Kamera am Eingang und wegen der Tasche. Glauben Sie mir, ich würde hier nicht vor Ihnen sitzen und behaupten, das ist Ihr Baby, wenn ich nur etwas auf der Überwachungskamera gesehen hätte. Noch gibt es ein Zeitfenster, und Sie haben die Chance zu sagen: ›Ich hab einen Fehler gemacht, hatte nach der Geburt Depressionen.‹ Was weiß ich. ›Doch jetzt hab ich mich wieder gefangen, geben Sie mir bitte mein Baby zurück und gut ist.‹ Das wird nicht einfach werden, es wird eine Untersuchung vom Jugendamt geben, und die Anzeige wegen Kindeswohlgefährdung lässt sich auch nicht so leicht aus der Welt schaffen, aber vielleicht bleibt es dabei. Das hängt vom Zustand des Säuglings ab. Doch wenn Sie weiter so mit mir reden wie eben, kriegen Sie richtig Scherereien.«

Siehst du, wie blind sie ist, David? Wie sie an die Geschichten glaubt, die sie sich selbst erzählt?

Sie gab der Polizistin zu verstehen, dass sie nicht mehr antworten würde, dennoch unternahm Inspektorin Esthi Wahabe einen letzten Versuch.

»Liora, hören Sie mir einen Moment zu. Ich bin nicht gegen Sie. Ich kann mir denken, dass Sie das nicht aus Bosheit getan haben. Sie sind morgens aufgewacht, hatten vielleicht überhaupt nicht geschlafen, das Baby hat geschrien und geschrien, hat vielleicht gespuckt und nichts essen wollen, und da hatten Sie plötzlich keine Kraft mehr. Oder haben Panik gekriegt, weil Sie gedacht haben, die Kleine ist krank und dass Sie sich nicht richtig um sie gekümmert haben. Und niemand hat Ihnen geholfen. Das kann jeder Mutter mal passieren und dafür wird man Sie nicht verurteilen.«

Liora sah, wie das Lächeln, das auf ihr Gesicht trat, sich im frustrierten Blick der Polizistin spiegelte.

»Dürfte ich erfahren, wer der Rechtsanwalt ist, mit dem Sie sich beraten haben, bevor Sie hergekommen sind?«, fragte Wahabe.

»Avi Edri.«

»Und dieser Avi Edri hat Ihnen geraten, alles abzustreiten?«

»Avi Edri hat mir überhaupt nichts geraten. Ich brauch keine Beratung. Wer die Wahrheit sagt, braucht keinen Rechtsanwalt. Nur die, die lügen.«

»Weiß Ihr Mann Bescheid? Oder haben Sie deshalb das Baby dort ausgesetzt? Damit er nichts mitbekommt?«

Das war die einzige Frage der Polizistin, die sie überraschte, und ihre Antwort platzte aufgebracht und ungeplant aus ihr heraus. »Wenn Sie Ihre Arbeit gemacht hätten, wüssten Sie, mein Mann David ist gestorben. Nein, nicht gestorben, Verzeihung. Ermordet worden ist er. Haben Sie überhaupt keinen Schimmer, wen Sie hier zur Vernehmung herbringen lassen? Also, sagen Sie mir jetzt doch mal, wo sollte ich denn ein Baby herhaben?«

Die Ermittlerin erhob sich von ihrem Stuhl. Als Liora sagte: »Ich will jetzt gehen. Ich muss zur Arbeit«, erwiderte die andere: »Ich werde klären, was weiter passiert, und Ihnen dann Bescheid sagen. Bis dahin bleiben Sie hier. Möchten Sie, dass ich Avi Edri etwas ausrichte?«

*

Ausgerechnet nachdem die Polizeibeamtin den Raum verlassen hatte, spürte Liora zum ersten Mal an diesem Tag, dass noch immer etwas von der Angst in ihr war, die sie nicht ganz losgeworden war. Vielleicht, weil die Konfrontation mit der Ermittlerin all ihre Kraft in Anspruch genommen hatte, oder vielleicht, weil sie jedes Mal, wenn sie den Mord an David erwähnte, Schwäche befiel. Sie dachte an das Baby, an den Blödsinn, den die Polizistin über die Kleine gesagt hatte. Sie hatte nicht geschrien, hatte nicht gespuckt, sondern im Gegenteil gut getrunken. Und trotz allem, was sie durchgemacht hatte, war ihr Schlaf friedlicher gewesen als bei allen anderen Neugeborenen, denn Gott wollte offenbar, dass sie lebte.

Sie holte die Bibel hervor und las erneut die Verse, die sie bestärkt hatten, von dem Augenblick an, da sie begriffen hatte, was sie tun musste. *Das Weib ward schwanger und gebar einen Sohn. Sie sah, dass er wohlbeschaffen war, und suchte ihn zu verheimlichen, drei Monate. Als sie ihn nicht länger verbergen konnte, machte sie ein Kästlein von Rohr, verklebte es mit Erdharz und Pech und legte das Kind darein und setzte das Kästlein in das Schilf am Ufer des Nils.* Die Verse hatte sie auch gelesen, als sie wieder im 140er saß, den sie im letzten Augenblick noch erwischt hatte, als der Fahrer schon die Tür schließen wollte. Anders als Miriam, die bleibt und das treibende Schilfkästchen im Auge behält, bis die Tochter des Pharaos es aus dem Fluss ziehen lässt, konnte sie nicht bleiben. Sie saß im hinteren Teil des Busses, am Fenster, und obwohl sie vorgehabt hatte, nach einer oder zwei Haltestellen wieder auszusteigen, blieb sie minutenlang sitzen. Der Bus fuhr auf die Ayalon Nord, danach über die Menachem Begin in Richtung der Türme des Azrieli-Centers und dann ostwärts zur Diamantenbörse. Und war da schon bis auf den letzten Platz besetzt. Neben ihr saß erst ein drahtiger, großgewachsener Sudanese und danach eine Frau von fünfundsechzig oder siebzig Jahren, mit Kopftuch, die Zeitung las. Niemand beachtete Liora, und auch der Fahrer sah nicht, wo und wann sie ausstieg.

Hätte jemand wohl zu Miriam gesagt, sie habe einen Fehler gemacht, als sie Moses auf dem Fluss davontreiben ließ? Auch sie tat ja etwas, das nach dem Gesetz verboten war. Und waren etwa die beiden hebräischen Hebammen zu bestrafen, die das Gesetz brachen und *da taten nicht, wie der König von Ägypten ihnen gesagt, sondern ließen die Kinder leben*? Auch Mordechai hatte Liora beigepflichtet. Was sie vorhabe, sei kein Verbrechen. »Das ist genau wie in der Geschichte von Moses, dass der Verbrecher der ist, der verfügt, was Gesetz ist«, hatte er zu ihr gesagt. Das seien die wahren Kriminellen – die ihre Taten offen und am helllichten Tage begehen, weil sie an der Macht sind und selbst festlegen, was verboten und was erlaubt ist.

Wenn ihr den hebräischen Frauen helft und bei der Geburt seht, dass es ein Junge ist, so tötet ihn; ist's aber eine Tochter, so lasst sie leben.

Nach zwei Stunden kam die Polizistin in den Vernehmungsraum zurück, mit einer Flasche Wasser. Ihr folgte ein weiterer Kriminalbeamter, der ranghöher wirkte, sich in einer Ecke des Raumes postierte und sie beide beobachtete, als die Polizistin Liora bat, sich wieder zu setzen. »Ihr Rechtsanwalt ist unterwegs hierher«, sagte Wahabe, »und es kann sein, dass Sie heute noch gehen können. Wir werden sehen.« Liora erwiderte: »Was soll das heißen, ›wir werden sehen‹? Ich muss zur Arbeit, und ich will mit meinen Töchtern sprechen.«

Die Polizistin nickte und stellte Liora dann die Frage, von der sie vermutet hatte, dass man sie ihr stellen würde. Und sie wusste auch, was sie zu antworten hatte. »Wären Sie bereit, uns eine Speichelprobe für einen DNA-Test zu geben? Wenn Sie uns von sich aus Ihr Einverständnis dazu geben, kann es sein, dass wir Sie danach gehen lassen können. Wir möchten nur Ihre Aussage überprüfen, dass es sich nicht um Ihr Baby handelt.«

3

Am nächsten Morgen war Ilanit, entgegen ihrer Gewohnheit, tatsächlich an ihrem Platz vor seinem Büro. Und obwohl offiziell kein Grund mehr bestand, die Überprüfung in Sachen Jacques Bartoldi fortzusetzen, fragte Avraham sie, was denn wohl der schnellste Weg wäre, an die Telefonnummer eines Touristen zu kommen, der in seinem Hotel keinerlei Kontaktdaten hinterlassen hatte, und sie antwortete sofort: »Wo ist das Problem? Wir wenden uns einfach an die Airline, mit der er gekommen ist. Weißt du, ob er EL AL geflogen ist?«

Das war einer der Vorzüge der ersten Sekretärin, die Avraham überhaupt in seinem Leben hatte: Es schien nichts zu geben, was sie nicht herausfinden konnte. Er fragte: »Und, kannst du mir das abnehmen?«, und Ilanit sagte: »Schon erledigt.« Danach rief er selbst im *Palace* an, und diesmal war der Hoteldirektor dran, Simcha Chozez. Avraham stellte sich vor, und als er fragte: »Ist er zufällig wieder aufgetaucht?«, erwiderte der Direktor: »Wer? Von wem sprechen Sie? Wer soll wieder aufgetaucht sein?«

»Der Tourist, der ohne zu bezahlen verschwunden ist. Bartoldi. Sie hatten angerufen und gemeldet, er sei verschwunden, oder nicht?«

»Ja, aber Sie haben doch gestern einen Beamten vorbeigeschickt, und dem haben wir schon gesagt, die Sache hat sich erledigt. Wissen Sie denn nichts davon? Er hat unsere Überwachungskamera mitgenommen, die brauchen wir dringend zurück.«

Chozez war einigermaßen erstaunt, als Avraham sagte, der Polizeibeamte, der sein Hotel aufgesucht hatte, das sei er selbst gewesen. »Wenn das so ist«, sagte er, »dann versteh ich Sie nicht. Warum denken Sie, sollte er noch mal wiederkommen?«

Avraham nahm tatsächlich nicht an, dass er zurückkehren würde, hatte aber das ungute Gefühl, dass die Worte des Touristen gegenüber Oleg, in Kombination mit dem seltsamen Besuch der Verwandten im Hotel, womöglich dafür sprachen, dass irgendjemand Jacques Bartoldi, gegen seinen Willen, daran gehindert hatte, ins *Palace* zurückzukehren.

Unter den noch nicht identifizierten Leichnamen, die seit Wochenbeginn in Israel gefunden worden waren, war keine männliche Leiche, bei der es sich um Bartoldi hätte handeln können. In einer Schonung zwischen Tel Aviv und Ramat Gan war der Leichnam einer unbekannten Frau Mitte dreißig gefunden worden, mit einer Plastiktüte über dem Kopf. Die Liste der Vorkommnisse der letzten Nacht umfasste vor allem Beschwerden wegen Ruhestörung, gewalttätige Auseinandersetzungen, Wohnungseinbrüche und Autodiebstähle. Daneben wartete noch Eliyahu Maaluls Bericht über die Vernehmung des geistig Verwirrten, der versucht hatte, seine Mutter anzuzünden. *Laut der von mir aufgenommenen Aussage des Psychiaters ist auch die Mutter offenbar psychisch labil. Und einen Vater hat es anscheinend nie ge-*

geben. Der 36-jährige Täter ist seit seinem vierzehnten Lebensjahr immer wieder für längere Phasen in geschlossenen Einrichtungen in Behandlung gewesen. Maalul war es auch, der auf dem Revier die Aussage der Eltern aufgenommen hatte, deren Sohn an Dehydrierung gestorben war. Auch diesen Bericht überflog Avraham: Jeder der beiden Elternteile übernahm die Verantwortung für das schreckliche Unglück, behauptete, es sei seine Schuld, dass der Sohn im Wagen vergessen worden sei, und versuchte, den anderen von aller Schuld freizusprechen. Handschriftlich vermerkte Avraham am Rand des Berichts: *Es sollte sichergestellt sein, dass beide eng betreut werden, denn zumindest die Aussage der Mutter lässt befürchten, dass sie sich etwas antun könnte, oder?* Und im Vernehmungsraum im zweiten Stock nahm Esthi Wahabe unter Haftandrohung die Aussage der Verdächtigen im Fall des ausgesetzten Säuglings auf. Avraham bot an, sie dabei zu unterstützen, aber Wahabe sagte, sie käme mit der Frau schon allein zurecht, also schloss er in seinem Büro die Überwachungskamera des *Palace* an seinen Rechner an und Sekunden später erschien auf dem Bildschirm die fernöstlich anmutende Lobby des Hotels. Als Datum war der 22. August eingeblendet und die Uhrzeit, mit der die Aufzeichnung einsetzte: 21:50 Uhr.

So gut wie den ganzen Abend hatte sich im *Palace* nichts ereignet, was Oleg gezwungen hätte, seine Lektüre zu unterbrechen. Um 22:13 Uhr betrat eine gepflegte Dame von etwa fünfzig das Hotel und gleich nach ihr ein schmächtiger Mann, der um einiges jünger war als sie. Doch da Oleg die beiden bei ihrem Eintritt nur begrüßte, nahm Avraham an, das seien die Touristen, von denen der Rezeptionist gesagt hatte, sie wohnten in der Suite, und nicht ein Paar, das sich nur stundenweise ein Zimmer nahm. Zwei Chinesen kehrten um 22:47 Uhr ins Hotel zurück und kurz darauf ein weiterer Chinese, offensichtlich ihr Zimmergenosse. Er blieb am Rezeptionstresen stehen und unterhielt sich rund zehn Minuten lang mit Oleg, und am Ende ihrer Unterhaltung zeigte ihm der Nachtportier etwas auf seinem Telefon. Als der letzte Chinese vom Treppenhaus verschluckt wurde, kehrte Oleg zu seinem Buch zurück und las sehr aufmerksam weiter, und irgendwann war das Datum der Anzeige auf den 23. August umgesprungen, und Jacques Bartoldi betrat das Hotel.

1:52 Uhr.

Sein brauner Anzug wirkte auf Avraham abgetragen, ja fast schäbig. Wie der Anzug eines Mannes, der vor zehn Jahren noch erfolgreich Geschäfte gemacht und sich seither keinen neuen Anzug mehr hatte leisten können. Er sah älter aus, als Avraham ihn sich vorgestellt hatte. Vielleicht dreiundsechzig, vierundsechzig Jahre alt. Das Gespräch zwischen ihm und Oleg war kurz. Bartoldi zeigte seinen Pass vor, der Rezeptionist notierte die Nummer und reichte ihm den Zimmerschlüssel. Was der Tourist sagte und in welcher Sprache und ob er einen Akzent hatte, war nicht zu hören. Als Avraham im Hotel Oleg gefragt hatte, warum er keine Kopie von dem Pass gemacht und ob er von Bartoldi die Nummer seiner Kreditkarte bekommen habe, hatte der ihm erklärt, neuerdings sei das Hotel »diskreter« geworden, er habe von Simcha Chozez die Anweisung, nur die Passnummern aufzunehmen, nicht aber um Kreditkartendaten oder eine Vorauszahlung zu bitten, weil das Gäste abschrecke. Bartoldi war um 1:59 Uhr auf sein Zimmer gegangen. Als er aus dem Blickfeld der Kamera verschwand, trug er seine beiden Koffer ohne erkennbare Mühe, fast als seien sie tatsächlich leer, wie Oleg gesagt hatte. Avraham sah ihn in seiner Vorstellung vor der Tür mit der Nummer 203 haltmachen und sie aufschließen. Dann im Zimmer Licht einschalten, den grau gewordenen Überwurf auf dem Bett betrachten, die Nachttischlampe, den alten Kühlschrank unter dem Schreibtisch. Sah ihn die Vorhänge beiseiteziehen, die mal cremefarben gewesen waren, und auf das Gebäude schauen, das vor seinem Fenster aufragte.

Ein freudloses, in der Dunkelheit dräuendes Gebäude – das war der Ausblick, um den er gebeten hatte. Vielleicht brannte hier und da noch Licht in einer Wohnung, in der jemand Mühe beim Einschlafen hatte. Vielleicht wurde irgendwo ein Fenster geöffnet wegen der schwülen Hitze der letzten Sommertage. Sollte sich doch noch ein Grund ergeben, die Ermittlung fortzusetzen, könnte man die Nachbarn im Nebenhaus vernehmen, denn möglicherweise war einer von ihnen noch wach gewesen und hatte von seinem Fenster aus Bartoldi gesehen. *Vielleicht hat er ja um ein Zimmer nach hinten gebeten, um mit jemandem Kontakt aufzunehmen, der hinter einem dieser Fenster auf ihn wartete?*, schrieb Avraham in sein schwarzes Heft.

Bartoldi war nicht schlafen gegangen, wie man es eigentlich von einem Touristen seines Alters, der nachts mit dem Flieger in Israel angekommen war, hätte erwarten können. Das Bett war unbenutzt gewesen, es sei denn, Oleg hatte sich geirrt oder gelogen, und jemand hatte es frisch bezogen. Was hatte er bis morgens um 5:12 Uhr gemacht, als ihn die Kamera erneut erfasste, wie er Oleg tonlos um eine Restaurantempfehlung bat und ihm sagte, man würde sich am Abend wiedersehen, ehe er dann das Hotel verließ, zügigen Schritts, und sich nach rechts wandte, als wüsste er, wohin er wollte?

Wäre Avraham überzeugt gewesen, dass es einen triftigen Grund dafür gab, hätte er Anweisung erteilen können, alle Überwachungskameras von Ladenbesitzern und Verkehrsampeln entlang der Straßen einzusammeln, durch die Bartoldi am frühen Morgen vermutlich gegangen war, um so seinen Weg zu rekonstruieren. Aber abgesehen von den Worten des Touristen gegenüber Oleg, die bei Avraham eine vage Befürchtung weckten, gab es nicht den geringsten Grund dafür. Und er musste sich den anderen Fällen zuwenden. Der Rechtsanwalt der Eltern, deren Sohn an Dehydrierung gestorben war, hatte ihn angerufen, und er stoppte das Video der Überwachungskamera, um mit ihm zu sprechen. Und gegen Mittag rief Esthi Wahabe an und fragte, ob sie sich im Flur vor dem Vernehmungsraum treffen könnten. Sie wirkte aufgewühlt und bat ihn um Erlaubnis, bei der Verdächtigen eine DNA-Probe machen zu lassen, um herauszufinden, ob sie tatsächlich die Mutter des ausgesetzten Säuglings war, und Avraham sagte: »Kein Problem, Esthi. Und wenn du sie dazu bringen kannst, uns die Probe freiwillig zu geben, spart uns das die gerichtliche Anordnung. Aber hast du dich bei Nachbarn und Angehörigen erkundigt, ob sie überhaupt schwanger war? Das lässt sich doch auch so rauskriegen, ob sie die Mutter ist oder nicht, auch ohne Probe, meine ich?« Und als Wahabe errötete, schloss er daraus, dass sie daran nicht gedacht hatte.

Bei der Durchsuchung der Wohnung der Verdächtigen war laut Wahabe nichts gefunden worden, was darauf hindeutete, dass sich wenige Stunden zuvor noch ein Säugling dort befunden haben könnte. Keine Babynahrung, keine Windeln oder von Milch oder Erbrochenem verunreinigte Kleidungsstücke oder Bettwäsche, wie Wahabe sie zu finden gehofft hatte. Andererseits hatte sich, als der Fund des ausgesetzten Säuglings in die Medien gelangte, eine Nachbarin gemeldet, die bezeugte, sie habe aus der Wohnung der Verdächtigen Weinen und Säuglingsgeschrei gehört, das vor zwei Tagen plötzlich aufgehört hatte. Infolge dieses Anrufes sei man überhaupt erst auf die Verdächtige gekommen, die tatsächlich exakt so aussah wie die Frau, die die Überwachungskamera aufgenommen hatte, als sie das Einkaufszentrum mit der Tasche betrat und es ohne wieder verließ.

Er fragte: »Ist alles in Ordnung, Esthi?«, da er das Gefühl hatte, etwas belaste sie, doch sie erwiderte: »Ja, Avi. Alles bestens. Sie hat etwas Rabiates an sich, aber ich werde sie schon beruhigen.« Doch als er sein Angebot wiederholte, mit ihr in den Vernehmungsraum zu kommen, sagte sie: »Weißt du was? Vielleicht nur ganz kurz. Schau sie dir an, und sag mir, ob sie dir bekannt vorkommt, von einer Ermittlung über einen Arbeitsunfall, den ihr Mann hatte. Ich hab vorher nichts über sie gewusst und mich erst kundig gemacht. Er ist beim Einsturz eines Krans ums Leben gekommen, auf einer Baustelle ganz in der Nähe, vor fünf Jahren etwa. Sagt dir das vielleicht irgendwas? David Talias hieß er. Erinnerst du dich an jemanden mit dem Namen?«

*

Ilanit rief ihn an, als er schon in seinem Zimmer war, bloß eine Rigipswand und vier Schritte von ihr entfernt. »Warst du vorhin was essen?«, wollte sie wissen, und er bekannte sich schuldig. Und wusste da noch nicht, dass das der Augenblick sein würde, der seine Suche nach dem verschwundenen Touristen von Grund auf änderte.

»Schön für dich. Und was sagst du zu Esthis Verdächtiger? Deiner Meinung nach ist sie's, oder nicht?«

In seinen Augen bestand kein Zweifel, dass die Frau, die er im Vernehmungsraum gesehen hatte, dieselbe war, die vor dem Krankenhaus gefilmt worden war. Er hatte sie gleich am glatten, mit einem Gummi zusammengefassten Haar erkannt, das gefärbt oder gebleicht war, und am schwarzen, ärmellosen Top, das die kurzen, kräftigen Arme und die molligen Hände betonte. Sie war nicht von ihrem Platz aufgestanden, solange Avraham im Raum war, dennoch war klar, dass Liora Talias, genau wie die Frau mit der Tasche, sehr klein war, keine 1,50 m groß.

Ilanit sah es genauso. Und sagte dann: »Gut, also hör mal, ich hab schon nach dir gesucht, wegen des Touristen, von dem du die Telefonnummer rauskriegen wolltest. Erinnerst du dich? Also, es gibt gar keinen Einreisevermerk für ihn. Ein solcher Mann ist überhaupt nicht nach Israel eingereist. Wir haben sowohl den Namen als auch die Passnummer gecheckt. Kann es sein, dass er noch einen Pass hat?«

Er war sofort alarmiert. Und als Ilanit hinzufügte: »Oder hast du vielleicht die Nummer des Flugs, auf dem er war?«, erwiderte er, das sei doch genau das, was sie eigentlich hatte klären wollen. Er dachte einen Augenblick lang nach und wies sie dann an, die Passagierlisten aller Flüge aus der Schweiz in der Nacht vom 22. auf den 23. August zu beschaffen. »Und wenn wir ihn dort nicht finden«, fuhr er fort, »dann lass uns alle Flüge checken, die auf dem Ben-Gurion-Flughafen in der Nacht zwischen elf und eins gelandet sind. Egal von welchem Ort auf der Welt.«

»Kein Problem, Avi. Aber nach welchem Namen sollen wir die Passagierlisten durchgehen?«

Das war eine ausgezeichnete Frage, und er hatte keine Antwort darauf. Der Tourist hatte im Hotel einen Schweizer Pass auf den Namen Jacques Bartoldi vorgezeigt und war an der Rezeption so registriert worden, aber nach Israel war er allem Anschein nach unter einem anderen Namen eingereist. Es sei denn, er war gar nicht in jener Nacht gelandet, und Oleg hatte sich geirrt, als er sagte, der Gast sei mit dem Taxi vom Flughafen gekommen.

»Denkst du, es gibt eine Möglichkeit, sich jeden anzugucken, der in der Nacht am Flughafen eingereist ist, sagen wir zwischen elf und eins? Wie viele können das sein? Ältere Männer, meine ich.« Er war nicht sicher, ob das überhaupt ging, aber Ilanit hatte keine Bedenken. Und da sie ihren Militärdienst beim Grenzschutz und zum Teil am Flughafen geleistet hatte, mailte sie die Videoaufnahme aus dem Hotel an die zuständige Sicherheitsoffizierin der Grenzpolizei, damit diese den Touristen unter den eingereisten Flugpassagieren suchen konnte.

Avraham machte sich einen vierten Kaffee und stopfte aus der offenen Tüte, die er in der Teeküche fand, zu viele von den kleinen Schokorollen in sich hinein. Er kehrte zurück in sein Büro und sah sich, jetzt mit gesteigertem Interesse, weiter die Aufzeichnung der Überwachungskamera aus dem *Palace* an. Das eingeblendete Datum zeigte inzwischen den 25. August an. Und die Zeit 14:43 Uhr. Rund drei Stunden zuvor hatte Simcha Chozez bei der Polizei einen Touristen gemeldet, der aus dem Hotel verschwunden war, ohne seine Koffer mitgenommen oder das Zimmer bezahlt zu haben, und Avraham hatte das sogar nach seiner Besprechung mit Benny Saban auf Ilanits Liste gesehen. Aber zu dem Zeitpunkt hatte es etliche Dinge gegeben, um die er sich kümmern musste, und er hatte gedacht, die Überprüfung dieser Meldung sei nicht vordringlich. Womöglich hatte er sich geirrt. Hätte er gleich einen Streifenbeamten ins *Palace* geschickt, hätte er jetzt die Koffer und würde wahrscheinlich den Grund der Reise des Mannes kennen und die Umstände, unter denen er verschwunden war.

Doch die beiden Männer, die auf dem Computerbildschirm erschienen, waren ihm zuvorgekommen.

Nur einer von ihnen, gedrungen, kompakt und blond, vielleicht dreißig, in einem hautengen, in die helle Jeans gestopften weißen T-Shirt, hatte mit Oleg gesprochen. Der zweite Mann – älter als der erste und deutlich größer, mit Glatze und geblümtem Hemd – stand hinter ihm und sagte kein Wort. Aber er war es dann, der aus der Gesäßtasche seiner Hose ein Portemonnaie zog und Oleg in bar bezahlte. Oleg reichte ihnen den Schlüssel für Zimmer 203 und sein Blick begleitete sie, als sie im Treppenaufgang des *Palace* verschwanden und in den zweiten Stock stiegen. Das nächste Mal von der Kamera erfasst wurden sie um

15:02 Uhr, was bedeutete, dass sie eine gute Viertelstunde in dem Zimmer verbracht hatten.

Das hatte Oleg ihm nicht gesagt.

Es gab keinen Grund, sich so lange in dem Zimmer aufzuhalten, es sei denn, sie haben dort außer den Koffern noch etwas anderes gesucht.

Oben auf der Seite des schwarzen Hefts stand noch immer *Jacques Bartoldi*, obgleich Avraham bereits davon ausging, dass das nicht sein wahrer Name war. Darunter setzte er weitere Fragen: *Was war in den Koffern? Und wonach haben sie in dem Zimmer gesucht?* Und daneben in größeren Buchstaben: *So bald wie möglich noch mal ins Hotel fahren und das Zimmer absuchen. Vielleicht haben sie nicht gefunden, was sie wollten.*

Wahabe klopfte an die Tür seines Büros, der Bericht der Ärzte, die den Säugling untersucht hatten, war jetzt da. Nach ihrer Einschätzung war das kleine Mädchen vor zehn Tagen als Frühgeburt zur Welt gekommen, in der dreißigsten oder vielleicht einunddreißigsten Schwangerschaftswoche, und obgleich sie ernährt worden war, hätte sie sofortiger medizinischer Behandlung bedurft, die sie nicht erhalten habe. Die Kleine befand sich jetzt auf der Frühchenstation des Wolfson-Krankenhauses, hatte Probleme mit der Atmung und war noch nicht gänzlich außer Lebensgefahr. Außerdem, fügte Wahabe hinzu, sei sie nicht mehr sicher, ob Liora Talias tatsächlich die Mutter sei. Die Kindergartenbetreiberin, bei der die Verdächtige arbeitete, hatte ausgesagt, dass Talias nicht schwanger gewesen war. Und Talias hatte ohne Weiteres einer DNA-Probe zugestimmt. »Obwohl es einen Nachbarn gibt, der sagt, er denkt, sie sei doch schwanger gewesen, bin ich mir wirklich nicht mehr sicher.« Als sie sagte, Marianka habe sie zum Abendessen eingeladen und dass sie vom Revier direkt zu ihnen in die Wohnung fahren würde, schwankte er für einen Moment, ob er sich ihr anschließen sollte, blieb aber dann doch im Büro, weil er das Gefühl hatte, er dürfe den Fall Bartoldi nicht noch mehr schleifen lassen. Und er sollte recht behalten.

Ilanit rief ihn eine halbe Stunde später an. »Hast du was zu schreiben?« Im Hintergrund lief der Fernseher und auch die Stimmen ihrer Kinder waren laut, aber er schrieb mit.

»Der Mensch, den du suchst, heißt nicht Bartoli. Oder zumindest ist er nicht unter dem Namen eingereist. Er heißt Raphael Chouchani. Und er ist mit einem französischen Pass eingereist, nicht mit einem Schweizer. Wer hat dir überhaupt gesagt, er sei Schweizer?«

Er schrieb *Raphael Chouchani* oben auf die erste Seite des Hefts. Neben den Namen Bartoldi, ohne diesen durchzustreichen.

»Bist du sicher, dass es derselbe Mann ist? Er heißt Bartoldi, nicht Bartoli.«

»Bin ich. Sheli hat die Aufnahme, die wir ihr geschickt haben, mit ihren Kameras abgeglichen, und sie sagt, dieselben Kleidungsstücke, dieselbe Körpergröße. Irrtum ausgeschlossen. Außerdem hat er auch mit der Beamtin gesprochen, die seinen Pass abgestempelt hat. Sheli hat sie angerufen, und sie hat sich fast sofort an ihn erinnert. Sie heißt Aflalo, und Chouchani hat sie gefragt, ob sie weiß, woher ihr Name stammt, und ob sie schon mal in Marokko war. Am Ende hat er zu ihr gesagt: ›Vielen Dank, ich verspreche, dass ich mich an Sie erinnern werde, Mademoiselle Noa Aflalo. Denken Sie, Sie werden sich auch an mich erinnern?‹ So was in der Art, ganz süß. Nicht so 'ne eklige Anmache. Kurzum, Sheli kann dir einen Scan von seinem Pass schicken. Und hörst du, Avi? Er ist mit einem Air-France-Flug aus Paris gekommen, also kann man die morgen früh anrufen und um seine Kontaktdaten bitten.«

Nachdem ihn die verpasste Entsendung eines Beamten ins Hotel die beiden Koffer gekostet hatte, verlor er diesmal keine Zeit. Nicht einmal bis zum nächsten Morgen. Es war kurz nach sieben, also gerade mal 18:00 Uhr Pariser Zeit, dennoch ging bei der Hotline von Air France niemand mehr dran, und eine Ansage auf Englisch bat ihn, es am nächsten Tag zwischen neun und fünf erneut zu versuchen. Er rief bei der Abteilung für internationale Polizeikontakte an und entschuldigte sich für die Uhrzeit. Doch als er um Amtshilfe für eine kurze Anfrage bei der französischen Polizei bat, meinte die Kollegin am anderen Ende der Leitung: »Warum wenden Sie sich dann nicht direkt an unsere Repräsentantin in Paris? Ich schicke Ihnen ihre Telefonnummer. Kennen Sie sie etwa nicht?«

Er kannte sie nicht, aber Vizekommandantin Idith Graty kannte ihn.

»Sie sind doch der Avraham Avraham, der viele Jahre lang mit Ilana Liss in Cholon gearbeitet hat, oder?«, fragte sie, und er bejahte, weil es ja stimmte, aber auch, weil er das Gefühl hatte, das würde sie motivieren, ihm zu helfen. Sie versprach, ihr Möglichstes zu tun, und als sie einige Minuten später zurückrief, teilte sie ihm tatsächlich mit, sie habe ihre Kontakte spielen lassen und er müsste in Kürze einen Anruf von der Auskunftsstelle der französischen Polizei erhalten, man würde ihm helfen, alles zu klären, was er benötige. Avraham dankte ihr herzlich, auch für das, was sie sagte, ehe sie sich verabschiedeten: »Ilana hat Sie sehr gemocht. Sie hat ständig von Ihnen gesprochen.«

Die Dunkelheit senkte sich herab. Die Klimaanlage im Zimmer lief seit dem Morgen. Avraham schaltete sie aus und öffnete das Fenster, das zum Einkaufszentrum und zum dicht gedrängten Ensemble von Bürotürmen blickte, die in einiger Entfernung aus dem Boden gestampft worden waren. Marianka hätte ihm mit dem Französischen helfen können, aber sie war bereits in Kiryat Sharet, ihrem Viertel, das hinter den monströsen Türmen versteckt lag, und aß in der gemeinsamen Wohnung in dem in die Jahre gekommenen Mehrfamilienhaus mit Esthi Wahabe zu Abend. Die beiden hatten sich in letzter Zeit angefreundet, Esthi war offenbar zu Mariankas bester Freundin in Israel geworden, vielleicht, so dachte er zumindest, als trauriger Ersatz für Eva und Monica, die sie in Koper zurückgelassen hatte.

Der Mann von der Auskunftsstelle der französischen Polizei hatte eine jugendliche, sanfte Stimme. »Is this Inspector Avraham?«, fragte er auf Englisch, und Avraham antwortete aus irgendeinem Grund mit »Oui«, einem der wenigen Wörter, die er auf Französisch beherrschte, das seinen Gesprächspartner am anderen Ende der Leitung aber fälschlicherweise glauben ließ, er spräche seine Sprache. Er entschuldigte sich sofort, dankte dem Kollegen auf Englisch dafür, dass er sich um diese Zeit noch bereit gefunden hatte, ihm zu helfen, und berichtete in aller Kürze von dem Reisenden mit französischem Pass, der mit einem Air-France-Flug nach Israel gekommen und dann verschwunden war, und von den Verwandten, die seine Hotelrechnung beglichen und seine Koffer mitgenommen hatten.

»We want to make sure he's okay«, sagte er und meinte, bei seinem Gegenüber ein gewisses Erstaunen herauszuhören, dass sich die israelische Polizei nicht nur um die eigenen Bürger, sondern auch um die Touristen in ihrem Land sorgte. Den Namen, unter dem sich der Tourist im Hotel angemeldet hatte, ließ er gegenüber dem französischen Polizisten unerwähnt und bat nur um die Telefonnummer von Raphael Chouchani oder von dessen französischen Familienangehörigen, um zu klären, ob Chouchani Kontakt zu ihnen aufgenommen hatte und wo seine Verwandten in Israel wohnten.

Der Mann von der französischen Polizeiauskunftsstelle bat ihn, in der Leitung zu bleiben, und Avraham hörte ihn auf einer Tastatur tippen und auch Stimmen von anderen Telefonaten, die offenbar im selben Raum geführt wurden. War die Auskunftsstelle der französischen Polizei womöglich in eben dem Gebäude untergebracht, in dem Kommissar Jules Maigret am Quai des Orfèvres gearbeitet hatte? Die Frage bereitete ihm einen Moment lang großes Vergnügen, obgleich die Antwort aller Wahrscheinlichkeit nach nein lautete. Und was würde passieren, wenn er den Mann am anderen Ende der Leitung, der Avraham seinen Namen nicht genannt hatte, mit Lucas oder Janvier anredete? Würde der junge Franzose überhaupt wissen, dass es sich dabei um die zwei Gehilfen des stämmigen Polizeikommissars mit einer Vorliebe für Bier und Sandwichs handelte, dessen Ermittlungen Avraham überhaupt erst von einer Polizeikarriere hatten träumen lassen? Doch bevor er dazu kam, hörte er die sanfte Stimme des Mannes fragen, ob er einen Stift zur Hand habe.

Auf der zweiten Seite des schwarzen Heftes schrieb er: *Raphael Chouchani ist vor vier Tagen von Frankreich nach Israel gereist. Wohnhaft in Paris, Boulevard de Picpus 89.* Der französische Polizist gab ihm sowohl Chouchanis Festnetz- als auch seine Handynummer und fügte dann hinzu: »Hier ist auch noch die Nummer seiner Tochter. Ihr Name ist Annette Mallot. M-a-l-l-o-t. Sollte sich Chouchani nicht melden, können Sie vielleicht mit ihr reden. Melden Sie sich gerne, sollte sich in der Sache etwas Neues ergeben oder falls Sie weitere Hilfe benötigen.«

Als der junge Franzose seinen Namen nannte, traute Avraham zuerst seinen Ohren nicht: Der Mann von der Auskunftsstelle hieß nicht Lucas oder Janvier, sondern tatsächlich Jules!

*

Das Telefon in Chouchanis Wohnung klingelte eine Ewigkeit. Und sein Handy war abgeschaltet.

Avraham rief als Nächstes die Tochter an, und während er darauf wartete, dass jemand dranging, suchte er die Adresse der Wohnung auf Google Maps, obwohl das eigentlich nicht von Bedeutung war. Den Bildern nach befand sich Raphael Chouchanis Pariser Wohnung in einem restaurierten Gebäude an der Mündung einer kleinen Gasse auf einen breiten, belebten Boulevard. Im Erdgeschoss des Hauses gab es ein Café oder Restaurant namens *Capone*. Auf dem Bild bei Google Maps waren die runden roten Tische des Restaurants in einer Reihe auf dem Trottoir angeordnet, und die Straße war nass, als sei sie bei Regen fotografiert worden. Als er Annette Mallots Stimme hörte, merkte Avraham, dass er sich überhaupt nicht auf das Gespräch vorbereitet hatte und nicht wusste, wie er ihr seine Fragen unterbreiten sollte, ohne ihr Angst zu machen. Und als er sich vorstellte, fragte sie tatsächlich sofort auf Englisch: »Ist etwas passiert?« Doch Avraham verneinte.

»Warum rufen Sie mich dann an?«

Das war die erste Überraschung dieses Gesprächs.

Annette Mallot wusste nicht, dass ihr Vater nach Israel gereist war.

Sie telefonierten vielleicht alle drei, vier Wochen miteinander, ganz sicher aber nicht jeden Tag, und sahen sich nicht öfter als drei-, viermal im Jahr, da Mallot in Straßburg wohnte, zwei Stunden mit dem Zug von Paris entfernt. Bei ihrem letzten Telefonat hatte ihr Vater nichts von einer geplanten Reise nach Tel Aviv gesagt. Doch zuweilen, fügte sie hinzu, würden sie über einen Monat lang nicht miteinander sprechen, und die Tatsache, dass er gefahren war, ohne ihr Bescheid zu geben, sei nichts Außergewöhnliches.

Avraham nahm eine kleine Änderung an der Geschichte vor, um sie nicht zu erschrecken. Ihr Vater, sagte er, habe sich vor vier Tagen ein Zimmer in einem Hotel in Bat Yam genommen und das Hotel dann mit zwei Verwandten verlassen, jedoch seien ein paar von seinen Sachen im Zimmer liegen geblieben. Und da er keine Telefonnummer hinterlassen habe, hätte das Hotel keine Möglichkeit gehabt, ihn zu erreichen.

Hinter der Stimme von Annette Mallot war jetzt ein Mann zu hören, der ihr etwas auf Deutsch zuflüsterte. Avrahams vermeintlich beruhigende Worte verängstigten sie allerdings nur noch mehr. Sie sagte, soweit sie wisse, hätten sie in Israel keine so nahen Verwandten, dass ihr Vater sich bei ihnen einquartieren würde. »Er hat entfernte Cousins, glaube ich, aber ich bin nicht sicher, ob sie überhaupt in Kontakt sind. Ich verstehe nicht, zu welchen Verwandten er gegangen sein soll.«

Das war die zweite Überraschung. Avraham bat sie, trotz allem nach den Telefonnummern der Cousins in Israel zu suchen, und fragte: »Kann ich Ihnen in der Zwischenzeit ein Foto von zwei Männern schicken, und Sie sagen mir, ob das Ihre Verwandten sein könnten?«

Während die Aufnahme mit dem kompakten, kleinen Blonden und dem großen, kahlen Schweigsamen unterwegs in Annette Mallots E-Mail-Postfach war, sagte Avraham: »Sie meinten, Ihr Vater würde manchmal abtauchen. Verreisen, ohne Bescheid zu geben, das war es doch, was Sie vorhin gesagt haben, oder?« Und sie erwiderte: »Er verschwindet nicht monatelang, aber ja, Vater ist früher viel gereist. Er hat – oder vielmehr hatte – seine Geschäfte, und manchmal hat man eine ganze Weile nichts von ihm gehört. Aber er ist nicht mehr der Jüngste, und ich mache mir Sorgen. Kann es sein, dass diese beiden Männer ihn entführt haben? Dass sie ihn festhalten und ihm etwas antun wollen?«

Diese Möglichkeiten hatte er für sich selbst noch gar

nicht so deutlich formuliert. »Ich denke nicht, dass man voreilige Schlüsse ziehen sollte. Wir haben keinerlei Grund zu der Annahme, dass etwas Schlimmes passiert ist. Können Sie mir sagen, wie alt Ihr Vater ist?« Und Annette sagte: »Zweiundsechzig, im November wird er dreiundsechzig.«

Sie musste Anfang, Mitte dreißig sein, und angesichts der Stimme des Mannes, der ihr im Hintergrund weiterhin Dinge auf Deutsch zuflüsterte, konnte es durchaus sein, dass sie verheiratet war. Kinder waren keine zu hören, vielleicht aber auch nur, weil es schon spät war.

»Und ist er bei guter gesundheitlicher Verfassung?«

»Was soll das heißen?«

»Hat er irgendwelche Beschwerden? Herzprobleme, zum Beispiel, oder vielleicht eine Alzheimererkrankung im Frühstadium?«

»Nein. Denken Sie, dass er ... Er hat vor ein, zwei Jahren eine schwere Zeit durchgemacht, vielleicht auch gesundheitlich, aber im letzten Jahr hatte ich den Eindruck, dass er sich erholte. Hat er sich nicht gut gefühlt im Hotel? Oder während des Flugs?«

»Ich weiß es nicht. Ich versuche einfach, alle Möglichkeiten abzuklopfen. Und ich habe wirklich keinen Grund zu der Annahme, ihm sei etwas zugestoßen. Haben Sie eine Vermutung, warum er nach Israel gereist ist? Hat er hier geschäftlich zu tun, oder hat er vielleicht eine Reise zu Verwandten erwähnt, bei einem Ihrer Telefonate in letzter Zeit?«

Annette Mallot schwieg, als versuchte sie, sich zu erinnern. Oder als sei sie unschlüssig, ob sie ihm auf seine Frage antworten sollte?

»Und warum hat er sich dieses Hotel in Bat Yam ausgesucht und nicht eins in Jerusalem oder in Tel Aviv? Wissen Sie das?«

»Ich nehme an, wenn er nach Israel gefahren ist, dann doch wahrscheinlich beruflich, meinen Sie nicht?«, fragte sie zurück, und als Avraham sagte: »Ich weiß nicht. Was genau macht denn Ihr Vater?«, erwiderte sie sofort: »Das sollten Sie doch wissen, oder nicht?«

Das war die dritte Überraschung. Annette Mallot fuhr fort: »Einzelheiten kenne ich nicht, weil er darüber nie mit mir gesprochen hat, und ich weiß auch nicht, was man sagen darf und was nicht, aber er hat für den Mossad gearbeitet. Sind Sie nicht darüber informiert?«

Avraham spürte den Drang, das Telefon instinktiv aus der Hand zu legen, als gingen Stromstöße davon aus. Er stand auf, ging zum zur Straße geöffneten Fenster und machte es zu, ehe er zu Annette Mallot sagte: »Ich werde klären, ob er in so einer Angelegenheit unterwegs war. Vielen Dank jedenfalls, dass Sie mir geholfen haben. Sie haben ja meine Nummer und können mich in ein paar Tagen anrufen, sollte er sich bis dahin nicht bei Ihnen gemeldet haben.« Diesen letzten Satz bereute er schon, noch während er ihn aussprach. Vielleicht sollte sie seinen Anruf besser vergessen und seine E-Mail löschen? Aber sie hatte sich die Aufnahme bereits angesehen, sagte, dass sie die beiden Männer nicht kenne, und so stellte er doch noch eine weitere Frage.

»Kennen Sie jemanden namens Bartoldi?«

Auch diesmal brauchte sie Zeit, und während Avraham auf ihre Antwort wartete, hörte er erneut das Flüstern des

Mannes auf Deutsch. »Nein«, sagte sie schließlich. »Ich denke nicht.«

»Jacques Bartoldi? Schweizer Staatsbürger?«

»Kenne ich nicht«, erwiderte sie. Und fügte dann hinzu: »Warum fragen Sie?«

Nun war er an der Reihe, sich um eine Antwort zu drücken.

Aber bevor sie sich verabschiedeten, hatte sie noch eine Frage an ihn.

»Wissen Sie, ob er allein nach Israel geflogen ist? Oder zusammen mit Sarah?«

Er wusste mit dem Namen Sarah nichts anzufangen, und sie erklärte ihm, Sarah Nueyma sei seit einem Jahr die Lebensgefährtin ihres Vaters und man müsse klären, ob sie mit ihm gereist sei.

»Kein Problem. Wir überprüfen das und melden uns, falls es Neuigkeiten gibt.« Er beendete das Telefonat, notierte in seinem Heft den Namen *Sarah Nueyma* und schrieb darunter: *Klären, ob sie zusammen mit Chouchani oder vor/nach ihm eingereist ist*, aber neben diese Worte malte er ein Fragezeichen, denn es konnte sehr gut sein, dass ihn das überhaupt nichts anging, sondern Angelegenheit des Mossad war.

4

Seit man den Test bei ihr gemacht hatte, wartete sie auf einen Anruf der Polizistin. Und plante, was sie zum Ergebnis sagen würde. Auch die Erklärungen von Avi Edri zu den Auflagen, unter denen man sie hatte gehen lassen, und den weiteren Ermittlungen brachten nichts Neues. Bis die Testergebnisse vorlagen, würde die Polizei bestimmt mit den Nachbarn sprechen, mit dem Kindergarten, der Krankenkasse und mit Familienangehörigen. Sie würden versuchen herauszufinden, ob Liora schwanger gewesen war, ob sie jemandem davon erzählt hatte. All das war abzusehen und bei dem Plan einkalkuliert, den sie ausgetüftelt hatte, als die Kleine noch bei ihr zuhause war.

Auch Edris Bitten, mit denen er ihr immer wieder in den Ohren lag, brauchte sie nicht. »Nicht mehr telefonieren. Und kein WhatsApp. Und auch keine Statusänderungen oder Nachrichten auf irgendeinem anderen Gerät oder irgendeiner App. Sie sagen gar nichts mehr, zu niemandem, und schreiben auch nichts mehr, egal wo.« Er hatte Liora auch geraten, möglichst den Verlauf »auf jedem möglichen Medium« durchzugehen und »nach Chats oder Bildern zu suchen, bei denen wir auf der Hut sein sollten«. Auch das hatte sie längst getan.

Die Polizistin rief nachts um elf an, um ihr möglichst

wenig Zeit zu lassen, sich vorzubereiten, und das Klingeln weckte Mordechai auf, der auf dem Balkon schlief. Sie bestellte Liora am nächsten Morgen um halb neun aufs Revier, weil die Testergebnisse da seien, und Liora antwortete: »Wir bereiten den Kindergarten für den Jahresbeginn vor. Geht's nicht am Nachmittag?« Sie konnte die Wut in der Stimme der Polizistin hören, als diese antwortete, das sei nicht möglich. »Dann vielleicht jetzt am Telefon?«, schlug Liora vor, und die Polizistin antwortete: »Ich habe Ihnen einen Gefallen getan, als ich Sie nach Hause gehen ließ. Wenn Sie so weitermachen, sorge ich dafür, dass Sie zwei, drei Nächte mit den Ratten in Abu Kabir verbringen anstatt im Kindergarten. Passt Ihnen das besser?«

Das Untersuchungsgefängnis Abu Kabir machte ihr keine Angst. Im Gegenteil. Die Hölle hatte sie schon hinter sich.

Und vielleicht wäre das sogar eine Gelegenheit, zum Gericht zu gehen und laut zu sagen, was sie wollte.

*

Die Nacht vor der zweiten Vernehmung, die letzte Nacht in der Wohnung ohne die Mädchen.

Nach einem langen Arbeitstag hatte sie keine Kraft mehr zu kochen, also bat sie Mordechai, etwas zu essen mitzubringen, und er kam mit einem Topf Reis, der am Boden schön angebrannt war, und Fischklopsen in Soße. Er wollte im Schlafzimmer übernachten, aber Liora war müde und zog es vor, wenn er auf dem Balkon schlief. Während sie aßen, erzählte sie ihm von den Vorbereitungen. Wie vor jedem neuen Kindergartenjahr war Alice gestresst, alles sei nicht sauber genug und noch nicht hübsch dekoriert, weshalb sie Liora genötigt hatte, alle Räume mit Chlorreiniger zu desinfizieren und danach aufklappbare Sterne aus buntem Karton auszuschneiden. Jeder Stern sollte mit dem Foto eines Jungen oder Mädchens, mit ihren Namen und dem Geburtsdatum beklebt, und dann an die »Sternenwand« gehängt werden, die Yakir, Alice' Mann, in einem hässlichen Himmelblau gestrichen hatte. Zwischen den Sternen hatte Liora die beiden müden Wolken von vor zwei Jahren aufgehängt, in denen die Fotos und Geburtstage von Alice und ihr selbst klebten.

Mordechai aß langsam und still. Spülte danach ab. Im Fernsehen berichtete die Kriminalreporterin, an die sich Liora womöglich wenden wollte, über einen Rechtsanwalt aus Haifa, der Vollmachten gefälscht und Geld von in die Jahre gekommenen Klienten auf sein Konto hatte fließen lassen. Der Rechtsanwalt stritt alles ab, behauptete, die Beträge, die er sich überwiesen hatte, seien Honorare gewesen, und drohte mit einer Verleumdungsklage gegen die Reporterin. Wie immer hieß es von der Polizei, man werde »den Sachverhalt prüfen«.

Mordechai schlief auf dem Sofa ein, und sie weckte ihn und half ihm, auf die Matratze auf dem Balkon umzuziehen. Sie öffnete die Sonnenblenden, damit er nachts Luft bekam und im Morgengrauen aufwachte. Danach rief sie Michal an, die ihr sagte, den Mädchen gehe es gut. Eden habe den ganzen Tag erst mit dem Baby gespielt und ihr dann im Haushalt geholfen, und Ofrit habe bloß vor dem Fernseher gehangen.

Sie wartete nicht sehnsüchtig darauf, dass die Mädchen wieder nach Hause kämen.

Die Stille, die in der Wohnung herrschte, seit Eden und Ofrit bei ihrer ältesten Tochter schliefen, tat ihr gut, aber das Schuljahr stand vor der Tür, und die beiden mussten wieder in den Unterricht. Jetzt, da die Testergebnisse jeden Augenblick da sein mussten, bestand kein Grund mehr, etwas vor ihnen zu verheimlichen; das wäre auch gar nicht mehr möglich gewesen. Michal hätte sie ebenfalls einweihen können, denn wahrscheinlich würde man auch sie bald zur Vernehmung vorladen, aber Liora hatte sich bereits dagegen entschieden. Sobald Michal hörte, was passiert war, würde sie es ihrem Mann Maxim sagen, und die beiden würden nur Druck auf sie ausüben, das zu tun, was sie für das Richtige hielten. »Was ist mit Danielle?«, wollte Michal wissen. »Hast du mit ihr gesprochen? Ich erreiche sie nicht.« Und Liora antwortete: »Sicher. Es geht ihr gut. Sie erholt sich.« Und als Michal fragte: »Aber wovon denn?«, antwortete Liora: »Von ihrer Depression. Was weiß ich, wovon. Erinnerst du dich nicht mehr, wie *du* in der Pubertät warst?«

Als Wahabe anrief, um sie aufs Revier zu bitten, war Liora schon fast eingeschlafen, aber danach bekam sie bis zwei Uhr früh kein Auge mehr zu, wegen des Adrenalins und weil sie sich die Fragen der zweiten Vernehmung ausmalte und was sie darauf antworten sollte. Sie würde zu der Polizistin sagen: Sie können das nicht verstehen, weil Sie nicht durchgemacht haben, was ich durchgemacht habe. Ich weiß nicht, warum ich das getan habe, aber ich hatte keine andere Wahl. Könnten Sie etwa mit dem Gehalt einer

Kindergartenhelferin in einem städtischen Kindergarten allein eine Familie ernähren, ohne irgendwelche Hilfe?

Ich habe kein Geld, noch ein Kind großzuziehen, und ich wollte, dass sie ein besseres Leben hat als wir. Deshalb habe ich sie dort abgestellt.

Ich dachte, sie kommt zu Eltern, die ihr geben können, was ich nicht kann. Ist das wirklich so ein schlimmes Verbrechen?

*

Mordechai war bereits zur Synagoge gegangen, als Liora aufwachte, also trank sie den ersten Kaffee ohne ihn. Und sie fühlte und freute sich, dass er bald zurück sein, Bourekas mit Käsefüllung mitbringen und den zweiten Kaffee des Tages mit ihr trinken würde. Und bei ihr bliebe, bis sie nach Cholon fuhr.

An dem Tag, an dem sie ihm von Danielles Situation erzählte, hatte Mordechai vorgeschlagen, gemeinsam die Geschichte von Josef zu lesen, der ins Gefängnis geworfen wird, weil man ihn beschuldigt, die Frau Potifars, des Obersten der Leibwache des Pharaos, vergewaltigt zu haben. Am Morgen der zweiten Vernehmung las sie die Geschichte erneut, weil sie ihr Kraft gab. Mordechai hatte gesagt, das sei eine Geschichte über Rechtsbeugung. Josef wird ins Gefängnis geworfen, aber nicht etwa, weil er das Weib des Potifar missbraucht hätte, sondern weil er im Gegenteil nicht eingewilligt hatte, mit ihr zu liegen, da sie nicht von den Hebräerinnen war. Liora aber interessierte an der Geschichte etwas ganz anderes: nämlich dass aus der Strafe für

Josef nur Gutes erwächst. Hätte ihn das Weib des Potifars nicht der Vergewaltigung bezichtigt, hätte Josef im Kerker nicht die Kämmerer des Pharaos getroffen und ihnen ihre Träume gedeutet; er wäre hernach nicht in den Palast gebracht worden, um die Träume des Pharaos zu deuten, und er wäre nicht zu seiner mächtigen Position aufgestiegen, in der er seine Brüder, die Söhne Jakobs, vor der großen Hungersnot retten konnte, die das Land heimsuchte.

Denn der HERR *war mit ihm, und was er tat, dazu gab der* HERR *Glück.*

Sie hoffte, dieser Satz würde auch für sie gelten, diesmal. Und wenn nicht ihretwegen, dann um Davids oder der Kleinen willen, denn von dem Augenblick ihrer Geburt an war klar, Gott ist mit ihr.

Mordechai schlug vor, sie aufs Revier zu begleiten und dort zu warten, bis die Vernehmung beendet war. Doch sie lehnte ab. Bat ihn stattdessen, er solle in seine Wohnung zurückkehren, und versprach, ihn anzurufen und ihm alles zu erzählen.

Als sie auf dem Revier eintraf, führte die Polizistin sie in denselben Raum wie beim ersten Mal, aber diesmal lief die Klimaanlage, und auf dem Tisch standen eine Wasserflasche und Plastikbecher, und die Beamtin bot Liora als Erstes einen Kaffee an, vielleicht in der Hoffnung, dass diesmal alles in anderer Atmosphäre verlaufen würde. »Sie wissen, was wir bei dem Test festgestellt haben, oder?«, war ihre erste Frage, und Liora antwortete ohne nachzudenken: »Dass der Mensch vom Affen abstammt?«

Die Augen der Polizistin waren noch stärker gerötet und tränten noch mehr als bei der ersten Vernehmung. Auf ihren Lidern klebten graue Staubkrümel, offenbar Reste einer Creme, die sie nachts aufgetragen hatte und die nicht gut eingezogen war.

»Es hat sich herausgestellt, dass Sie nicht die Mutter des Säuglings sind, den Sie im Eingangsbereich des Krankenhauses ausgesetzt haben.«

»Wie ich Ihnen ja gesagt habe. Und am Ende werden Sie auch noch rausfinden, dass ich sie da überhaupt nicht abgestellt habe.«

»Das wird nicht passieren. Denn der Test hat ergeben, dass Sie eine Verwandte sind. Ich nehme an, es ist Ihr Enkelkind.«

Liora lächelte.

Bis zu dem Augenblick habe ich so gar nicht von ihr gedacht, weißt du, David? Unsere Enkelin. Du hättest gern Enkelinnen gehabt, wenn man dir bloß die Gelegenheit gegeben hätte.

Ich hab nicht dran gedacht, dass sie meine Enkelin ist, als ich ihr das Fläschchen gegeben hab, als ich sie gewickelt und ihr den Mund mit Wasser befeuchtet habe, und auch nicht, als ich sie im Schlafzimmer in unser Bett zum Schlafen gelegt habe.

Im Nacken hat sie so einen schwarzen Flaum, den unsere Töchter nicht hatten.

»Ich habe nur einen Enkel«, sagte sie, »und der ist zuhause bei seiner Mutter. Das können Sie überprüfen.«

Wahabe schob die Computertastatur Richtung Tischkante, als wollte sie etwas Trennendes zwischen ihnen aufheben, und sagte leise: »Ich habe versucht, mir zu überlegen, warum Sie Zeit vergeuden, Liora. Was Sie sich davon erhoffen. Aber ich habe keine Antwort. Ich verstehe, dass Sie keine Polizisten mögen oder Ihnen meine Nase nicht passt und Sie mir nicht helfen wollen. Aber wollen Sie denn nicht Ihren Töchtern helfen? Ihrer Enkelin?« Sie verstummte kurz, vielleicht, um herauszufinden, ob ihre Worte bei Liora ankamen, bevor sie weitersprach. Bestimmt hatte sie sich alles zuvor zurechtgelegt, in der Hoffnung, Liora dazu zu bewegen, mit ihr zu kooperieren. »Wir haben zwei Wege, und Sie entscheiden, welchen wir gehen. Einer ist, Sie erzählen mir, welche von Ihren Töchtern die Mutter des Babys ist und was genau passiert ist. Warum die Kleine als Frühchen geboren wurde und warum Sie nicht ganz regulär in ein Krankenhaus gegangen sind, sondern sie in eine Tasche gepackt haben und geflüchtet sind. Der zweite Weg ist, dass wir Sie direkt ins Abu Kabir bringen. Man hat Ihnen dort ein warmes Bett vorbereitet und ein paar Damen erwarten Sie, die sich bestimmt freuen, Sie in Empfang zu nehmen. Während Sie dort zu Gast sind, werde ich Ihre Töchter herbringen lassen. Wir werden sie zu den freundlichen Kollegen in getrennte Verhörräume setzen, und die werden sie fragen, was sie gesehen haben und was sie wissen, sie werden ihnen drohen und Speichelproben von ihnen nehmen, wie wir es bei Ihnen gemacht haben. Was ist Ihnen lieber?«

Liora lag ihre Antwort schon auf der Zunge, als Wahabe anfing, ihr zu drohen. »Sagen Sie, haben Sie mal dran gedacht, zum Augenarzt zu gehen? Denn was Sie da haben, ist ja furchtbar. Echt widerlich. Ich hoffe nur, das ist nicht ansteckend.«

Durch die Tür war andauernd ein Klingeln zu hören. Liora nahm an, dass die Polizistin auf dem Flur stand und sich vielleicht am Telefon mit einem anderen Ermittler beriet. Oder war die Blinde da draußen vielleicht doch allein, atmete tief durch und versuchte Kraft zu sammeln, nachdem Liora ihr die Luft abgelassen hatte, mit nur einem Satz, von dem sie eine Sekunde zuvor noch nicht mal wusste, dass sie den Mut haben würde, ihn auszusprechen?

Als sie wieder hereinkam, schwitzte die Blinde. Schaltete als Erstes die Klimaanlage höher.

Eine Viertelstunde lang beschäftigte sie sich mit ihrem Computer, ohne ein Wort zu Liora zu sagen, offenbar um den Anschein zu vermitteln, sie habe die Situation unter Kontrolle, dann verließ sie erneut den Raum. Und als sie die Vernehmung wieder aufnahm, stellte sie ihre Fragen in nüchternem, trockenem Ton, ohne Liora dabei anzuschauen, um nicht ihre Aufgewühltheit preiszugeben.

»Ich fahre mit der Vernehmung fort. Es kann sein, dass in einer bestimmten Phase ein weiterer Ermittler dazustoßen wird, aber bis dahin möchte ich, dass Sie sachlich bleiben, ohne Spielchen, damit wir das hier möglichst schnell über die Bühne bringen.« Und Liora erwiderte: »Da kann ich mich nur anschließen. Ich habe auch noch zu tun.«

»Sie haben vier Töchter?«

»Ja.«

»Ihre älteste Tochter ist vierundzwanzig? Michal Kalimi. Verheiratet, Mutter eines Sohnes?«

»Richtig.«

»Ist der Säugling, den Sie um 10:25 Uhr am Morgen des 25. August in einer Tasche vor dem Wolfson-Krankenhaus in Cholon ausgesetzt haben, ihr Kind? Ist Ihre Tochter, Michal Kalimi, die Mutter des Säuglings?«

»Warum fragen Sie sie nicht selbst? Oder nehmen eine DNA-Probe von ihr, Sie ...«

»Ich habe bereits mit ihr gesprochen. Sie wusste nicht, dass Sie hier sind. Warum haben Sie ihr nichts erzählt?«

Das war das erste Mal, dass die Blinde sie einen Satz nicht beenden ließ, vielleicht auf Rat desjenigen, mit dem sie auf dem Flur telefoniert hatte. Liora sagte: »Was hätte ich ihr denn erzählen sollen? Dass eine Polizistin, die nicht aus den Augen gucken kann, sicher ist, ich hätte ein Kind geboren, ohne es mitzukriegen?« Wahabe hob den Blick, und einen Moment lang erschrak Liora vor ihrem eigenen Mut, so mit einer Polizeibeamtin zu sprechen, und fügte schnell hinzu: »Warum denken Sie, Michal würde ihr eigenes Baby weggeben? Wo ist denn da die Logik? Sie ist jung und will doch Kinder kriegen.«

Die Polizistin richtete die Augen wieder auf den Bildschirm und bemühte sich von dem Moment an, Liora nicht mehr anzusehen. »Das kann alle möglichen Gründe haben«, sagte sie. »Vielleicht wollte ihr Mann nicht. Oder er wusste nicht, dass sie schwanger war. Vielleicht wollte sie das Baby vor ihm verbergen?«

»Sie sind doch nicht normal. Ich schwör's Ihnen. Das sind ja Geschichten wie bei *Tausend und einer Nacht*. Vielleicht bestellen Sie die beiden her und erzählen ihnen das alles. Dann werden wir ja sehen, wie Maxim reagiert, wenn Sie ihn fragen, ob Michal ein Kind geboren hat, das nicht von ihm ist. Besser Sie sind dann nicht allein mit ihm in einem Raum, das sag ich Ihnen.«

»Habe ich schon. Er ist unterwegs. Michal sagt, sie kann heute nicht kommen, weil Ihre beiden kleinen Töchter bei ihr sind. Können Sie mir erklären, warum sie dort sind?«

»Große Freiheit. Ich brauchte mal Ruhe von den Kindern. Ab dem 1. September werden wieder jeden Tag gut dreißig davon um mich herumwuseln.«

Die Blinde konnte sich nicht zurückhalten: »Wenn das so weitergeht, werden Sie Ihre Freiheit für lange Zeit los sein, aber wenigstens haben Sie dann Ruhe vor Kindern.«

Liora lächelte. »Endlich werden Sie 'n bisschen lockerer. Jetzt müssen Sie sich nur noch um Ihre Augen kümmern und sich morgens das Gesicht besser abspülen, und schon sehen Sie richtig menschlich aus.«

Von Sekunde zu Sekunde spürte sie, wie ihre Kraft wuchs.

Hörst du, wie ich mit ihr rede, David? Wie mit den Mädchen zuhause, ohne Angst vor irgendwas.

Die Polizistin reagierte nicht darauf, sondern fragte: »Wie alt sind Ihre Töchter, die bei Michal sind?« Und Liora antwortete: »Neun und zwölf. Wollen Sie wissen, ob das Baby von ihnen ist?«

»Und wo ist Danielle?«

Liora sagte: »Ich weiß nicht.«

»Ich frage Sie noch einmal, Liora. Und ich verlange eine Antwort von Ihnen. Wo befindet sich Ihre Tochter Danielle? Sie ist noch minderjährig, und Sie sind verantwortlich für sie und müssen wissen, wo sie sich aufhält.«

»Ich geb Ihnen doch eine Antwort. Haben Sie auch was mit den Ohren? Ich weiß nicht, wo sie ist.«

Liora hörte auf zu antworten, weil der Übergang zur

nächsten Phase bevorstand und sie den richtigen Zeitpunkt abpassen musste. Und vielleicht auch, weil sie sich für einen Moment nicht mehr sicher war. Müdigkeit überkam sie; sie hatte nur drei Stunden geschlafen und spürte, dass ihr der Schlafmangel einen Augenblick lang ihre Stärke raubte und der Angst ermöglichte, sie von innen zu schwächen. Aber das ließ sie nicht länger zu und erinnerte sich daran, dass sie sich ja immer vorstellen konnte, mit David zu sprechen. Der richtige Zeitpunkt kam dann am Mittag, ausgerechnet auf dem Höhepunkt ihrer zunehmenden Müdigkeit.

Und noch immer hatte sich kein weiterer Polizist zu der Blinden gesellt. Die fragte jetzt nur noch nach Danielle, und Liora antwortete auf die meisten Fragen nicht, verlangte stattdessen, die Vernehmung zu beenden und nach Hause gehen zu dürfen. »Ich will nicht mehr über dieses Baby reden. Als ob groß was passiert wäre. Ihr habt ein gesundes Baby gefunden, um das man sich gut gekümmert hat, also sucht noch ein Zuhause für die Kleine und fertig. Vor sechzig Jahren habt ihr Eltern ihre Babys weggenommen und ihnen erzählt, die wären gestorben, nur um sie an kinderlose Aschkenasim zu geben, und das war noch nicht mal ein Verbrechen. Im Gegenteil, das hat ja der Staat gemacht, zum Wohl der Kinder, richtig? Und jetzt soll das plötzlich ein Verbrechen sein? Ihr habt ein Baby gekriegt, also sagt danke und gut ist.«

»Aber dieser Säugling ist vorzeitig zur Welt gekommen und hätte medizinische Behandlung gebraucht. Höchstwahrscheinlich wird die Kleine nicht überleben, Liora.«

Es stimmte nicht, dass das kleine Mädchen keine Pflege bekommen hatte. Und dass sie nicht leben würde. Sie hat am Leben bleiben wollen, und jemand hatte auf sie achtgegeben, jemand im Himmel, sonst wäre sie schon längst gestorben.

»Aber was wollen Sie denn von mir? Was hat das alles mit mir zu tun?«, fragte Liora.

»Ich möchte, dass Sie mir sagen, wo Ihre Tochter Danielle ist.«

»Nicht zuhause.«

»Wissen Sie, wo sie ist?«

»Im Moment? Nein.«

»Ist sie im Land?«

»Ich weiß nicht. Hab schon ein paar Tage nicht mehr mit ihr geredet.«

Vielleicht stammte ihre Müdigkeit nicht nur aus der kurzen Nacht und der Anspannung vor dem Übergang zum nächsten Teil des Plans. Vielleicht war sie einfach das Ergebnis dessen, was sie in den letzten Tagen erlebt hatte, all das, was jetzt durch diese Fragen wieder nach oben gespült wurde.

Danielles Schreie, die Liora mit ihren Händen erstickt hatte, damit keiner sie hörte.

Die Bissmale, die Danielle auf ihrer Hand hinterlassen hatte und die Kratzspuren am ganzen Arm.

Das Blut auf dem Laken, das Liora zweimal gewaschen, ehe sie es doch in einen Müllcontainer geworfen hatte.

Danielles Weinen in den Tagen nach der Geburt und die Anspannung vor ihrer Abreise. Die Sorge, jemand würde das Baby hören, das unbedingt leben wollte. Die Sonnenblenden, die immer geschlossen waren, damit niemand etwas sah. Und jedes Klopfen der Nachbarn an der Tür.

Sie hatten nebeneinander auf dem Doppelbett geschlafen, und bevor Liora irgendwann eingenickt war, hatte sie die Atemzüge des kleinen Körpers gehört, eines Körpers, der zu winzig für die Welt war, der gar nicht hätte geboren werden sollen. Die Kleine hatte fast überhaupt nicht geweint, und nachdem Mordechai ein paar Stunden auf sie aufgepasst hatte, war auch er der Meinung, er hätte in seinem Leben noch kein so stilles Baby gesehen.

»Ist Danielle etwas zugestoßen?«, fragte Wahabe, und Liora antwortete: »Was soll ihr denn zugestoßen sein? Machen Sie sich etwa Sorgen um sie?«

»Sollten Sie uns verheimlichen, dass Danielle etwas passiert ist, dann wird Ihnen das noch leidtun. Sie machen sich nur noch weiter strafbar.«

Liora wartete, dass die Müdigkeit verging. Dass die Kraft in Körper und Seele zurückkehrte. Die Flasche, die Wahabe ihr hingestellt hatte, war leer, und sie bat die Polizistin um mehr Wasser. Aber die Müdigkeit war auch zu etwas nutze, weil sie die Polizistin irrtümlicherweise glauben ließ, Liora wäre gebrochen. So konnte sie die nächste Phase wie einen unkontrollierten Zusammenbruch aussehen lassen.

Anstatt Liora eine neue Flasche Wasser zu bringen, sagte Wahabe: »Die Wahrheit ist, ich weiß, wo Danielle ist.«

»Wunderbar. Dann grüßen Sie sie mal. Und sagen Sie ihr, am 1. September geht die Schule wieder los.«

»Sie haben sie außer Landes geschmuggelt. Deswegen nehme ich an, dass das Baby von ihr ist und nicht von Michal. Richtig?«

»›Außer Landes geschmuggelt‹? Wer meinen Sie denn, dass ich bin?«

»Warum ist Danielle nach Frankreich geflogen?«

»Sicher, um Spaß zu haben. Waren Sie schon mal da?«

»Wir finden sie auch ohne Ihre Hilfe, aber Sie könnten uns Zeit ersparen, wenn Sie mir sagen, wo sie sich in Frankreich aufhält.«

»Kann ich jetzt gehen? Ich bin müde und vollkommen erledigt. Und wissen Sie was? Das ist wirklich nicht mein Ziel im Leben, Ihnen Zeit zu ersparen.«

»Liora, wenn Sie mir nicht sagen, wo Danielle ist, und mir nicht eine Telefonnummer geben, unter der ich sie erreichen kann, werde ich jetzt Ihre drei Töchter aufs Revier bringen lassen, die beiden kleinen auch, und ein Arzt wird bei ihnen eine Vaginaluntersuchung durchführen, um zu klären, ob sie eine Geburt hinter sich haben. Okay? Das werden sie ihr ganzes Leben nicht vergessen.«

Das war Wahabes Fehler.

Die Brutalität ihrer Drohung gab Liora auf einen Schlag ihre Kraft zurück. Sie verstand, das war der Augenblick, auf den sie gewartet hatte, und sagte: »Wenn Sie so was machen, dann verspreche ich Ihnen, dass Sie sich in 'ner halben Stunde im Fernsehen sehen und da erklären können, warum sie neun- und zwölfjährige Mädchen sexuell misshandeln lassen. Sie wollen, dass ich Ihnen erzähle, was passiert ist? Ich sag's Ihnen, denn ich hab keinen Nerv mehr auf Sie. Ehrlich, keinen Nerv mehr. Es ist von mir, das Baby. Die Kleine ist von mir. Ich war schwanger mit ihr, ich hab sie geboren und ich hab sie im Krankenhaus gelassen. In Ordnung? Sind Sie jetzt beruhigt?«

Wahabe sagte: »Ich weiß, dass sie nicht …«, doch Liora fiel ihr ins Wort: »Wollen Sie mir mal zuhören? Ich erzähl

Ihnen jetzt die Wahrheit. Wollen Sie die Wahrheit hören oder nicht?«

Wahabe schob erneut die Computertastatur in Richtung Tischkante und warf einen Blick zu der Kamera in der Zimmerecke. »Ich möchte sie hören. Soll ich Ihnen noch eine Flasche Wasser bringen?«, fragte sie, und Liora nickte. Die Erschöpfung, die in jenen Augenblicken in ihren Bewegungen lag, war gespielt. Wahabe verließ den Raum und kehrte erst nach geraumer Zeit mit zwei Flaschen Wasser zurück, sagte erneut zu Liora, in ein paar Minuten werde sich noch ein weiterer Ermittler zu ihnen gesellen. Und während Liora zu erzählen begann, kam ihr noch ein Vers aus dem 1. Buch Mose in den Sinn, den sie mit Mordechai gelesen und der ihr in den letzten Tagen geholfen hatte.

In Lauterkeit meines Herzens und Unschuld meiner Hände tat ich dies.

Der Vers, den sie auch tonlos vor sich hingeflüstert hatte, als sie in den Bus gestürzt war und einen Sitzplatz am Fenster gefunden hatte, den Blick immer noch bei dem Einkaufszentrum, in dem sie den Säugling zurückgelassen hatte, und darauf wartete, dass jemand ihr mit der schwarzen Tasche nachgelaufen käme.

In Lauterkeit meines Herzens und Unschuld meiner Hände tat ich dies.

Niemand war ihr gefolgt, und der Bus fuhr langsam los und entfernte sich vom Krankenhaus.

»Die Wahrheit ist, dass ich kein Geld hab. Ich wollte das Baby ja behalten, aber ich bin allein und habe keine Möglichkeit, mehr Geld zu verdienen, und ich wusste nicht, wie wir zurechtkommen sollen. Glauben Sie mir nicht? Sie können das nicht verstehen, weil Sie nicht durchgemacht haben, was ich im Leben durchgemacht hab, aber ich wollte, dass die Kleine ein besseres Schicksal bekommt. Deshalb hab ich sie da abgestellt. Hab gedacht, vielleicht findet sie Eltern, die ihr Sachen geben, die ich ihr nicht geben kann.«

5

Oberinspektor Avraham Avraham ließ sich an seinem Stammplatz nieder, weit hinten im Speiseraum, neben den riesigen Aluminiumtöpfen, in denen die rote Suppe vor sich hinköchelte. Doch als er nur eine Portion Hummus bestellte, weil ihn die Farbe der sämigen Flüssigkeit und die dunklen Fleischbrocken darin abstießen, bedachte ihn die Kellnerin mit einem mitleidig verächtlichen Blick. Er hatte Eliyahu Maaluls Bericht über das Hotel erhalten, als er gerade unterwegs nach Tel Aviv ins Marktviertel Kerem Hateymanim war, und er kam jetzt erst dazu, ihn zu lesen.

Das *Palace* war 1986 eröffnet worden. Ursprünglich hatte es *Riviera* geheißen. Die ersten Jahre nach der Gründung hatte es noch Träume und auch drei Sterne gehabt. Touristen aus Frankreich und Belgien und auch Pilgergruppen aus Osteuropa waren dort abgestiegen, aber es wurde heruntergewirtschaftet durch Missmanagement und Vernachlässigung, und inzwischen beherbergte es vor allem chinesische Arbeiter der mittleren Gehaltsstufen, die für kurze Zeit nach Israel kamen, Paare, die sich stundenweise ein Zimmer nahmen, und vereinzelte Touristen. Simcha Chozez, der Inhaber des Hotels, achtundfünfzig Jahre alt und gebürtig aus Bat Yam, hatte es vor acht Jahren gekauft und renoviert, in der Hoffnung, Touristen aus Ostasien zu gewinnen. Er war zugleich auch Inhaber des nahegelegenen Sushi-Take-Away *Tokio Express*. Weder Chozez noch Oleg Jakobowitsch, der seit 2014 im Hotel beschäftigt war, hatten irgendwelche Vorstrafen. *Was kriminelle Aktivitäten betrifft* schrieb Maalul, *so ist dort vor anderthalb Jahren ein Hostessgirl durch einen Kunden brutal misshandelt worden. 2012 gab es V-Mann-Informationen zu einem geplanten Drogenschmuggel, der über den Flughafen laufen sollte, mit einem Deal in einem der Hotels in der Nähe, weshalb auch das* Palace *überprüft wurde, aber ohne Resultat. Und 2001 hat ein deutscher Tourist, der nach einem Monat in Jerusalem durchgedreht ist, versucht, sich selbst und seine Begleiterin in einem Zimmer im vierten Stock anzuzünden.* Anzeigen wegen Diebstählen aus Zimmern des Hotels gab es ebenso wenig wie Akteneinträge, die darauf hingedeutet hätten, dass das *Palace* ein bevorzugter Ort für kriminelle Aktivitäten war oder es eine Verbindung zum organisierten Verbrechen der Stadt gab.

Aber wie wahrscheinlich war es, dass der Mossad einen seiner Agenten in einem Hotel wie diesem unterbrachte? Und für welche Aktionen des Geheimdienstes wäre das *Palace* überhaupt geeignet? Auf solche Fragen nahm Maaluls Bericht keinen Bezug, weil Eliyahu nichts von Avrahams nächtlichem Telefonat mit Raphael Chouchanis Tochter wusste. Und genau das war der Grund, warum er Maalul in dieses einfache, aber beliebte Restaurant bestellt hatte, in dem sie sich immer trafen, wenn sie etwas außerhalb des Reviers und unter vier Augen zu besprechen hatten.

Vor dem *Shimon, König der Suppen* hatte sich eine Schlange von Wartenden gebildet, vor allem Arbeiter von den Baustellen rund um den Carmel-Markt. Als Avraham die Gabel aus der Hand legte und einen Stift hervorholte, um etwas in das schwarze Heft zu schreiben, bedachte ihn die Kellnerin mit einem Blick, noch trüber als ihre Suppe, der ihm zu verstehen geben sollte, dass er seinen Platz am besten schleunigst für andere Gäste räumte. *Ist Chouchani in der Vergangenheit schon mal im* Palace *gewesen?* Avraham schrieb trotz allem weiter. *Beim Direktor wegen vorheriger Besuche nachfragen, sowohl unter dem Namen Chouchani als auch Bartoldi – vielleicht gibt es noch mehr Namen? Und bei der Schweizer Botschaft klären, ob überhaupt jemand namens Bartoldi mit dieser Passnummer existiert.* Über diesen neu hinzugekommenen Fragen stand die eine, die Avraham sich am Vorabend nach dem Telefonat mit Annette Mallot gestellt hatte: *Hält sich auch Sarah Nueyma, Chouchanis Lebensgefährtin, in Israel auf? Und wenn ja – wo?*

Der Grund, warum Avraham den drohenden Blick der Kellnerin beflissentlich ignorierte, war die Gewissheit, dass ihm in dem Augenblick, in dem Eliyahu auftauchte, alles verziehen werden würde. Und genau so war es. Eliyahu ließ sich ihm gegenüber auf einen Stuhl sinken und die Kellnerin kam an ihren Tisch geeilt, küsste seine dunkle, schweißglitzernde Glatze und stellte ihm ungefragt einen tiefen Teller Ochsenschwanzsuppe hin, in den Eliyahu gleich zwei Löffel der grünen, höllisch scharfen jemenitischen Würzsoße Skhug schaufelte.

Da Avraham in blauer Jogginghose und T-Shirt erschienen war, fragte Maalul: »Was wird das denn, Avi? Ist heute dein Sporttag? Ich dachte, du bist krank?« Und als Avraham antwortete, er habe bloß einen freien Tag gebraucht, sagte Eliyahu: »Hatte ich mir schon gedacht, aber du musst mir erklären, warum. Ist alles in Ordnung mit Marianka?«

Er war fast sechzig, sah aber deutlich jünger aus. Und obwohl er jedes Mal, wenn Avraham ihn sah, gerade am Essen war, hatte er den geschmeidigen, schlanken Körper eines jungen Panthers. »Hast du den Bericht gekriegt?«, fragte er, und als Avraham wortlos nickte, fügte Eliyahu hinzu: »Wer geht überhaupt in eine solche Absteige? Erst recht, wenn er Familie hier hat? Ich hab auch den Taxifahrer aufgetrieben, der ihn vom Flughafen gefahren hat. Kannst du gleich hören. Aber was ist los? Erklär mir erstmal, warum wir hier sind.«

In dem gedrängt vollen Speiseraum schien sich niemand für ihre Unterhaltung zu interessieren. Dennoch senkte Avraham seine Stimme, als er zu Maalul sagte: »Es könnte sein, dass diese Ermittlung irgendwie mit dem Mossad in Verbindung steht«, worauf die Hand des erfahrenen Ermittlers mit dem Löffel voller sämig roter Flüssigkeit in der Luft stockte.

»Mit dem Mossad? Wieso ist sie dann bei dir gelandet? Und warum ziehst du mich da mit rein?«

Allem Anschein nach war sie fälschlicherweise bei ihm gelandet. Vielleicht, weil Simcha Chozez vorschnell einen Gast angezeigt hatte, der verschwunden war ohne zu bezahlen, ehe kurz darauf jemand seine Rechnung beglichen und seine Sachen mitgenommen hatte. Er erklärte Maalul, die Ankündigung des Hotelgastes, gegen Abend wieder zurück zu sein, habe seinen Argwohn geweckt, und auch die Tatsache, dass die Verwandten, die sein Gepäck abgeholt hatten, dem Portier weder Ausweise vorgelegt noch seinen Namen genannt hatten. Zu diesem Zeitpunkt hatte Avraham noch nichts von den zwei Pässen und den beiden Namen des Mannes gewusst, aber sein Misstrauen war gewachsen, als er durch die Überwachungskamera des *Palace* herausgefunden hatte, dass die beiden Männer sich fast eine Viertelstunde lang in Zimmer 203 aufgehalten hatten. Als sich herausstellte, dass die Passnummer und der Name des Gasts im Hotel anders lauteten als bei seiner Einreise am Flughafen, war klar, dass er sich nicht geirrt hatte. Chouchani befand sich jetzt seit fünf Tagen in Israel, und es gab kein Lebenszeichen von ihm. Und nicht nur Avrahams Sorge wuchs. In der Nacht hatte ihm Annette Mallot eine E-Mail geschickt und ihn eindringlich gebeten, noch einmal Kontakt mit ihr aufzunehmen, weil sie ihm noch etwas sagen wolle, »das mir Grund für den Verdacht gibt, jemand könnte ihn und Sarah entführt oder ihnen etwas angetan haben, und warum das was mit seiner Arbeit für den Staat Israel zu tun hat«.

Der Taxifahrer, Ramy Amar, wohnhaft in Lod. Dreiunddreißig Jahre alt. Arbeitet seit 2014 für den Flughafentaxiservice.

Er erinnerte sich an den Touristen, den er in jener Nacht am Flughafen mitgenommen hatte, weil sein Fahrgast das Gespräch gesucht und ziemlich viel geredet hatte. Er war allein ins Taxi gestiegen. Eine Frau war nicht bei ihm gewesen. Anfangs hatte er mit dem Fahrer Englisch gesprochen, hatte ihn gefragt, wo er wohne, ob er verheiratet sei und Kinder habe, und als er erfuhr, dass Amar aus Lod war, begann er eine Unterhaltung auf Arabisch – und sein Arabisch war ausgezeichnet. Er hatte den Taxifahrer gefragt, woher seine Eltern stammten, und ihm Fragen zu seiner Frau und seinen vier Kindern gestellt, hatte darum gebeten, Fotos von ihnen sehen zu dürfen. Über sich selbst hatte der Tourist erzählt, er sei schon seit einigen Jahren nicht mehr in Israel gewesen und jetzt für einen Kurzbesuch gekommen, um einen alten Freund zu treffen und nach einer Freundin zu suchen, die verschwunden sei und von der er glaube, sie halte sich in Israel auf. Als Amar ihn fragte, wo er sein Arabisch gelernt habe, hatte er geantwortet, zuhause. Er hatte den Fahrer nicht gebeten, ihn zu einem speziellen Hotel zu bringen, sondern bloß zur Strandpromenade von Bat Yam, wo er ihn dann anwies, vor dem *Palace* zu halten. Amar erinnerte sich, dass er dem Touristen seine Telefonnummer angeboten hatte, falls er während seines Besuchs einen Fahrer brauchte. Aber der Mann hatte abgelehnt und gesagt, das sei nicht nötig. Auch die Visitenkarte, die er ihm reichen wollte, habe er ziemlich brüsk zurückgewiesen, obwohl er sie ja einfach hätte nehmen und später wegwerfen können. Er erinnerte sich allerdings nicht mehr, ob der Fahrgast ihm seinen Namen genannt und er diesen vergessen hatte oder ob der Name ungesagt geblieben war.

»Hast du ihn gefragt, ob der Tourist verängstigt gewirkt hat? Ob er aus dem Fenster gesehen hat, als hielte er nach jemandem Ausschau?«

Eliyahu hatte nicht gewusst, dass er dem Fahrer solche Fragen hätte stellen sollen. Deshalb hatte er sich auch nicht erkundigt, ob der Tourist angedeutet hatte, dass er das Gefühl hatte, in Gefahr zu schweben.

»Und zu den Koffern?«, fragte Avraham, und Eliyahu sah ihn erneut verständnislos an.

»Was hätte ich denn zu den Koffern fragen sollen?«

Falls Amar die Koffer des Touristen in den Kofferraum gelegt oder sie selbst herausgeholt hatte, erinnerte er sich möglicherweise, ob sie tatsächlich ganz leicht und leer waren, wie Oleg meinte. Maalul machte sich auf seinem Handy eine Notiz, den Fahrer danach zu fragen, und meinte dann: »Es gab noch einen Grund, warum er sich überhaupt an ihn erinnert hat. Der Geruch.«

»Welcher Geruch?«

Davon hatte Oleg nichts gesagt.

»Es war ihm unangenehm, weil der Fahrgast ja ein ganz netter Mensch war, aber er hat gesagt, er hätte einen sehr, sehr intensiven Geruch an sich gehabt. Einen komischen Geruch. Wie von einem Toten. Ich habe keine Ahnung, was das heißen soll. Allein schon wegen des Geruchs sei er froh gewesen, als der Mann aus seinem Taxi gestiegen sei.«

*

Wahabe hatte während seines Treffens mit Maalul dreimal versucht, ihn zu erreichen. Und weil Marianka ihm am Morgen erzählt hatte, was Esthi gerade durchmachte, rief er sie sofort an, als er aus dem Restaurant trat, und hörte beim ersten Wort, dass sie sehr erregt war. »Ich bin mir sicher, es ist ihre Tochter, Avi«, sagte sie ohne große Vorrede. »Danielle Talias ist die Mutter des Babys, tausendprozentig. Und sie haben sie nach Paris geschmuggelt. Ich versuche gerade aus der ältesten Schwester rauszukriegen, wo genau in Paris sich Danielle aufhält und warum Liora sie außer Reichweite haben wollte. Ihre Schwester ist kooperativ, aber ich glaube, sie weiß nicht allzu viel.«

Zum ersten Mal kamen die beiden Fälle, die zeitgleich begonnen hatten, miteinander in Berührung: Paris, die Stadt, aus der Chouchani gekommen und in die Danielle Talias gebracht worden war.

Avraham spürte, Wahabe wollte, dass er mit in den Vernehmungsraum kam, und ohnehin hatte er keinen Grund, nach Hause zu fahren, weil Marianka noch arbeitete und sie sich erst für den Abend verabredet hatten. »Wie alt ist Danielle?«, fragte er und Wahabe sagte: »Sechzehn. Sie ist vor sechs Tagen nach Frankreich geflogen. Und ich bin sicher, sie ist weg, damit wir nicht an sie rankommen.«

»Hat die Verdächtige gestanden, dass das Baby von Danielle ist, und hat sie erklärt, was passiert ist?«

»Von wegen gestanden, Avi. Die ist gestört, die Frau. Ist nicht mal bereit zu sagen, dass ihre Tochter im Ausland ist oder ob sie weiß, wo sie sich befindet.«

Er sagte zu Wahabe, er sei schon unterwegs.

Aber bevor er losfuhr, saß er auf dem Parkplatz neben dem Carmel-Markt noch minutenlang im geparkten Hyundai und schrieb.

War die Unterhaltung mit dem Taxifahrer ein weiterer Versuch Chouchanis, einem möglichen Zeugen im Gedächtnis zu bleiben? Und falls ja – ahnte er, dass er womöglich verschwinden würde? Aber wer könnte ihn in Israel entführen wollen? Kann es sein, dass ein Mossad-Mann in Israel durch einen ausländischen Akteur entführt wird? Falls ja, dachte er, dann dürfte ich wohl nicht der Einzige sein, der weiß, dass sowohl der Mossad als auch der Inlandsgeheimdienst Shabak versuchen, Chouchani ausfindig zu machen. Und vielleicht ist es genau das, was man überprüfen sollte?

Als Eliyahu ihn im Restaurant gefragt hatte, wie er weiter vorgehen wollte, hatte Avraham gesagt: »Ich weiß es nicht. Ich habe das Gefühl, er ist nicht aus freien Stücken verschwunden. Dass ihm etwas zugestoßen ist oder zustoßen könnte. Wenn er tatsächlich beim Mossad ist, müssen wir das weitergeben, allein um sicherzustellen, dass die dort Bescheid wissen, aber ich habe keine Ahnung, wie und an wen. Ich will auch keinen Staub aufwirbeln, falls ich da auf eine Geschichte gestoßen bin, mit der ich besser nichts zu tun haben sollte.«

Maalul nickte: »Andererseits, was kann schon passieren? Angenommen, du bist da an etwas dran, das dich nichts angeht. Nur mal angenommen, obwohl es in der jetzigen Phase noch zu früh ist, das zu sagen. Also, was soll schon passieren? Die werden dir sagen: Das ist Sache des Mossad, Habibi, lass gut sein. Und von diesem Augenblick an hast du nichts gewusst, gesehen oder gehört, und Frieden über Israel.«

»Und was würdest du tun?«, beharrte Avraham. »Das Ganze auf sich beruhen lassen? Oder dich an den Mossad wenden und sichergehen, dass die sich um die Geschichte kümmern?«

Maalul lachte. »Du kannst es ja versuchen. Aber wie willst du das machen? Meinst du, die haben eine Abteilung für Hinweise aus der Öffentlichkeit?«

»Nein, aber ich glaube, ich könnte einen Weg finden. Über den Shabak müsste es möglich sein, oder nicht?«

Maalul beugte sich vor, zum einzigen Mal während ihres Gesprächs flüsterte auch er.

»Bist du noch bei Trost, Avi? Und wenn das tatsächlich was ist, von dem du nichts wissen darfst? Weshalb willst du dir solche Scherereien überhaupt ans Bein binden?«

»Also wie dann?«

»Mir scheint, bei denen ist es am besten, wenn man von hinten kommt. Rede mit den richtigen Leuten, erzähl deine Geschichte noch ein-, zweimal, und wenn die das interessiert, werden sie sich an dich wenden. Weißt du nicht, dass das so läuft?«

In einem der Schränke in seinem Büro lag noch ein sauberes Uniformset, und Maaluls Worte überzeugten ihn, sofort aufs Revier zu fahren. Als er an die Tür von Benny Sabans Büro klopfte, fand er den Distriktkommandanten in Gesellschaft einer jungen Frau vor, die Saban ihm nicht vorstellte. Avraham fragte, ob er störe, und Saban sagte: »Komm rein, komm rein. Ich muss in ein paar Minuten zum Bezirkskommissariat, aber den Augenblick hab ich.«

Die junge Frau erhob sich von ihrem Platz und lächelte beim Hinausgehen Avraham zu, als würden sie sich kennen, dabei war er sicher, dass sie sich noch nie begegnet waren. »Ich wollte dich nur informieren, dass ich auf eine Entführungs- oder Vermisstengeschichte gestoßen bin, die vielleicht mit dem Mossad zusammenhängt«, sagte Avraham. »Ich bin mir nicht sicher, aber ich dachte, ich frage besser, was man in so einer Sache tun sollte.«

Sabans Reaktion war beinahe identisch mit der Eliyahus.

Er legte seine elektronische Zigarette auf den Tisch und sagte: »Was zum Teufel hat das mit uns zu tun, Avi? Warum rührst du solche Sachen überhaupt an?« Und als Avraham sagte, das habe er gar nicht, fragte Saban: »Und wie ist das dann bei dir gelandet?«

Als er Saban die Geschichte noch einmal in allen Einzelheiten erzählte, versuchte er sie herunterzuspielen.

Chouchani bezeichnete er als »Greis«, und nachdem er erzählt hatte, Annette Mallot habe ihm gesagt, ihr Vater arbeite für den Mossad, fügte er hinzu: »Aber es kann sein, dass das vollkommener Unfug ist.« Er erzählte von den beiden Pässen und den zwei Namen, unterschlug aber Chouchanis Versuche, bei jedem, den er in jener Nacht getroffen hatte, in Erinnerung zu bleiben, und Saban wirkte, als sei er erleichtert. »Das hört sich nicht nach was Ernstem an«, sagte er und erhob sich aus seinem Chefsessel. »Mehr wie die Fantasien gelangweilter Leute. Kennst du das nicht? Hat etwa jemand Anzeige erstattet? Warum also von einem Vermisstenfall ausgehen? Und noch dazu einer, der was mit dem Mossad zu tun hat?«

Wie standen die Chancen, dass Saban die Geschichte weitergeben würde? Als er schon an der Tür war, fügte sein Distriktkommandant noch hinzu: »Wenn er den Rückflug nach Paris nicht wahrnimmt oder wenn ihn seine Tochter oder sonstwer als vermisst meldet, dann kümmern wir uns drum. Und sollten wir herausfinden, dass das ein paar Etagen über uns angesiedelt ist, was ich im Augenblick weiß Gott nicht glaube, dann sind die da oben mit dem Fall sicher schon vertraut. Wenn er wirklich beim Mossad ist, braucht er ganz bestimmt keinen Avi Avraham oder Benny

Saban, die ihm aus der Klemme helfen. Vergiss es einfach und mach dich wieder an deine Arbeit.«

*

Esthi Wahabe wartete im Flur vor dem Vernehmungsraum auf ihn.

Liora Talias war nicht zu bewegen gewesen, nähere Angaben zu dem Ort zu machen, an dem sich ihre Tochter Danielle aufhielt, und hatte plötzlich auch ihre Version geändert und behauptete, sie sei doch die Mutter des Babys. »Und stimmt das, deiner Meinung nach?«, fragte Avraham.

»Ich bin sicher, es stimmt nicht. Das heißt, ich weiß, dass sie die Tasche da abgestellt hat. Aber sie lügt, wenn sie behauptet, das Baby sei von ihr. Ich weiß nicht, warum. Sie hat eine Geschichte im Kopf, die ich nicht geknackt kriege, Avi. Die lebt in ihrem eigenen Film. Ich hab versucht, empathisch zu sein, aber sie hält sich für besonders ausgekocht und denkt, sie kann mich manipulieren und einschüchtern. Ich hätte größte Lust, ihr eine reinzuhauen. Du solltest das arme Würmchen sehen, das sie in die Tasche gesteckt hat. Ein Wunder, dass die Kleine noch nicht gestorben ist.«

Diesmal bemerkte Avraham, dass Wahabes Augen entzündet waren, er sagte aber nichts, denn das hatte er Marianka versprochen. Am Vorabend hatte Wahabe ihr anvertraut, dass sie an einer Augenkrankheit litt, durch die ihr Vater in ihrem Alter sein Sehvermögen verloren hatte. Und sie hatte Marianka gebeten, Avraham nichts davon zu erzählen. Als er sagte: »Moment mal, Esthi erblindet und versucht, das vor mir zu verbergen?«, hatte Marianka ihn beruhigt und gesagt, noch erblinde sie nicht. Sie sei in Behandlung, um das Fortschreiten der Erkrankung zu verhindern, und wie es aussehe, mit Erfolg.

In Gedanken war Avraham noch immer im *Palace*, trotz Sabans Rat, Chouchani zu vergessen. Physisch befand er sich aber längst im Revier, in dem Vernehmungsraum, in dem er schon so viele Stunden mit Verhören in Fällen wie dem von Liora Talias zugebracht hatte, die der Hauptgrund waren, warum er um seine Versetzung gebeten hatte.

Auch die Geschichte, die Talias jetzt erzählte, hatte er schon unzählige Male gehört. Seit ihr Mann bei einem Arbeitsunfall getötet worden war – aus irgendeinem Grund sagte sie »ermordet« –, war sie alleinerziehend, bezog eine schmale Witwenrente und musste ihre Familie vom dürftigen Gehalt einer Kindergartenhelferin ernähren. Bis vor zwei Jahren hatte ihre älteste Tochter Michal noch mit dazuverdient, aber seit diese geheiratet hatte, fehlte das Geld. In dieser Lage habe Liora, angeblich schwanger, gedacht, sie könne nicht noch ein Kind großziehen. »Ein Baby bedeutet, dass ich monatelang nicht arbeiten kann und Tausende Schekel im Monat brauche, von denen ich nicht gewusst hätte, wo ich sie herkriegen soll.« Eine Abtreibung war aus religiösen Gründen nicht in Frage gekommen und auch eine Freigabe zur Adoption habe sie nicht erwogen, wegen des Stigmas und der Auswirkungen, die ein solcher Schritt auf ihre jüngeren Töchter gehabt hätte. Als das Baby zur Welt gekommen war, hatte sie überlegt, es eventuell doch zu behalten. Aber ein paar Tage nach der Geburt sei sie in Panik geraten, habe vielleicht auch an einer Depression gelitten und beschlossen, den Säugling am Krankenhaus abzustellen, damit die Sozialbehörden ein besseres Zuhause für die Kleine finden würden.

Avraham gab Wahabe recht: Man konnte nicht ein Wort von Liora Talias Version voller Ungereimtheiten glauben. Auf einem Blatt Papier, das vor ihm lag, schrieb er Wahabe auf: *Dann soll sie uns erklären, wie sie es geschafft hat, ihre Schwangerschaft vor allen zu verheimlichen. Und vor allem soll sie uns den Namen des Vaters geben und begründen, warum er nicht helfen kann.*

Aber Wahabe schlug eine andere Richtung ein. »Liora, ich kann mir Ihre wirtschaftliche Lage gut vorstellen. Ich bin ganz bei Ihnen und verstehe Sie. Aber ich glaube nicht, dass das Baby von Ihnen ist, denn der DNA-Test belegt eindeutig, dass Sie nicht die Mutter sind, außerdem bezeugt jeder in Ihrem Umfeld, dass Sie nicht schwanger waren. Alles, was Sie gerade gesagt haben, erklärt, warum Sie das Baby nicht behalten konnten, auch wenn Sie bei der Wahrheit bleiben und uns sagen, dass Ihre Tochter Danielle es zur Welt gebracht hat.«

Liora Talias blaffte: »Aber was ändert das, wer sie geboren hat? Erklären Sie mir das mal, warum das so wichtig ist?«

Und vielleicht war es tatsächlich nicht wichtig?

Avraham spürte, er musste raus aus dem stickigen Vernehmungsraum, denn die kleine, gedrungene Frau, die dort saß und ihnen grundlos etwas vorlog, war ihm zu bekannt, zu nah und vor allem zuwider.

Bevor er ging, notierte er für Wahabe: *Vielleicht hat sie einen Lebensgefährten, den sie deckt, weil er die Tochter geschwängert hat?* Und als er sah, dass Esthi die Frage nicht stellen würde, war er selbst es, der zu Talias sagte: »Können Sie uns bitte sagen, wie Ihr Lebensgefährte heißt? Oder der Vater des Babys, das Sie zur Welt gebracht haben?« Worauf die Frau ihn ansah und sagte: »Ich kann Ihnen gar nichts sagen. Frag ich Sie etwa, wie die heißt, die bereit ist, mit Ihnen ins Bett zu gehen? Also, warum fragen Sie mich?«

*

An der Ampel vor der Hoofienstraße war er unschlüssig, ob er nach links abbiegen sollte, zu Marianka, die bereits zuhause auf ihn wartete, oder nach rechts, zum *Palace*, weil er sich vorgenommen hatte, dort noch einmal vorbeizuschauen – und genau da kam der Anruf. Das Display zeigte *Unbekannt* an, und als die Ampel auf Grün sprang, bog Avraham instinktiv in Richtung seiner Wohnung ab und hielt an der ersten Bushaltestelle, die er sah.

»Spreche ich mit Oberinspektor Avraham Avraham?«

Die Stimme klang jung und sehr munter. Sie stellte sich als Keren vom Büro des Premierministers vor, fragte, ob er Zeit für ein kurzes Gespräch habe, und sagte dann, wenn sie richtig verstehe, sei er an Informationen gelangt über einen Touristen, der angeblich für den Mossad arbeite. Sie bat, er möge ihr Einzelheiten nennen. Sie sagte nicht, woher sie wusste, dass er über solche Informationen verfügte, aber zweifellos hatte Saban ganze Arbeit geleistet. Und anders als bei Saban erzählte Avraham Keren alle Einzelheiten. Von der Anzeige vom Hotel und den zwei Pässen bis hin zu Raphael Chouchanis Adresse, die in sein Heft gekritzelt war, das er während des Telefonats aufschlug und auf den

Beifahrersitz legte. »Boulevard de Picpus 89. Und seine Tochter heißt Annette Mallot. Sie wohnt in Straßburg. Ich gebe Ihnen ihre Telefonnummer. Schreiben Sie mit?«

Keren hatte ein angenehmes, gewinnendes Lachen. Und Mallots Telefonnummer brauchte sie nicht, sie hatte bereits eine erste Überprüfung durchgeführt, derzufolge der Tourist auf keinen Fall Mitarbeiter des Mossad war. »Ich rufe Sie an, weil wir es wirklich sehr ungern sehen, wenn jemand öffentlich behauptet, für unsere Organisation tätig zu sein«, fügte sie hinzu. »Deshalb wollen wir Sie bitten, uns auch weiterhin über alles auf dem Laufenden zu halten, was Sie bei Ihrer Ermittlung herausfinden. Unserer Erfahrung nach kann ich Ihnen nur sagen, dass Kuriere von nachgemachten Markenartikeln oder Drogen häufig gefälschte Pässe verwenden, aber das wissen Sie sicher besser als ich. Wenn Sie weitere Einzelheiten haben, würden wir auf jeden Fall gerne mit Ihnen kooperieren, um herauszufinden, warum der Mann vorgibt, für uns zu arbeiten. Dann treffen wir gemeinsam eine Entscheidung, wie wir weiter vorgehen.«

Avraham fädelte sich in den dichten Verkehr ein, ohne das Gefühl zu haben, wieder zu fahren.

Er verspürte Erleichterung, weil die Suche nach Chouchani offenbar keine Dringlichkeit besaß. Er war kein Mossad-Agent, der in Gefahr schwebte, wie Avraham es sich seit vorgestern ausgemalt hatte, sondern nur ein weiterer Tourist, der aus einem Hotel verschwunden war, vielleicht ja noch nicht einmal gegen seinen Willen. Möglicherweise hing seine Erleichterung auch damit zusammen, dass er das Geheimnis los war, das ihn belastet hatte – wie ein kleiner

Junge, der seinen Eltern endlich gesteht, dass ihm ein Glas runtergefallen ist, dessen Scherben er in einer Schublade in seinem Zimmer versteckt hatte. Bevor sie auflegte, meinte sie noch zu ihm: »Darf ich unverschämt sein und Ihnen eine persönliche Frage stellen?« Und als Avraham bejahte: »Sie sind doch der Polizeioffizier, der den Orang-Utan eingefangen hat, oder? Ich habe Sie an dem Tag im Fernsehinterview gesehen und mir gedacht, Ihr Auftritt war beeindruckend. Nur damit Sie es wissen. Ich habe noch nicht viele Polizeibeamte erlebt, die so eloquent sind wie Sie. Und ich freue mich, dass wir zusammenarbeiten.«

Er holte Marianka ab und sie fuhren nach Tel Aviv. Sahen sich einen Film im Dizengoff-Center an und nahmen ein verspätetes Abendessen auf einer Bank am Platz vor dem Nationaltheater Habimah zu sich. Danach gingen sie zu Fuß die Bograshov hinunter bis zur Strandpromenade und dann eine Weile am Meer entlang.

Marianka erzählte ihm von dem Mann, den sie am Nachmittag observiert hatte. Verheiratet, Vater von zwei erwachsenen Töchtern, der sich mithilfe eines gefälschten Profils bei Online-Partnervermittlungen und Dating-Apps als geschieden ausgab und alleinstehende Frauen verführte, die eine feste Beziehung suchten. Marianka war es gelungen, ihn gegen Abend in einer Wohnung, die er in Givatayim gemietet hatte, zusammen mit einer der Frauen zu fotografieren. Sie erklärte Avraham, sie habe vor, die Bilder nicht nur seiner Frau, die sie mit der Observierung beauftragt hatte, sondern auch allen Frauen zukommen zu lassen, die er getäuscht hatte – damit sie ihm den Laufpass gaben.

»Und wie genau hast du es geschafft, sie in der Wohnung zu fotografieren?«, fragte Avraham, und Marianka lächelte, denn der Job bei der Detektei hatte ihre ohnehin sehr guten Beschattungskünste noch raffinierter gemacht.

Sie hatte sich Zugang zum Haus auf der anderen Straßenseite verschafft und nach einer Wohnung gesucht, gegenüber den Fenstern der Wohnung, die der Mann angemietet hatte. Und sie hatte Glück: In einer der Wohnungen hatte ein sechzehnjähriger Gymnasiast die Tür geöffnet. »Ich hab mein bezauberndstes Lächeln ausgepackt und mich als Wohnungsmaklerin ausgegeben, die ein Appartement im Haus gegenüber verkaufen möchte und gute Fotos davon braucht. Und dank des besten Zoomobjektivs, das derzeit auf dem Markt ist, hab ich dann eine Viertelstunde lang alles dokumentiert, was in der Wohnung gegenüber passiert ist.«

Avraham schaute sie staunend an, da er sich selbst niemals vorstellen konnte, so etwas zu tun, zumal es ja auch illegal war. Und als sie ihn fragte, weshalb er so guter Laune sei, nachdem er am Morgen noch sehr angespannt gewirkt hatte, berichtete er, der verschwundene Mossad-Agent sei gar nicht beim Mossad und befinde sich anscheinend auch nicht in Gefahr.

»Aber wer ist er dann?«, fragte Marianka, und er antwortete, er wisse es nicht, würde dem aber am nächsten Tag weiter nachgehen. Und dann fügte er hinzu: »Womöglich ein professioneller Schmuggler, der mit nachgemachten Luxusartikeln oder Drogen handelt, einen gefälschten Pass benutzt hat und jetzt untergetaucht ist, weil er nicht will, dass wir ihn finden.« Das Einzige, was ihn an dieser These störte, war, dass Annette Mallot ganz sicher anderer Meinung war.

Sie fuhren nach Hause und verabredeten sich unter der Dusche, doch trotz des rauschenden Wassers hörte er sein Telefon im Schlafzimmer klingeln, beschloss aber, es weiter klingeln zu lassen.

Als er später die Nachricht abhörte, die Ilanit ihm draufgesprochen hatte, war es bereits ein Uhr morgens.

Er setzte sich im Bett auf und Marianka verstand, noch ehe er sprach, dass etwas passiert sein musste, denn die Dringlichkeit, die für einige Stunden aus seinem Gesicht verschwunden war, war auf einen Schlag zurück.

»Hallo, Avi? Tut mir leid wegen der Uhrzeit, aber es wurde eine Leiche gefunden, und offenbar sollst du dir sie ansehen. Noch nicht identifiziert, ein älterer Mann zwischen sechzig und fünfundsechzig. Kannst du morgen früh als Erstes in die Pathologie nach Abu Kabir fahren und ihn dir anschauen?«

ZWEITER TEIL

Mörder

6

Einige Tage lang hat Liora Ruhe, aber sie vermutet, dass die Polizei im Stillen arbeitet, unter der Erde, wie Mäuse.

Die Mädchen gehen wieder zur Schule und sie ist zurück bei der Arbeit im Kindergarten. Jeden Morgen um halb sechs wacht sie auf, trinkt zwei Tassen schwarzen Kaffee und isst eine Scheibe Brot mit Hüttenkäse und Tomatenscheiben. Wenn Mordechai auf dem Balkon geschlafen hat, klappt sie seine Matratze zusammen und hängt die Decke und das Laken zum Lüften über das Geländer, weil sie es nicht mag, wenn sein Geruch zurückbleibt. Wenn er nach dem Morgengebet wiederkommt, bringt er Ofrit und Eden Bourekas und warme Pitabrote mit, bleibt bei ihnen, nachdem Liora aufgebrochen ist, und schließt die Tür ab, wenn sie zur Schule gegangen sind. Wenn er nicht bei ihnen ist, bereitet Liora selbst die Brotdosen und das Frühstück vor, legt ihnen frische Kleidung auf das Sofa und verlässt die Wohnung, bevor sie aufwachen. Ab Viertel nach sieben liefern Eltern ihre Kinder im Kindergarten ab, um neun gibt es Frühstück, und danach ist Geschirrspülen dran, dann Vorbereitungen für das Mittagessen, und hinterher hilft sie den Kindern beim Einschlafen, dann ein zweites Mal Abspülen. Sie haben acht neue Kinder, deren Namen und

Einschlafgewohnheiten sie lernen muss. Weil noch nicht alle trocken sind, müssen hier und da auch noch Windeln gewechselt werden. Wie im letzten Jahr sind zwei Kinder Veganer. Außerdem gibt es einen Jungen, dessen Mutter behauptet, er leide an einer Glutenunverträglichkeit. Und für jedes von ihnen muss Liora spezielles Essen zubereiten, denn Alice besteht darauf, dass in ihrer Einrichtung jedes Kind das Recht hat, in seiner Einmaligkeit respektiert zu werden. Lioras Einwand, wenn Eltern auf einer besonderen Ernährung bestehen, könnte man von ihnen doch wohl verlangen, dem Kind Essen von zuhause mitzugeben, hat Alice nicht gelten lassen.

Sie wusste, das war nur der Anfang des Weges. Und dass es schon bald schwerer werden würde.

Anfang September schickte sie eine E-Mail an Danielles Lehrerin: *Ihnen ein gutes neues Jahr, Iris. Wie geht es Ihnen? Danielle ist auf einer Auslandsreise und kommt nach den Feiertagen wieder. Wir sorgen dafür, dass sie den Stoff aufholt. Danke für Ihr Verständnis, ich wünsche Ihnen ein erfolgreiches Schuljahr, Liora.* Die Lehrerin wollte wissen, was der Grund für die lange Reise sei, und Liora schrieb nicht zurück. Klatsch machte an der Schule schnell die Runde, und die Lehrerin wusste zweifellos Bescheid. Die Blinde hatte mit Danielles Freundinnen gesprochen, mit Lehrerinnen, hatte Gerüchte in die Welt gesetzt und versuchte, auf jedem nur erdenklichen Weg an sie heranzukommen. Avi Edri bestätigte ihre Vermutungen. Michal wurde zur Vernehmung vorgeladen, und als Liora wissen wollte, welche Fragen man ihr gestellt hatte, wich sie aus.

»Sie haben gefragt, ob mir aufgefallen ist, dass Danielle ein Bäuchlein hatte«, sagte sie, »und wer sie geschwängert haben könnte.«

»Was noch?«, bohrte Liora weiter, und Michal lenkte ein und sagte, die Polizistin hätte auch gefragt, bei wem Danielle in Paris sein könnte und wie zuhause das Verhältnis zu Liora sei.

»Und was hast du dazu gesagt?«

Sie hatte keinen Zweifel, dass Michal ihnen Marcelles Namen gegeben hatte, auch wenn ihre älteste Tochter es abstritt. Wenigstens hatte sie weder Telefonnummer noch Adresse von Marcelle und Ronny. Angeblich hatte sie der Polizistin lediglich gesagt, sie habe nicht bemerkt, dass Danielle schwanger sei, dass sie wegen des Altersunterschieds kein besonders enges Verhältnis hätten und sie außerdem schon seit ein paar Jahren nicht mehr zuhause wohnte und keine Ahnung hätte, wer der Vater sein könnte. Danielle erzählte ihr nicht, ob sie mit Männern ausging. Michals Versuche, ihr zu entlocken, ob sich Danielle tatsächlich bei Marcelle und Ronny aufhielt und warum sie überhaupt nach Paris gefahren war, waren zu durchsichtig, um Liora zu überrumpeln.

Auch Mordechai wurde zu einer Vernehmung bei der Blinden einbestellt, noch am selben Abend, und Liora kam nicht sofort auf die Verbindung zwischen seiner Vorladung und der Vernehmung von Michal. Aber Mordechai war nicht besorgt, obwohl er noch nie etwas mit der Polizei zu tun gehabt hatte. Als er zurückkehrte, erzählte er Liora alles. Seine Vernehmung hatte anderthalb Stunden gedauert und man hatte ihm mehr oder weniger dieselben Fragen gestellt: Wissen Sie, wo sich Danielle Talias befindet? Ist Ihnen aufgefallen, dass sie schwanger war? In welcher Verbindung stehen Sie zu ihr? Wie ist Liora Talias' Verhältnis zu ihr? Mordechai mussten sie die Antworten nicht aus der Nase ziehen.

Sie schwankte, ob sie Danielle einen Brief mit der Post schicken sollte, und entschied sich dann aus Vorsicht dagegen. Die Absprachen zwischen ihnen waren klar, sie konnte nur hoffen, dass Danielle keine Ermahnung brauchte. Ausgeschlossen, dass sie jemanden von hier zu dir schicken, aber falls doch jemand Fragen stellt, antwortest du nicht. Sagst kein Wort. Du hast keine Ahnung, was sie wollen, und ohne deine Mutter in Israel, ohne Rechtsanwalt, redest du mit niemandem. Du bist minderjährig. Aber wie gesagt, keine Chance, dass sie einen Polizisten nur wegen eines Babys ins Flugzeug setzen, und solange du weg bist, kann man dir nichts. Andererseits wollte sie Danielles Stimme hören, denn nur so konnte sie wissen, wie es ihr erging und ob sie sich an die Regeln hielt und zu niemandem in Israel Kontakt aufgenommen hatte. Am Ende rief sie Marcelle vom Apparat im Kindergarten aus an, nach der Arbeit, als Alice nicht mehr da war. Danielle schlief, und als Marcelle Liora fragte, ob sie sie wecken sollte, verneinte sie. »Wie fühlt sie sich?«, fragte Liora, und Marcelle sagte: »Geht so. Noch immer schwach. Und sehr still. Will nichts essen. Schläft den halben Tag. Hat oft ihre Launen. Erinnert mich an dich. Aber Ronny kommt gut mit ihr klar. Guckt mit ihr Fernsehen und nimmt sie zum Laufen mit in den Park. Wusstest du, dass sie raucht? Sie hat ihn um eine Zigarette gebeten, aber er hat ihr keine gegeben.«

Das hatte sie nicht gewusst. Und weil sie annahm, dass Michal der Blinden Marcelles Namen gegeben hatte, warnte sie sie lieber, dass die Polizei vielleicht demnächst bei ihr anrufen könnte.

»Warum die Polizei, Liora? Was hat das Mädchen denn angestellt? Hast du mir nicht alles erzählt?«

Sie gab zumindest einen Teil der Wahrheit preis. Sagte, das Mädchen hätte gar nichts angestellt, aber die Abtreibung sei nicht legal gewesen. »Wir wollten nicht den ganzen Bürokratiemist durchmachen, also sind wir zu einem privaten Arzt gegangen. Und vielleicht suchen sie deswegen nach uns. Also, wenn ein Anruf von der Polizei kommt, sag mir Bescheid, und lass sie nicht mit denen reden. Und du passt bitte auf, dass sie hier niemanden anruft? Dass sie eure Telefone nicht benutzt? Ich will nicht, dass sie Kontakt zu dem Kerl hat, der ihr das angetan hat.«

Marcelle war der Meinung, Liora mache viel zu viel Wind und dass die israelische Polizei ganz bestimmt keine Zeit auf Ermittlung wegen einer Abtreibung verschwenden würde, selbst wenn sie illegal war. »Du bemutterst sie zu sehr«, sagte sie. »Sie ist ein großes Mädchen, du musst ihr mehr vertrauen. Sie nicht so gängeln, meine Liebe. Als du in ihrem Alter warst, hattest du auch schon ein Baby. Erinnerst du dich, dass wir ganz gut damit fertig geworden sind?«

Das war der Teil des Plans, der Liora am meisten Angst machte: Die Sache hing nicht mehr allein von ihr ab, sie war gezwungen, Danielle zu vertrauen. Mit allem, was bisher passiert war – die Erkennung durch die Überwachungskamera, die Durchsuchung ihrer Wohnung und die DNA-Probe –, konnte sie umgehen. Aber jetzt hingen bestimmte Dinge von Danielle ab, und im Gegensatz zu Marcelle war Liora überzeugt, dass ihre Tochter nicht so stark war wie sie selbst, ja nicht einmal so stark, wie sie in ihrem Alter gewesen war, als sie Michal geboren hatte.

David war damals fünfunddreißig. Geschieden, ihretwegen, aber zu ihrem Glück ohne Kinder.

Bei ihrer Hochzeit hatte sie bereits ein kleines Bäuchlein, das sie unter dem Kleid versteckte, aber die Angst vor der Heirat, vor der Ehe, von der sie noch nicht sicher war, ob sie sie überhaupt wollte, und vor dem kleinen Mädchen, das sie zur Welt bringen würde, ohne zu wissen, wie man überhaupt gebar – all das vermochte sie nicht zu verbergen.

Damals hatte David ihr geholfen, und auch seine Mutter, die Liora beibrachte, wie man badet, wickelt, füttert und ein weinendes Kind nachts beruhigt, denn ihre Mutter war gegen die Hochzeit gewesen und nicht bereit, sie zu unterstützen. Marcelle hatte keine Geschwister, verstand überhaupt nichts von Kindern und fürchtete sich, Michal auch nur zu halten. Vielleicht hatte sich Marcelle wegen all dessen, was damals geschehen war, entschieden, bis heute keine Kinder zu bekommen.

Bei dir war alles ganz anders, hätte Liora zu Danielle sagen können, wenn Marcelle sie doch geweckt hätte. Und das ist der Grund, warum Michal böse auf mich ist, und weshalb sie auch böse auf dich war, als ihr noch klein ward. Bei dir war ich schon vierundzwanzig und sicher, dein Vater ist mein Glück und meine Stütze im Leben, dich wollte ich bekommen, damit wir noch ein Kind haben und du die Neugeburt bist. Denn so habe ich es empfunden, von dem Augenblick an, als du zur Welt gekommen bist, du warst meine Neugeburt. So hab ich vom ersten Moment an von dir gedacht, obwohl mir da gar nicht bewusst war, dass Neugeburt und Neugeborenes ja fast dieselben Wörter sind.

Dabei hatte sich Liora damals gar nicht wie eine Mutter gefühlt.

Im Gegenteil, die meiste Zeit hatte sie sich wie eine große Schwester gesehen oder wie eine Freundin. Andererseits hatte sie es genossen, mit Marcelle Sachen für Danielle einkaufen zu gehen – kleine, flauschig weiche Kleider, Strickmützchen mit Troddeln und winzige Turnschuhe. Und sie hatte gern mit ihr gespielt, war morgens mit ihr spazieren gegangen, wenn Michal in der Schule war, oder am Abend, wenn David von der Arbeit zurück war und sich mit seiner großen Tochter beschäftigte. So war es zwischen ihnen gewesen: Michal war Papas Tochter, die Erstgeborene, auf die er über dreißig Jahre gewartet hatte, und du warst meine Tochter. Sicher weißt du nichts mehr davon. Aber deswegen lasse ich dich nicht fallen, bis du selbst wieder stark bist und mich nicht mehr brauchst.

Das Telefonat mit Marcelle war schon längst beendet, aber Liora fuhr fort, in Gedanken mit Danielle zu sprechen. Sah sie vor sich, wie sie sich vor Schmerzen wand, als das Baby nicht aus ihrem Körper wollte. Sah den Arzt, der zwischen ihren Beinen stand, schwitzend vor Anspannung und Anstrengung. Sah Danielles krampfenden Körper, schlank und knabenhaft – der noch nicht entwickelte Körper eines

Jungen, nicht der eines Mädchens –, genau wie Lioras Körper in dem Alter ausgesehen hatte, nur ohne die Kraft. Sie hatte die Hand auf Danielles Mund gelegt und geflüstert: »So leise wie du kannst, Liebes, damit man nichts hört«, und als sie sah, dass Danielle nicht die Kraft hatte, um aufzuhören zu schreien, hatte sie zu ihr gesagt: »Beiß in meine Hand, ja? Beiß feste zu, anstatt zu schreien.«

Bei dir macht mir nur Angst, dass du von einem Mädchen, das mich an mich selbst erinnert, zu einer Frau geworden bist, die überhaupt keine Kraft hat.

Ich hatte Angst, als du mir von der Schwangerschaft erzählt hast – dass dir egal ist, was passiert. Weil du es mir überlassen hast, für dich zu entscheiden, als wäre es nicht dein Leben oder als hätte jemand alle Kraft aus dir herausgepumpt und der Kleinen gegeben, die hätte sterben müssen und um jeden Preis leben wollte.

*

Die nächste Vorladung zur Vernehmung kam wenige Tage vor dem Neujahrsfest.

Liora fragte, ob sie verpflichtet sei, da hinzugehen, und Edri sagte ja und fragte, ob sie wolle, dass er sie begleite. Sie wollte nicht, denn ohne ihn hatte sie gegenüber der Blinden mehr Mut. Auch sein Angebot, sie in seinem Büro auf die Vernehmung vorzubereiten, lehnte sie ab, denn sie fürchtete, dass er nicht alles für sich behalten würde, was sie ihm sagte, und auch seinen Händen traute sie nicht, die immer außer Kontrolle gerieten, wenn sie in der Nähe war.

»Man wird Ihnen wahrscheinlich Fragen stellen, die Sie

überraschen sollen«, hatte Edri noch gewarnt. Das glaubte sie nicht. Er nahm auch an, bei der Vernehmung würden Polizisten beteiligt sein, die Liora noch nicht getroffen hatte, aber am Ende fand sie sich allein im selben Raum vor derselben Esthi Wahabe wieder. »Ich dachte schon, wir würden uns nicht noch mal sehen. Und das hätte mir echt leidgetan, weil ich gar nicht dazu gekommen bin, Ihnen ein gutes neues Jahr zu wünschen«, sagte sie.

Gleich bei den ersten Fragen wurde klar, dass die Blinde zu total absurden Schlussfolgerungen gekommen war, die Liora fassungslos machten und ihr bewiesen, wie krank diese Polizistin war. Wahabe gab das Datum und die Uhrzeit des Vernehmungsbeginns zu Protokoll, und Liora fiel ihr gleich ins Wort und sagte: »Erst mal, ich freu mich, dass Sie weiter ermitteln. Das heißt ja, Israels Polizei hat nichts zu tun. Es gibt überhaupt keine Verbrechen mehr und keine Kriminellen. Keine Diebe. Und die Millionäre haben aufgehört, Steuern zu hinterziehen. Leute sterben nicht mehr, weil Bauunternehmer Geld sparen, was andere das Leben kostet. Also, uns ging's nie besser.«

Die Polizistin hob den Blick zu ihr und fragte: »Sind Sie fertig? Denn ich möchte Sie davon in Kenntnis setzen, dass wir mit der Ermittlung entscheidend vorangekommen sind, seit wir uns das letzte Mal getroffen haben«, und erst da bemerkte Liora, dass Wahabes Augen weniger stark gerötet und auch nicht mehr von zu Krümeln eingetrockneter Creme bedeckt waren, was es der Polizistin leichter machte, sie anzusehen. »Ich möchte, dass wir über Danielle sprechen«, sagte Wahabe, und Liora antwortete: »Ich werd mit Ihnen nicht über meine Tochter reden.«

»Warum nicht?«

»Muss ich nicht. Geht Sie nichts an.«

»Ich möchte Danielle aber helfen. Sie etwa nicht?«

»Nicht mit Ihnen. Sie sind nicht hier, um uns zu helfen. Im Gegenteil. Sie sind hier, um uns zu Fall zu bringen. Uns was anzuhängen. Und eine Psychologin sind Sie auch nicht. Außerdem braucht Danielle gar keine Hilfe.«

»Das stimmt, ich bin keine Psychologin, aber ich habe mit Leuten gesprochen, die Ihre Tochter kennen. Und die ihr tatsächlich helfen wollen. Habe versucht zu verstehen, von wem Danielle schwanger geworden ist und was Sie veranlasst haben könnte, den Versuch zu unternehmen, den Säugling loszuwerden – und ich habe dahingehend auch ein paar Vermutungen. Aber ich rede jetzt nicht als Polizeibeamtin mit Ihnen, Liora, sondern als Frau, die versucht, Ihrer Tochter zu helfen. Wären Sie bereit, mit mir darüber zu sprechen?«

»Habe ich denn eine Wahl? Ich hab Ihnen schon gesagt, das Baby ist von mir, nicht von ihr.«

»Können Sie mir sagen, wer Mordechai genau ist?«

Auf die Frage war Liora tatsächlich nicht gefasst, genau wie Edri sie gewarnt hatte. Aber nicht, weil sie besonders raffiniert gewesen wäre, sondern weil sie nichts mit alledem zu tun hatte.

»Ich meine, wer ist er für Sie? Sind Sie ein Paar? Wohnt er bei Ihnen und den Mädchen in der Wohnung?«

»Wieso sollte er denn bei uns wohnen? Er wohnt in Tel Giborim. Aber was antworte ich Ihnen überhaupt? Was geht Sie das an, wer Mordechai ist?«

»Ich werde aufrichtig zu Ihnen sein, Liora. Ich frage Sie:

Besteht die Möglichkeit, dass ich mit einem Vaterschaftstest herausfinde, dass Mordechai der Vater des Babys ist?«

Alle Gespräche der Blinden mit Verwandten und Nachbarn hatten sie zu dieser spinnerten Schlussfolgerung geführt.

»Verhören Sie mich gerade, ob ich mit Mordechai schlafe?«, fragte sie, obwohl sie wusste, worauf die Blinde hinauswollte. Und als Wahabe sagte: »Ich frage, ob Mordechai sich an Ihrer Tochter vergangen haben könnte«, brüllte Liora los: »Sagen Sie mal, sind Sie pervers? Kapieren Sie, was das für eine Verleumdung ist? Was Sie gerade gesagt haben, ist übelste Nachrede, und ich hoffe, Sie haben überhaupt genug Geld, um ihm das zu zahlen, was Sie ihm zahlen werden müssen. Mordechai ist ein Gerechter.«

Wahabe schaute sie unverwandt an, als seien nicht nur ihre Augen sondern auch ihr Mut seit der letzten Vernehmung genesen. »Ich verleumde überhaupt niemanden. Und drohen Sie mir nicht mit Dingen, von denen Sie nichts verstehen. Ich bitte Sie, Liora. Das stellt Sie nur in ein lächerliches Licht. Sie haben gar keine Ahnung, was eine Verleumdungsklage ist und wofür sie erhoben wird. Alles, was ich Ihnen sage, ist, dass ich weiß, wer die Mutter des Säuglings ist. Nämlich Ihre Tochter Danielle. Obwohl Sie das immer leugnen und ich noch nicht verstehe, zu welchem Zweck. Ich möchte wissen, wer der Vater ist, und ich bin mir sicher, Sie kennen die Antwort. Also, bevor ich den, wie man hört, nicht allzu angenehmen Vaterschaftstest bei Mordechai und vielleicht noch bei ein paar anderen Männern machen lasse, versuche ich Sie dazu zu bewegen, mit mir zu kooperieren. Sagen Sie mir im Guten, wer der

Vater ist und ob seine Identität etwas zu tun hatte mit Ihrer Entscheidung, Danielle nach Frankreich zu schmuggeln, und mit dem Versuch, das Baby zu töten. Dafür können Sie mir auch gerne Ihre fantastische Verleumdungsklage an den Hals hängen. Viel Erfolg dabei.«

Das war eine andere Wahabe, der es für einen Moment gelang, Liora zu schwächen, vielleicht weil sie ihr die versuchte Tötung des Babys vorgeworfen hatte. Doch dann rief sie sich Davids Gesicht in Erinnerung und stellte sich vor, er wäre bei ihr, ehe sie schließlich leise zu der Polizistin sagte: »Wenn Sie wüssten, wer Mordechai ist, würden Sie es nicht wagen, das zu sagen, was Sie gerade gesagt haben.«

Sie hatte das Baby nicht getötet – es lebte doch nur dank ihr.

»Dann erzählen Sie mir, wer er ist. Er war ein Freund Ihres Mannes David, wenn ich es richtig verstehe.«

Ein Kindheitsfreund, den David über dreißig Jahre nicht mehr gesehen hatte. Der einzige von allen seinen Freunden, der ihn nicht vergessen hatte.

Sie antwortete nicht.

»Haben Sie engeren Kontakt, seit Ihr Mann tot ist?«

Als Mordechai ihre Wohnung betrat, drei Tage nachdem David ermordet worden war, kannte sie ihn gar nicht.

Er erzählte, er sei mit David zur Grundschule gegangen und dass sie sich zuletzt mit dreiundzwanzig getroffen hatten. Er hatte den Zeitungsartikel über den Unfall gelesen und Davids Foto gesehen und habe das Gefühl gehabt, er müsse zur Trauerwoche kommen. Liora erzählte den Trauergästen immer wieder, wie sie gezwungen gewesen war,

Davids zertrümmerten Körper im Krankenhaus zu identifizieren, und bevor Mordechai sich von ihr verabschiedete, versprach er wiederzukommen, wenn weniger Leute da waren, und ihr eine Geschichte zu erzählen, die ihr Kraft geben würde. Im Gegensatz zu anderen Versprechen, die man ihr damals gemacht hatte, hatte Mordechai seines gehalten. Er kam zur Enthüllung des Grabsteins auf den Friedhof, kehrte mit der Familie nach Hause zurück und erzählte ihr dann die Geschichte von der Frau von Rabbi Elazar, die, als sie zum ersten Mal den entblößten Arm ihres Mannes sah, gleichzeitig lachte und weinte. Sie lachte wegen des Glücks, dass ihr vergönnt sein soll, in trauter Einigkeit mit diesem Körper zu leben, und sie beweinte, dass dieser Körper eines Tages sterben und begraben werden wird.

Die Geschichte hatte Liora zutiefst berührt.

Nicht nur, weil sie ihr den Anblick von Davids zerschmettertem Arm auf dem Bett im Krankenhaus und auf der Bahre wieder vor Augen geführt hatte, bevor er hinab in die Erde gesenkt wurde, sondern weil sie ihr ihre eigenen Gefühle offenbarte, als sie begriffen hatte, wie sehr sie David liebte. Sie wollte nicht einen Tag länger auf dieser Welt leben ohne ihn, wusste aber schon früh, dass das passieren musste, weil er vor ihr sterben würde. Er würde von ihr gehen und sie allein zurücklassen, nicht nur, weil er achtzehn Jahre älter war, sondern weil ihm ein Unglück zustoßen würde, das sie nicht verhindern konnte.

»Lachte und sprach: Glücklich ich und glücklich mein Los, das mich mit dem Leib dieses Gerechten verbunden; und weinte und sprach: O weh, da der Leib dieses Gerechten für die Erde bestimmt.«

Diese Worte, die Mordechai ihr genau dreißig Tage nach dem Mord an David vorlas, hatte sie sich selbst jeden Tag gesagt, seit sie zweiundzwanzig oder dreiundzwanzig war, auch ohne sie überhaupt gekannt zu haben.

Wie jedes Mal, wenn sie an die Geschichte denken musste, spürte sie das Schluchzen in sich, das niemals aufgehört hatte. Hoffentlich bemerkte die Blinde nicht die Schwäche, die sie überkam. Liora schwieg, um das Schluchzen wegzusperren.

»Ich sehe, es fällt Ihnen schwer, auf Fragen zu antworten, die Mordechai betreffen«, sagte die Blinde.

In den Wochen nach der Trauerzeit leerte sich die Wohnung von Verwandten, und Liora kam es vor, als erinnerte sich niemand mehr an David und seine Ermordung, niemand außer Mordechai, der sie weiter besuchen kam. Sie lasen noch einmal gemeinsam die Geschichte, und als Mordechai ihr verriet, die Frau von Rabbi Elazar habe die Leiche ihres Mannes zwanzig Jahre lang auf dem Dachboden ihres Hauses aufbewahrt, sagte Liora, hätte sie die Geschichte vor Davids Begräbnis gehört, hätte sie gewagt, dasselbe zu tun. Die Worte, die sie gemeinsam in der Bibel und in den anderen Büchern lasen, die Mordechai mitbrachte, waren die einzigen, in denen sie Ausdruck fand für das innere Schluchzen, das sich einfach nicht beruhigen ließ.

Sie schwieg, bis die Schwäche hart geworden und klar war, sie würde nicht zu Tränen werden. »Mordechai ist nicht der Vater des Babys und er hat in seinem Leben noch keinem was getan. Sie können so viele Vaterschaftstests machen lassen, wie Sie wollen. Die werden Ihnen alle am Jom Kippur aufgerechnet.«

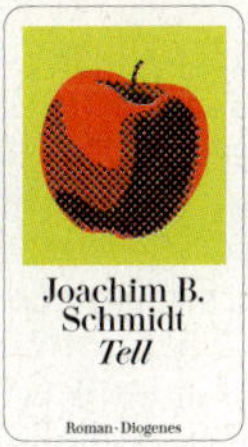

Neue Diogenes Bücher

Frühjahr 2022

Seraina Kobler

Der erste Fall für Rosa Zambrano von der Seepolizei Zürich.

Der Zürichsee ist Rosa Zambranos Einsatzort. In seiner blauen Tiefe wird eine Leiche geborgen, die ihr unheimlich bekannt vorkommt. Die neue Zürich-Krimi-Serie mit einer wunderbar warmherzigen Ermittlerin.

Paperback 30091, ca. 272 Seiten
ca. € (D) 16.–/sFr 21.–*/€ (A) 16.50
Mai

ca. 80 Seiten, Leinen
ca. € (D) 20.–/sFr 27.–*/€ (A) 20.60
März

Gedichte über Aufbrüche, Sehnsüchte, Selbstbestimmung und die fragile Gegenwart. Voller Schönheit, Klugheit und Witz.

Zora del Buono

Das Panorama eines ganzen Jahrhunderts, das Porträt einer faszinierenden Frau mit hinreißenden Widersprüchen.

»Ein großer Wurf. Mit all seinen Figuren und Schauplätzen ist *Die Marschallin* ein großes Lesevergnügen, so temperament- und grauenvoll, wie das vergangene Jahrhundert vielleicht wirklich war.«
Eva Menasse/Die Zeit, Hamburg

detebe 24633, ca. 384 Seiten
ca. € (D) 13.–/sFr 17.–*/€ (A) 13.40
Mai

detebe 24649, ca. 800 Seiten
ca. € (D) 16.–/sFr 21.–*/€ (A) 16.50
Juni

Einer der großartigsten, witzigsten und eindringlichsten Romane der Nachkriegsliteratur.

Joachim B. Schmidt

Wilhelm Tell als Blockbuster – atemberaubendes Kopfkino mit Suchtfaktor.

ca. 288 Seiten, Leinen
€ (D) 23.–/sFr 31.–*/€ (A) 23.70
März

Joachim B. Schmidt greift nach den Schweizer Kronjuwelen und macht aus der *Tell*-Saga einen Pageturner, einen Thriller, ein Ereignis: Beinahe 100 schnelle Sequenzen und 20 verschiedene Protagonisten jagen wie auf einer Lunte dem explosiven Showdown entgegen. Keine Nach-, keine Neuerzählung, sondern ein Blockbuster in Buchform: *The Revenant* in den Alpen, *Braveheart* in Altdorf.

detebe 24644, ca. 352 Seiten
ca. € (D) 13.–/sFr 17.–*/€ (A) 13.40
Mai

Eine hinreißende und überraschende Geschichte vor der rauen Kulisse Islands. Forrest Gump trifft die Coen Brothers.

detebe 24620, ca. 224 Seiten
€ (D) 12.–/sFr 16.–*/€ (A) 12.40

Peter Hunkeler ermittelt wieder. Wenn auch äußerst widerwillig. Knurrig und schlecht gelaunt wie eh und je – doch auch jetzt lässt Hunkeler nicht locker.

Anton Čechov

Das perfekte Geschenk für alle Liebenden und jene, die es werden und bleiben wollen.

Niemand hat so unpathetisch über das schönste und zerbrechlichste Gefühl der Welt geschrieben wie Anton Čechov. Voller Witz und ohne Illusionen verewigt er eines der facettenreichsten Gefühle.

ca. 272 Seiten, Schmuckausgabe
ca. € (D) 22.–/sFr 30.–*/€ (A) 22.70
April

detebe 24634, ca. 320 Seiten
ca. € (D) 13.–/sFr 17.–*/€ (A) 13.40
April

Ladies, die frühen Stories der jungen Highsmith – literarisch und intensiv.

Walter Tevis

Ein meisterhafter Roman über Verlust, Einsamkeit und das Wesen des Menschen.

Ein eindringliches Buch darüber, was es bedeutet, Mensch zu sein. Die Romangrundlage des Kultfilms mit David Bowie – 2022 Neuverfilmung als Serie mit Chiwetel Ejiofor und Naomie Harris.

ca. 272 Seiten, Leinen
ca. € (D) 23.–/sFr 31.–*/€ (A) 23.70
Juli

ca. 544 Seiten, Leinen
ca. € (D) 25.–/sFr 34.–*/€ (A) 25.70
Juni

Zelda möchte ein guter Mensch sein. Amal möchte sich befreien. Doch ihre Wünsche sind nicht miteinander zu vereinen.

Einer von euch

Martin Suters Roman über Bastian Schweinsteiger, den Superstar, der sich nie als einer fühlte.

384 Seiten, Leinen
€ (D) 22.–/sFr 30.–*/€ (A) 22.70
Februar

Bastian Schweinsteiger, der Held des WM-Finales 2014 in Rio, ist auch der Held des neuen Romans von Martin Suter. Der Autor erzählt uns Wahres und fast Wahres aus dem Leben des Mannes, dem es nicht in die Wiege gelegt war, alles zu erreichen, was man als Fußballer erreichen kann. Und er verrät uns auch, wie Basti dennoch so erfolgreich wurde. Nur so viel sei verraten: nicht aus Ehrgeiz. Aus Freude am Erfolg.

detebe 24630, ca. 352 Seiten
ca. € (D) 12.–/sFr 16.–*/€ (A) 12.40
Mai

Ein Meisterwerk mit wunderbarster Film-noir-Atmosphäre. Und gleichzeitig eine gnadenlose Entlarvung der Traumfabrik.

ca. 128 Seiten, Leinen
ca. € (D) 20.–/sFr 27.–*/€ (A) 20.60
Juli

Enttäuschte Liebe, Rachelust und Befreiung, eine Familiengeschichte à la Nothomb: kurz, elegant und explosiv.

Dror Mishani

Der neue Krimi von Dror Mishani – nach dem sensationellen Bestseller *Drei*.

Ein verlassenes Neugeborenes, ein vom Erdboden verschluckter Mann und ein Ermittler, der entscheiden muss, was recht und was gut ist.

352 Seiten, Leinen
€ (D) 22.–/sFr 30.–*/€ (A) 22.70
März

detebe 24581, ca. 144 Seiten
€ (D) 11.–/sFr 15.–*/€ (A) 11.40
März

»Elegant, witzig-ironisch, bisweilen sarkastisch, ein Feuerwerk an Einfällen.«
Johannes Kaiser/ Deutschlandfunk Kultur, Berlin

Raffaella Romagnolo

Ein Roman über das junge Italien und eine Generation im Aufbruch

Antonio ist auf einem Auge blind – und doch wählt der große Fotograf Alessandro Pavia ausgerechnet ihn als Lehrbuben aus. Im frisch vereinigten Italien gilt es viel festzuhalten. Das neue Buch aus der Welt von *Bella Ciao*.

ca. 352 Seiten, Leinen
ca. € (D) 24.–/sFr 32.–*/€ (A) 24.70
Mai

detebe 24610, ca. 288 Seiten
€ (D) 13.–/sFr 17.–*/€ (A) 13.40
Februar

Eine zu Herzen gehende Geschichte aus Südtirol, eine Ermutigung zum Widerstand.

Auch als eBook · Auch als Hörbuch · Auch als Hörbuch-Download

Vallejo

eschichte der Welt –
uchern in der Hauptrolle.

ca. 640 Seiten, Leinen
ca. € (D) 28.–/sFr 37.–*/€ (A) 28.80
Mai

Das Buch ist eine der schönsten Erfindungen der Menschheit. Irene Vallejo nimmt uns mit auf eine abenteuerliche Reise durch die faszinierende Geschichte des Buches, von den Anfängen der Bibliothek von Alexandria bis zum Untergang des Römischen Reiches. Dabei treffen wir auf rebellische Nonnen, gewiefte Buchhändler, unermüdliche Geschichtenerzählerinnen und andere Menschen, die sich der Welt der Bücher verschrieben haben.

Paperback 30046, ca. 400 Seiten
ca. € (D) 18.–/sFr 24.–*/€ (A) 18.50
Juni

Band 5 der Serie um Kenzie & Gennaro – und der bisher beste. Teuflisch schnell und atemlos: ein hochspannendes Verwirrspiel.

ca. 288 Seiten, Leinen
ca. € (D) 23.–/sFr 31.–*/€ (A) 23.70
März

Nah an der Realität, von einem mutigen Kritiker der Zustände in Russland und seinem Heimatland Belarus. Temporeich, hart und brillant geschrieben.

Luca Ventura

Mord auf Capri –
die Erfolgsserie geht weiter.

Paperback 30090, ca. 320 Seiten
ca. € (D) 16.–/sFr 21.–*/€ (A) 16.50
April

Sehnsucht nach dem Süden? Lesen Sie sich nach Capri. Wie der Raub der einzigartigen Stradivari-Harfe in Neapel für Aufregung und auf Capri für Tote sorgt. Der dritte Fall der *Spiegel*-Bestseller-Serie.

detebe 24638, ca. 400 Seiten
ca. € (D) 13.–/sFr 17.–*/€ (A) 13.40
Mai

Der Kommissar wird Großvater und ist hin- und hergerissen zwischen Arbeit und Familie. Wird er die Mörder erwischen?

Martin Walker

Ein heißer Sommer, ein rätselhafter Fund,
ein ungelöster Mordfall.

ca. 352 Seiten, Leinen
ca. € (D) 25.–/sFr 34.–*/€ (A) 25.70
Mai

Ein Mordfall lässt Brunos Chef bis heute nicht los. Der tote junge Mann konnte nie identifiziert werden. Im Prähistorischen Museum sieht Bruno, dass sich aus Knochenfunden rekonstruieren lässt, wie ein Mensch zu Lebzeiten aussah. Er schlägt vor, dieses Verfahren auch bei dem ungelösten Mordfall zu versuchen.

detebe 24645, ca. 400 Seiten
ca. € (D) 13.–/sFr 17.–*/€ (A) 13.40
Juni

»Auch im 13. Fall baut sich das Périgord wie ein Fest des Lebens in der fernwehen Phantasie auf.«

Franziska Trost/Kronen Zeitung, Wien

Donna Leon

Wer wäre hilfsbereiter als Brunetti? Eine Eigenschaft, die ihm fast zum Verhängnis wird.

ca. 368 Seiten, Leinen
ca. € (D) 25.–/sFr 34.–*/€ (A) 25.70
Juni

Elisabetta Foscarini, Jugendfreundin von Brunetti, taucht eines Tages in der Questura auf. Ob Brunetti verdeckt ermitteln könne, wer die Familie ihrer Tochter bedroht? Konkrete Tathinweise fehlen. Wer sollte auch einer Tierärztin Böses wollen und einem Buchhalter, der für eine wohltätige Stiftung gearbeitet hat? Schon will Brunetti das Ganze als übertriebene mütterliche Sorge abtun, da kommt es zu einem Überfall, der menschliche Abgründe offenbart.

detebe 22759, ca. 288 Seiten
€ (D) 10.90 /sFr 16.90*/€ (A) 11.30
März

Ein Haus der Intrigen, ein Blick hinter die Kulissen eines florentinischen Palasts. Was verbirgt eine der ältesten Adelsfamilien von Florenz?

detebe 23164, 272 Seiten
€ (D) 12.–/sFr 16.–*/€ (A) 12.40
März

Launische Bürokraten, ein sarkastischer Staatsanwalt und ein knurrender Magen. Trotzdem versucht Maresciallo Guarnaccia, den Fall zu lösen.

Stefan Hertmans

Ein Haus in Gent und die Geschichten, die Geschichte schreiben.

ca. 480 Seiten, Leinen
ca. € (D) 25.–/sFr 34.–*/€ (A) 25.70
Mai

Ein dunkles und unbekanntes Kapitel der Geschichte, die Belgien und Deutschland verbindet. Eine ergreifende Familientragödie aus Fakten, Fiktion und Autobiografie. Brillant inszeniert von einem der größten Stilisten unserer Zeit.

detebe 24643, ca. 240 Seiten
ca. € (D) 13.–/sFr 17.–*/€ (A) 13.40
April

Geschichten von Menschen in verschiedenen Lebensphasen und ihren Hoffnungen und Verstrickungen.

Christoph Poschenrieder

Ein Roman über die Macht der Freundschaft und des Zweifels.

ca. 320 Seiten, Leinen
ca. € (D) 24.–/sFr 32.–*/€ (A) 24.70
April

Inspiriert von einem Gerichtsfall, der in Deutschland vor ein paar Jahren für großes Aufsehen sorgte. Ein Buch über das Undenkbare: Was passiert mit uns, wenn passiert, was nicht passieren darf?

detebe 24569, ca. 304 Seiten
€ (D) 13.–/sFr 17.–*/€ (A) 13.40
März

Wenn Glück und Katastrophe gefährlich nahe beieinanderliegen. Eine Patchworkfamilie und ihre schwierigen Geheimnisse.

Jonathan Lee

Ein literarisches Meisterwerk über New York City, erfüllte Träume und verpasste Liebe.

ca. 368 Seiten, Leinen
ca. € (D) 24.–/sFr 32.–*/€ (A) 24.70
April

Die Welt besteht aus Fehlern und Flickversuchen. Und manchmal aus seltsamen Missverständnissen. Andrew Green ist tot. Erschossen am helllichten Tag, an einem Freitag, den 13. Spekulationen schießen ins Kraut. Verdankt New York dem einstigen Außenseiter doch unter anderem den Central Park und die New York Public Library. Inspector McClusky nimmt die Ermittlungen auf.

detebe 24616, ca. 368 Seiten
€ (D) 13.–/sFr 17.–*/€ (A) 13.40
Februar

Ross Macdonald zeigt, wie schnell der Californian Dream zum Alptraum wird. Mit einem Nachwort von Donna Leon.

detebe 24375, ca. 400 Seiten
€ (D) 13.–/sFr 17.–*/€ (A) 13.40
Februar

Als sich an der südkalifornischen Küste ein Ölfilm bildet, kann der Clan des Magnaten seine Familiengeheimnisse nicht länger unter dem Teppich halten.

Sy Montgomery und Rebecca Green

Ein wunderbares Naturbuch für kleine und große Weltentdecker.

ca. 32 Seiten, gebunden
ca. € (D) 16.–/sFr 21.–*/€ (A) 16.50
März

Tierisch gute Freunde lädt ein in eine Welt des Miteinander von Mensch und Tier. Sy Montgomery blickt mit Kinderaugen auf das Tierreich und erzählt, was man von Emus, Hund, Hausschwein und Hermelin, Gorillas, Tintenfischen und Tigern alles lernen kann. Eine fabelhafte Geschichte mit kunterbunten Illustrationen von Rebecca Green.

ca. 24 Seiten, gebunden
ca. € (D) 9.–/sFr 12.–*/€ (A) 9.30
März

Eine Hommage an die Liebe, ein Hoch aufs Anderssein.

ca. 40 Seiten, gebunden
ca. € (D) 18.–/sFr 24.–*/€ (A) 18.50
April

Am ersten Schultag verliebt sich ein Junge Hals über Kopf in ein Mädchen. In einem riesigen Vogelkostüm will er sie überraschen. Wird sie ihn endlich bemerken?

ca. 48 Seiten, Halbleinen
ca. € (D) 18.–/sFr 24.–*/€ (A) 18.50
April

Alles, was kleine Leserinnen und Leser an Richard Scarry lieben, steckt in diesem Buch.

Diogenes Hörbücher

Ungekürzt gelesen von
Markus Lemke
7 CD, Spieldauer 515 Min.
€ (D) 25.–/sFr 34.–*/€ (A) 28.10
März

Ungekürzt gelesen von
Gert Heidenreich
7 CD, Spieldauer 535 Min.
€ (D) 26.–/sFr 35.–*/€ (A) 26.90
Februar

Ungekürzt gelesen von
Nina Petri und Hanns Zischler
8 CD, Spieldauer 575 Min.
ca. € (D) 28.–/sFr 37.–*/€ (A) 31.40

Ungekürzt gelesen von
Joachim Schönfeld
7 CD, Spieldauer ca. 533 Min.
ca. € (D) 26.–/sFr 35.–/* € (A) 29.20
Juni

Ungekürzt gelesen von
Johannes Steck
8 CD, Spieldauer ca. 663 Min.
ca. € (D) 26.–/sFr 35.–/* € (A) 29.20
Mai

Ungekürzt gelesen von
Johannes Klaußner
6 CD, Spieldauer ca. 470 Min.
ca. € (D) 22.–/sFr 30.–*/€ (A) 24.10
April

Ungekürzt gelesen von
Anna Schudt
4 CD, Spieldauer 311 Min.
€ (D) 22.–/sFr 30.–*/€ (A) 24.70

Ungekürzt gelesen von
Dagmar Manzel
4 CD, Spieldauer 320 Min.
€ (D) 22.–/sFr 30.–*/€ (A) 24.70

Ungekürzt gelesen von
Robert Stadlober
6 CD, Spieldauer 473 Min.
€ (D) 24.–/sFr 32.–*/€ (A) 27.–

* unverbindliche Preisempfehlung (gilt für den sFr-Preis bei Büchern und für Hörbücher generell). Alle Angaben ohne Gewähr.

Happy Birthday, John Irving
2. März 2022

detebe 21837, 848 Seiten
€ (D) 15.–/sFr 20.–*/€ (A) 15.50

detebe 21194, 608 Seiten
€ (D) 14.–/sFr 19.–*/€ (A) 14.40

detebe 22491, 864 Seiten
€ (D) 14.–/sFr 19.–*/€ (A) 14.40

detebe 24270, 736 Seiten
€ (D) 15.–/sFr 20.–*/€ (A) 15.50

detebe 24412, 784 Seiten
€ (D) 15.–/sFr 20.–*/€ (A) 15.50

detebe 23300, 768 Seiten
€ (D) 14.–/sFr 19.–*/€ (A) 14.40

Schauen Sie auch hier vorbei:

Bestellnummer: 978-3-257-95472-2/50 Exemplare

»Ausgezeichnet. Danke, dass Sie mir gestatten, ihn zu testen, Liora. Ich weiß das zu schätzen. Und da wir gerade über Sühne sprechen – können Sie mir sagen, ob Mordechai religiös ist?«

Diese Frage verstand sie noch weniger.

»Was soll das heißen?«

»Er geht in die Synagoge, richtig? Er trägt Kippa. Seine erwachsenen Kinder leben strenggläubig …«

»Wollen Sie ihn deswegen verhaften?«

»Gott bewahre. Ich möchte einfach nur wissen, welchen Einfluss das bei Ihnen zuhause hat. Auf das Verhältnis zu Danielle.«

»Welches Verhältnis denn? Da ist kein Verhältnis.«

»Und beeinflusst Sie das? Ihre Beziehung zu Ihrer Tochter? Hat Sie das nicht strenger mit ihr werden lassen?«

Erst jetzt bekam sie einen besseren Eindruck von den erbärmlichen Gesprächen, die die Blinde mit Freundinnen und Lehrerinnen von Danielle geführt haben musste. Und auch von den Teilen des Gesprächs mit Michal, die die ihr verschwiegen hatte. »Deuten Sie an, ich hätte Danielle und dem Baby etwas getan, weil Mordechai religiös ist? Erst behaupten Sie, er hätte Danielle angefasst, und jetzt soll er …«

»Ich habe nicht behauptet, er hätte Danielle angefasst. Ich versuche nur zu verstehen, warum Ihre Tochter Beziehungen, die sie hatte, vor Ihnen verheimlicht hat.«

War es der Blinden trotz allem gelungen, mehr herauszukriegen, als Liora angenommen hatte? In den nächsten Minuten war sie angespannt und machte sich darauf gefasst, den Namen Amir Suan zu hören, bis klar wurde, dass die Blinde nichts von ihm wusste.

»Was soll sie denn verheimlicht haben? Meine Tochter verheimlicht nichts«, blaffte sie zurück. Und als die Polizistin sagte: »Dann lassen Sie mich Ihnen eine theoretische Frage stellen, in Ordnung? Nicht zu Danielle. Was würden Sie machen, wenn Sie dahinterkommen, dass Ihre jugendliche Tochter Geschlechtsverkehr mit Jungen hat? Wäre es in Ihren Augen in Ordnung, dass ein Mädchen in ihrem Alter Geschlechtsverkehr hat?«

»Die große Frage ist doch, was ich tun würde, wenn Sie mir sagen, *Sie* hätten Sex mit Jungen. Denn dann würd ich mich kaputtlachen. Das ist noch nicht passiert, oder?«, antwortete sie, und die Blinde wurde rot, besann sich aber und suchte erneut Lioras Blick. »Danielle dagegen ist es schon passiert. Sie hat schon mit Jungen geschlafen«, fuhr Wahabe unbeirrt fort. Diesmal lächelte Liora nicht, als sie sagte: »Sie müssten doch langsam wissen, dass ich mit Ihnen nicht über meine Tochter rede.«

»Am Ende werden Sie das aber. Wir werden Ihnen nämlich keine andere Wahl lassen. Und ich weiß, Danielle hat vor Ihnen verheimlicht, dass sie schon Sex hatte, weil sie Angst davor hatte, wie Sie reagieren werden.«

Sie hätte das so weiterlaufen lassen können, aber das war sinnlos. Und vor allem wollte sie herausfinden, was die Blinde verbarg. Sie sagte: »Wissen Sie, Sie stellen so viele Vermutungen an, die Sie nur immer weiter weg von der Wahrheit bringen. Darf ich Ihnen das sagen? Vielleicht helf ich Ihnen mal, die Augen sauber zu kriegen. Sie nehmen an, Danielle hat das Baby zur Welt gebracht, und ich sag Ihnen, ich hab's geboren. Aus *meinem* Bauch. Wollen Sie's prüfen?

Schaffen Sie ’nen Arzt her und überprüfen Sie es. Außerdem bezichtigen Sie einen Menschen wie Mordechai, der im Leben noch keiner Fliege was zuleide getan hat. Und dann erzählen Sie alle möglichen verleumderischen Sachen über meine Tochter. Zwischen mir und Danielle gibt’s keine Angst. Ich liebe meine Tochter und sorge für sie, und wenn Sie mit ihr geredet hätten, wüssten Sie das.« Die Polizistin starrte sie eine Weile lang an, ohne ein Wort zu sagen. Sie stritt weder ab, dass sie mit Danielle gesprochen hatte, noch gab sie es zu, doch Liora war jetzt fast sicher, dass sie noch nicht bei ihr gewesen waren.

»Dann werde ich Ihnen jetzt sagen, was ich trotz allem weiß. In Ordnung, Liora? Ich weiß, dass Danielle eine Beziehung mit einem Jungen aus ihrem Jahrgang hatte. Ido Attar. Er hat zugegeben, Geschlechtsverkehr mit Danielle gehabt zu haben, behauptet aber, das sei vor fast drei Monaten gewesen, im Juni, und dass er nicht der Vater des Babys sein könne. Wir haben bei Gericht einen Vaterschaftstest für ihn beantragt, um sicherzustellen, dass er die Wahrheit sagt.«

»Aber warum erzählen Sie mir das?« Liora kannte diesen Ido Attar nicht und hatte den Namen noch nie gehört.

»Ich erzähle Ihnen das, weil die Möglichkeit besteht, dass er lügt oder sich irrt. Dass Danielle von ihm schwanger geworden ist. Und dass Sie, als Sie die Schwangerschaft bemerkt haben, dagegen waren und sie gezwungen haben, das Baby loszuwerden. Aufgrund des vorliegenden ärztlichen Berichts kann ich Ihnen auch genau sagen, wie das abgelaufen ist. Und ich verspreche Ihnen, dass ich auch den Arzt bald haben werde, der Ihnen dabei geholfen hat.«

Für einen Moment sah sie die Kleine vor sich, an dem Morgen, an dem sie sie auf alte Handtücher und Windeln gebettet in die schwarze Tasche gelegt hatte. Sie hatte die Äuglein aufgerissen, und als Liora sie gefüttert hatte, ehe sie aufgebrochen waren, hatte sie einen Finger um den Sauger des Milchfläschchens gelegt.

»Ich hab Ihnen jetzt schon tausendmal erklärt, ich weiß nicht, wovon Sie reden, und dass ich das Baby zur Welt gebracht hab. Wenn Sie wollen, dann erheben Sie doch Anklage gegen mich«, sagte sie, und die Blinde seufzte, während sie die Papiere vor sich einsammelte und aufstand. »Aber weshalb genau wollen Sie das auch machen?«, fuhr Liora fort, denn jetzt kehrte ihre alte Stärke zurück. »Weshalb verfolgen Sie uns überhaupt, erklären Sie mir das mal. Und wenn ich erfolglos versucht hab, eine Abtreibung zu machen, na und? Ist Abtreibung in diesem Land etwa verboten? Ich dachte immer, das ist das Recht jeder Frau, die nicht gebären will, oder nicht?«

7

Raphael Chouchanis Leiche war im Meer treibend gefunden worden, bei fast vollkommener Dunkelheit, nur wenige Kilometer von dem Strand entfernt, an dem Avraham und Marianka am Abend zuvor spazieren waren. Elisha Gantiyo, ein achtunddreißigjähriger orthodoxer Jude, Schlagzeuger und Vater von vier Kindern, wohnhaft in Rishon Lezion, war während eines nächtlichen Bads im Meer mit ihr zusammengestoßen, und als er begriff, womit er gerade kollidiert war, war er aus dem Wasser geeilt und hatte die 100 angerufen. Eine Einheit der Wasserschutzpolizei des Distrikts Laqish hatte die Leiche aus dem Wasser gezogen und sie ins Wolfson-Krankenhaus überstellt. Morgens um halb sieben wurde der Leichnam in einem Wagen der Beerdigungsbruderschaft Chewra Kadischa ins Gerichtsmedizinische Institut gebracht, wo der Leiter des Ermittlungsdezernats des Ayalon-Distrikts, Oberinspektor Avraham Avraham, schon wartete, um den Toten zu identifizieren und zu bestätigen, dass er sich ab sofort unter seiner Zuständigkeit befand.

Der Gerichtsmediziner, der Avraham zum Kühlraum führte, erklärte ihm, der Tote habe einige Tage im Wasser gelegen. Schusswunden seien am Körper keine zu finden, und was andere Merkmale oder die Todesursache angehe,

»lässt sich bis zur Obduktion gar nichts sagen. Aber nicht, dass Sie jetzt davon träumen, dass das heute noch passiert. Erst nach dem Fest. Heute haben wir massig zu tun, und morgen ist der Vorabend des Festes, und da arbeitet hier ohnehin niemand.« Der Tote war aufgedunsen, aber Avraham war so gut wie sicher, dass das gräuliche Gesicht dem Mann gehörte, den er auf den Aufnahmen der Überwachungskameras im Hotel und auf dem Flughafen gesehen hatte; des Mannes, der gesagt hatte, er sei nach Israel gekommen, um einen Freund zu treffen, den er schon seit einer Ewigkeit nicht mehr gesehen hatte, und um nach einer verschwundenen Freundin zu suchen; der versucht hatte, der Grenzschutzpolizistin am Flughafen, dem Taxifahrer und dem Rezeptionisten im Hotel in Erinnerung zu bleiben, als hätte er gewusst, dass ihm während seines Besuches etwas zuzustoßen drohte. Der Mann, von dem Avraham noch gestern Nacht einen Augenblick lang das Gefühl hatte, es bestünde keine Notwendigkeit, mit Hochdruck nach ihm zu suchen. Zum ersten Mal betrachtete Avraham das Gesicht des Mannes von Nahem, und obgleich der schon seit Tagen tot war, schien ihm, dass in seinen Zügen auch jetzt noch die Angst zu erkennen war.

Er überlegte, was er Annette Mallot sagen sollte, wenn er sie anrief.

Die Leiche Ihres Vaters wurde im Meer gefunden, aber ich weiß nicht, wie sie dorthin gelangt ist. Oder wie er gestorben ist. Offenbar war er nicht der Mensch, für den Sie ihn hielten.

Als er den Gerichtsmediziner, der die Edelstahltür des Kühlraums geräuschvoll hinter ihnen schloss, fragte, ob denn nicht trotz allem die Chance bestünde, dass er den Obduktionsbericht noch heute zu lesen bekäme, erwiderte er: »Auf gar keinen Fall. Wir haben hier unsere Reihenfolge, und Ihr alter Mann ist nicht der Erste in der Warteschlange.« Zusammen mit der offiziellen Verantwortung für den Toten bekam Avraham einen Karton ausgehändigt mit einer Unterhose, einem weißen T-Shirt, zwei Ringen, einem aus Rotgold, dem anderen aus Silber, und dem braunen, abgetragenen Anzug, den er schon von den Aufnahmen der Überwachungskameras kannte. »Alles, was Sie hier sehen, trug die Leiche am Körper, als man sie aus dem Wasser gezogen hat«, erklärte der Mann vom Gerichtsmedizinischen Institut. »Sonst wurde nichts gefunden. Und ich würde Ihnen raten, das möglichst bald ins Labor zu schicken, denn die haben morgen mit Sicherheit auch zu.«

*

Er hatte gehofft, erst nach der Besprechungsrunde der Dezernatsleiter aufs Revier zu kommen, aber als er den Sitzungsraum im dritten Stock betrat, begrüßte Saban ihn mit einem: »Oh, da ist er ja endlich. Unser Mann, der aus der Kältekammer kam.« Auf dem Tisch standen die Überreste eines mit buntem Zuckerguss überzogenen Schokoladenkuchens, und Avraham erinnerte sich an die Mitteilung, dass bei der wöchentlichen Runde der fünfzigste Geburtstag des Distriktkommandanten gefeiert werden sollte. Neben dem Kuchen standen mehrere Flaschen von Sabans heiß geliebtem Preiselbeersaft und Plastikschälchen mit salzigen, kleinen Bagelringen, von denen Saban immer wieder bat, man möge sie von ihm wegstellen, nur um sie dann wieder zu sich heranzuziehen. Die junge Frau, die Avraham in Sabans Büro gesehen hatte und die er nicht kannte, saß in Uniform neben dem Distriktkommandanten. Als Avraham den Raum betrat, schrieb sie gerade Nachrichten auf ihrem Telefon und ihr Blick war konzentriert auf das Display gerichtet, das sie unter der Tischplatte zu verbergen versuchte. Nach der Sitzung entschuldigte Saban sich, weil er sie ihm nicht schon früher vorgestellt hatte, und erklärte ihm, in wenigen Tagen würde sie ihre Aufgabe als Distriktsprecherin antreten und dass er sie dem Armeesprecher »weggepflückt« habe, um ihm dann noch ins Ohr zu flüstern: »Du glaubst nicht, was für ein Englisch sie hat, Avi. Da bleibt dir die Spucke weg.«

Ihren Namen fand Avraham zufällig heraus, als sie ihm während der Sitzung ins Wort fiel.

Avraham gratulierte Saban, entschuldigte sich für die Verspätung und wollte eigentlich nichts mehr sagen. Meinte, von ihm aus könne man wieder an die Arbeit gehen. Aber Saban wollte nicht, dass die Feier zu seinen Ehren schon endete. Er sagte: »Warum wieder an die Arbeit gehen? Bring uns erst mal auf den neusten Stand. Soviel ich weiß, hast du eine frische Leiche.« Avraham bestätigte mit einem angedeuteten Nicken und berichtete dann unwillig, der Tourist, der aus einem Hotel in Bat Yam verschwunden war, sei in der Nacht gefunden worden.

»Moment, ist das derselbe Mann, von dem du dachtest, er sei …«, Saban unterbrach sich gerade noch rechtzeitig, um ihn nicht bloßzustellen, und Avraham dankte ihm mit den Augen und sagte: »Richtig. War er am Ende doch nicht. Ich hab das mit jemandem aus der Organisation überprüft.« Worauf Saban ihm zulächelte, als hätte er keine Sekunde lang daran gezweifelt.

»Hast du irgendeine Vermutung, was ihm passiert ist?«, fragte sein Vorgesetzter.

Außer den Mutmaßungen, die in seinem Telefonat mit Keren geäußert worden waren, hatte er nicht einmal den Ansatz einer Richtung. »Bevor wir wissen, was die Todesursache ist, lässt sich das schwer sagen«, erklärte er. »Im Moment sieht es so aus, als sei er ertrunken, aber das bringt uns nicht viel. Die Tatsache, dass er sowohl zwei Pässe als auch zwei unterschiedliche Namen verwendet hat, könnte bedeuten, dass er ein professioneller Schmuggler war, aber das ist ebenfalls noch nicht klar. Ich hab das Gefühl, das wird keine einfache Ermittlung werden, denn wir haben einfach zu wenig Informationen über den Mann und werden auf die Hilfe der Franzosen angewiesen sein.« Auf dem Weg zum Revier hatte er bereits Jules von der Auskunftsstelle der französischen Polizei angerufen, hatte ihn über den Fund der Leiche informiert und ihn um nähere Angaben zu Raphael Chouchanis beruflicher Tätigkeit gebeten, zu seiner wirtschaftlichen Situation und möglichen Vorstrafen und auch um eine Auflistung aller Telefonate, die er in den Wochen vor seiner Reise nach Israel geführt hatte. Den Anruf bei Annette Mallot dagegen hatte er zurückgestellt, aber auch diesen würde er im Lauf des Tages führen müssen – nicht nur, um ihr mitzuteilen, dass ihr Vater tot war, sondern auch, um mit ihrer Hilfe herauszufinden, wer er tatsächlich war und ob er möglicherweise Drogen und gefälschte Luxusartikel geschmuggelt hatte.

Saban feuchtete seinen dicken Zeigefinger an und tupfte damit die auf seinem Teller verbliebenen Kuchenkrümel auf, was ein sicheres Zeichen war, dass die Besprechung gleich beendet sein würde. »Ich werde versuchen, die Pathologie auf Trab zu bringen, damit sie die Obduktion noch vor dem Fest machen«, versprach er. »Und sollte von Drogenschmuggel die Rede sein, muss womöglich sein Zimmer durchsucht werden«, riet er noch. Als Avraham entgegnete, er sei bereits am ersten Tag der Ermittlung in Chouchanis Hotelzimmer im *Palace* gewesen, fühlte sich Saban bemüßigt hinzuzufügen: »Aber vielleicht wusstest du da noch nicht, wonach du suchst? Wir sollten die Spurensicherung bitten, mit 'nem Läusekamm durch das Zimmer zu furchen.« Avraham versprach, er werde eine weitere Durchsuchung des Hotelzimmers anordnen, und hoffte, die Besprechung wäre damit beendet, aber Saban fragte: »Und was ist mit Esthis Fall? Möchtest du dazu auch noch ein Wort sagen?« Also versuchte er, den Stand der Dinge bei den Ermittlungen um das ausgesetzte Baby wiederzugeben. Der Säugling war noch immer im Wolfson-Krankenhaus, auf der Frühchenstation. Die Ärzte kämpften um das Leben der Kleinen.

»Die Suche nach der Jugendlichen, die den Säugling geboren hat, dauert noch an. Sie heißt Danielle Talias, sechzehn Jahre alt. Sie ist nach Frankreich geflogen, aber es wird auch die Möglichkeit überprüft, ob sie vielleicht nach Brüssel oder Genf wollte. Esthi hat erwogen, sich an Interpol zu wenden und um eine blaue oder gelbe Ausschreibung zu bitten, was ermöglichen würde, Talias beim Grenzübertritt festzuhalten, aber da wir keinen klaren Verhaftungsgrund haben, wurde fürs Erste beschlossen, sich mit dem zu begnügen, was Wahabe bei den Vernehmungen hier herausbekommt. So sind wir auch auf den Arzt gestoßen, der den Säugling zur Welt gebracht hat. Bei der Vernehmung hat er uns seine Version geliefert, wie und was dort genau passiert ist.«

»Und warum ist sie abgetaucht? Wissen wir das?«, fragte Saban.

»Das ist im Moment noch unklar, aber wir …« Da hob die junge Frau, die künftige Sprecherin des Polizeidistrikts Ayalon, den Blick vom Display ihres Smartphones, unterbrach ihn und fragte: »Welcher Straftat wird dieses Mädchen überhaupt verdächtigt? Verzeihung, aber ich habe rein gar nichts verstanden.«

Vielleicht wegen seines erstaunten Gesichtsausdrucks fragte Saban Avraham, ob er sie schon miteinander bekannt gemacht habe, und sagte dann: »Wirklich nicht? Das tut mir leid. Also, Avi, das ist Ilana«, und Avraham sagte wie auf Kommando: »Sehr angenehm, ich bin Avi.« Er meinte in ihren Augen etwas Kühles und Abweisendes zu sehen, als sie sagte: »Ebenfalls. Ilana Assayag. Und ich hab's tatsächlich nicht verstanden. Was genau wird diesem Mädchen vorgeworfen?«

*

Was die darauffolgenden Stunden so besonders machte, war die Tatsache, dass sich entgegen allen Erwartungen Avrahams der Nebel im Fall Chouchani überraschend schnell lichtete. Bei keinem seiner bisherigen Fälle hatte sich das

Bild mit derartiger Rasanz aufgeklärt und an Details gewonnen; im Nachhinein war es möglicherweise auch diese Rasanz, die sein Misstrauen weckte.

Es begann gegen Mittag mit einem Anruf durch die Vizekommandantin der israelischen Polizeikräfte in Paris, Idith Graty. Sie wusste bereits, dass die Leiche des französischen Touristen im Meer gefunden worden war, obwohl Avraham sie nicht davon in Kenntnis gesetzt hatte. Hatte Jules dies getan? Oder jemand anderes von der Pariser Polizei? Und obgleich Avraham noch gar nicht dazu gekommen war, sie um Hilfe bei der Beschaffung von Informationen über Chouchani zu bitten, hatte sie bereits Hintergrundinformationen eingeholt und meinte, sie fange an, die Geschichte zu verstehen. Avraham fragte: »Ach tatsächlich? Und was verstehen Sie?«

Gratys Quellen bei der Pariser Polizei zufolge hatte Chouchani zwar keine Vorstrafen, hatte sich aber auf dem Grauen Kapitalmarkt größere Beträge geliehen und war möglicherweise kurz vor dem Bankrott. Er war geschieden, Vater einer Tochter und selbstständiger Geschäftsmann, der hauptsächlich in Immobilien investierte, vor allem in Wohnunterkünfte und Ferienappartements in verschiedenen asiatischen Staaten. Daneben besaß er eine Herrenschuhmarke namens *Honoré*, die er vor jetzt fünf Jahren erworben hatte. Die Schuhe wurden in Indien hergestellt und im Nahen Osten und in Afrika als Qualitätsschuhe aus französischer Fertigung vermarktet. Im Nachhinein aber stellte sich heraus, dass Chouchani das Unternehmen zu einem überhöhten Preis erworben hatte, mithilfe beträchtlicher Anleihen, die er nun nicht mehr zu bedienen vermochte, weil die Produktionskosten stiegen und die Verkäufe von *Honoré*-Schuhen zurückgingen. In den letzten zwei Jahren war Chouchani gezwungen gewesen, den Großteil seines Immobilienbesitzes zu verkaufen, hatte aber dennoch die Kredite nicht zurückzahlen können.

»Also, wohin führt das?«, fragte Avraham und legte den Stift aus der Hand, während Graty weiter mit viel Schwung ihre Vermutungen vortrug.

Die Syndikate, die den Grauen Kapitalmarkt in Frankreich kontrollierten, erklärte sie, böten den Schuldnern gerne eine Alternative zur Begleichung ihrer Schulden an: Kurierdienste, in aller Regel den Schmuggel von Drogen, aber auch von Diamanten oder gefälschten Luxusartikeln. Und die Kreditnehmer konnten sich dem schwerlich verweigern. Manchmal erfolgte das Angebot zum Schmuggel auch durch einen Dritten, der versprach, für den Kredit aufzukommen oder diesen zu tilgen. Die bevorzugten Kuriere seien ältere weiße Frauen und Männer, sogar Greise, da diese weniger Verdacht weckten. Ja es habe schon Fälle gegeben, in denen nicht der Schuldner selbst etwas geschmuggelt hatte, sondern dessen Vater oder Mutter, nachdem ihnen klargemacht worden war, dass dies der einzige Weg sei, das Leben ihres Kindes zu retten. Die Kuriere wussten im Normalfall nichts über den Inhalt der Sendung oder deren Adressaten, sodass sie, falls sie gefasst würden, nur sehr wenig über die Drahtzieher der Aktion sagen konnten. Und auch dieses Wenige gaben sie nicht preis, aus berechtigter Angst. »Ich könnte wetten, das ist Ihrem Chouchani auch passiert«, schloss sie. »Oder dass das zumindest die Richtung ist, die Sie abchecken sollten.«

Avrahams Hunger sorgte schließlich dafür, dass er um halb drei den Gang nach unten in die Cafeteria antrat.

Die meisten Mittagsgerichte waren bereits aus, so erstand er ein Tunesisches Sandwich und einen Schokoriegel. Der Geruch von Thunfisch und hartgekochtem Ei, die sich in dem Baguettebrötchen seit dem Morgen erwärmt hatten, war durchdringend, und er hoffte, Ilana, die ein paar Tische entfernt saß und telefonierte, würde sich nicht zu ihm setzen und ausgerechnet jetzt ein Gespräch beginnen. Er vertilgte das Sandwich mit großen, hastigen Bissen, die er ebenfalls sofort bereute. Ohnehin saß Ilana mit dem Rücken zu ihm und hatte ihn offenbar gar nicht bemerkt, als er in die Cafeteria gekommen war. Wie sonderbar es sein würde, in der Dezernatsleiterrunde wieder den Namen Ilana auszusprechen, dachte er.

Bevor sie das Sitzungszimmer verließen, hatte er ihren Blick gesucht, aber Ilana hatte einen Anruf entgegengenommen und war schnell verschwunden, sodass es keine Gelegenheit gab, sie zu ihrer neuen Stelle zu beglückwünschen und so den schalen Geschmack, den ihre erste Begegnung bei ihm – und wahrscheinlich auch bei ihr – hinterlassen hatte, vergessen zu machen.

Er rief Marianka an, um ihr zu sagen, er käme spät nach Hause, und als sie ihn fragte, wie es ihm gehe, sagte er, er wisse es nicht. In jenen Stunden konnte er noch nicht formulieren, was seine innere Unruhe erzeugte.

Im Geiste sah er, wie Raphael Chouchani seine Koffer für die Reise packt, als plötzlich an seine Wohnungstür geklopft wird. Er öffnet die Tür und sieht ein großes Paket auf der Schwelle und jemanden, der eilig verschwindet. Oder vielleicht ist es erst auf dem Weg zum Flughafen geschehen? Ein Mann oder eine Frau hatte ihn anhand eines zuvor vereinbarten Erkennungszeichens, vielleicht seinem braunen Anzug, in der Métrostation oder am Bahnhof abgepasst und ihm das Paket übergeben. Die Türen des Waggons öffnen sich, er ist mit einem Schritt auf dem Bahnsteig, nimmt der Kontaktperson das Paket aus der Hand und schafft es zurück in den Waggon, ehe das Piepen ertönt und sich die Türen wieder schließen.

Ist es das, was du erlebt hast?

Stunden der Angst, weil du gegen deinen Willen ein Paket schmuggelst. Wirst du geschnappt, stehst du alleine da. Du wirst nicht sagen können, wer von dir verlangt hat, die Sendung zu schmuggeln, selbst wenn du es weißt, denn das würde alles nur noch gefährlicher machen.

In Avrahams Vorstellung hatte Chouchani jetzt die Sicherheitskontrolle auf dem Pariser Flughafen vor sich. Wurde gebeten, durch den Metalldetektorbogen zu treten, und wartete darauf, dass seine Koffer von der Röntgenmaschine ausgespuckt wurden. »Wem gehört der blaue Koffer?«, fragte einer der Sicherheitsbeamten, und Chouchanis Herz setzte einen Schlag lang aus. Doch es war nicht seiner.

Aber was geschah danach?

Du bist in Israel gelandet, hast ein Zimmer im *Palace* genommen, hast nicht versucht, ein bisschen zu schlafen, weil du wusstest, du würdest keinen Schlaf finden, und am Morgen bei Sonnenaufgang bist du aufgebrochen, um die Lieferung zu übergeben. Aber irgendwas ist schiefgelaufen. Etwas, das du ohnehin befürchtet hattest. War in deinem Paket nicht das, was deine Auftraggeber erwartet hatten?

Esthi Wahabe schrieb ihm auf WhatsApp: *Avi, der Junge, den wir getestet haben, ist nicht der Vater des Babys. Das heißt, am Ende ist es vielleicht doch dieser Mordechai. Und wie es aussieht, bin ich auch auf die Adresse des Paares gestoßen, bei dem sich Danielle Talias in Frankreich versteckt. Kurzum, ich hab zigfach versucht, dich zu erreichen, aber du warst in der Besprechung und danach andauernd nicht verfügbar. Ich weiß, du bist beschäftigt, aber kannst du mir antworten, wenn du Zeit hast?*

Er würde sie anrufen, sobald er wieder im Büro war, aber als er dort eintraf, stellte sich heraus, dass die Obduktion von Chouchanis Leichnam, trotz allem und obwohl sie dort so überlastet waren, schon erfolgt war, vielleicht ja dank Sabans Fürsprache. Der Bericht des Gerichtsmedizinischen Instituts wartete ausgedruckt auf seinem Schreibtisch auf ihn.

Die Todesursache lautete Ertrinken, aber dem Bericht zufolge wurde Chouchani *am ganzen Körper auf brutalste Art geschlagen, hat Rippenbrüche und Frakturen der äußeren Gliedmaßen erlitten sowie Verletzungen und Blutungen an inneren Organen, allesamt vor dem Todeszeitpunkt erfolgt.*

Vermutlich wurde das Todesopfer bewusstlos ins Wasser geworfen und ertränkt, dennoch lässt sich die Möglichkeit zumindest nicht ausschließen, dass er selbst ins Wasser gegangen ist. Der Leichnam befand sich definitiv mehr als zweiundsiebzig Stunden im Wasser.

Er schrieb nichts in sein schwarzes Heft, da alles zu schnell ging und weil das Schreiben den Vermutungen und Szenarien eine Greifbarkeit verliehen hätte, die noch nicht angebracht war.

Denn er hätte schreiben müssen, dass dem bisherigen Ermittlungsstand zufolge Chouchani vermutlich ein Schmuggler war, vielleicht ja gegen seinen Willen, der aus irgendeinem Grund nach der Schmuggelaktion von dem Syndikat oder dem Schmugglernetzwerk umgebracht worden war. Die Frage war nur, warum? Er war weder am Flughafen in Paris noch in Tel Aviv gefasst worden, warum also sollte ihn jemand ausschalten wollen? Die beiden Männer, die im Hotel Chouchanis Koffer abgeholt hatten, gehörten wahrscheinlich dem Syndikat an und bildeten das Ende des Fadens, der ihn zu den Tätern führen würde, auch wenn die Auftraggeber vielleicht auch mit polizeilicher Kärrnerarbeit zu fassen waren. Eliyahu hatte bereits begonnen, Material über Schmugglernetzwerke zusammenzutragen, die auf der Route Frankreich–Israel tätig waren.

Als Avraham schließlich gegen Abend mit Annette Mallot telefonierte, wollte er ihr nichts von alldem sagen. Sie ging nicht sofort dran, und bei Avraham erwachte die Hoffnung, er könnte das Gespräch auf den nächsten Tag verschieben, aber dann hörte er doch ihre Stimme: »Ist alles in Ordnung? Haben Sie ihn gefunden?«, fragte sie auf Englisch, und Avraham sagte: »Annette, es tut mir leid, Ihnen mitteilen zu müssen, dass wir die Leiche Ihres Vaters gefunden haben.«

Sie schwieg zunächst und wiederholte dann allem Anschein nach seine Worte auf Deutsch für den Mann, der bestimmt neben ihr stand. »Wissen Sie, wie er gestorben ist?«, fragte sie.

»Wir sind noch nicht sicher. Möglicherweise ist er ertrunken. Wir haben seine Leiche im Meer gefunden.«

»Das kann nicht sein. Er konnte ja noch nicht mal schwimmen«, entgegnete Annette Mallot sofort.

Er wartete schweigend, dass sie die schreckliche Nachricht verarbeitete, versicherte dann, alles zu tun, um die Todesumstände aufzuklären, und sagte, er sei für weitere Information über ihren Vater auf ihre Hilfe angewiesen. Und dass möglicherweise schon bald Kollegen zu ihr geschickt würden, um eine Aussage von ihr aufzunehmen, die der Ermittlung dienlich sein könnte.

Doch sie unterbrach ihn mit erregter Stimme: »Er wusste, dass ihm etwas passieren würde. Er hatte Angst, man würde ihn beiseiteschaffen. Ich hatte Ihnen das in der E-Mail geschrieben, aber Sie haben mir nicht geantwortet.« Avraham hoffte, sie würde nicht erneut davon anfangen, ihr Vater habe für den Mossad gearbeitet, denn sonst würde er sie korrigieren müssen und ihr erklären, ihr Vater habe sie belogen oder ihr etwas vorgespielt. Auch wollte der Mann, der bei ihr war, ihre Worte offenbar nicht gelten lassen, denn er unterbrach sie und sie verstummte.

»Können Sie mir erklären, wovor er Angst hatte? Hing das mit seinen Schulden zusammen? Wurde er bedroht?«, fragte Avraham, und Annette Mallot antwortete nicht direkt. Erst als erneut auf Deutsch das Flüstern des Mannes zu hören war, sagte sie leise: »Ich möchte Ihnen das nicht am Telefon erklären. Ich werde mit den Polizeibeamten darüber sprechen, wenn sie meine Aussage aufnehmen. Und was für Schulden eigentlich? Ich glaube nicht, dass er Schulden hatte.« Einen Moment später fügte sie hinzu: »Er hatte Angst, man würde ihm wegen Sarah etwas antun. Das hatte ich Ihnen auch schon gesagt. Haben Sie sie gefunden?«

Den Angaben des Innenministeriums zufolge war eine Frau namens Sarah Nueyma bislang nicht nach Israel eingereist, es sei denn, unter anderem Namen und mit einem gefälschten Pass, wie Chouchani.

»Sie ist nämlich auch verschwunden. Und ich bin sicher, ihr ist etwas zugestoßen. Seit Sie mir mitgeteilt haben, dass mein Vater nach Israel geflogen ist, versuche ich sie anzurufen und kann sie nicht erreichen.«

Er bat um Sarah Nueymas Telefonnummer und versprach Annette Mallot, sie unverzüglich über jede Entwicklung im Zusammenhang mit den Ermittlungen in Kenntnis zu setzen, sagte erneut, es tue ihm leid und dass er alles unternehmen werde, um herauszufinden, was mit ihrem Vater passiert sei.

Als sie ihn fragte: »Was wollen Sie mit seiner Leiche machen?«, wusste er erst nicht, was er antworten sollte, da er daran noch gar nicht gedacht hatte. Dann sagte er: »Ich nehme an, sie bleibt fürs Erste hier bei uns. Vielleicht, bis wir mehr wissen. Möchten Sie, dass er in Frankreich bestattet wird?«

Das wollte sie.

*

Das letzte Puzzleteilchen, das dem Bild an jenem Tag hinzugefügt wurde, erklärte das »Warum«. Nachdem es gefunden war, hatte Avraham keinen Grund mehr, an seinen Theorien um Chouchanis Mord zu zweifeln.

Oleg saß hinter dem Rezeptionstresen und reichte Avraham wortlos den Schlüssel für Zimmer 203. Als sie die

Treppe hinaufstiegen, fragte der junge Spurensicherer, wonach er denn in dem Zimmer suchen solle, und Avraham erwiderte: »Alles, was du dir denken kannst. Ein Tourist hat sich für ein paar Stunden in diesem Zimmer aufgehalten, der allem Anschein nach etwas geschmuggelt hat. Also hat er vielleicht irgendwelche Spuren hinterlassen. Außerdem waren danach zwei Männer hier. Sie haben eine Viertelstunde lang das Zimmer nach irgendwas abgesucht, es vielleicht aber nicht gefunden. Gut möglich, dass sie Fingerabdrücke hinterlassen haben oder etwas anderes, das uns zu ihnen führen kann.«

Er trat als Erster ein, streifte die Handschuhe über und machte Licht im Zimmer.

Und von dem Augenblick an, als er seinen Fuß über die Schwelle setzte, hatte er das Gefühl, seit seinem letzten Besuch sei jemand in dem Zimmer gewesen, ohne direkt benennen zu können, warum. Die Kaffeetasse stand noch genau an derselben Stelle auf dem Waschbecken im Badezimmer – aber was, wenn jemand im Zimmer gewesen war, die Fingerabdrücke abgewischt und die Tasse dann wieder dorthin gestellt hatte? Auch das Doppelbett und die Minibar nahm er von Nahem in Augenschein, konnte aber noch nicht sagen, was genau sich verändert hatte.

Der junge Spurensicherer musste ein wenig den Kopf einziehen, als er das Bad betrat, so hoch aufgeschossen war er. Als er wieder herauskam, blieb er vor dem Fenster zu dem heruntergekommenen Gebäude gegenüber stehen, zog den Vorhang beiseite und sagte: »So eine Aussicht in einem Hotelzimmer hab ich noch nie gesehen.« Avraham aber bedauerte, dass er bei seinem ersten Besuch keine

Fotos von dem Zimmer gemacht hatte, denn so hätte er wissen können, ob etwas verändert worden war, ohne allein auf sein Gedächtnis vertrauen zu müssen. Doch als er die Fensterscheibe betrachtete, vor der der junge Spurensicherer verharrte, wusste er, dass er sich nicht geirrt hatte: Es war tatsächlich jemand im Zimmer gewesen.

Der Vorhang war zwar nicht gewaschen worden, aber das, was jemand mit dem Finger in den Staub auf der Fensterscheibe gekritzelt hatte, war verschwunden, das Glas war sauber.

Bei seinem vorigen Besuch hatte Avraham gesehen, dass jemand *Yaakov Ben-Chayat* auf die Scheibe geschrieben hatte – aber jetzt waren keine Buchstaben mehr zu sehen.

Avraham sagte: »Kann sein, dass wir nichts mehr finden, denn offenbar ist hier klar Schiff gemacht worden«, doch genau da öffnete der junge Kollege von der Spurensicherung das Fenster, drehte sich zu ihm und fragte: »Willst du mich auf den Arm nehmen, sag mal? Das hast du nicht gesehen, als du letztes Mal hier warst?!«

Und Avraham verstand zunächst nicht, was der andere in der Hand hielt.

8

Ein Treffen bei Avi Edri, einen Tag vor dem Neujahrsfest. Seine Kanzlei befand sich in der Gegend des Flohmarkts in Jaffo, aber das Gebäude wurde grundsaniert, und auch sein Büro war renoviert und sah jetzt aus wie Edri selbst: vor Anstrengung schwitzend beim Versuch zu zeigen, dass er erfolgreich ist, zu schmuck und trotzdem zu klein und nicht beeindruckend. Die alte Büroeinrichtung war gegen einen hellen Massivholzschreibtisch ausgetauscht worden, der fast den ganzen Raum einnahm, dazu cremefarbene Sessel. Edri forderte Liora auf, in einem davon Platz zu nehmen. Dort, wo ein schmales, stets von schmutzigen Sonnenblenden verdecktes Fenster auf die Straße ging, protzte jetzt ein winziger Balkon.

Eine Sekretärin hatte er noch immer nicht.

Er schlug Liora vor, ihr aus dem Café im Erdgeschoss etwas zu trinken zu ordern, aber sie erwiderte: »Nicht nötig. Fangen Sie mal an, mir zu erklären, was läuft, denn in einer Stunde muss ich wieder zuhause sein.«

Edri gab sich beleidigt. »Ist das alles, was Sie für mich erübrigen können, Liora? Und Sie haben noch gar nichts dazu gesagt, was wir hier geschafft haben. Sie waren noch nicht hier seit der Renovierung, oder?«

Die ganze Einrichtung, die cremefarbenen Sessel, die

verputzten, eingelassenen Boards entlang der Wände, das Gemälde im Goldrahmen neben dem Fenster, alles war von ihrem Geld gekauft. Oder richtiger, von Davids Geld.

Und sie erfasste den Spott in Edris Lächeln. Sein Büro hatte sich verändert, sie aber nicht, dachte er sicher.

Das meiste, was Edri sagte, wusste sie bereits, und sein Versuch, Panik bei ihr zu wecken, wirkte diesmal nicht. Zu Beginn des Treffens dachte sie, dass er alles mitschneidet, denn sein Telefon lag offen auf dem Tisch und näher bei ihr als bei ihm. Andererseits war er es, der redete, während sie bis auf die letzten Minuten fast nichts sagte. Als er ihren Blick bemerkte, versuchte er sie zu beruhigen. »Ich nehme Sie nicht auf, Liora. Vertrauen Sie mir. Wollte ich das Gespräch aufzeichnen, würde ich Ihnen das mitteilen, in Ordnung?«

Sie hatte selbstverständlich nicht vor, ihm zu vertrauen.

Und nicht nur, weil sie sicher war, dass die gütliche Einigung, in die er sie vor vier Jahren gezwungen hatte, ein Fehler war. Er hatte damals die Verhandlungen mit den Rechtsberatern der Baufirma geführt, um zu einer Entschädigungszahlung zu kommen und die Klage einzustellen; aber sie hatte das Gefühl gehabt, sein eigentliches Ziel war es, bei den Bossen Eindruck zu schinden, damit sie ihn beschäftigten. Aufgrund der gütlichen Einigung hatte Liora weniger als ein Viertel des Betrags bekommen, den sie verlangt hatte, und davon hatte Edri noch mal ein Drittel für sich selbst abgezweigt. Diesmal hatte sie sich nur an ihn gewandt, weil er Davids Familie nahestand und weil sie ihm nicht mehr vertraut als jedem anderen Rechtsanwalt, denn wie ihr Vater immer gesagt hat: Besser ein Dieb, den du kennst und der dich am Leben lässt, als ein Wegelagerer, dem du noch nicht begegnet bist. Damals, vor vier Jahren, hatte Liora ihm noch geglaubt, dass sie bei einem Prozess nicht mehr herausgeholt hätten. »Die sind Ihnen gegenüber im Vorteil, weil sie Geld ohne Ende haben und Rechtsanwälte, die nicht nach Stunden abrechnen, weil sie Privatdetektive anheuern können, die beweisen, dass David krank oder Alkoholiker war oder an psychischen Problemen und Depressionen litt. Dann wird es heißen, der Unfall war seine Schuld, und am Ende werden Sie aus der ganzen Geschichte nicht nur ohne einen Schekel rausgehen, sondern auch noch Schulden haben, die Ihnen das Genick brechen«, hatte er ihr gedroht.

Damals hatte sie die Kraft nicht gehabt und war eingeknickt. Hatte die gütliche Einigung mit den Mördern unterschrieben, obwohl sie eigentlich ein möglichst langes Gerichtsverfahren gewollte hatte, am besten über viele Jahre, damit sie weiter über David sprechen konnte. Damit man sie wieder und wieder zur Aussage vorlud und sie sagen konnte, wer und was er gewesen war. Alle hätten zuhören müssen, auch die, die ihn nicht gekannt hatten und auch nicht hatten kennen wollen.

Diesmal fing Edris Vorstellung so an: »Schauen Sie, Liora, die Neuigkeiten, die ich heute für Sie habe, sind nicht die besten. Ich sage Ihnen das ganz ehrlich. Ich weiß nicht, was bei Ihrer Vernehmung vorgefallen ist und wem Sie da in den falschen Hals geraten sind, aber im Augenblick haben die vor, Sie dranzukriegen. Sie haben den Arzt gefunden, der bei Danielle den Eingriff vorgenommen hat. Diese Abtreibung. Und wir kriegen die vollständige Aussage des Arztes erst, wenn Anklage erhoben wird, aber aus seiner Sicht geht es darum, dass er Ihnen zuvorgekommen ist, denn im Moment ist seine Version die einzige, die die in der Hand haben. Mit einer belastenden Aussage könnten sie Sie drankriegen, auch weil Sie nicht kooperieren. Das ist nicht gut für uns. Danielle können sie ohnehin nichts. Sie ist sechzehn. Aber Ihnen können die was anhängen, und für uns gäbe es dann keinen Ausweg. Verstehen Sie, was ich Ihnen sage?«

Sie wartete, dass er fertig wurde. Sein Plan war ihr vollkommen klar. Er versuchte, sie einzuschüchtern, damit sie allen das Leben leicht machte. Und er schien sicher, dass ihm das auch diesmal gelang. Vor vier Jahren, nachdem David umgebracht worden war, hatte er sogar versucht, was mit ihr anzufangen. Hatte in seinem Büro nicht die Finger von ihr lassen können, angeblich nur ganz freundschaftlich und um sie zu trösten. Er hatte sie zum Mittagessen eingeladen und ganz ungeniert gefragt, ob sie sich »mit Männern trifft«. Hatte ihr erzählt, er sei frisch geschieden und gerade dabei, eine Penthouse-Wohnung in einem Neubauprojekt in Cholon zu kaufen, während er die ganze Zeit versucht hatte, sie zu überzeugen, auf das Geld zu verzichten, das David und ihr zustand. Sein zu kurz geratener Arm auf ihrer Schulter und seine kleine, wurstige Hand, die wie unbeabsichtigt auf ihre Brust rutschte, hatten sie geekelt, aber in Wahrheit war ihr die Gegenwart jedes Mannes, der nicht David war, damals unerträglich gewesen.

Doch das würde nicht wieder passieren.

Sie hatte zwar nicht gewusst, dass die Blinde den Arzt aufgespürt hatte, und konnte sich auch nicht denken, wer ihr seinen Namen gegeben hatte, aber zu Edri sagte sie kühl: »Die können mir überhaupt nichts.«

Überrascht entgegnete er: »Seien Sie sich Ihrer nicht zu sicher, okay? Kommen Sie, wir sollten nicht blauäugig sein«, er schlug einen Aktendeckel auf und zog ein paar handgeschriebene, mit einer Briefklammer zusammengeheftete Seiten hervor. »Ich möchte, dass wir gemeinsam die Version durchgehen, die der Arzt der Polizei geliefert hat, in Ordnung? Ich hab das off-off-off-the-record von einem Freund bekommen, der uns wohlgesonnen ist. Und der sagt mir unmissverständlich, die werden Sie drankriegen, wenn wir nicht auf der Hut sind. Das ist nicht die vollständige Aussage, aber die wesentlichen Punkte. Und die werden auch an Danielle rankommen, das wissen Sie ja bestimmt. Man wird sie in Frankreich vernehmen, weshalb es sein kann, dass Sie auch dort Beistand durch einen Rechtsanwalt brauchen werden. Ich hätte da auf jeden Fall jemanden, der helfen könnte und Ihnen einen guten Preis machen wird. Aber lassen Sie uns erstmal sehen, was an der Version des Arztes gegen uns arbeitet, und dann überlegen wir, wie wir das Problem mit kleinstmöglichem Schaden gelöst bekommen. Sind Sie sicher, dass Sie nicht mehr als eine Dreiviertelstunde für mich haben?«

Sie wusste nicht, ob Edri die Armbanduhr wiedererkannte, als sie einen Blick darauf warf. Es ist die Uhr, die sie ihm von seinem zertrümmerten Arm gezogen haben, erinnern Sie sich nicht?, fragte sie wortlos.

Auch die Tatsache, dass die Blinde herausgekriegt hat, wo Danielle ist, und man ihre Tochter zur Vernehmung in Frankreich einbestellen wird, versetzte Liora nicht in Panik, denn sie hatte damit gerechnet, dass so was passieren kann. Als sie einsehen musste, dass diese Polizistin nicht lockerlassen würde, hatte sie auch das in ihrem Plan berücksichtigt, der zur nächsten Phase übergehen musste, sobald dieses Treffen beendet war.

Doch jetzt lauschte sie der Version des Arztes.

Dr. Avraham Rubinstein, wohnhaft in Jerusalem, neunundsechzig Jahre alt.

Die Version entsprach in etwa dem, worauf es für ihn ankam, war aber nicht allzu weit weg von der Wirklichkeit. Er sagte aus, Ende Juli eine telefonische Anfrage durch eine gewisse Liora Talias aus Bat Yam erhalten zu haben, bezüglich ihrer Tochter Danielle. Rubinstein hatte als Gynäkologe im Missgav-Ladach-Hospital in Jerusalem gearbeitet und war wegen Gerüchten über ungebührliches Verhalten gegenüber verheirateten Patientinnen entlassen worden. Seitdem betrieb er eine Privatpraxis in der Prophetenstraße im Stadtzentrum. Talias und ihre Tochter seien am 29. Juli, einem Dienstag, in seine Praxis gekommen, nachts um halb elf. »Stimmt bis hierhin alles? Und erinnern Sie sich, von wem Sie seine Telefonnummer hatten?«, fragte Edri, und Liora bejahte nur seine Frage und bedeutete ihm weiterzumachen.

Zu Beginn jener Nacht hätte sie sich beinahe alles noch anders überlegt.

Die Praxis befand sich im Erdgeschoss eines heruntergekommenen Mehrfamilienhauses mit unbeleuchtetem Eingang an der Seite. Eine alte Frau mit Haube auf dem Kopf, die sich später als Rubinsteins Frau entpuppte, führte sie in einen Raum mit Stockflecken an der Decke. Das Bett war rostig und mit einem Laken bezogen, das schon zu oft gewaschen worden war. Liora erklärte dem Arzt, Danielle sei anscheinend im vierten Monat, aber nach der Ultraschalluntersuchung verkündete Rubinstein ihnen, Danielle sei bereits in der sieben- oder achtundzwanzigsten Woche und dass er die Abtreibung nicht zum vereinbarten Preis machen würde. Sie nahm an, er versuchte ihr etwas vorzumachen, um mehr Geld rauszuschlagen, und verstand nicht, wie das sein konnte, Danielle hatte ja kaum Bauch. Aber er ließ nicht mit sich reden und sagte, von ihm aus könnten sie sich auch an einen anderen Arzt wenden. Laut eigener Aussage hatte Rubinstein den beiden erklärt, der medizinische Eingriff in diesem Stadium sei, wenn auch nicht zwangsläufig gefährlich, so doch kompliziert, und hatte Liora vorgeschlagen, stattdessen eine Behandlung in einem staatlichen Krankenhaus in Anspruch zu nehmen. In die Gebärmutter ihrer Tochter müsse eine Substanz gespritzt werden, um die Herztätigkeit des Fötus zu unterbrechen, und erst danach ein Mittel zur vorzeitigen Einleitung der Wehen, was zum Abstoßen der Schwangerschaft führen würde.

Sie hätten wieder nach Hause fahren können.

Michal rief alle paar Minuten an, weil ihr überstürzter Ausflug nach Jerusalem ihr Sorgen bereitete. Sie hatte gespürt, dass etwas los war, als Liora am frühen Abend unangekündigt vor ihrer Tür stand und bat, Eden und Ofrit über Nacht bei ihr lassen zu dürfen. Sie hätten aus der Praxis gehen und sich an die Maccabi-Krankenkasse oder die Schulberaterin wenden können. Und wahrscheinlich hätte Liora das auch ein paar Jahre zuvor getan, in ihrer damaligen Naivität. Alle hätten sie Danielle geraten, das Baby zur Welt zu bringen und es zu behalten oder zur Adoption freizugeben, und Liora hätte auf sie gehört, aus Angst und Fügsamkeit. Sie erinnerte sich noch an den Moment, in dem Rubinstein sagte, »eine Unterbrechung der Herztätigkeit des Fötus«.

Bis zu jenem Augenblick hatten sie sie bloß *das Baby* genannt. Auch ein Herz hatte die Kleine nicht gehabt, bis der Arzt erklärte, dass dessen Tätigkeit unterbrochen werden müsse.

»Einige dieser Sätze sind ungünstig für uns«, fuhr Edri fort, während Liora an jene Augenblicke denken musste, in denen sie erwogen hatte, sich einfach in den Wagen zu setzen und nach Hause zurückzukehren. »Ich möchte, dass Sie sich überlegen, wie wir darauf reagieren, ja? Genau das ist der Grund, warum wir kooperieren und eine eigene Version ausarbeiten müssen.« Nach Aussage des Arztes »hat das junge Mädchen während des ganzen Besuchs nicht ein Wort gesagt. Nur die Mutter.« Das junge Mädchen habe apathisch gewirkt, verloren, vielleicht sogar suizidgefährdet, und auch deshalb habe er sich dem Druck gebeugt, den Liora Talias auf ihn ausübte. »Als der Arzt sie davon in Kenntnis setzte, die Schwangerschaft sei bereits weit fortgeschritten«, Edri las jetzt vom Blatt ab, »wandte sich Liora Talias an ihre Tochter und fragte sie, ob das stimme, und als die Tochter sagte, sie wisse es nicht mehr, schrie die Mutter sie an und verlangte, sie solle sich gefälligst erinnern, wann sie zuletzt ihre Periode hatte, worauf die Tochter anfing zu weinen. In einer bestimmten Phase drohte die Mutter schließlich Rubinstein, sollte er den Eingriff nicht vornehmen, werde sie es selbst tun, weshalb der Befragte die Befürchtung hegte, sie meine es ernst und dass dem jungen Mädchen irreparable Schäden entstehen könnten.«

All das stimmte selbstverständlich nicht. Weshalb Liora, zur Bestürzung des Rechtsanwalts, ungerührt blieb.

Danielle hatte tatsächlich kaum den Mund aufbekommen in jener Nacht, aber sie hatte auch vorher monatelang nicht geredet, vielleicht Jahre, doch nicht etwa, weil sie vor Liora Angst gehabt hätte. Zuhause sagte sie kaum etwas und offenbar auch in der Schule nicht. Aber Liora hatte sie nicht angeschrien. Und auch nicht gedroht, ihr etwas zu tun. Sie ist doch der einzige Mensch, der nur ihr Bestes will, und der einzige Mensch, bei dem sich Danielle sicher fühlt. Ihre Tochter hatte auch darauf bestanden, dass Liora nicht den Raum verlässt, trotz der Bitte des Arztes, und dass sie weiter ganz fest ihre Hände halten sollte, während Rubinstein ihr das Mittel spritzte.

»Meinen Sie dieses Digoxin, von dem er hier redet?«

»Ich weiß nicht, wie dieses Zeug heißt, das er ihr gegeben hat. Das das Herz des Fötus stillstehen lassen sollte.«

Sie erinnerte sich an Rubinsteins wabbelige Arme. Rosig, von dunklen, großen Altersflecken bedeckt, über die ganze Länge, vom teigigen, nackten Ellbogen bis zum Handgelenk. Und sein Kittel hatte intensiv nach Alkohol gerochen.

Rubinsteins Frau war mit dem Geldkuvert aus dem Raum geflüchtet und hatte hastig die Tür hinter sich zugemacht.

Liora hatte erwartet, dass Danielle ihre Hand ganz fest umklammern würde während des Einstichs, aber nicht einmal das hatte sie getan. Ihre Hand war schlaff und kalt gewesen, als hätte der Arzt in Wahrheit ihre Herzfunktion unterbrochen und nicht die des Fötus.

In jener Nacht hatten sie gemeinsam in Lioras Schlafzimmer geschlafen. Danielle auf Lioras Bettseite und Liora auf Davids Seite, auf der niemand mehr gelegen hatte, seit er umgebracht worden war. Die Klimaanlage verwandelte das Zimmer ratternd in eine Kühlkammer. Und weil Danielle Liora mitten in der Nacht gebeten hatte, die Anlage auszustellen, waren sie beide am Morgen ganz verschwitzt, denn die Nacht war besonders stickig und schwül gewesen. Sie war vor Danielle aufgewacht, hatte ihr die dunklen Haarsträhnen, die an Stirn und Wangen klebten, weggestrichen. Danielle hatte gelächelt, vielleicht, weil sie einen schönen Traum gehabt hatte, der ihre Erinnerung verdrängte an das, was in der Nacht passiert war, und die Gedanken daran, was sie im weiteren Verlauf des Tages erwartete. All das erzählt Liora Avi Edri nicht, obgleich vielleicht genau das die Einzelheiten waren, die er hören wollte, aber das gehörte nicht zu ihrem Plan und ging ihn auch nichts an.

Danielle hatte weitergeschlafen und Liora war neben ihr im Bett liegen geblieben, hatte sie betrachtet, und sich vorgestellt, wie der Arzt, wenn er käme, um ihr den Wehenauslöser zu geben, nicht nur den Fötus aus ihr herausholen würde, sondern auch die Schwäche, die sie von innen auffraß, und vielleicht sogar diese ständige Traurigkeit, obwohl Liora wusste, dass der nicht so leicht beizukommen war. Vielleicht würde sie aufwachen und eine andere

Danielle sein, innen aus Eisen, unmöglich zu brechen. Das war die Hoffnung.

Sie waren den ganzen Tag über allein in der Wohnung, weil die Mädchen bei Michal waren. Mordechai hatte gefragt, ob sie wolle, dass er vorbeikäme, um ihnen etwas zu essen zu bringen, aber sie hatte dankend abgelehnt. Sie hatten im Wohnzimmer ein paar von Danielles Serien geguckt, hatten eine Riesenportion von *Japanika* geordert, und Danielle hatte die Sushiröllchen mit Heißhunger verspeist, mehr sogar als Liora. Nach der Dusche hatte sie ihren roten Lieblingstrainingsanzug angezogen, und auch das war ein ermutigendes Zeichen gewesen.

Über die Schwangerschaft hatten sie nicht mehr gesprochen, nicht über das, was in der Nacht passiert war, nicht darüber, was an jenem Tag noch geschehen sollte, und auch nicht über den toten Fötus in Danielles Bauch, den sich Liora bemühte nicht zu berühren. Auch nicht darüber, was Danielle ein paar Monate zuvor getan hatte, womit sie ihnen all das erst eingebrockt hatte. Rubinstein hatte ihr zu verstehen gegeben, den toten Fötus zu beseitigen sei ihre Sache, und obgleich Liora nicht gewusst hatte, was sie damit machen sollte, war ihr klar gewesen, dass sich ein Weg finden würde. Sie würde den winzigen toten Körper, eingewickelt in ein Laken oder eine dünne Decke, wegtragen und ihn irgendwo begraben, wo ihn niemand finden konnte. Wenn sie David hatte begraben können, dann gab es niemanden auf der Welt, den sie nicht unter die Erde bringen konnte.

Am Nachmittag um drei war Danielle eingenickt, und Liora hatte begonnen, das Zimmer vorzubereiten.

Alle Sonnenblenden in der Wohnung waren geschlossen, und die Fenster versuchte sie mit Kissen gegen den Lärm abzudichten, obwohl Rubinstein ihr gesagt hatte, das würde nicht nötig sein. Gegen sechs goss sie zwei Becher Tee mit Zitrone und Honig auf, und sie sprachen über die Reise nach Frankreich und gingen die Teile des Plans noch mal durch, die Danielle betrafen. Sie würde zu Freunden nach Frankreich fliegen, weil sie nach einer schweren Trennung eine Luftveränderung brauchte. Für ein paar Wochen würde sie sich aus den sozialen Netzwerken verabschieden und nicht mit ihren Freundinnen chatten, würde ihr Handy ausgeschaltet lassen, bis Liora ihr Bescheid gab. Falls jemand sie fragte, hier oder in Frankreich, würde sie einfach abstreiten, je schwanger gewesen zu sein. Nur Marcelle würde Liora erzählen, es habe eine ungewollte Schwangerschaft gegeben und dass sie das behoben hatten. Der Tee hatte Danielle aufgemuntert, und sie hatte Liora um einen weiteren Becher gebeten und gesagt, sie fühle sich besser, vielleicht dank des Schlafs. Aber ausgerechnet als der Arzt eintraf, war sie in Tränen ausgebrochen, nachdem sie den ganzen Tag nicht geweint hatte, und das noch bevor sich herausgestellt hatte, dass das Baby die Spritze überlebt hatte.

In der ganzen Wohnung war es dunkel gewesen. Dann klopfte es an der Tür.

»Rubinstein betrat die Wohnung von Liora Talias in der Hagiborim 2 in Bat Yam gegen sieben Uhr abends«, so begann die Version des Arztes zum zweiten Tag.

Der Fernseher lief auf ziemlicher Lautstärke, und sein Klopfen an der Tür war kaum zu hören gewesen. Er hatte kein Licht im Treppenhaus gemacht, und als Liora die Tür öffnete, sah sie eine bärenähnliche Gestalt im Dunkeln stehen und daneben eine junge, großgewachsene Frau im Rock, von der sich dann herausstellte, dass sie Lea hieß und seine Tochter war.

Laut eigener Aussage hatte der Arzt gleich festgestellt, dass der Fötus noch lebte. Und dennoch habe Liora von ihm verlangt, ihrer Tochter den Wehenauslöser zu spritzen. Doch bei all seinen Schaufäden und der Kippa auf dem Kopf war Rubinstein ein Lügner, wie alle, denn tatsächlich war es genau andersherum gewesen: Er hatte Danielle den Wehenauslöser gleich zu Beginn gespritzt, weil das Mittel eine Weile brauchte, um in der Gebärmutter zu wirken, und er nicht die ganze Nacht bei ihnen hatte bleiben wollen. Er hatte den Umschlag mit dem zweiten Teil des Betrags an sich genommen, hatte die Scheine nachgezählt, ehe er sie seiner Tochter reichte, und dann ein Glas Tee getrunken. Erst bei der ersten Kontrolle, ob sich der Muttermund schon öffnete, hatte er auf seinem tragbaren Ultraschallgerät gesehen, dass das Baby nicht an der Spritze gestorben war, die er ihr am Vortag gegeben hatte.

Danielle war panisch geworden, und auch die Beruhigungsmittel, die Rubinstein ihr spritzte, hatten nicht geholfen. Liora hatte ihr ein Laken gegeben, in das sie beißen konnte, hatte sie dann irgendwann einfach festgehalten und Danielle in ihren Arm beißen und sich von ihr kratzen lassen, hatte die Nachrichten im Fernsehen noch lauter gestellt, um das Weinen und Schreien zu übertönen. Auch die Tochter des Arztes hatte versucht, Danielle zu beruhigen, hatte ihr erzählt, sie habe schon fünf Kinder zur Welt gebracht und dass es schneller vorbei sei, wenn man loslasse, und ihr dabei über die Stirn gestrichen. Für einen Moment hatte auch Liora nicht gewusst, was zu tun war, aber der Moment war nur ganz kurz gewesen. Rubinstein hatte bei der Polizei ausgesagt, er habe das Baby zur Welt gebracht, weil Liora ihm versichert habe, sie werde es zur medizinischen Versorgung in ein Krankenhaus bringen. Dass er sich niemals hätte vorstellen können, sie würde dies nicht tun. Als er gefragt wurde, warum er das Neugeborene nicht selbst ins Krankenhaus gebracht hatte, gestand er, er habe juristische Konsequenzen befürchtet, fügte dann aber noch hinzu, hätte er den Verdacht gehegt, Liora könnte dem Baby eine medizinische Versorgung verweigern, dann hätte er ungeachtet des persönlichen Risikos darauf bestanden und dies selbst getan. Oder zumindest beim Roten Davidstern angerufen und dort gemeldet, dass unter der und der Adresse in Bat Yam ein Baby zu finden sei, das sofort versorgt werden müsse.

Auf all seine Lügen hinzuweisen hatte gar keinen Sinn, denn das war absolut unwichtig.

Rubinstein hatte ihnen gar nicht gesagt, das Baby sei »noch am Leben«. Er hatte gesagt, »die Herzfunktion wurde nicht unterbrochen«.

Liora erinnerte sich noch genau an diesen Satz und an das verstörte Gesicht seiner Tochter. Er hatte gehofft, die Herzfunktion würde bei der Geburt aussetzen, ohne dass er irgendetwas tun müsse, aber das war nicht geschehen. Die Kleine war einfach nicht bereit gewesen zu sterben. Danielle war wie gelähmt vor Panik und hatte keine Kraft gehabt zu pressen, aber das Baby war so klein gewesen und ohne ihr Zutun herausgekommen, als hätte es sich selbst aus dem schwachen Körper befreit.

Die Tochter des Arztes hatte sie dann Liora gereicht. Ihre Äuglein waren geschlossen und ihre Atemzüge kaum zu hören gewesen.

Rubinstein hatte die Nachgeburt versorgt, hatte Danielle geholfen einzuschlafen und sich dann, anders als gegenüber der Polizei von ihm behauptet, aus dem Staub gemacht, ohne auch nur einen Blick auf die Kleine zu werfen. Seine Tochter – und nicht er – war es gewesen, die sich vergewisserte, dass sie richtig gewickelt war. Und die zu Liora gemeint hatte, die Kleine müsse ganz bald etwas essen und gehöre auch möglichst schnell in einen Inkubator. Sie hatte Liora eindringlich gebeten, ein Krankenhaus mit ihr aufzusuchen, bevor sie schließlich gegangen waren.

Sie hatten die Tür hinter sich zugezogen, und Liora hatte das Laken aufgeschlagen und die beinahe durchsichtige Haut des Babys und den dunklen Flaum darauf gesehen. Hätte sie das Gesichtchen der Kleinen mit dem Laken abgedeckt, in das sie gewickelt war, wäre es in jenem Moment vorbei gewesen, und sie müsste jetzt nicht in Edris Büro sitzen.

Das war es, worauf sie in den darauffolgenden Tagen gewartet hatte. So wie der Arzt während der Geburt nur darauf gewartet hatte, dass ihr Herz aufhörte zu schlagen.

Sie hatte sich um Danielle gekümmert, hatte ihr ein Flugticket gekauft und die ganze Zeit über darauf gewartet, dass das kleine Herz stehenblieb. Zwar war sie zu einem Super-Pharm im Norden von Tel Aviv gefahren, wo sie nicht befürchten musste, von jemandem erkannt zu werden, und hatte dort Babynahrung gekauft und bar bezahlt, aber nicht, um die Kleine am Leben zu halten, sondern nur, damit sie nicht weinte, solange sie atmete. Als sie zurückkam, war die Wohnung dunkel und still, weil Danielle das Zimmer so gut wie nicht verließ und die meiste Zeit schlief. Liora hatte gemeint, jemand hätte das Baby aus dem Fenster im Schlafzimmer geworfen, doch als sie das Licht anmachte und sah, dass der in das Laken gewickelte winzige Körper noch immer auf dem Bett lag, hatte sie den Eindruck, die Kleine sei bereits tot. Das war in den darauffolgenden Tagen noch ein paar Mal passiert: Das Gefühl, dass sie nicht mehr atmete; dass ihr Herz tatsächlich aufgehört hatte zu schlagen; sie näherte sich vorsichtig dem kleinen Körper und nahm dann den beinahe unmerklichen Atemhauch wahr; das kaum vorhandene Auf und Ab des Brustkorbs und den Geruch. Auch Mordechai hatte sie von nahem betrachtet und gesagt, er glaube nicht, dass sie durchhalten werde. Aber ihr Herz hatte geschlagen, und die Kleine hatte beharrlich weitergeatmet, bis Liora beschloss, dass es keinen Sinn hatte, noch länger zu warten. Sie hatte verstanden, dass sie die Kleine bei einem Krankenhaus abstellen musste. Auch Mordechai war der Ansicht, das sei eine gute Idee.

Als sie ihn nicht länger verbergen konnte, machte sie ein Kästlein von Rohr, verklebte es mit Erdharz und Pech und legte das Kind darein und setzte das Kästlein in das Schilf am Ufer des Nils.

Und in den Tagen, die danach kamen, erkannte sie auch, was sie tun musste, wenn man sie fassen würde.

*

Als sie auf Davids Armbanduhr schaute, war es vier. Und obwohl Edri mit der Zeugenaussage des Arztes durch war, stand Liora nicht auf, denn sie hatte noch etwas zu sagen.

Edri warf einen Blick zur Uhr, ein Werbegeschenk von einer Versicherung, die er über dem Türrahmen hängen hatte. »Wenn die Fakten zutreffen, dann brauchen wir eine andere Version. Verstehen Sie, was das heißt, Liora?« Sie brauchten eine Version, die für sie arbeiten und möglichst wenige Fakten enthalten müsse, die die Gegenseite entkräften könne. »Vielleicht sollten wir sagen, Sie haben Danielle nur für eine Untersuchung zu diesem Arzt gebracht. Mal angenommen, er hat Mist gebaut bei der Untersuchung und infolge seiner Pfuscherei ist die verfrühte Geburt ausgelöst worden und so das Baby zur Welt gekommen. Am Ende muss Ihr Wort oder das von Danielle gegen seines stehen. Begreifen Sie das?«

Hatte er tatsächlich noch immer nicht erkannt, dass sie eine andere Frau war als vor vier Jahren? Warum sonst redete er weiterhin mit ihr, als sei sie komplett beschränkt, während sie ihm immer zwei Schritte voraus war? »Möglich wäre auch, eine andere Geschichte zu erzählen und zu behaupten, dass Sie von dem Moment an, als Sie erfahren haben, dass der Fötus durch die Pfuscherei des Arztes noch lebt, alles in Ihrer Macht Stehende unternommen hätten, um das Baby am Leben zu halten«, fuhr er fort. »Sie haben auf die Kleine aufgepasst und sie gepflegt, und Tatsache ist, dass am Ende Sie es waren, die sie ins Krankenhaus gebracht hat. Nicht er. Und alles Vorherige ist nur geschehen, um Danielle zu schützen. Sie dachten, Sie tun das Richtige, als Sie sie nach Frankreich geschickt haben. Und wissen Sie was? Vielleicht kann man bei der Version tatsächlich bleiben. Ich muss noch mal darüber nachdenken, aber wichtig ist, dass wir unsere Version gleich nach den Feiertagen abgeben, damit die andere Seite keine Anklageschrift nur auf Grundlage der Aussage des Arztes einreicht.«

Das ist keine Version, sondern die Wahrheit, aber auch das sagte Liora nicht. Schließlich ist das Leben des Babys nur dank ihr gerettet worden.

»Was werfen die mir überhaupt vor?«, fragte sie, und Edri lächelte abschätzig, als er sagte: »Was soll das heißen? Meinen Sie das etwa ernst? Eine Million und eine Sache. Versuch des illegalen Schwangerschaftsabbruchs. Missbrauch und Schädigung eines schutzbefohlenen Kleinkindes. Kindswohlgefährdung und Aussetzung eines schutzbefohlenen Kleinkindes. Das und noch einiges mehr.«

»Was für ein Missbrauch denn? Was sollte ich denn machen, wenn meine Tochter schwanger wird und mich bittet, ich soll ihr helfen?«, sagte sie, aber Edri redete einfach weiter, als wäre sie die Liora Talias von vor vier Jahren, die panisch ist, nur weil sie im Büro eines Rechtsanwalts sitzt.

»Tun Sie nicht so naiv«, sagte er. »Sie hätten zig Möglichkeiten gehabt. Hätten mit der Kleinen zur Krankenkasse gehen können, zum Beispiel. Die hätten alles für Sie erledigt, was Sie dann selbst gemacht haben, nur in geordneter Form eben und vor allem legal.«

Sein Telefon lag noch immer auf dem Tisch, aber es kümmerte sie nicht, falls er aufnahm, was jetzt kommen sollte. Das war der Übergang zur nächsten Phase, und bevor sie begann, schaute sie noch einmal auf die Uhr an ihrem Handgelenk. Sie sagte: »Sie reden mit mir, als wär ich 'ne Minderbemittelte, die nicht weiß, was sie mit sich selbst und mit ihrer Tochter macht, aber kommen Sie, ich werd Ihnen erklären, warum man uns wegen gar nichts beschuldigen wird. Sie nicht und mich nicht. Wissen Sie, warum wir das so gemacht haben? Warum Danielle gebeten hat, dass alles still und heimlich und nicht über die Krankenkasse läuft? Weil sie vergewaltigt wurde, meine Tochter. Weil das Baby bei einer Vergewaltigung gezeugt wurde und meine Tochter sich geschämt hat und nicht wollte, dass jemand erfährt, was ihr passiert ist. Auch vor mir hat sie's anfangs verheimlicht.«

Sie sah in seinen Augen und seinem Gesichtsausdruck, dass er bestürzt war. Und sie wusste, dass jeder so reagieren würde, der es hörte. Er murmelte: »Es tut mir sehr Leid das zu hören, Liora. Das ist ja furchtbar. Aber vielleicht wäre die Tatsache, dass Danielle vergewaltigt wurde, noch ein Grund mehr gewesen, sich an jemanden zu wenden und einen regulären Abbruch vornehmen zu lassen. Ich meine, man hätte das alles rechtlich einwandfrei und egal in welcher Phase der Schwangerschaft regeln können. Und sie hätten Danielle auch die Behandlung gegeben, die sie ...« Doch sie fiel ihm ins Wort: »Aber Danielle wollte nicht vor irgendwelchen Leuten stehen und erzählen, was ihr passiert ist. Meinen Sie denn, sie wollte darüber reden? Sie können das nicht verstehen, aber ich hab's verstanden und musste ihr helfen, denn ich bin ihre Mutter.«

Seine nächste Frage hatte sie vorhergesehen und noch bevor sie in seine Kanzlei gekommen war, hatte sie gewusst, was sie ihm antworten würde.

»Können Sie mir sagen, wer sie vergewaltigt hat?«

Sie sagte, das könne sie nicht.

Noch nicht.

Auch als er erneut versuchte, sie einzuschüchtern. »Er muss bestraft werden, und Danielle muss Hilfe bekommen«, sagte er und sie unterbrach ihn wieder: »Ich will nichts erzählen, und ich verlasse mich weder auf Sie noch auf die Polizei. Nur auf mich selbst. Ich werde nur dann reden, wenn ich meiner Tochter Leid ersparen kann und wenn sie mich ausdrücklich darum bittet. Aber noch muss ich gar nichts.« Und als er erwiderte: »Müssen Sie sehr wohl. Man hat Ihrer Tochter etwas angetan, und Sie wissen, wer das getan hat, also sind Sie dem Gesetz nach verpflichtet, diese Information preiszugeben«, wurde sie laut und herrschte ihn barsch an. Aber auch dieser Ausbruch war geplant, obwohl sie für einen Moment tatsächlich Angst hatte, die Kontrolle über sich zu verlieren.

Er schaute sie schon nicht mehr von oben herab an, als sie brüllte. Und lächelte nicht. Diesmal war er es, der erschrocken war, und er schaffte es nicht, das vor ihr zu verbergen.

»Bisher hat mich niemand gefragt, also bin ich gar nicht verpflichtet. Und auch so bin ich keinem was schuldig. Wie viele Leute haben denn gewusst, dass David umgebracht worden ist, und haben nicht gesagt, was sie wussten? Wie viele Leute wussten denn, dass der Kran kaputt war, lange vor dem Einsturz, und haben vor Gericht schön geschwiegen, weil sich das hinterher für sie bezahlt gemacht hat? Und ich soll jetzt verpflichtet sein, alles zu sagen? Wolln wir mal sehen, ob mich jemand dazu zwingen kann! Ich verspreche Ihnen, ich werd sagen, was Danielle passiert ist, aber zum richtigen Zeitpunkt und am richtigen Ort. Und nur ich weiß, wann und wo das sein wird.«

*

Sie hatte Edri angelogen, als sie gesagt hatte, sie müsse nach Hause.

Mordechai wartete nach dem Hort auf die Mädchen und half ihnen bei den Schulaufgaben, und sie konnte zum Friedhof fahren, wie immer vor dem Neujahrsfest.

Erst als sie neben David saß, machte sich die Angst in ihr breit, zum ersten Mal an diesem Tag.

Sie gestattete sich, schwach zu sein, denn hier konnte sie es, und ihre Kraft würde sie in den nächsten Tagen brauchen.

Bevor sie sich verabschiedeten, hatte Edri sie noch gefragt: »Also soll ich das nicht an die Polizei weitergeben, was Sie mir gerade erzählt haben?« Und sie hatte gesagt, noch nicht. Aber sicher hatte er direkt nachdem sie seine Kanzlei verlassen hatte, seinen Freund bei der Polizei oder vielleicht sogar gleich die Blinde angerufen.

Was auch in Ordnung ist, von ihr aus.

Sie redete nicht mit David auf dem Friedhof, weil sie wusste, er hörte sie nicht, und auch, weil es nicht das war, was ihr fehlte. Sie sprach ja die ganze Zeit mit ihm. Überall. David hätte ihr auch nicht gesagt, was er über die Entscheidungen dächte, die sie getroffen hatte, obwohl sie spürte, dass es ihm gefallen hätte, wie sie jetzt mit Edri und mit Wahabe redete. Er selbst hätte nie diskutiert, hätte alles immer mit einem Lächeln akzeptiert, auch wenn ihn jemand angespuckt hätte. Er hätte so getan, als merke er das gar nicht – aber genau deshalb war er ja umgebracht worden. Wegen des Lächelns, von dem sie ihm unzählige Male gesagt hatte, er solle sich das für zuhause aufheben, für die Mädchen und für sie, denn draußen in der Welt ist es besser, mit einem anderen Gesicht herumzulaufen. Egal, wie oft sie ihn beim Lohn über den Tisch gezogen hatten oder wie mies er von den Bauleitern behandelt worden war, er hatte immer alles weggelächelt und zu ihr gesagt: »Was zählt, ist, dass wir unseren Töchtern geben können, was wir wollen, und dass wir zusammen sind. Was brauchen wir noch mehr im Leben, sag's mir? In dem Augenblick, in dem ich dich gesehen hab, hab ich nichts mehr gebraucht.«

Am nächsten Tag, dem Abend des Neujahrsfestes, hatte sie Davids Eltern zu Gast und seine Schwester Adina mit ihrer großen Tochter, der Behinderten.

Am Mittag, bevor die Feiertagsstaus begannen, fuhr sie Mordechai zur Familie seines ältesten Sohns nach Beitar Ilit und holte dann Davids Eltern aus Kiryat Moshe ab. Davids Vater sah aus, als hätte David den Kran überlebt, um unbedingt achtzig zu werden. Er saß auf dem Hin- und Rückweg neben ihr. Sein Röcheln, als er schlief, klang erst wie Davids von den vielen Zigaretten schmutzige Atemzüge und dann wie das sture, verzweifelte Luftschnappen des Babys. Beim Abendessen fragten alle nach Danielle und wie es ihr gehe, warum man nicht mit ihr reden könne und wann sie endlich zurückkäme, und Liora hielt es wirklich nicht für eine Lüge, als sie sagte, Danielle sei schon bald wieder da.

Die erste E-Mail an die Journalistin schickte sie am

nächsten Morgen ab, dem ersten Tag des neuen Jahres, vielleicht auch, weil sie hoffte, das würde ihnen Glück bringen.

Mein Name ist Liora Talias, und ich würde Ihnen gern Informationen anvertrauen zu der Geschichte mit dem Baby, das am Wolfson-Krankenhaus abgestellt wurde, falls Sie sich daran erinnern, schrieb sie. *Ich sehe oft Ihre Reportagen zu Kriminalfällen, wo Verbrechen und Betrügereien aufgedeckt werden, die die Polizei nicht gelöst bekommt, und ich denke, die Informationen, die wir haben, könnten Sie interessieren. Ich kenne die Wahrheit darüber, was mit dem Baby passiert ist und wer das junge Mädchen vergewaltigt hat, das mit der Kleinen schwanger war, und auch über die Versäumnisse bei den Ermittlungen der Polizei. Ich würde mich freuen, wenn Sie recht bald diesbezüglich Kontakt zu mir aufnehmen könnten.*

9

Das Kokain, das Oberinspektor Avraham Avraham im Hotel gefunden hatte, wurde noch am selben Abend aufs Revier des Ayalon-Distrikts gebracht, fotografiert, registriert und dann zum Kriminaltechnischen Institut der landesweiten Polizeidirektion in Jerusalem gefahren. In seinem Bericht, den Avraham am nächsten Morgen schrieb, keine vier Stunden Schlaf später, schilderte er, wie er Zimmer 203 zusammen mit dem jungen Spurensicherer betreten hatte, zwar ohne Durchsuchungsbefehl, aber mit der Erlaubnis des Rezeptionisten Jakobowitsch, Oleg. Die Durchsuchung habe etwa eine halbe Stunde gedauert, dabei seien die Drogen gefunden worden, versteckt in einer Nische der Außenwand, unterhalb des Fenstersimses. Die Lieferung wog fast 600 Gramm und war in zwei getrennte Plastikbeutel verpackt, die mit Alufolie umhüllt waren. Den Laboruntersuchungen zufolge, die angesichts des am Abend beginnenden Feiertags frühmorgens erfolgt waren, stammten die auf dem Paket gefundenen Fingerabdrücke alle von Raphael Chouchani, dem französischen Staatsangehörigen, dessen Leiche im Meer treibend gefunden worden war. Fingerabdrücke einer anderen Person befanden sich nicht darauf. Außer den beiden Drogenpaketen waren im Zimmer keine weiteren Habseligkeiten gefunden worden, die dem Touristen hätten gehören können.

Die Pläne, die Avraham und Marianka für den Tag vor Beginn des Festes am Abend gemacht hatten, waren hinfällig. Sie hatten einen Einkaufsbummel durch Tel Aviv machen wollen, nach Geschenken für Avrahams Vater und seine Mutter suchen und sich gegenseitig etwas kaufen wollen, und Avraham hatte vorgehabt, sie zu überraschen und einen Riesenfernseher zu erwerben, der den alten ersetzen sollte, extra für den Kriminalfilmmarathon, den sie für die Feiertage geplant hatten. Stattdessen rief ihn Marianka aus einem *Zara*-Shop im Einkaufszentrum von Cholon an, um seine Hosengröße zu erfahren und zu fragen, ob er lieber Violett oder Khaki hätte, während er im Revier unwillig Sätze niederschrieb, an die er nicht glaubte, für den Bericht einer Ermittlung, die sich wie von selbst gelöst zu haben schien.

Die Todesumstände Raphael Chouchanis und der Obduktionsbericht seiner Leiche, in Kombination mit den Indizien und Erkenntnissen, die die Ermittlung vor seinem Tod ergeben hatten, erhärten allesamt den Verdacht, dass Chouchani in den Schmuggel von Drogen aus Frankreich nach Israel involviert war.

Da in seinem Hotelzimmer 600 Gramm Kokain mit einem Marktwert von mehreren hunderttausend Schekel gefunden wurden, und in Anbetracht der Tatsache, dass auf den Drogenpaketen seine Fingerabdrücke nachgewiesen werden konnten, sowie anhand der von Kollegen aus Frankreich übermittelten Informationen, denen zufolge Chou-

chani erhebliche Schulden auf dem Grauen Kapitalmarkt hatte, erscheint es glaubhaft, dass er – möglicherweise gegen seinen Willen – als Drogenkurier diente. Er ist in Israel mit dem geschmuggelten Kokain gelandet, das auf dem Ben-Gurion-Airport unentdeckt blieb, hat sich ins Hotel Palace *begeben und dieses am nächsten Morgen verlassen, um den Inhalt der Lieferung dem Auftraggeber auszuhändigen, an einem uns noch unbekannten Ort.*

Er schwankte, ob er noch einen Satz hinzufügen sollte, in dem er ausdrücklich darauf hinwies, dass Chouchani auf den Aufnahmen der Überwachungskamera das *Palace* ohne Tasche verließ, beschloss dann aber, es nicht zu tun. Denn er hätte die Drogen ja auch am Körper tragen können. Und vielleicht war es genau so gewesen?

Die Drogen, die im Hotel gefunden wurden, lassen darauf schließen, dass Chouchani versucht hat, den Auftraggebern einen Teil der geschmuggelten Ware zu entwenden, um ihn auf eigene Rechnung zu verkaufen. Die Auftraggeber müssen Verdacht gegen Chouchani geschöpft haben (hat er versucht, sie davon zu überzeugen, das sei der ganze Stoff, der ihm übergeben worden war?), weshalb sie ihn offenbar mehrere Tage lang an einem bislang noch unbekannten Ort festgehalten haben. Die beiden Männer, die sich im Hotel als Verwandte ausgaben, sind mutmaßliche Mitglieder des Syndikats, das für die Schmuggelaktion verantwortlich zeichnet. Sie waren im Palace, *um dort nach den Drogen zu suchen, die Chouchani womöglich unterschlagen hat. Doch es scheint, als hätten sie sie nicht gefunden. In der Zwischenzeit wurde wahrscheinlich versucht, unter Drohungen und physischer Gewaltanwendung aus*

Chouchani herauszupressen, wo er die gestohlenen Drogen versteckt hielt, denn laut Obduktionsbericht wurde er brutal misshandelt und erlitt innere Blutungen sowie Frakturen an Fingern, Zehen und Rippen. Chouchani hat allem Anschein nach den Diebstahl weiterhin abgestritten, vielleicht, weil er annahm, dass er nach einem Geständnis umgebracht werden würde. Tatsächlich ist er letztendlich ertränkt oder bewusstlos ins Meer geworfen worden und ertrunken. Sobald die Auftraggeber – vermutlich von einem der im Großraum Gush Dan im Drogenhandel tätigen Syndikate – gefasst sind, können möglicherweise auch die Leute ausfindig gemacht werden, die Chouchani in ihrer Gewalt hatten, und die genauen Umstände des Todes festgestellt werden.

Die Buchstaben dieses letzten Satzes wollten nur stockend auf dem Bildschirm seines betagten Computers erscheinen, als weigerten sie sich, aneinandergefügt zu Wörtern zu werden. Wohl hatten sie sich zu einer scheinbar plausiblen Erklärung verbunden, ließen aber noch viele Fragen offen, die Avraham umtrieben und die er nicht in dem offiziellen Ermittlungsbericht, wohl aber handschriftlich in seinem schwarzen Heft festhielt.

Chouchanis Telefonate zum Beispiel, ehe er nach Israel geflogen war. Am Morgen hatte Avraham von der französischen Polizei eine Liste der Gespräche bekommen, die Raphael Chouchani in den Wochen vor seiner Reise geführt hatte.

Chouchani hatte zweimal mit seiner Tochter Annette Mallot telefoniert, wie sie selbst auch ausgesagt hatte. Das erste Gespräch hatte gut zehn Minuten gedauert und das zweite weniger als fünf. Ihrer Aussage zufolge hatte ihr Vater bei keinem der beiden Anrufe seine bevorstehende Reise nach Tel Aviv erwähnt. Und er hatte seinen französischen Gasanbieter, den Buchladen *Company* und eine Telefonnummer angerufen, die einem Rechtsanwalt namens François-Marie Aubert gehörte.

»Woher wissen Sie, dass er Rechtsanwalt ist?«, fragte Avraham, und als Jules antwortete, er habe ihn angerufen, um das zu klären, dankte Avraham ihm, weil das alles andere als selbstverständlich war.

»Ich kann Ihnen auch sagen, dass er sich hauptsächlich mit Erb- und Testamentsfragen befasst«, fügte Jules aufgeregt hinzu. »Aber sie haben nicht miteinander gesprochen, weil Aubert im Sommerurlaub an der Costa del Sol war. Und Chouchani hat keine Nachricht hinterlassen. In der Kanzlei liegt auch kein Vermerk zu einer Anfrage von ihm vor.«

Die Nummer, die Chouchani am häufigsten zu erreichen versucht hatte, war die Handynummer von Sarah Nueyma, aber sie hatte kein einziges Mal geantwortet.

Drei Tage vor seinem Flug nach Tel Aviv hatte er erneut bei dem Buchladen *Company* angerufen und auch ein paar Gespräche mit Nummern im Ausland geführt. »Eine Nummer ist aus dem Libanon, eine deutsche Rufnummer in Bremen, und eine ist aus Israel, die kann ich Ihnen geben«, fasste Jules zusammen. Als Avraham fragte, ob er wisse, wem die Nummer in Israel gehöre, reagierte der französische Kollege überrascht. »Nein«, sagte er, »aber das können Sie doch bestimmt selbst rauskriegen, oder? Haben Sie etwas zu schreiben?«

Er notierte die Nummern auf einer leeren Seite des schwarzen Heftes. Und unter der israelischen Nummer mit der Jerusalemer Vorwahl 03 listete er die genaue Abfolge der Gespräche auf, die Raphael Chouchani an jenem Tag geführt hatte.

14:42 Uhr: eine deutsche Nummer (in Bremen, das Gespräch dauerte zwei Minuten).

14:51 Uhr eine libanesische Mobilfunknummer (die, soweit bekannt, nicht Sarah Nueyma gehört. Sechs Minuten).

14:59 Uhr: Gespräch mit einer israelischen Nummer (acht Minuten), und kurz darauf, um 15:14 Uhr, Anruf bei der telefonischen Booking-Hotline von Air France. Unmittelbar danach, um 15:22 Uhr, ein weiterer Anruf bei der israelischen Nummer.

Was Avraham hätte tun sollen, nachdem er Jules gedankt hatte, war, beim zentralen Drogendezernat von Tel Aviv anzurufen und einem der Ermittler dort die israelische Nummer zu geben, die womöglich einem der Auftraggeber gehörte, die die von Chouchani ins Land geschmuggelten Drogen geordert hatten. Ohnehin hatte Saban ihm nach dem Drogenfund unmissverständlich zu verstehen gegeben, die weitere Ermittlung wäre deren Sache. Was er tun *wollte*, war sofort selbst unter der Nummer anzurufen, und genau das tat er, hörte aber nach vier Ziffern auf. Stattdessen rief er Ilanit an, die überrascht war, seine Stimme so kurz vor Beginn des Feiertags zu hören. Er entschuldigte sich, sie während der Vorbereitungen für das Fest zu stören, und bat, sie möge für ihn in Erfahrung bringen, wessen Nummer das sei. Als sie zurückrief, wurde klar, dass er diesmal die richtige Entscheidung getroffen hatte.

»Das verstehe ich nicht. Was soll das heißen, die Nummer existiert nicht?«, fragte er.

»Sie ist nicht vergeben, Avi. Oder einfach gesagt, die gibt's nicht. Eine solche Nummer taucht in den Verbindungsprotokollen von *Bezek* nicht auf. Andererseits, irgendwas daran ist tatsächlich nicht ganz klar, denn als ich versucht habe, da anzurufen, kam nicht die Ansage, dass die Nummer nicht vergeben ist, sondern das Rufzeichen, als wäre die Leitung ganz normal geschaltet. Aber es ist niemand drangegangen. Komisch, findest du nicht? Möchtest du, dass ich noch weiter versuche, dort anzurufen? Wenn das ein Büro oder so was ist, dann geht wegen des Feiertags logischerweise niemand dran.«

War das der Moment, in dem er zum ersten Mal dachte, Annette Mallot habe sich möglicherweise doch nicht getäuscht, als sie sagte, ihr Vater arbeite für den Mossad? So viele Einzelheiten, die in seinem schwarzen Heft notiert waren, könnten Belege dafür sein: zwei Pässe, zwei Namen, die libanesische Telefonnummer, Sarah Nueyma, die möglicherweise auch verschwunden ist, und jetzt die Telefonnummer in Israel, die in keinem Verbindungsprotokoll auftaucht, aber dennoch existiert. Keren vom Büro des Premierministers hatte ihm gesagt, Chouchani sei zweifelsfrei kein Mossad-Mitarbeiter und dass der Dienst es gar nicht gerne sehe, wenn jemand sich als solcher ausgebe, und Avraham hatte keinen Grund, ihr nicht zu glauben. Aber immer mehr Details machten es ihm zunehmend schwer, die Geschichte zu akzeptieren, die er selbst in seinem Ermittlungsbericht konstruiert hatte.

Die Stille auf dem beinahe leeren Revier war höchst willkommen, denn so war er allein mit seinen Gedanken. Zunächst vor dem geöffneten Fenster in seinem Zimmer und dann, als er auf den breiten Stufen der Eingangstreppe zum Revier saß, wie er es immer getan hatte, als er noch rauchte. Die einzigen Kollegen, die an ihm vorbeigingen, waren Streifenbeamte und Freiwillige, die zu einer abendlichen Patrouille auf den Straßen der Stadt aufbrachen, in denen immer mehr Familien auf dem Weg zum festlichen Abendessen unterwegs waren.

Annette Mallot hatte er nichts von den Drogen gesagt, die im Hotelzimmer ihres Vaters gefunden worden waren. Er hatte gefragt, wie es ihr gehe, und sie hatte geantwortet, sie könne es noch immer nicht fassen.

Was auch in ihrer Stimme zu hören war. »Ich verstehe nicht, was ihm passiert sein soll. Er ist schließlich nicht aus freien Stücken ins Meer gegangen und ertrunken. Das kann einfach nicht sein. Jemand hat ihn ertränkt. Er hatte ja Angst, dass ihm etwas zustößt. Und ich denke, ich weiß, wer das getan hat. Wenn das hier passiert wäre, wüsste ich, an wen ich mich wenden muss, aber bei Ihnen … Ich habe Angst, dass ich es niemals erfahre.«

Avraham versicherte ihr, genau damit dies nicht geschähe, habe er sie angerufen. Und er warnte sie vorab, dass sich seine Bitte ungewöhnlich anhören könne. »Könnten Sie bei ihm zuhause vorbeischauen?«, fragte er und hatte zugleich das Gefühl, ausgerechnet diese Bitte weckte Vertrauen bei ihr.

Zwischen Straßburg und Paris lagen gut zwei Stunden Zugfahrt.

Annette Mallot hatte keinen Schlüssel zu der Wohnung ihres Vaters. Und soweit sie wusste, hatte er auch keinen bei der Concierge oder einem der Nachbarn gelassen. Avraham schlug vor, sie solle einen Schlüsseldienst rufen. »Erklären Sie ihm, Ihr Vater melde sich nicht und dass Sie sich Sorgen machen, weshalb Sie sich Zutritt zu seiner Wohnung verschaffen müssen.« Am anderen Ende der Leitung herrschte Stille, bis erneut das Flüstern des Mannes auf Deutsch zu hören war und Mallot dann fragte: »Und was soll ich dort suchen?«

Alles, was mir helfen kann herauszufinden, ob Ihr Vater tatsächlich ein Drogenkurier war, worauf so gut wie alle Indizien hinweisen, oder ob er ein Mossad-Agent war. »Briefe, Tagebücher, Hefte«, sagt er stattdessen. »Und wenn Sie sich Zugang zu seinem Computer verschaffen und dort nach E-Mails suchen könnten, wäre das auch ausgezeichnet. Oder vielleicht alte Handys?«

*

In den Fenstern der Wohntürme, die in den letzten Jahren vor dem Revier des Ayalon-Distrikts aus dem Boden gestampft worden waren, gingen nach und nach die Lichter an, und von den Balkonen waren erste Festtagsgebete zu hören.

Auch Avraham musste jetzt gehen.

Musste die innere Stimme zum Schweigen bringen, die von ihm verlangte, alles, was er seit den Morgenstunden in seinem offiziellen Bericht geschrieben hatte, wieder zu löschen.

Und nach Hause fahren.

Würde er in Frankreich leben, hätte er das Revier jetzt verlassen, wäre zum Haus am Boulevard de Picpus 89 gefahren und hätte einen Weg gefunden, sich Zutritt zu Chouchanis Wohnung zu verschaffen.

Er schickte den Bericht an Benny Saban, an die Koordinatorin des Drogendezernats der Zentraleinheit Tel Aviv und, wie Saban ihn gebeten hatte, an die Sekretärin des Bezirkskommandanten. Dann fuhr er direkt zur Wohnung seiner Eltern. Und stellte fassungslos fest, dass auf dem Esstisch zwar noch die weiße Decke lag, das Essen aber bereits abgeräumt war. Seine Mutter und Marianka saßen am Tisch, und seine Mutter zeigte zum x-ten Male die berühmten Bilder aus ihrer Zeit an der Landwirtschaftsschule vor. In der Küche wartete ein Teller mit wundervollen Fleischklopsen in lauwarmer roter, süßlicher Soße, eine Portion Reis und vor sich hin welkender Salat auf ihn.

»Habt ihr wirklich schon gegessen?«, fragte er, und seine Mutter sagte: »Aber was dachtest du denn? Dein Vater war hungrig. Und deine Frau hatte seit dem Morgen keinen Happen mehr zu sich genommen. Wir haben dir einen Teller übriggelassen, und den Honigkuchen schneiden wir gemeinsam auf. Zum Kaffee.«

Sein Vater nickte im Sessel vor laufendem Fernseher ein, und Avraham trug ihn ins Schlafzimmer, als er ganz eingeschlafen war.

All das war so weit weg von dem, wie er sich diesen Tag vorgestellt hatte – abgesehen vom Ende, als sie Weißwein auf dem Balkon ihrer Wohnung tranken und den Stimmen lauschten, die von ausgedehnten Festtagsschmausen in den

Nachbarhäusern kamen. Marianka fragte, warum er nicht in die Synagoge gehe, und Avraham sagte, er sei noch nie gegangen. »Ich hab noch nie das Blasen des Widderhorns gehört, weißt du? Vielleicht gehen wir morgen mal zusammen hin?«, schlug sie vor, und als Avraham antwortete: »Ich glaube nicht, dass sie Katholikinnen in die Synagoge lassen«, sagte Marianka bloß: »Dann verkleide ich mich eben. Und was habt ihr dann immer an den Festen gemacht?«

»Nichts Besonderes. Wir haben im Stau gestanden. Daran erinnere ich mich. Am Abend des Festes und auch am nächsten Tag. Haben Ausflüge gemacht, zu denen eigentlich keiner Lust hatte.«

In Wahrheit war das nicht alles, woran er sich erinnerte. Später, als sie im Bett lagen, erzählte er ihr noch etwas. Die Feste bedeuteten lange Tage, an denen sein Vater zuhause war. Vor allem das Neujahrsfest, das drei Tage dauerte. Vor dem feierlichen Abendessen hatten sie immer einen ausgedehnten Spaziergang durch Cholon unternommen, nur sein Vater und er, und waren an sich allmählich füllenden Synagogen vorbeigekommen, ohne hineinzugehen. Waren aber langsamer gegangen, um die Stimmen der Betenden zu hören, die daraus erschallten. Und sein Vater hatte ihn immer gefragt: »Und wie würdest du das Jahr resümieren, das wir hatten, Avi?« Nie hatte Avraham gewusst, was er antworten sollte.

»Hattest du ein gutes Jahr oder ein weniger gutes?«

Die meisten Jahre waren nicht gut gewesen. Das hatte er seinem Vater nicht gesagt und auch nie gefragt, wie sein Jahr denn gewesen sei. Und jetzt war es zu spät, weil sein Vater schon nicht mehr antworten konnte. Seine Gedanken, falls es denn noch welche gab, waren gefangen in seinem Schweigen und spiegelten sich nur in apathischen Blicken wider.

»Und was wünschst du dir für das neue Jahr?«, hatte sein Vater gefragt, und der kleine Avraham hatte geantwortet: »Süßigkeiten.« Ein, zwei Mal, so erinnerte er sich jetzt, hatte sein Vater spitzfindig sein wollen und gesagt: »Ich wünsche mir und dir, dass das nächste Jahr länger sein wird als alle Jahre vorher. Denkst du, es besteht Aussicht, dass das passieren wird?«

Am nächsten Tag blieben sie bis zum frühen Nachmittag im Bett. Schauten sich *Der Tod kennt keine Wiederkehr*, *Chinatown* und Hitchcocks *Eine Dame verschwindet* auf seinem alten Fernseher an, und Avraham versuchte, einen Kriminalroman von Leonardo Sciascia anzufangen, den er von Marianka zum Fest geschenkt bekommen hatte. Aber er war unkonzentriert, weil er an Chouchani dachte und auf den Anruf wartete, der ihm verraten würde, was Annette Mallot in der Wohnung ihres Vaters gefunden hatte. Am zweiten Tag des Festes kochten sie gemeinsam den ganzen Morgen über, weil Marianka Esthi Wahabe zum Mittagessen eingeladen hatte. Zum ersten Mal traf Avraham Wahabe außerhalb der Arbeit, was sich sonderbar anfühlte. Sie trug ein grünes Kleid und hatte sich geschminkt, und Avraham, der ihr die Tür in Jogginghose und dem alten T-Shirt öffnete, in dem er geschlafen hatte, entschuldigte sich und verschwand schnell ins Schlafzimmer, um die khakifarbene Hose und das orangerote

Hemd anzuziehen, die er am Abend des Festes bekommen hatte.

Obwohl er wusste, dass sie sich angefreundet hatten, überraschte ihn die Nähe zwischen Marianka und Esthi, genau wie die Ungezwungenheit, mit der Wahabe mit Marianka sprach, und das Leuchten auf ihrem Gesicht – vielleicht von dem Make-up – und dennoch, ein Leuchten, das er zuvor noch nie an ihr bemerkt hatte. Bei ihm war sie immer ganz anders: Wahabe schaute ihn kaum an, wenn sie sich auf dem Revier an ihn wandte, was er bislang als Verlegenheit oder außergewöhnliche Schüchternheit ausgelegt hatte.

Die Schüsselchen mit den Salaten, das Käsetablett und die beiden Pasteten waren auf dem Küchentisch angerichtet, aber sie aßen auf dem Balkon und bemühten sich, nicht über die Arbeit zu sprechen. Wahabe erzählte, sie erwäge, bei ihren Eltern auszuziehen, einen philippinischen Pfleger zu nehmen, der bei ihnen leben würde, und eine Wohnung in der Nähe zu mieten, damit sie sie jeden Tag besuchen könnte, und Marianka erzählte, dass ihre Eltern mit dem Gedanken spielten, Brüssel zu verlassen, um wieder in Slowenien zu leben.

»Warum ziehen sie nicht her, um bei euch zu wohnen? Du bist doch ihre einzige Tochter, oder?«, fragte Wahabe.

Avraham sah in seiner Vorstellung schon, wie er morgens die Badezimmertür öffnete und dort Bojan Milaniç traf, der vor ihm aufgestanden war. Dass das passieren würde, war ausgeschlossen, weil Bojan und Annika Marianka mitgeteilt hatten, sie seien nicht einmal bereit, zu Besuch nach Israel zu kommen.

»Wenn erstmal Enkel da sind, werden sie mit Sicherheit kommen«, sagte Wahabe, und Marianka schaute Avraham an und lächelte, weil das etwas war, über das sie nicht sprachen.

Vielleicht, weil Avraham das darauf folgende Schweigen nur schwer ertrug, fragte er Wahabe, ob es bei der Ermittlung gegen Liora Talias etwas Neues gebe, was wiederum das Lächeln von ihrem Gesicht wischte. Sie berichtete, Talias' Rechtsanwalt habe Benny Saban gesteckt, die Schwangerschaft sei die Folge einer Vergewaltigung gewesen. Talias sei jedoch nicht bereit, der Polizei die Identität des Vergewaltigers zu verraten, weshalb Wahabe sie zu einer weiteren Vernehmung nach den Feiertagen einbestellen musste, um herauszufinden, warum nicht, und sie zu nötigen, es doch zu tun. Es sei nicht der Mitschüler gewesen, mit dem Danielle eine kurze Beziehung hatte, denn der Vaterschaftstest bei ihm war negativ ausgefallen. Deshalb nahm Wahabe an, es könnte möglicherweise der Mann sein, der in einer wie auch immer gearteten Beziehung zu Liora Talias stand und gelegentlich bei ihr übernachtete. Auch er würde nach den Feiertagen zu einer weiteren Vernehmung einbestellt werden und sich einem Vaterschaftstest unterziehen müssen. Sollte er es tatsächlich sein, erklärte das möglicherweise, warum das Mädchen nach Frankreich geschafft worden war und warum man versucht hatte, die Schwangerschaft zu vertuschen.

»Ist es nicht möglich, mit der Tochter zu sprechen?«, fragte Avraham und war überrascht, als Wahabe ihm erzählte, Danielle Talias sei bereits am Vortag in Frankreich durch eine israelische Polizistin in Paris vernommen worden. Sie sei nicht bereit gewesen, etwas zu der Vergewaltigung auszusagen.

»Meinst du etwa Idith Graty?«, fragte er. Damit überschnitten sich die beiden Ermittlungen, die an ein und demselben Tag begonnen hatten, ein weiteres Mal, aber in jenem Moment konnte er noch nicht vorhersehen, wohin ihn diese Überschneidung führen würde.

»Meiner Meinung nach müsstest du sie vernehmen«, sagte Marianka zu Wahabe, schaute dabei aber Avraham an. »Das ist dein Fall. Du hast ihre Mutter getroffen und du gehst fast jeden Tag das Baby im Krankenhaus besuchen. Mit dir würde sie vielleicht reden. Wäre es nicht möglich, Esthi nach Paris zu schicken, Avi? Ich könnte auch mitkommen und dolmetschen, falls nötig. Was sagst du?«

Hatte er nicht mitbekommen, dass Wahabe jeden Tag das Baby im Krankenhaus besuchte, weil er so versunken in die Ermittlung zu Chouchanis Verschwinden gewesen war? Er selbst war kein einziges Mal dort gewesen. »Wie geht es der Kleinen überhaupt?«, fragte er, und Wahabe sagte, ihr Zustand habe sich gebessert. Sie nehme zu und reagiere auf Reize, atme aber noch immer nicht vollständig aus eigener Kraft, und es sei auch ungewiss, welche Schäden sie durch die vorzeitige Geburt und die nicht erfolgte medizinische Versorgung erlitten habe.

»Es gibt dort eine junge Schwester namens Shira, fast noch ein Kind, eine Religiöse, die sich um das Baby kümmert, als wäre es ihre eigene Tochter oder ihre kleine Schwester. Sie betet und schaut sie stundenlang an, als glaube sie daran, nur mit Hilfe ihrer Augen würde die Kleine gesund.« Und das war nicht die letzte Überraschung, denn

Marianka fügte hinzu: »Und du kannst dir nicht vorstellen, wie hübsch sie ist, Avi. Was für ein kleines, wunderschönes Gesicht sie hat.«

Auch dass Marianka mit Wahabe im Wolfson-Krankenhaus gewesen war, um das Baby zu sehen, hatte er nicht gewusst. Selbst da verstand Avraham noch nicht, wie sehr sie das Ganze berührte, erst in der Nacht, als sie vor dem Einschlafen zu ihm sagte: »Weißt du, dass noch niemand ihr einen Namen gegeben hat?« Er fragte, von wem sie rede, weil seine Gedanken wieder bei Raphael Chouchani und dem Bericht waren, den er am nächsten Morgen in der Dezernatsrunde würde präsentieren müssen.

»Von der Kleinen. Sie hat noch keinen Namen. Wenn Wahabe nach Paris fliegt, könnte sie das Mädchen fragen, wie sie sie nennen will.«

Wahabe hatte entschieden gesagt, sie werde nicht nach Frankreich fliegen, um Danielle Talias zu vernehmen, denn sie könne ihre Eltern nicht unbeaufsichtigt zurücklassen, doch Marianka wollte diese Idee trotzdem nicht verwerfen. Als er sie fragte, warum sie das Baby im Krankenhaus besuchen gegangen war, sagte sie: »Nicht aus den Gründen, an die du denkst, Avi«, und als er dennoch weiter nachfragte, antwortete sie: »Vielleicht aus denselben Gründen, aus denen du nicht aufhören kannst, an deinen ertrunkenen Touristen zu denken? Weil sie ein Mensch ist, der ganz allein auf der Welt geblieben ist.«

*

War das der Grund dafür, warum Avraham weiterhin versuchte, sich die letzten Stunden von Chouchanis Leben vorzustellen? Die letzten, in denen er frei gewesen war, ehe er zu einem Ort aufbrach, von dem er möglicherweise nicht mehr zurückkehren würde? Er hatte den elektrischen Wasserkocher benutzt und sich einen Kaffee gebrüht, hatte das Fenster geöffnet und die wenigen Fenster betrachtet, aus denen im Nebengebäude noch Licht fiel. Und hatte kein Kokain in irgendeiner Nische unter dem Fenster versteckt.

Genau genommen war das der eigentliche Grund, warum Avraham nicht aufhören konnte, an Chouchani zu denken, der Grund, von dem Marianka nichts wusste: Das Gefühl, dass sich hinter allem, was mit atemberaubender Geschwindigkeit über Raphael Chouchani ans Licht kam, eine Wahrheit verbarg, die noch nicht aufgedeckt worden war, sondern von etlichen Schichten einer Lügengeschichte verschleiert wurde. Bei der Dezernatsrunde hatte Benny Saban die Anwesenden über Avrahams Drogenfund am Vorabend des Festes in Kenntnis gesetzt und hatte ihn für seine vorzügliche Arbeit gelobt. Er hatte hinzugefügt, das Drogendezernat habe noch keine eindeutigen Erkenntnisse dazu, welches Syndikat für den Drogenschmuggel und den Mord an dem französischen Kurier verantwortlich sei, als seien dies alles nicht zu bestreitende Fakten. Und wie um Avraham zu verdeutlichen, dass der Fall abgeschlossen war, oder ihn zumindest nichts mehr anging, hatte Saban noch erwähnt, dass der Bezirkskommandant eingewilligt hatte, den Leichnam zurück nach Frankreich zu überstellen.

Avraham schwankte, ob er seine Zweifel aussprechen sollte, aber es wäre nicht der richtige Zeitpunkt gewesen, schließlich hatte er keinerlei Beweise. Er war der Einzige im Raum, der das graue Gesicht Chouchanis von nahem betrachtet und die Angst darin erahnt hatte. Dennoch waren alle überzeugt, sie wüssten genau, wer der Mann gewesen und was ihm zugestoßen war. Deshalb hatten sie es eilig, die Leiche loszuwerden, sie zusammen mit der Ermittlung zu begraben und zum nächsten Fall überzugehen.

Ilana, die ihn beim Betreten des Sitzungszimmers erneut ignoriert hatte, wandte sich gegen Ende der Besprechung an ihn und fragte, ob es etwas Neues im Fall des Babys gebe. Er berichtete, man gehe jetzt dem Verdacht nach, das Kind sei bei einer Vergewaltigung gezeugt worden, die der Polizei nicht angezeigt worden war, und dass Wahabe im Laufe des Tages Liora Talias ein weiteres Mal vernehmen werde. Ilana erzählte, sie habe dazu eine Anfrage von einer prominenten Kriminalreporterin erhalten und wäre froh, wenn er sie künftig informieren könnte – »um auf dem Laufenden zu bleiben«, so formulierte sie es –, als sei sie zu seiner direkten Vorgesetzten ernannt worden und nicht zur Polizeisprecherin.

Während der Sitzung gingen auf Avrahams Handy zwei Nachrichten ein, die er nicht erwartet hatte.

Die erste kam völlig überraschend, weil er den Abschiedsbrief schon ganz vergessen hatte.

Schalom Avi, hier ist Gerry Liss. Ich wollte nur, dass Du weißt, wir suchen immer noch nach dem Brief, den Ilana Dir hinterlassen hat. Das Problem ist, wir haben den Umschlag entdeckt, aber er war leer. Wir wissen nicht, was passiert ist, vielleicht hat Ilana den Brief noch mal rausgenommen, um etwas hinzuzufügen, doch wie auch immer, ich hoffe, wir finden ihn. Es gibt Papiere, die wir noch nicht durchgesehen haben, und wenn, lassen wir es Dich wissen. Davon abgesehen hoffe ich, Dir und Deiner Frau geht es gut. Möget Ihr ein gutes neues Jahr haben.

Keren vom Büro des Premierministers hatte Avi eine Sprachnachricht hinterlassen, und auch sie wusste bereits Bescheid über Chouchani.

»Ich hörte, Sie haben die Leiche des französischen Staatsbürgers gefunden, der sich als Mitarbeiter von uns ausgegeben hat«, sagte sie mit ihrer samtigen Stimme. »Und dass er Drogenkurier war. Sollten Sie weitere Informationen dazu haben, wann und wo er sich als Angehöriger des Mossad ausgegeben hat, würde ich mich über ein kurzes Update freuen. Und Glückwunsch zum schnellen Fahndungserfolg, natürlich. Alle Achtung. Falls Sie auf weitere Einzelheiten in Bezug auf das Schmugglernetzwerk stoßen, lassen Sie es uns bitte wissen, damit wir überprüfen können, ob das dort Methode ist und es weitere Fälle von Vortäuschung falscher Identität gegeben hat. Das war auch schon alles. Und mit ein bisschen Verspätung: frohes Fest!«

Aber er hatte keinerlei Informationen über die Umstände oder die Orte, an denen sich Chouchani als Angehöriger des Mossad ausgegeben hatte. Im Gegenteil. Chouchani selbst hatte das ja niemandem gesagt. Und bei Licht besehen war Avraham mit jeder Sekunde weniger überzeugt, dass Chouchani Drogen geschmuggelt hatte, obwohl Keren, genau wie Benny Saban, das als Tatsache betrachtete. Als er einige Stunden später Annette Mallots atemlose Stimme hörte, war Avraham bereits ganz sicher, mit seiner Vermutung richtig zu liegen. Sie rief ihn an, als er gerade in seinem Büro das Für und Wider abwog, ob er bei der nicht vergebenen Nummer anrufen sollte, mit der Chouchani vor seinem Abflug nach Tel Aviv telefoniert hatte. Sie sagte: »Commissaire Avraham, kann ich Sie einen Moment sprechen?«

Er hatte gehofft, sie würde ihm sagen, sie habe einen Abschiedsbrief gefunden, den ihr Vater hinterlassen hatte und der alles erklärte. Oder eine E-Mail, die Chouchani verschickt oder bekommen hatte, die auflöste, warum er tatsächlich nach Tel Aviv gereist war.

Doch Annette Mallot Tons verriet ihre Angst, als sie sagte: »In seine Wohnung wurde eingebrochen. Sie ist vollkommen verwüstet. Alles durcheinander.«

Genau wie in Zimmer 203 des *Palace* war jemand Avraham zuvorgekommen.

»Und wurde etwas aus der Wohnung entwendet? Ist Ihnen etwas aufgefallen?«, fragte Avraham.

»Ich weiß nicht. Ich war schon eine Ewigkeit nicht mehr dort. Und auch so wüsste ich nicht genau, was er alles besaß. Gibt es einen Weg festzustellen, ob etwas mitgenommen wurde?«

Nur durch jemanden, der den Inhalt der Wohnung kannte. Sarah Nueyma, zum Beispiel.

»Könnten Sie Fotos machen und mir schicken?«, fragte Avraham und fügte einen Augenblick später hinzu: »Und haben Sie den Einbruch bei der Polizei angezeigt?«

Annette Mallot sagte, sie habe noch nicht Anzeige erstattet. Sie habe die Wohnung gleich wieder verlassen, als sie festgestellt hatte, dass eingebrochen worden war, und fürchte sich nun davor, wieder hinzugehen, um Fotos zu machen, auch wenn jetzt bestimmt niemand mehr in der Wohnung war, daran bestand kein Zweifel.

»Könnten Sie dann mit einer Anzeige bitte noch warten?«, fragte er und setzte leise hinzu: »Das würde uns sehr helfen, Annette. Um herauszufinden, ob das, was ihm zugestoßen ist, tatsächlich mit seiner Arbeit zu tun hat. Sie verstehen mich doch, oder?«

Ilanit sagte ihm auf Nachfrage, Wahabe sitze mit Liora Talias im Vernehmungsraum, dennoch wies er sie an, Esthi umgehend in sein Büro zu bitten. Wahabe wirkte aufgewühlt, aber er fragte nicht nach dem Grund, sondern eröffnete ihr sofort, er wolle Danielle Talias vernehmen – und zunächst verstand sie nicht, was er meinte.

Sie würden Saban erklären, es sei hier von einem dringenden Ermittlungsanlass auszugehen, der sich aus dem Verdacht einer erfolgten Vergewaltigung ergeben habe. Möglicherweise handelte es sich bei dem Vergewaltiger um den Lebensgefährten der Mutter, den Liora deckte. Avraham würde nach Paris fliegen und dort Danielle Talias vernehmen, während Wahabe hier vor Ort erneut deren Mutter Liora verhörte. Vielleicht wäre sogar eine Gegenüberstellung von Mutter und Tochter per Video möglich. Wahabe verstand noch immer nicht, was mit ihm los war, und er konnte es ihr nicht erklären.

»Kein Problem, Avi«, sagte sie. »Ich kann ohnehin nicht fliegen, und ich wollte von Anfang an ja, dass wir die Ermittlung gemeinsam führen. Außerdem wird der ganze Fall gerade noch mal eine Nummer verzwickter. Liora bestreitet, dass dieser Mordechai ihre Tochter angerührt hat, sagt aber nicht, wer der Vergewaltiger ist. Kommt Marianka auch mit?«

Daran hatte er noch gar nicht gedacht, aber es war eine ausgezeichnete Idee. Er wusste nicht, ob die Reise überhaupt genehmigt werden würde, als er Annette Mallot anrief, die auf dem Weg zurück nach Straßburg war, und ihr mitteilte, er beabsichtige, in Kürze nach Paris zu kommen. In Gedanken war er schon in der Wohnung am Boulevard de Picpus, aber vorher hatte er noch eine Sache zu erledigen. Er lenkte den weißen Hyundai Richtung Tel Aviv, stellte den Wagen auf dem Parkplatz am Charles-Clore-Park ab, überquerte die Corniche und betrat einen Getränkekiosk an der Herbert-Samuel-Straße. Dem verdutzten Verkäufer erklärte Avraham, dass er nicht etwa vorhabe, eine Durchsuchung in seinem Laden durchzuführen, sondern sein Handy in der Gegend verloren habe und es jetzt anrufen wollte. Vielleicht hatte es ja jemand in der Nähe gefunden, worauf der Verkäufer ihm sein Telefon hinhielt und sagte: »Klaro, Bruder. Rufen Sie an, geht auf's Haus.«

Beim ersten Mal kam keine Antwort und auch beim zweiten nicht. Erst als er es ein drittes Mal versuchte, ging jemand dran. Er verließ den Kiosk mit dem Telefon des Verkäufers in der Hand und blieb in einiger Entfernung stehen, am Rand der vielbefahrenen Straße, und hoffte, dass man weder die Autos noch das Rauschen des Meeres durchs Telefon hörte. Die Stimme, die Avraham unter der nicht existenten Nummer antwortete, war eine sonore, tiefe Frauenstimme. Sie sprach Hebräisch, aber mit einem Akzent, der ihm fremd klang.

»Guten Tag, ich bin der DHL-Bote«, sagte er. »Ich stehe

schon in Ihrer Straße, aber ich weiß die Hausnummer nicht. Sind Sie überhaupt zuhause?«

»Zu welcher Familie müssen Sie denn?«, fragte die Frau. »Wir erwarten gar kein Paket.«

»Was soll das heißen, Sie erwarten keins? Ich hab hier ein Paket für Sie. Irgendwas, das Sie im Ausland bestellt haben, oder ein Geschenk, das kann ich doch nicht wissen. Bei wem bin ich denn gelandet, meine Dame?«, fragte er, und die Frau zögerte einen Augenblick, ehe sie antwortete: »Sie sind hier bei Familie Ben-Chayat. Zu wem müssen Sie überhaupt?«

Im selben Moment legte er auf. Gab dem Mann im Kiosk sein Handy zurück, und als der fragte: »Haben Sie's gefunden, Bruder?«, sagte er: »Ich denke, ja.«

10

Wie von Liora erwartet, leistete Edri ganze Arbeit. Und wieder war nicht klar, welcher Seite er diente, ihrer oder der der Ratten, aber diesmal hatte sie ihn benutzt, und nicht umgekehrt. Er hatte die Vergewaltigung gemeldet, sowie Liora sein Büro verlassen hatte, das war klar; die Anrufe, die sie über die Feiertage erhielt, bestätigten das.

Die Anrufe waren auch ein Zeichen dafür, dass es Zeit für die letzte Phase wurde und dass sie noch immer alles unter Kontrolle hatte.

In den leeren Stunden des Feiertags suchte sie nach den richtigen Worten, die sie der Journalistin bei ihrem Treffen sagen würde. Mein Ziel war, meine Tochter zu beschützen. Alles, was ich getan habe, war, sie zu schützen. Vielleicht hätte ich das Baby schon früher ins Krankenhaus bringen sollen, kann sein, aber ich war's, die sich nach der verpfuschten Abtreibung um die Kleine gekümmert und ihr das Leben gerettet hat. Die israelische Polizei verfolgt ausgerechnet das Opfer, und das nicht zum ersten Mal. Anstatt Danielle zu schützen und den zu bestrafen, der ihr das angetan hat, verhören sie meine Tochter und mich und bescheren unserer Familie noch ein Trauma, nach dem Unrecht, das meinem Mann geschehen ist.

Die Fälle durften nicht miteinander vermischt werden, aber klar war, David sollte in den Fernsehberichten erwähnt werden.

Sein Name, seine Lebensgeschichte und sein Tod würden wieder zur Sprache kommen, und vielleicht würden sie auch das Bild von ihm mit Danielle am Delfinriff in Eilat veröffentlichen, das Liora damals an die Zeitungen gegeben hatte.

*

Am zweiten Feiertag war sie mit Eden und Ofrit zum Mittagessen bei Michal und Maxim.

Über die Ermittlung wurde nicht geredet, nicht über Danielle und auch nicht über Mordechai. Die Stimmung war angespannt, vor allem wegen Maxim, der Liora mit bösen Blicken bedachte, obwohl er Vernehmungsräume besser kannte als sie alle zusammen. Die meiste Zeit rauchte er mit seinem Bruder Eliyahu auf dem Balkon. Eden und Ofrit spielten mit dem Baby von Michal und nahmen danach auf dem Balkon ein Video für Tiktok mit ihm auf. Als das Telefon in ihrer Handtasche klingelte, spürte sie, dass es Danielle war, obwohl der Anruf von einer unbekannten Nummer kam. Sie ging ins Schlafzimmer, in dem haufenweise Slips und BHs auf dem Bett lagen, und als sie »Hallo« sagte und niemand antwortete, wusste sie mit Bestimmtheit, dass es ihre Tochter war. »Danielle? Bist du das?«, fragte sie, und nach einem weiteren Moment Stille antwortete Danielle: »Ja«, und da Liora sie schon lange nicht mehr gehört hatte, musste sie sich erst wieder an ihre Stimme gewöhnen.

So ist Danielle am Telefon, und auch bei den wenigen Gesprächen zuhause – meistens schweigt sie. Antwortet mit ein, zwei Worten. Verbirgt das Gesicht hinter den Haaren oder den Händen, die ganz zerkratzt von der Katze sind, die nicht aus ihrem Zimmer kommt.

»Was ist los? Warum rufst du an?« Wieder dauerte es, bis eine Antwort kam. Liora fragte nach, ob Danielle wie vereinbart auch das billige Prepaid-Telefon benutzte, das sie ihr gekauft hat, und Danielle bejahte. Sie erzählte, vor zwei Tagen sei ein Polizist bei Ronny und Marcelle gewesen und hätte ihnen eine Vorladung gebracht. Der Polizist hatte gesagt, die Vernehmung erfolge auf Bitte der israelischen Polizei und dass eine israelische Polizistin dabei sein würde. Danielle sei nicht angeklagt, man wolle sie lediglich bitten, im Zusammenhang mit einer Straftat in Israel auszusagen, auf die der Polizist aber nicht näher eingehen könne. Er sagte, dass sie das Recht habe, Marcelle oder Ronny oder deren Rechtsanwalt mit zu der Befragung zu nehmen.

»Vor zwei Tagen? Und du hast nicht eher angerufen?«, fragte Liora überrascht. »War die Befragung schon?«

»Ja, heute.«

Obwohl kaum die Chance bestand, dass sie viel erzählen würde, versuchte Liora etwas aus ihr herauszubekommen, aber die meisten Einzelheiten erfuhr sie später von Marcelle, die ein bisschen gestresst klang. Danielle sagte immerhin, sie sei wegen der Vergewaltigung befragt worden und dass die Polizistin ausdrücklich nach Mordechai gefragt habe, ob er sie angefasst habe. Die Polizistin hatte auch wissen wollen, ob Danielle bedroht wurde, ob Mordechai sie bedrohe oder jemand aus seiner oder ihrer Familie. Zu Amir

Suan habe sie nichts gefragt, und das sei das Einzige, was sie Liora sagen wollte. Von diesem Moment an wurde es noch schwerer, ein Wort aus ihr herauszubekommen, und es war klar, dass sie das Gespräch schnell beenden wollte.

»Und du hast nichts über ihn gesagt?«

Wieder kein Laut.

Die israelische Polizeibeamtin hatte Danielle vernommen. Die Französin war überhaupt nicht im Raum gewesen. Für einen Moment kam Liora der Verdacht, die Blinde könnte nach Frankreich geschickt worden sein, aber später beschrieb ihr Marcelle eine Frau in den Fünfzigern, blond und mit blauen Augen.

»Ich hab gesagt, sie sollen mit dir reden«, sagte Danielle, und als Liora fragte: »Hat sie nicht nachgehakt?«, verneint ihre Tochter und fügt hinzu: »Aber sie hat Marcelle eine Telefonnummer dagelassen. Marcelle und Ronny wissen doch nichts, oder?«

Noch nicht. Fürs Erste wusste Marcelle genau so viel, wie sie wissen musste, um einverstanden zu sein, Danielle bei sich aufzunehmen. Dass sie ungewollt schwanger geworden ist und abgetrieben hat und dass sie Zeit und Ruhe braucht, um sich von all dem zu erholen. Als Marcelle noch am selben Tag Liora am Telefon fragte, von welcher Vergewaltigung die Polizei da redete, antwortete Liora, sie wolle darüber nicht am Telefon sprechen und dass sie es ihr schon erzählen würde.

»Wart ihr beim Arzt? Hat er dich untersucht? Ist alles in Ordnung?« Möglich, dass Danielle etwas sagte, aber da Liora ihre Antwort nicht hörte, fragte sie noch einmal, und Danielle erhob kurz die Stimme und sagte ja. Was Liora am Ende des Telefonats fast zur Verzweiflung brachte, war, dass Danielle überhaupt nichts fragte. Dass sie nicht wissen wollte, wie es ihren Schwestern ging oder wie das Neujahrsfest war, nicht mal, wann sie wieder Kontakt zu ihren Freunden aufnehmen oder wann sie zurück nach Hause durfte. Nichts hilft ihr, stärker zu werden. Außerdem wusste sie nicht, ob Danielle nicht nach der Kleinen fragte und wie es ihr ging, weil sie sie vergessen hatte oder weil sie immerzu an sie denken musste und sich vor der Frage fürchtete. »Noch ein paar Tage, mein Mädchen. Ein paar Tage nur noch, und es ist alles vorbei«, sagte Liora und spürte, wie Danielles Schwäche auf sie übergriff, und auch sie wollte das Telefonat möglichst schnell beenden. »Ich weiß, dass es schwer für dich ist, aber ich hol dich schon ganz bald zurück, in Ordnung? Halte durch, für mich und für Papa, ja?«

Als Liora zurück ins Wohnzimmer kam, räumte Michal gerade die Teller vom Tisch. Vielleicht weil Michal seit der Geburt so zugenommen hatte und sicher über siebzig Kilo wog, dachte Liora, dass diese Frau mit den rundlichen Armen und den schweren Oberschenkeln einmal so klein gewesen war wie das Baby. Dass sie diese Frau geboren hatte, als sie in Danielles Alter war, vielleicht ein paar Monate älter, und dass sie es geschafft hatte, sie großzuziehen, obwohl auch sie es damals nicht leicht hatte.

Was für ein Unterschied zwischen ihnen beiden, zwischen der siebzehnjährigen Liora und dem Mädchen ohne Stimme, mit dem sie gerade telefoniert hatte. Dem Mädchen, das kaum ein winziges Baby aus ihrem Körper pressen konnte, weil sie keine Kraft hat, für das zu kämpfen, was sie will.

Auch Liora war in ihrem Alter noch nicht so stark wie heute, aber sie wusste immerhin, was sie wollte, und war unbeirrt genug, darauf zu bestehen, auch wenn es schwer war. Diese Geschichte hatte sie Danielle unzählige Male erzählt, und davor Michal, vor allem seit Davids Tod. Sie hatte versucht, sie aufzuschreiben, um sie auf dem Friedhof zu verlesen, während der Beisetzung oder beim Besuch des Grabs nach dem Ende der Trauerwoche, doch ohne Erfolg.

Ich werde nicht vergessen, wie euer Vater mich das erste Mal angesehen hat. Dieser Blick in seinen Augen.

Wie schwer es ihr fällt zu glauben, dass sie nicht mehr in diesem Alter ist. Dass sie schon über vierzig ist und Töchter hat in dem Alter, in dem sie damals war. Dass sie diese Jahre nicht noch einmal erleben wird. So gegenwärtig sind sie in ihr, dass es ihr absurd vorkommt, sie nicht noch einmal durchleben zu können.

Sie waren bei einer Familienfeier im Festsaal in Nes Ziona. Sie mit ihren Eltern und er mit seiner Frau. Von dem Augenblick an, als er sie zum ersten Mal sah, war klar, was er wollte. Wollte sie ansprechen, sie kennenlernen, sie berühren. Das war das Besondere an seinem Blick. Auch andere hatten sie vorher schon angesehen, weil sie den grazilen Körper einer Tänzerin hatte, ohne je getanzt zu haben, aber noch keiner mit einem solchen Hunger wie er.

David war verheiratet und schon dreiunddreißig. Ohne Kinder. Liora kannte seine Frau Sima, weil sie eine entfernte Verwandte war, die Tochter eines Cousins ihres Vaters. Er hatte sie auf der Hochzeit nicht angesprochen, vielleicht weil Sima dabei war oder wegen Lioras Eltern, aber drei Tage nach jenem Abend hatte er nach Unterrichtsschluss vor dem Schultor gewartet. War in die Straße gefahren, als sie gerade herauskam. Hatte gehupt und abgebremst, und als er sah, dass sie mit Marcelle weiterging, hatte er ihr bedeutet, sie solle stehenbleiben und zu seinem Pick-up kommen. Er sagte, er hätte in der Gegend zu tun und sie zufällig wiedererkannt, fragte, ob sie eine Mitfahrgelegenheit nach Hause oder etwas essen gehen wolle. In seinem Wagen voller Zementsäcke, Farbeimer und schwerer Gerätschaften saß außerdem Ali, sein Arbeitskollege, und beide hatten den ganzen Weg über geraucht. Auf dem Sitz, den Ali ihr frei machte, lagen Noblesse-Zigarettenpackungen, halbleere Sprite-Flaschen und CDs, und an den rissigen, von der Sonne ausgeblichenen Polstern klebten Hundehaare zwischen den Flecken von Zigarettenasche. Obwohl David noch nicht alt war, schimmerten einige seiner Bartstoppeln schon silbrig, wie es damals noch nicht einmal bei ihrem Vater der Fall war.

Liora hatte nichts essen wollen, und David brachte den Pritschenwagen am Anfang ihrer Straße zum Stehen. Sagte, er sei nicht zufällig gekommen, und fragte, ob sie das verstehe, und sie hatte gelacht und gesagt, klar verstehe sie das, obwohl sie bis zu dem Moment vom Gegenteil überzeugt gewesen war.

»Ich bin gekommen, weil ich seit der Feier nicht aufhören kann, an dich zu denken, und dich sehen musste«, hat er zu mir gesagt. »Und wenn du mir nicht glaubst, frag Ali, er wird dir erzählen, dass ich seit der Hochzeit nur noch von dir rede.« Und wisst ihr, was ich geantwortet habe? Ich

hab zu ihm gesagt: »Bitte sehr, jetzt hast du mich gesehen.« Und er hat sich geschämt und wusste nicht weiter, weil euer Vater nicht gut mit Worten war, mehr mit Taten, mit den Händen und den Farben, die er anrührte, und den Dingen, die er uns gebaut hat. Jede von euch hat im Zimmer etwas, das er mit eigenen Händen nur für sie gebaut hat. Und weil er nichts gesagt hat, hab ich's an seiner Stelle gesagt – und denkt nur, wie alt ich damals war, gerade mal sechzehn! Ich hab zu ihm gesagt: »Sicher wirst du mich gleich fragen, ob du noch mal kommen kannst, um mich zu sehen, nicht?« Und euer Vater hat sich eine Zigarette angezündet, sein Lächeln aufgesetzt und gesagt: »Woher wusstest du das? Das ist genau, was ich fragen wollte.«

Kann sie sich Danielle vorstellen, wie sie so selbstsicher mit einem Mann redet? Heute bestimmt nicht und wahrscheinlich auch in ein paar Jahren nicht. Ja vielleicht nicht einmal Michal, bei der man die neuen Speckröllchen am Bauch sieht, als sie sich über den Tisch beugt, um den Kuchen aufzuschneiden.

Zwei Tage später hatten sie zum ersten Mal in einem Fremdenzimmer miteinander geschlafen, und nach einer Woche hatte David ihr gesagt, er wolle seine Frau verlassen und mit ihr zusammen sein, ohne dass sie auch nur ein Wort mit ihm darüber gesprochen hatte. Als sie ihm erzählte, sie sei schwanger, verkündete er, er würde Sima um die Scheidung bitten und sie heiraten. Sie würden das Kind zur Welt bringen, obwohl klar war, dass es zu Spannungen in der Familie führen musste. Und da David nicht so gut mit Worten war wie sie, hatte Liora ihm gesagt, was er ihrem Vater sagen und wie er Sima beibringen sollte, dass er lieber mit ihr zusammenleben wollte. Sie hatte Simas Anrufe und die ihrer Schwestern weggesteckt, die Verwünschungen und Drohungen, ohne den Kopf zu verlieren, die Warnungen, sie würden ihr und dem Baby etwas antun, und die Prophezeiungen, David werde schon bald auch sie verlassen. Das Erstaunlichste aber war, dass sie diese ganze Kraft hatte, obwohl sie gar nicht sicher war, ob sie ihn überhaupt heiraten und ihm ein Kind gebären wollte. David war zuhause ausgezogen und bei einem Freund untergekommen, war danach zurück in die Wohnung seiner Eltern, und sie hatte die Schule abgebrochen und war zu ihm gezogen, noch ehe er geschieden war, damit seine Mutter ihr bei der Schwangerschaft und der Geburt helfen konnte.

Was Liora aber niemandem anvertraut hatte, sie war nicht einmal sicher, ob David davon wusste: Sie hatte ihn damals nicht so geliebt, wie sie ihn später lieben würde. Selbst unter dem Traubaldachin war sie nicht glücklich gewesen. Sie war neidisch auf Marcelle, die keinen Bauch hatte und deren einzige Sorgen die Prüfungen in der Schule und das Geld für neue Sachen waren. Zu dieser Zeit hatte auch Liora Depressionen gehabt, ja manchmal sogar den Wunsch, alles loszuwerden, wie bei Danielle. Aber im Unterschied zu Danielle hatte Liora die Kraft, nicht zu resignieren. Nach außen war immer alles in Ordnung gewesen bei ihr. Erst etwa zu der Zeit von Danielles Geburt, sieben Jahre, nachdem David und sie sich kennengelernt hatten, hatte sich alles geändert. Damals hatte sie erkannt, dass David der Mann war, an dem sie festhalten musste. Und mit der Liebe, die aus ihr hervorbrach, wurde zugleich die Angst geboren, David würde vor ihr sterben, und dazu das

Wissen, dass sie seinen frühen Tod nicht würde verhindern können. Dass die Zigaretten, von denen zu lassen er sich weigerte, ihn ihr nehmen würden, oder die Arbeit, oder die vielen Fahrten in den späten Abendstunden, nach einem anstrengenden Arbeitstag. Wenn er weit weg fuhr und erst in der Nacht zurückkam, ließ sie ein Fenster offen, um den Pritschenwagen zu hören, wenn er einparkte. Welche Erleichterung hatte sie verspürt, als er ihr mit fünfzig mitteilte, er würde aufhören, als Selbstständiger zu arbeiten, und als Angestellter bei einem Bauunternehmen anfangen, das vor allem im Zentrum Häuser hochzog, weil er die Angst leid sei, im nächsten Monat nicht genug zu verdienen, und um mehr Zeit mit ihr und den Mädchen verbringen zu können.

Und keine zwei Jahre danach hatte sie seine zertrümmerte Hand gestreichelt.

*

Sie waren erst nach fünf wieder zuhause, und Liora räumte die Wohnung auf und wischte durch alle Räume, für den Fall, dass die Journalistin schon am nächsten Tag bei ihnen reinschauen würde, nach dem Treffen. Die Anrufe von Mordechai und von der Blinden kamen zum Ausgang des Festes, kurz hintereinander. Mordechai rief nach neun an und sagte, sie hätten ihn zu einer weiteren Vernehmung einbestellt, und als Liora sagte, er müsse sich keine Sorgen machen, weil sie ihnen morgen alles erzählen werde, antwortete er, er mache sich keine Sorgen. »Sie werden dich fragen, ob du sie vergewaltigt hast, also krieg keine Panik. Kapierst du, wie krank die ist, diese Polizistin?« Aber Mordechai sagte, er habe kein Problem damit, weil jemanden, dessen Hände sauber sind, könne man nicht in den Dreck ziehen. Er hatte die Feiertage in der Synagoge verbracht, was man an seiner Stimme hörte, die leise und sanft war, und sie bedauerte, dass sie während der Feiertage nicht auch mit den Mädchen zum Gebet gegangen war, vielleicht hätte sie das beruhigt. »Haben sie dich nicht vorgeladen?«, fragte er, und weil sie antwortete, sicher würde die Blinde noch im Laufe des Abends anrufen, sagte Mordechai: »Vielleicht machen sie ja eine Gegenüberstellung zwischen uns. Morgen triffst du dich doch auch mit der vom Fernsehen, oder?«

Morgen Nachmittag. Im *Café Café* im Einkaufszentrum von Bat Yam. Falls die Journalistin sofort etwas unternehmen wollte, dann vielleicht hinterher auch bei ihr zuhause. Das waren der richtige Ort und der richtige Zeitpunkt, um alles zu erzählen, in der Hoffnung, damit Danielle und auch sich selbst zu retten.

Die Journalistin hatte drei Stunden, nachdem sie sie abgeschickt hatte, auf ihre E-Mail geantwortet, und das, obwohl Feiertag war. Sie schrieb: *Liora, ich würde mich freuen, Ihre Geschichte zu hören und Ihnen zu helfen, falls ich kann. Danke, dass Sie mir geschrieben haben. Möchten Sie, dass wir vorher noch telefonieren? Oder sollen wir uns gleich treffen? Sagen Sie mir, wann es Ihnen am besten passt. Sigal.* Und Liora hatte geantwortet, sie könnten sich gleich nach den Feiertagen treffen, am besten nachmittags oder am Abend, weil sie vormittags in einem Kindergarten arbeite.

Alles, was ich getan habe, war, meine Tochter zu beschützen. Und keine Mutter, die ich kenne, hätte anders gehandelt.

Anstatt sich um das Mädchen zu kümmern und den zu bestrafen, der sie vergewaltigt hat, verhören sie sie und mich und andere aus unserer Familie und verleumden uns alle.

Und als hätte sie ihr eigener Plan überholt oder als erhielte sie bei seiner Ausführung Hilfe von oben, kam der Anruf von Wahabe eine oder zwei Minuten nachdem sie das Gespräch mit Mordechai beendet hatte. Sie sagte zu der Polizistin: »Ich hab schon auf Sie gewartet, Esthi. Und ich weiß, was Sie wollen, aber ich werde Ihnen auch nicht mehr sagen als der Rechtsanwalt. Ich werde weder etwas bestätigen noch bestreiten, ich wiederhol nur noch mal: Sie sollten nicht uns verhören. Und ganz sicher nicht Mordechai. Wir sind in dieser Geschichte nicht die Kriminellen, sondern die Opfer.«

Wahabe war überrascht, wie vorbereitet Liora auf den Anruf war. Genau wie am nächsten Tag im Vernehmungsraum. Als die Polizeibeamtin sagte: »Wir haben Informationen erhalten, dass Danielle Opfer einer Vergewaltigung wurde und dadurch schwanger geworden ist«, fiel ihr Liora sofort ins Wort. »Interessant, von wem Sie das wohl haben, Esthi. Meiner Meinung nach müssten Sie Edri ein Gehalt zahlen. Er arbeitet ja für Sie«, sagte sie lächelnd und setzte dann nach: »Und was ist mit Mordechai? War er heute schon bei Ihnen, oder vergehen Sie sich gleich nach mir an ihm?«

Wahabe war offenbar angehalten, Liora gegenüber wegen der Vergewaltigung Empathie zu zeigen, und deshalb reagierte sie nicht, sondern sagte nur leise: »Die Sache ist die, dass wir verstehen müssen, was tatsächlich passiert ist, um jemanden zu verhören, und Danielle kooperiert nicht mit uns. Ich nehme an, Sie wissen, dass sie in Paris befragt wurde, richtig? Sie hat sicher mit Ihnen gesprochen.«

Liora lächelte erneut, weil die Blinde endlich begriff, wie sehr sie hier alles steuerte.

»Danielle war nicht bereit auszusagen, dass sie vergewaltigt wurde. Und da auch Sie nicht bereit sind, mir Näheres mitzuteilen, tue ich, was ich kann, aber noch habe ich keinerlei Beweise, die auf eine Vergewaltigung oder die Identität des Vergewaltigers hindeuten. Ich lasse heute einen Vaterschaftstest bei Mordechai machen, und vielleicht auch bei Maxim, Michals Mann, es sei denn, Sie helfen mir und bestätigen, dass eine Vergewaltigung stattgefunden hat, und liefern mir den Namen des Täters. Aber davon abgesehen, kann ich ohne Sie und ohne Danielle nicht viel tun.«

»Was haben Sie nur gegen Mordechai, können Sie mir das mal erklären? Suchen Sie den Vergewaltiger gefälligst woanders«, sagte sie und wusste, das war so etwas wie ein erstes Eingeständnis, wenn auch indirekt, dass es tatsächlich eine Vergewaltigung gegeben hatte. Die Blinde hob ihre feuchten Augen, die aussahen, als hätte sie gerade geweint oder stünde kurz davor, und setzte zu einer weiteren Ansprache an, die Liora überzeugen sollte, dass sie auf derselben Seite standen. Und von dem Moment an, da das Geschwafel einsetzte, spürte Liora, dass sie es benutzen konnte, um so zu tun, als wäre sie am Ende, und dann ganz gemäß ihrem Plan der Blinden den Namen zu nennen.

»Liora, ich möchte Danielle wirklich helfen. Wirklich. Vergewaltigung ist eine Straftat, der die Polizei allergrößte Bedeutung beimisst. Und ich ohnehin. Aber ich bin darauf angewiesen, dass Sie das, was Sie wissen, mit mir teilen, damit ich etwas habe, womit ich arbeiten kann.«

Siehst du in meinen Augen, wie ich weich werde?

Einen Moment noch, und ich geb nach und erzähl dir alles.

Du kannst weitermachen.

»Also, ich werde Ihnen sagen, was ich bislang weiß, okay? Ich verrate Ihnen alles, was ich habe, obwohl ich das nicht muss, nur um Ihnen zu zeigen, dass ich auf Ihrer Seite bin und helfen will. Klären Sie auch ruhig mit Ihrem Rechtsanwalt, ob ich gehalten bin, Ihnen alles zu sagen, und Sie werden sehen, das ist reines Entgegenkommen meinerseits. Ich nehme an, Danielle wurde vergewaltigt, und Sie beide haben versucht, vielleicht aus Angst, über die Vergewaltigung zu sprechen, vielleicht aber auch, weil man Sie bedroht hat, sowohl die Schwangerschaft als auch die Vergewaltigung zu verschleiern. Deshalb haben Sie die Abtreibung machen lassen und dann das Baby versteckt. Sie waren es auch, die Danielle zu Ihrer Freundin Marcelle geschickt hat. Damit man ihr nichts tun kann. Und ich glaube Ihnen, dass Sie das alles getan haben, um Ihre Tochter zu schützen. Wirklich. Aber mein Glaube genügt nicht. Ich muss Beweise liefern, um alles vor Gericht zu belegen, und deshalb brauche ich den Namen des Mannes, der sich an Danielle vergangen hat, damit ich belastendes Material gegen ihn sammeln und beweisen kann, was er Ihrer Tochter angetan hat. Sind Sie bereit, mir zu helfen?«

Das war der Moment. Liora schüttelte den Kopf, und die Blinde seufzte.

»Gut. Ich verstehe Sie nicht, aber das ist Ihre Entscheidung. Warten Sie hier auf mich, während Mordechai den Test macht«, sagte die Blinde und stand von ihrem Stuhl auf, als Liora brüllte: »Vielleicht lassen Sie mal Mordechai in Frieden? Machen Sie den Test lieber bei einem Bürschchen namens Amir Suan, in Ordnung? Testen Sie den, ob er der Vater ist, nicht Mordechai.«

»Amir Suan? So heißt der Kindesvater?«

»Überprüfen Sie's. Mal sehen, was Sie rauskriegen. Das ist doch nicht meine Aufgabe.«

»Können Sie mir seine Anschrift geben? Oder eine Telefonnummer?«

»Wollen Sie etwa, dass ich für Sie auch noch nach Jaffo fahre und ihm Handschellen anlege?«

*

Am Nachmittag im Café war die Tonlage eine ganz andere. Die Reporterin verspätete sich, weil sie das Einkaufszentrum nicht finden konnte und sie sich mit der *Waze*-App in Bat Yam verfranste. Liora bestellte einen starken Kaffee Hafuch und ein Auberginen-Ei-Sandwich, während sie wartete. Vermutlich war die Polizei inzwischen schon beim Haus der Familie von Amir Suan gewesen und hatte ihn vielleicht sogar gleich verhaftet, auch weil sie Mordechai ohne Vaterschaftstest und weitere Vernehmung hatten laufen lassen. Als die Journalistin das Café betrat, stand Liora auf und bedeutete ihr mit den Augen, dass sie es war, die sie treffen sollte, und die Journalistin reichte ihr eine wirklich sehr kleine Hand, die sich feucht und sehr kalt anfühlte, und entschuldigte sich für die Verspätung.

Was Liora überraschte, war nicht die Tatsache, dass die andere älter wirkte als im Fernsehen, sondern dass sie fast genauso klein war wie sie selbst. Höchstens ein, zwei Zentimeter größer. Als sie sich setzten, wirkte sie auf Liora nicht stärker oder selbstsicherer als sie selbst, nur gepflegter. Einige der Gäste im Café erkannten sie und starrten zu ihnen herüber, aber die Reporterin ging ganz selbstverständlich damit um, als berührten sie die Blicke gar nicht. Sie bestellte Tee mit Ingwer, Minze und Zitrone und sagte dann zu Liora: »Also, Sie haben mir in der Sache mit dem ausgesetzten Säugling geschrieben. Sie sagten, Sie hätten Einzelheiten über die Ermittlung. Doch mir ist wichtig, Ihnen von vorneherein zu sagen: Ich habe selbst ein paar Erkundigungen eingeholt und weiß, Sie sind bereits mehrfach unter Strafandrohung auf dem Ayalon-Revier vernommen worden. Erinnern Sie sich noch, wer Sie dort vernommen hat? Kann es sein, dass es der Leiter des Ermittlungsdezernats war, ein gewisser Avi Avraham?«

Sie trat Liora gegenüber nicht überheblich auf, weshalb das, was später geschah, eine Überraschung war. Als sie sich verabschiedeten, umarmte sie sie, und da sie beide fast gleich groß und ungefähr im selben Alter waren, hätte ein Beobachter denken können, sie seien Schwestern. Die Journalistin schlug nicht vor, das Gespräch in Lioras Wohnung fortzusetzen, sagte aber, sie würde anrufen und mitteilen, wann sie mit einem Fotografen käme. Und zweifellos hatte Lioras Geständnis sie berührt. »Ich hab die Kleine dort abgestellt«, hatte Liora ohne große Vorrede gesagt. »Ich habe das erst nicht zugegeben, aber am Ende hab ich's denen gesagt. Und ich bin bereit, das noch mal vor laufender

Kamera zuzugeben und allen zu erklären, warum ich es gemacht hab.«

»Okay. Erklären Sie es erst einmal mir.«

»Das Baby ist nicht von mir, wie die anfangs gedacht haben. Es ist von meiner Tochter Danielle, sie ist sechzehn. Auch das hab ich denen gesagt. Sie ist durch eine Vergewaltigung schwanger geworden, die sie mir und allen verschwiegen hat. Dass sie schwanger ist, hat sie mir auch erst gesagt, als sie schon im sechsten Monat war. Im siebten sogar. Man hat vorher gar nichts gesehen bei ihr, oder nur ein bisschen, aber sie hat das verdeckt, und niemandem ist was aufgefallen, mir auch nicht. Als wir versucht haben, eine Abtreibung machen zu lassen, lief alles schief und es hat nicht funktioniert. Kann sein, dass ich das Baby ein paar Tage früher ins Krankenhaus hätte bringen müssen, aber wir wollten der Kleinen bestimmt nichts antun. Ich hab mich ja die ganze Zeit bei mir zuhause um sie gekümmert. Hab ihr das Leben gerettet. Wir konnten sie aber einfach nicht behalten und großziehen.«

Die Reporterin hatte ihre Hand berührt, genau als die Bedienung mit der Teetasse an ihren Tisch kam.

»Es tut mir sehr leid zu hören, was Ihrer Tochter passiert ist, Liora«, sagte sie dann. »Für Sie und vor allem für Danielle. Das ist tragisch, wenn Frauen – Mädchen – sich zu sehr schämen, um zu erzählen, dass sie vergewaltigt worden sind, als sei das ihre Schuld, und es sogar vor den eigenen Eltern verschweigen. Wo befindet sich Danielle jetzt?«

»Sie ist in Frankreich. Erholt sich. Aber sie kommt bald wieder. Und sie wird gerne mit Ihnen reden und Ihnen sagen, was ihr passiert ist. Sie wird alles sagen.«

»Und was ich jetzt von Ihnen erfahren habe, haben Sie das auch der Polizei schon erzählt?«

»Klar. Ich hab denen auch gesagt, wer das Bürschchen ist, das ihr das angetan hat. Aber ich will Ihnen noch etwas sagen. Der Vergewaltiger wird sicher alles abstreiten. Wird sagen, es wäre was gewesen zwischen ihnen.«

»Das sagen sie immer.«

»Genau. Also, nur damit Sie's wissen, das müssen Sie nicht glauben. Vielleicht hat er meiner Tochter keine Gewalt angetan, aber er hat sie vergewaltigt. Vergewaltigen läuft nicht nur über körperliche Gewalt, ich bin sicher, das wissen Sie.«

»Selbstverständlich. Alles, was Danielle nicht wollte, ist eine Vergewaltigung. Auch ohne Gewalt. Können Sie mir sagen, wie alt er ist? Denn wenn er volljährig und sie minderjährig war, kann es sogar sein, dass es auch dann als Straftat gilt, wenn sie eingewilligt haben sollte.«

»Aber sie hat nicht eingewilligt! Sie wollte ihn nicht. Das kann ich Ihnen mit Sicherheit sagen.«

Das pinkfarbene Telefon der Reporterin lag schon auf dem Tisch. Und da die Worte vorbereitet waren, sprudelten sie, von dem Moment an, da Sigal die Aufnahme-App startete, ganz natürlich und ohne durcheinanderzugeraten heraus. Und Liora sah, dass sich die Journalistin mit dem, was sie sagte, identifizierte. Sie dachte an die Blinde, daran, dass Sigal eine Reaktion von ihr erbitten und sie vielleicht auch würde aufnehmen wollen, und in ihrer Fantasie konnte sie die Blinde schon vor der Kamera stammeln sehen, wie sie versuchte, ihre kranken Augen zu verbergen. »Was sagt die Polizei zu seiner Version, wissen Sie das?«, fragte die Reporterin, und Liora verneinte. »Ich bin nicht mal sicher, ob die ihn schon verhört haben.«

»Warum?«

»Ich weiß nicht, warum. Fragen Sie die. Die verhören mich, verhören Verwandte. Wir sind aus Sicht der Polizei gebrannte Kinder, nach dem, was meinem Mann zugestoßen ist. Ich weiß nicht, ob man Sie auch über diese Geschichte informiert hat, wenn Sie möchten, erzähl ich Ihnen von ihm. Wir haben das Gefühl, sie verfolgen uns auch diesmal, anstatt den zu bestrafen, der Danielle das angetan hat.«

Die Bedienung war nicht in der Nähe, und keiner starrte sie mehr an, als die Journalistin sagte: »Dann kommen Sie, lassen Sie uns anfangen. Ich setze Sie nur davon in Kenntnis, dass die Aufnahme zunächst einmal ausschließlich für mich erfolgt, und versichere Ihnen, diese oder Teile daraus niemandem zugänglich zu machen, es sei denn, Sie erteilen mir dazu ausdrücklich Ihre Erlaubnis. In Ordnung? Vorwärts, Aufnahme läuft.«

Das Gebet, das sie in ihrem Herz sprach, war dasselbe, das sie unhörbar im Vernehmungsraum geflüstert hatte, als alles begann.

Denn der HERR *war mit ihm, und was er tat, dazu gab der* HERR *Glück.*

Und wie geplant, begann Liora mit dem Tag, an dem Danielle weinend zu ihr gekommen war und gesagt hatte, sie habe schon seit drei Monaten ihre Regel nicht mehr bekommen.

DRITTER TEIL

Paris, am Fluss

11

Der EL-AL-Flug 323 landete um sechs Uhr morgens in Paris, und vier Stunden später traf Avraham bereits Annette Mallot in einem Café unweit des Hauses, in dem ihr Vater gewohnt hatte. Aus seiner Sicht war dieses Treffen der eigentliche Grund der Reise, aber niemand wusste, dass es überhaupt geplant war. Weder Benny Saban, der die Reise genehmigt hatte, noch Vizekommandantin Idith Graty, die ihren Fahrer geschickt hatte, um Avraham und Marianka vom Flughafen abzuholen und sie ins Hotel zu bringen. Ja nicht einmal Marianka. Nachdem sie die Koffer in ihrem Zimmer abgestellt und gefrühstückt hatten, sagte Avraham ihr, er breche jetzt zu einem Treffen mit Graty in der Botschaft auf, doch kaum war er von der Métrostation Vavin verschluckt, nahm er erst die Linie 4 und dann die 1 in Richtung Château de Vincennes entsprechend der Wegbeschreibung, die er sich vor der Reise in seinem schwarzen Heft notiert hatte.

Auch was Annette Mallot ihm im Café sagte, vertraute Avraham niemandem an. Genauso wenig wie das, was er in der Wohnung am Boulevard de Picpus sah. Aber nach dem Gespräch mit Chouchanis Tochter und der Besichtigung seiner Wohnung, wusste er, es war richtig gewesen, nach Paris zu fliegen. Und auch dass er, wenn er nicht wohlüberlegt und sehr vorsichtig vorging, für diese Entscheidung noch teuer bezahlen würde.

*

Sowie Benny Saban klar wurde, dass der Fall des ausgesetzten Säuglings zu einem Vergewaltigungsfall geworden war, wurde die Genehmigung seiner Reise reine Formsache, denn wegen des Alters der Beteiligten und der Identität des Verdächtigen landete alles womöglich in den Hauptnachrichtensendungen. Ilana Assayag alarmierte ihn, dass sie bereits einen Anruf von einer Kriminalreporterin erhalten hatte und es nur noch eine Frage der Zeit sei, bis ihnen die Geschichte um die Ohren fliegen würde. Sie riet ihm, möglichst alles zu tun, »damit der Distrikt gut aus der Chose rauskommt«. Daher war Saban hocherfreut, dass Avraham die Befragung des Mädchens selbst übernehmen wollte. Er genehmigte seinem Ermittlungsdezernatsleiter eine zweitägige Dienstreise und wies die Personalstelle an, ihm ein Flugticket zu kaufen. Mariankas Ticket erwarb Avraham aus eigener Tasche mit der Begründung, die Reise nach Paris wäre eine willkommene Gelegenheit, etwas zusammen zu unternehmen.

»Hier sehen wir uns ja so gut wie gar nicht«, sagte er zu Saban und fügte hinzu, Marianka würde dort auch ihre Eltern treffen, die extra aus Brüssel kämen. Den wahren Grund, warum er Marianka dabeihaben wollte, konnte Avraham weder ihr noch Saban verraten. Denn womöglich war er bei der anderen Ermittlung auf ihre Hilfe angewiesen, von der weder seine Frau noch sein Vorgesetzter zu dem Zeitpunkt wussten, dass er sie immer noch nicht ad acta gelegt hatte.

Marianka nickte noch vor dem Start ein. Ihr Kopf sank auf seine Schulter, und ausgerechnet Avraham, der in der Regel im Flugzeug immer bestens schlief, machte kein Auge zu. Er versuchte sich einen Film auf dem winzigen Bildschirm über seinem Kopf anzuschauen, aber die Kopfhörer schmerzten ihn. Und der hünenhafte Mann links von ihm hatte den Kampf um die Armlehne für sich entschieden. Es war das erste Mal, dass er wegen einer Ermittlung ins Ausland flog, aber das war nicht das Einzige, was bei diesem Fall zum ersten Mal geschah. Er hatte noch nie geplante Ermittlungsschritte oder deren Resultate verschwiegen, und jetzt hatte er niemanden über den Anruf bei der nicht existenten Nummer informiert, durch den er herausgefunden hatte, dass dieser Ben-Chayat allem Anschein nach der Mossad-Mann war, den Chouchani hatte treffen wollen.

Wie jedes Mal, wenn er über seine Ermittlungen und sein Vorgehen dabei nachdachte, und sich wie von außen betrachtete, spürte Avraham Ilana Liss an seiner Seite. Hätte das, was sie in dem verschwundenen Brief geschrieben hatte, ihm helfen können? Was war in den letzten Tagen ihres Lebens geschehen, das sie bewegt hatte, den schon adressierten Umschlag wieder zu öffnen und abzuändern, was dort stand? Ihr hätte Avraham den wahren Grund seiner Reise anvertraut, trotz aller Distanz, die sich in der letzten Zeit zwischen ihnen aufgetan hatte. Sie hätten sich in ihrem Büro getroffen, das jetzt Benny Sabans Büro war, Avraham hätte ihnen beiden eine Zigarette angezündet, und Ilana wäre aufgestanden, hätte das Fenster geöffnet und Avraham gebeten, ihr zu erklären, warum er im Verborgenen eine Ermittlung führte und niemanden davon in Kenntnis setzte, dass er Annette Mallot treffen und die Wohnung ihres Vaters durchsuchen würde.

Vor wem und vor was genau hast du Angst?, fragte sie ihn in seiner Vorstellung, und er antwortete, er sei nicht sicher, ob »Angst« das richtige Wort sei.

Ich weiß einfach nicht, ob ich diese Ermittlung überhaupt führen sollte. Und zunehmend scheint mir, im Grunde sollte niemand sie führen, oder?

Einmal, vor Jahren, als Avraham Mühe mit der Entscheidung der Staatsanwaltschaft hatte, die Ermittlungen gegen einen Geschäftsmann einzustellen, der mit dem Stadtoberhaupt auf du und du war, hatte Ilana versucht, ihm das auf ihre Weise zu sagen: »Aus dem Erdgeschoss kann man nicht sehen, was sich auf dem Dach abspielt, Avi. Oder das ganze Bild überblicken. Du und ich, wir wohnen und arbeiten im Erdgeschoss. Das ist unser Platz. Also wozu reckst du den Hals so? Du kriegst nur Nackenschmerzen davon. Oder schlimmer noch, handelst dir eine Vertigo ein.«

Draußen vor dem Flugzeugfenster herrschte absolute Finsternis ohne jede Schattierung.

Der Steward kam mit seinem Servierwagen mit dem nächtlichen Imbiss durch den Gang zwischen den Sitzreihen. Avraham bat auch für Marianka um ein Tablett und verspeiste etwa eine Stunde vor der Landung ihre Blintzes, die längst kalt geworden waren.

Um sich zu beruhigen und wenigstens noch ein bisschen Schlaf zu finden, sollte er besser damit aufhören, sich vorzustellen, er stünde an der Dachkante, die Zehen schon über dem Abgrund, und die Männer, die vor ihm in Zimmer 203 und in der Wohnung am Boulevard de Picpus gewesen waren, näherten sich ihm von hinten. Er versuchte müde zu werden, erst mithilfe der Instruktionen, die Esthi Wahabe ihm aufgeschrieben hatte, und dann, indem er den Krimi von Leonardo Sciascia aufschlug, den er mit auf die Reise genommen hatte. Doch schon nach den ersten Zeilen schweiften seine Gedanken erneut ab. Zuletzt war er in Paris gewesen, erinnerte er sich, mit der Frau, die er einige Monate später eigentlich hätte heiraten sollen, obwohl er schon vor der Reise das Gefühl gehabt hatte, nicht heiraten zu wollen. Tatsächlich hatten die Tage in Paris ihre Trennung beschleunigt. Als sie wieder in Israel waren, hatten sie die Hochzeit verschoben. Doch dann hatte es noch über ein Jahr gedauert, bis sie sich trennten, vor allem, weil beide sehr an ihrem gemeinsamen Mischlingsrüden Sherlock hingen. Erst sein plötzlicher Tod bei einem Verkehrsunfall ermöglichte ihnen, ein neues Leben zu beginnen, ohne den anderen. Die Erinnerung an den riesigen, schwarzen Hund, der angefahren auf der Straße lag, die dunkelrote Zunge schlaff und feucht auf dem Asphalt, ließ ihn wieder an Chouchanis Leichnam denken.

Der war zwei Tage zuvor in einem Zinksarg nach Paris gereist, vielleicht sogar im selben Flugzeug, in dem ich jetzt sitze, dachte er, und fügte den Fragen, die er Annette Mallot stellen wollte, noch hinzu, auf welchem Friedhof ihr Vater beigesetzt worden war. Das war der Gedanke, mit dem sich seine Augen schlossen, und vier Minuten später schreckte er jäh aus dem Schlaf auf, weil der Kapitän über Lautsprecher die baldige Landung ankündigte.

Annette Mallot wartete im Café auf ihn, und er erkannte sie sofort aufgrund der Ähnlichkeit mit ihrem Vater. Sie war etwas kleiner als Chouchani, aber ebenfalls groß gewachsen und auch hager und knochig wie er. Sie wirkte älter, als Avraham gedacht hatte – Anfang oder vielleicht sogar schon Mitte vierzig –, trug Jeans und ein dünnes, schwarzes Leinenjackett, und als sie ihm die Hand reichte, sah er an ihren langen Fingern keinen Ehering. Sein erster Gedanke bei ihrem Handschlag war, dass er nicht wusste, was sie beruflich machte. Ihr Mann, der Avraham als Frédéric Glauser vorgestellt wurde, war kleiner als sie, trug Brille und war kahl. Avraham nahm an, dass er der deutschsprachige Mann war, der bei jedem ihrer Telefonate bei ihr gewesen war.

Vor dem Treffen war Avraham unschlüssig, ob er Mallot sagen sollte, ihr Gespräch sei nicht Bestandteil einer offiziellen Ermittlung. Aber er hatte kaum Platz genommen und noch nicht einmal Gelegenheit gefunden, sich einen Kaffee zu bestellen, da fragte sie schon, ob er ihr erklären könne, was mit ihrem Vater passiert sei, und seine Skrupel waren überwunden. Er erwiderte, obgleich die Ermittlung noch nicht beendet sei, hege die Polizei den Verdacht, dass ihr Vater von Drogenschmugglern umgebracht worden war, in deren Auftrag er nach Israel gereist war. »Wir haben noch keine Namen, aber das ist im Moment unsere Hauptermittlungsrichtung. Und ich bin hier, um sicherzustellen, dass wir nichts unberücksichtigt lassen«, fügte er hinzu, ohne zu erwähnen, dass ihn niemand damit beauftragt hatte, jedoch unter Verwendung der »wir«-Form, als spräche er nicht nur für sich selbst.

Mallot war verstört.

Ihr Vater war nie in irgendwelche kriminellen Machenschaften verwickelt gewesen, weshalb sie sich weigerte, diese Erklärung zu akzeptieren. »Aber man muss sagen, wir haben ihn jetzt auch lange nicht mehr getroffen und wissen nicht viel über sein Leben, oder?«, mischte sich Glauser ein. »Wann haben wir ihn zuletzt gesehen? Vor über einem halben Jahr?«

Avraham schaute Annette Mallot an und sah das graue Gesicht ihres Vaters, nachdem man ihn aus dem Meer gezogen hatte.

Glausers Einwände ärgerten sie, aber sie nickte, und Avraham fragte sich, ob es wohl auch eine Ähnlichkeit zwischen Mallots Körpersprache und Mimik und der ihres Vaters gegeben hatte. Die Antwort darauf konnte er nicht wissen, weil er Chouchani zu Lebzeiten nie begegnet war, aber ihm schien, dass sich die Ähnlichkeit zwischen Vater und Tochter nicht nur auf die Körpergröße oder den dunklen Teint beschränkte, obschon Chouchani Annette verlassen hatte, als diese sechs Jahre alt war, und sie ihn seitdem nur selten zu Gesicht bekommen hatte. Der einzige Weg, Mallot ihre Vermutung darüber zu entlocken, was ihrem Vater passiert war, bestand darin, sie an seinen eigenen Zweifeln teilhaben zu lassen, ohne dabei zu viele Einzelheiten preiszugeben.

»Der Grund, warum ich hier bin, ist«, sagte er, während Glauser über seine Schulter den Platz im Blick behielt, als erwartete er jemandem, »dass auch wir nicht sicher sind, ob der Mord tatsächlich mit Drogenschmuggel in Zusammenhang steht. Es gibt Indizien, die in diese Richtung deuten, aber es gibt auch Indizien, die in andere Richtungen weisen. Ich würde Ihnen daher gerne einige Fragen zu Ihrem Vater und seinem Leben stellen und auch seine Wohnung sehen, sofern das für Sie in Ordnung ist. Aber ich muss betonen, dass ich nicht befugt bin, Ihnen hier in Frankreich Fragen zu stellen, weshalb Sie auch nicht verpflichtet sind, mir zu antworten. Ich habe auch keine Befugnis zu einer Durchsuchung der Wohnung. Aber ich glaube, wenn Sie mit uns kooperieren, würde uns das sehr bei den Ermittlungen helfen.«

»Sicher. Deswegen sind wir ja nach Paris gekommen und haben den Einbruch noch nicht bei der Polizei angezeigt«, sagte Annette Mallot. Und Avraham konnte sich nicht beherrschen und stellte sofort die Frage, die ihm am meisten unter den Nägeln brannte.

»Sie sagten mir, in den letzten Wochen hätte Ihr Vater das Gefühl gehabt, sein Leben sei in Gefahr. Dass ihn jemand bedroht. Können Sie mir erzählen, was er Ihnen genau gesagt hat, das auf eine solche Gefahr hindeutete?«

Glauser rutschte auf seinem Stuhl hin und her, als bereite ihm Avrahams Frage Unbehagen.

Und Annette Mallot zögerte einen Moment, als müsste sie entscheiden, ob sie Avraham trauen konnte oder nicht, sagte aber schließlich: »Ja. Und er war nicht nur um sich besorgt, sondern auch um Sarah. Vielleicht vor allem um Sarah. Ich weiß, dass er das Gefühl hatte, sie beide schwebten in Gefahr. Und auch, dass das mit seiner Arbeit für den Mossad zusammenhing. Sie arbeiten nicht für die, oder?«

*

Das Café war fast leer und an den umliegenden Tischen saß niemand. Nur an einem weiter entfernten Tisch, den Avraham erst entdeckte, als er zur Toilette ging, saßen ein vielleicht neunzigjähriger, zahnloser Greis im weinroten Anzug und neben ihm, auf einem purpurroten Samtsofa, zwei hellhaarige Frauen um die vierzig, von denen die eine mit der Hand des Alten spielte, vielleicht seine Fingernägel machte.

Er trank drei Tässchen Espresso, mit einem Zuckerwürfel gesüßt, um die bleierne Müdigkeit nach dem Nachtflug zu überwinden. Das Gespräch zeichnete er nicht auf und hielt nichts davon in seinem Heft fest, erst hinterher in der Métro auf dem Rückweg zum Hotel. Als er sich Mallots Aussagen in Stichpunkten notierte, verstand Avraham, dass mehr Vermutungen als Fakten dabei waren – und dass er dennoch dank ihr nun weit mehr wusste.

Raphael Chouchani, in Tunis geboren.

Kam als Jugendlicher mit seiner Familie nach Frankreich, Ende der Sechziger, nachdem die Familiengeschäfte, im Wesentlichen Import von Stoffen und Textil- und Schuhwaren aus Frankreich, zunehmend unter staatlichen Repressionen litten.

Mallots Worten zufolge waren einer seiner Brüder und einige weiter entfernte Verwandte in Tunesien geblieben, und mit ihrer Hilfe konnte ein Teil der Familiengeschäfte weitergeführt werden. Chouchani war regelmäßig in Tunis und auf Djerba zu Besuch, und es gab auch ein, zwei Reisen, an die sich Annette Mallot vage aus ihrer Kindheit erinnerte, aber sie hatte zu keinem aus der Familie mehr Kontakt, so sie denn noch am Leben waren, weil sich ihre Eltern getrennt hatten, als sie sechs Jahre alt war.

»Deshalb kann ich auch kein Hebräisch und war noch nie in Israel«, hatte sie fast entschuldigend zu Avraham gesagt. »Meine Mutter war keine Jüdin. Sie war Atheistin, wie ich, kam aber aus einer katholischen Familie und mochte die Familie meines Vaters oder Juden oder Israel nicht besonders. Sie wusste, dass die Familie meines Vaters sie nicht akzeptierte, weil sie keine Jüdin war. Und ich denke, ich habe auch gespürt, dass man mich wegen meiner Mutter anders behandelt hat. Vor allem bei den Eltern meines Vaters, die ich manchmal in Paris getroffen habe. Das ist mir damals schon ungerecht erschienen, denn mein Familienname war da ja noch Chouchani und mein Vater immerhin ihr Sohn. Vielleicht bin ich deshalb bis heute nicht in Israel gewesen. Wie auch immer, das war aber nicht der eigentliche Grund, warum ihre Ehe nicht funktioniert hat, offenbar von Anfang an nicht. Meine Mutter hat es immer Vaters Reisen angelastet. Nach Tunesien, aber auch nach Marokko und in den Libanon. Und manchmal auch nach Ägypten, glaube ich. Er hat gesagt, er würde für zwei Wochen fahren, aber dann haben die Reisen immer länger gedauert, ohne einleuchtende Erklärung. Anscheinend hatte er an manchen dieser Orte Beziehungen zu Frauen, und meine Mutter ist dahintergekommen.«

Raphael Chouchani und Helen Mallot ließen sich 1985 scheiden. Zwei Jahre später heiratete sie ein zweites Mal, einen Ingenieur, der für Kodak arbeitete, verließ mit ihrer Tochter Paris und zog nach Metz.

In den ersten Jahren nach der Scheidung hatte Chouchani noch lose Kontakt zu seiner Tochter gehalten, hauptsächlich durch Anrufe und Postkarten, die er ihr von seinen

Reisen schickte. Nach Metz wiederum war er nur selten gekommen und hatte sie dann in einem Bistro getroffen, weil ihr Stiefvater sich weigerte, ihn ins Haus zu lassen. »Ich glaube, es gab vier oder fünf solcher Treffen, nicht mehr. Er hat immer versprochen, mich auf eine seiner nächsten Reisen mitzunehmen, aber dazu ist es nie gekommen.«

Ungefähr in diesem Zeitraum, so nahm Mallot an, hatte ihr Vater auch begonnen, nach Israel zu reisen. »Vielleicht um entfernte Verwandte zu treffen – obwohl ich mir da nicht sicher bin, denn der Großteil seiner Familie ist nach Frankreich gegangen –, aber auch wegen seiner Kontakte zum Mossad. Das hat mir meine Mutter damals gesagt. Sie nahm auch an, dass er versuchte, in Israel eine Frau zu finden und dort zu heiraten, aber die Hauptsache waren seine Kontakte zum Mossad und die Arbeit für den Dienst.«

»Woher wusste sie, dass er für den Mossad arbeitet? Warum sollte er ihr so etwas erzählen, nachdem sie sich hatten scheiden lassen?«, fragte Avraham, und Mallot erwiderte: »Ich habe keine Ahnung. Vielleicht hat er ihr auch schon vor der Scheidung etwas erzählt. Auf jeden Fall blieben sie sich trotz der Trennung und obwohl sie erneut geheiratet hatte, weiter nah. Sie hat ihn immer noch geliebt, und ich denke, er sie auch. Ich weiß, dass sie den Kontakt vor Hervé, ihrem zweiten Mann, geheim gehalten hat und sich weiter mit meinem Vater traf, ohne dass er davon wusste. Dass seine Reisen nicht gewöhnliche Geschäftsreisen waren, wussten wir einfach, auch ich. Aber es wurde nie darüber gesprochen, weil er das nie erwähnt hat.«

Avraham überlegte, ob er Mallot mit Kerens Anruf konfrontieren sollte, die ausgeschlossen hatte, dass Chouchani jemals für den Mossad tätig war, entschied aber, es in dieser Phase nicht zu tun. Er würde sie weiter ihre Geschichte erzählen lassen und hoffen, dass sich auch Fakten und nicht nur Familiengeheimnisse darin fanden. »Also haben Sie ihn nie selbst etwas über seine Arbeit für den Mossad sagen hören?«, fragte er. »Vielleicht wollte er damit auch nur verschleiern, dass er auf seinen Reisen andere Frauen traf?«

Doch Annette Mallot sagte, sie habe ihren Vater tatsächlich über seine Arbeit für den Mossad reden hören. Wenigstens zweimal.

2001 hatte sie begonnen, in Paris Geschichte und Philosophie zu studieren, und war dorthin umgezogen, und der Kontakt zwischen ihr und ihrem Vater wurde enger. »Wir haben nicht jeden Freitag feierliche Abendessen zusammen veranstaltet, haben uns aber alle paar Wochen getroffen. Er hat mich in meiner Wohnung im 18. Arrondissement besucht und mir jedes Mal etwas mitgebracht, von dem er meinte, es fehle. Einmal einen Fernseher und einmal, glaube ich, einen Ventilator. Er wohnte damals im 14. Arrondissement, hatte eine kleine, aber sehr schöne Wohnung in der Rue de la Gaîté, wo ich zwei-, dreimal gewesen bin, auch wenn ich dort nie übernachtet habe. Eine Zeitlang hat er dort mit einer Frau zusammengewohnt, die sich wie eine Madame aus dem 19. Jahrhundert kleidete, ich meine sie hieß Pasquale, aber ich habe keine Ahnung, wo er sie kennengelernt hatte und wie lange sie zusammen waren. Er war stolz, dass ich studiere und auch darauf, welche Fächer ich gewählt hatte, und darüber haben wir hauptsächlich geredet. Wenn ich ihn manchmal gefragt habe, was er eigentlich genau macht, hat er gesagt, er investiert in Wohnungen, exportiert auch

Schuhe und Kleidung und vermittelt bei Exportgeschäften. ›Ich treibe Handel mit Frankreichs Ruhm‹, das hat er mir mal gesagt. Und ich erinnere mich auch, wie erstaunt ich war, dass er sich dafür entschieden hatte, denn obwohl er nicht studiert hatte, las er unglaublich viel. Ohne ein Magazin oder ein Buch in der Hand erwischte man ihn nie, er sprach Französisch, Arabisch und Englisch, und auch Hebräisch konnte er ziemlich gut, noch aus der Kindheit, meine ich. Einmal wollte ich wissen, ob seine Arbeit ihn denn befriedige, und er hat gesagt, ja, das tue sie. Und dass das, was er mache, wichtig sei, auch wenn es nicht so aussieht. Ich meine, das war der erste Hinweis, den er mir gegeben hat. Oder das erste Mal, dass er angedeutet hat, dass er nicht bloß ein Geschäftsmann ist.«

»Wissen Sie, ob er auch Hebräisch schreiben konnte?«

»Ich denke, ja. Als ich klein war, hat er mir beigebracht, *Annette* auf Hebräisch zu schreiben. Doch ich weiß schon nicht mehr, wie.«

Das war zwar weder eine eindeutige Bezugnahme auf die Arbeit für den Mossad, wie er sie sich erhofft hatte, noch waren es die Fakten, mit denen er aus Paris zurückkehren wollte, aber immerhin wusste er jetzt, dass Chouchani in der Lage gewesen war, *Yaakov Ben-Chayat* auf die staubige Scheibe des Zimmers im *Palace* zu schreiben.

»Und das war alles?«, fragte er, und Annette Mallot zögerte, ehe sie sagte: »Nein. Einmal hat er richtig darüber gesprochen.«

Sie nahm einen Schluck von ihrem Kaffee, den sie bis zu diesem Augenblick noch nicht angerührt hatte, und weil ihr Blick für eine Sekunde nach Glausers Augen suchte, sagte Avraham: »Sie können mir vertrauen, Annette. Ich möchte die Wahrheit herausfinden über das, was Ihrem Vater zugestoßen ist.«

Auf dem Rückweg zum Hotel sollte Avraham hinterher in seinem Heft notieren: *Ausdrücklicher Bezug auf die Arbeit beim Mossad? Juni 2016, vielleicht Juli. Lässt sich daraus auf Aufgabe und Art der Arbeit schließen?*

Chouchani war bereits sechzig.

Seine Arbeit für den Mossad war beendet oder würde bald enden, das zumindest nahm Annette Mallot an, und deshalb wurde er freimütiger mit dem, was er ihr erzählte. Er reiste mittlerweile auch weniger. Dafür rief er öfter an, und sie hatte den Eindruck, er brauchte ihre Hilfe, weshalb sie nach Paris fuhr, um ihn zu treffen. Aus irgendeinem Grund wollte er nicht, dass sie in seine Wohnung kam – er wohnte schon am Boulevard de Picpus –, und sie trafen sich in einem kleinen portugiesischen Restaurant, das er liebte, im 14. Arrondissement. Was sie bei diesem Treffen sah, hatte ihr Sorgen gemacht.

Ihr Vater hatte sein ganzes Leben nie viel getrunken, doch bei jenem Abendessen betrank er sich und machte einen psychisch labilen Eindruck auf sie. Er erzählte, seine Geschäfte gingen weniger gut, dass er nicht mehr die Kraft für lange Reisen habe und ausscheiden wolle, aber nicht sicher sei, ob er genug Geld habe, um im Alter über die Runden zu kommen. Er lebte ganz allein und wirkte auf seine Tochter bemitleidenswert in seiner Einsamkeit. Sie bat ihn, er solle aufhören zu trinken, aber er machte weiter. Und er hatte gewirkt, als würde er jeden Augenblick in Tränen ausbrechen. Er sagte, er vermisse Helen, Annettes Mutter, die an Krebs gestorben war. Dass er sie sein ganzes Leben geliebt und einen Fehler gemacht habe, als er sie ziehen ließ. Und dass er, wenn er sein Leben noch einmal leben könnte, sich entscheiden würde, bei ihr und Annette zu bleiben, denn was er am meisten bedauere, sei, wie wenig sie sich kennen würden, wie wenig er über seine Tochter und ihr Leben wisse, obwohl sie doch das Einzige auf der Welt sei, was nach seinem Tod von ihm bliebe. »Was weißt du nicht?«, hatte sie gefragt. Und er sagte: »Ich weiß gar nichts. Nicht, warum du dich entschieden hast, Lehrerin zu werden, ob du deine Arbeit liebst, was du über deinen Mann denkst und warum ihr keine Kinder habt. Nicht einmal bei eurer Hochzeit war ich. Ich würde gern mal in einer deiner Stunden sitzen und dich Geschichte unterrichten hören. Und auch mit dir verreisen, wie ich es dir immer versprochen habe, als du ein kleines Mädchen warst. Weißt du noch? Welche Erinnerung hast du überhaupt aus den Jahren, in denen wir zusammengelebt haben?«

Avraham versuchte, sich Vater und Tochter vorzustellen, wie sie sich im Restaurant gegenübersitzen. Chouchani betrunken, den Tränen nah. In seiner Vorstellung trug Chouchani den braunen Anzug, den er angehabt hatte, als er nach Israel gekommen war. Und die Worte an seine Tochter erinnerten Avraham an das, was er zu dem Taxifahrer und der Grenzschutzpolizistin am Flughafen gesagt hatte.

Annette Mallot hatte ihrem Vater geantwortet: »Stimmt. Du weißt nichts. Aber ich weiß auch nichts über dich. Das war deine Entscheidung.«

Chouchani erwiderte unvermittelt: »Du weißt nicht, wie viel Angst ich mein ganzes Leben lang gehabt habe.«

Sein plötzliches Geständnis hatte sie verstört. Als sie ihn fragte, warum er Angst habe, antwortete er: »Unwichtig. Das Leben ist sehr beängstigend, findest du nicht?« Und dann hatte er einen weiteren Schluck von seinem Wein genommen und zu ihr gesagt – und an diese Sätze erinnerte sie sich Wort für Wort, und auch Avraham behielt sie im Kopf und schrieb sie in der schaukelnden Metro in sein Heft: *Du weißt nicht, was für eine Angst dir das macht, dich bei einem Treffen in Beirut plötzlich nicht mehr zu erinnern, ob du ein Schuhgroßhändler aus Tunis oder ein Schweizer Geschäftsmann sein sollst, der nach Gelegenheiten für Immobilieninvestitionen sucht. Du hast einen Blackout. Weißt nicht mehr, unter welchem Namen du dich der Sekretärin vorgestellt hast, die das Treffen vereinbart und dich empfangen hat, aber du weißt, ein Fehler kann dich das Leben kosten.*

»Und was machst du dann?«, hatte sie gefragt.

Chouchani hatte gelacht. »Du machst dir in die Hose. Fast. Vor lauter Angst. Und dann entschuldigst du dich, fragst die Sekretärin, wo denn die Toiletten sind, verschwindest, schließt die Tür der Kabine ab, in die du dich gerettet hast, und betätigst die Spülung, und während das Wasser rauscht, holst du den Pass aus deinem Jackett und stellst fest, dass du heute Jacques bist. Erst dann lässt die Angst ein wenig nach, und du kannst dir das Gesicht mit kaltem Wasser waschen, die Toilettenräume verlassen und der Sekretärin zulächeln. Und du hoffst einfach, dass du am Morgen keinen Mist gebaut und den richtigen Pass eingesteckt hast und du hier tatsächlich Jacques sein solltest.«

Avraham hatte versuchte, seine Erregung zu verbergen,

als er sie fragte: »Sind Sie sicher, dass er *Jacques* gesagt hat? Dass du hier tatsächlich Jacques sein solltest?« Und Mallot hatte genickt und gesagt: »Ich erinnere mich an jedes Wort von diesem Treffen. Er sagte: ›Warum erzähle ich dir das überhaupt? Damit du mich bemitleidest?‹ Es hat mich unglaublich traurig gemacht, dass er solche Dinge im Leben durchgemacht hat und niemand etwas davon wusste. Aber warum fragen Sie nach dem Namen Jacques?«

Avraham ließ ihre Frage unbeantwortet. Das ist der, der du sein wolltest – oder sein solltest –, in der Nacht, als du dich im *Palace* ins Gästebuch eingetragen hast. Jacques Bartoldi. Und offenbar nicht zum ersten Mal.

»Und hat sich das nicht sonderbar für Sie angehört? Warum sollte ein Schuhhändler oder Immobilieninvestor so etwas tun müssen?«

»Ich sagte Ihnen doch. Ich habe nie geglaubt, dass er mit irgendwas handelt.«

Von dem Moment an wusste Avraham, dass er nicht umsonst nach Paris gekommen war.

Und obgleich er in seinem schwarzen Heft neben den Aufzeichnungen zum Gespräch mit Chouchanis Tochter auch mögliche Vorbehalte festhielt – *kann tatsächlich auf eine Tätigkeit für den Mossad hindeuten, genauso gut aber auch auf windige geschäftliche Machenschaften, Identitätenschwindel mit Betrugsabsichten oder alle möglichen Kuriertätigkeiten* –, meinte er, dass sich Annette, genau wie ihre Mutter Helen, in Bezug auf das, was Chouchani vor ihnen beiden verheimlicht hatte, nicht täuschte. Die Angst, die Chouchani geschildert hatte, war jetzt in ihm und wuchs, je länger das Treffen dauerte. Dennoch machte er weiter. »Es gibt da etwas, das ich nicht verstehe«, sagte er. »Als ich Sie angerufen habe, um Ihnen mitzuteilen, Ihr Vater werde vermisst, sagten Sie mir, Sie seien der Meinung, seine Reise nach Israel habe etwas mit seiner Arbeit für den Mossad zu tun. Und jetzt gerade haben Sie gesagt, Sie hätten den Eindruck gehabt, er sei vor ein paar Jahren ausgeschieden. Ich versuche zu verstehen, wie seine Reise mit dem Mossad in Verbindung stehen kann oder warum Sie das denken.«

Und sie sagte sofort: »Wegen Sarah.«

»Können Sie das erklären? Ich weiß nichts über Sarah.«

»Sie war der Grund, warum er sich bedroht fühlte. Bei unserem letzten Gespräch hat er mir das ausdrücklich so gesagt.«

Raphael Chouchani lernte Sarah Nueyma vor etwas mehr als einem Jahr in Paris kennen. Nach vielen Jahren allein, in einer Phase der Einsamkeit und seelischen Krise.

»Sie ist zwanzig Jahre jünger als er, vielleicht noch mehr. Ungefähr mein Alter. Ich habe sie nur einmal getroffen, aber mich hat sie auch beeindruckt. Sie ist schön, ihr Gesicht leuchtet wirklich von innen und in ihren Augen und ihrem Lächeln blitzt es. Und sie ist sehr intelligent. Ihr Französisch ist perfekt, obwohl sie vor weniger als zehn Jahren nach Paris gekommen ist. Hier, sehen Sie, das ist ein Foto, das er mir von ihrer gemeinsamen Reise geschickt hat, nach Djerba, glaube ich.« Auf dem Foto auf ihrem Smartphone sah Rafael Chouchani ganz anders aus als auf den Überwachungsvideos. Sie saßen an einem Tisch in einem Restaurant am Strand, über ihnen strahlend blauer Himmel, und Chouchani wirkte vital und glücklich. Er hatte seinen Arm um Sarah gelegt, ihr Kopf ruhte an seiner Schulter. Avi bat sie, ihm das Foto zu schicken.

»In Beirut hat Sarah als Journalistin gearbeitet«, fuhr Annette fort. »War verheiratet, ein Kind, offenbar schon älter. Dann hat sie einen französischen Radioproduzenten kennengelernt, hat ihren Mann und den Sohn verlassen, hat wieder geheiratet und ist nach Paris gezogen, hat sich aber schon bald auch von dem Produzenten scheiden lassen und ist von da an immer zwischen Beirut und Paris gependelt. Ich weiß nicht, was sie hier gemacht hat, ich denke, sie hat aus Paris für libanesische Magazine geschrieben, und Papa hat mal gesagt, sie schreibt an einem Buch. Ich glaube, er hat sich in sie verliebt, wie er sich schon seit vielen Jahren nicht mehr verliebt hatte. Ja, vielleicht wie noch nie in seinem Leben. Sicher auch wegen des Altersunterschieds und ihrer Schönheit und Lebenslust, dieser Unabhängigkeit, und auch, weil er sie nach etlichen, sehr einsamen Jahren kennengelernt hat. Vielleicht aber auch, weil sie ihn zu seinen Wurzeln zurückgeführt hat, und das in seinem Alter, zum Arabischen, der Lektüre auf Arabisch, zu einer Welt, von der er sich ein bisschen verabschiedet hatte, als er Tunis verließ. Sie hat ihm alles, was sie schrieb, zu lesen gegeben, und als ich sie in seiner Wohnung getroffen habe, haben sie immer wieder auf Arabisch miteinander gesprochen. Ich entnahm seinen Worten, dass man beim Mossad nicht entzückt über ihre Verbindung war. Sie hatten Sarah wohl in Verdacht oder hielten sie für ein mögliches Risiko.«

»Warum denken Sie das?«

Annette Mallot sah erneut ihren Mann an, bevor sie etwas

sagte, wie um eine Erlaubnis von ihm zu erhalten. Glauser wirkte mit jedem Augenblick angespannter. Genau genommen konnten sie nicht wissen, ob Avraham nicht doch für den Mossad tätig war und versuchte, ihr in seinem Auftrag Informationen zu entlocken. »Er hat gespürt, dass ihnen die Verbindung mit Sarah nicht gefiel. Und er hatte vor allem Sorge um sie. Nicht um sich selbst. Dass sie ihr wegen ihrer Beziehung etwas antun. Sie haben nicht zusammengewohnt und sind so gut wie nie ausgegangen, glaube ich. Als ich ihn besucht habe und sie bei ihm traf, schlug ich vor, wir könnten doch irgendwo zu Abend essen, doch er meinte, es sei praktischer für sie zuhause zu essen.«

»Vielleicht hatte sie Angst vor ihrem geschiedenen Mann? Oder vor ihrem ersten Ehemann, den sie im Libanon verlassen hatte?«

Mallot schüttelte den Kopf. »Ich denke nicht. Das ist es, was ich Ihnen nicht am Telefon erzählen wollte. Der Grund, weshalb ich überzeugt bin, dass seine Reise mit Sarah zusammenhing. Als wir letztes Mal miteinander sprachen, vor einem Monat ungefähr, hat er mich angerufen, abends, nach zehn, um zu fragen, ob Sarah kommen und ein paar Tage bei uns übernachten könne. Ich habe gesagt, ja sicher, denn es war klar, dass irgendwas passiert war, aber am nächsten Tag hat er noch mal angerufen und gesagt, sie komme doch nicht. Dass sie es anders geregelt haben. Als ich ihn fragte, ob etwas vorgefallen sei, sagte er: ›Es gibt Leute, denen gefällt unsere Beziehung nicht, aber wir kommen schon klar. Wir haben einen Weg gefunden, um Sarah zu schützen.‹ Ich wollte wissen, was für Leute er meinte, und er sagte: ›Leute von meiner früheren Arbeit, denen es schwerfällt, sich damit abzufinden, dass sie nicht alles unter Kontrolle haben, und damit, dass ich längst nicht mehr für sie arbeite.‹«

Die beiden Telefonate, die sie erwähnte, fanden sich auf der Liste, die Avraham von Jules bekommen hatte, ein weiterer Beleg dafür, dass Annette Mallot ihn nicht anlog.

»Und wissen Sie, seit wann Sarah verschwunden ist?«

»Ich weiß nicht mal mit Bestimmtheit, *dass* sie verschwunden ist. Ich kann sie bloß nicht erreichen. Nicht unter der Telefonnummer, die ich habe, und auch nicht unter einer anderen, die ich bekommen habe. Ihr Ex-Mann weiß nicht, wo sie ist, und hat seit Wochen keinen Kontakt mehr zu ihr. Ich habe ihn ausfindig gemacht und angerufen, nachdem Sie mir mitgeteilt haben, dass Papa tot ist. Ich habe ihn um die Nummer ihrer Familie im Libanon gebeten, aber die hatte er nicht, und ich weiß nicht, wie ich die rauskriegen kann.«

Auf der Liste, die er von Jules bekommen hatte, waren unzählige Versuche vermerkt, Sarah Nueyma zu erreichen. Aber gehörte die libanesische Nummer auf der Liste zu ihrer Familie in Beirut? Mit einem Mal meinte Avraham, dass sich in der Liste eine Geschichte verbarg, die er bis zu diesem Augenblick nicht zu entschlüsseln vermocht hatte, und dass er sie sich noch einmal vornehmen und anders lesen musste. »Sie sagten, sie haben nicht zusammengewohnt, richtig?«, fragte er.

»Ja. Sie pendelte ja wie gesagt immer zwischen Paris und Beirut, und ich weiß nicht, wo sie hier in Paris wohnte.«

»Und wann haben Sie das letzte Mal miteinander telefoniert, wissen Sie das vielleicht?«

Annette Mallot wusste es nicht. Worauf Avraham ihr die Frage stellte, die er sich eigentlich verkneifen wollte, weil er sich selbst versprochen hatte, vorsichtig zu sein und den Mann nicht zu erwähnen, den Chouchani vor seiner Reise angerufen und dessen Namen er mit dem Finger auf die staubige Scheibe seines Hotelzimmers geschrieben hatte, ehe er am nächsten Morgen zu einem Ort aufgebrochen war, von dem er nicht zurückkehren sollte.

»Sagt Ihnen der Name Yaakov Ben-Chayat etwas? Haben Sie diesen Namen einmal von Ihrem Vater gehört?«

Annette Mallot versuchte sich zu erinnern, doch ohne Erfolg.

*

Zu Chouchanis Wohnung begab sich Avraham zusammen mit Frédéric Glauser, weil Annette nicht noch einmal dorthin zurück wollte. Ihr Mann wartete an der Tür, als fürchtete auch er sich vor dem, was ihn in diesen Räumen erwartete.

Die Wohnung war komplett auf den Kopf gestellt. Den Schrank im Schlafzimmer hatten sie ausgeräumt und sämtliche Kleidungsstücke auf das Bett davor geworfen. Aus der kleinen Bücherwand im Wohnzimmer hatte jemand alle Bücher zu Boden gefegt, und sämtliche Schubladen in der Wohnung – von den Küchenschubladen bis zu denen im Bad – waren herausgezogen und ihr Inhalt auf den Fußboden gekippt worden. Avraham ging von einem Raum zum nächsten, ohne etwas anzufassen, schob Gegenstände mit der Spitze seines Schuhs beiseite oder mit seinem blauen Kugelschreiber. Ein Teil der Jacken und Jacketts lag von innen nach außen gestülpt und aufgerissen auf dem Bett, als wären Innenfutter und sämtliche Taschen durchsucht worden. Und die meisten Bücher lagen aufgeschlagen auf dem Boden, als seien sie ausgeschüttelt und dann erst hingeworfen worden. Als Avraham wieder bei der Eingangstür angelangt war und Glauser fragte, ob seine Frau und er etwas mitgenommen und beim Verlassen die Wohnung hinter sich abgeschlossen hätten, sagte Glauser nur: »Sicher. Und wir haben nichts angerührt.«

In der Wohnung war nichts, was Sarah Nueyma hätte gehören können.

Kein Nachthemd, BH oder Haarbürste. Als hätte sie niemals einen Fuß in diese Wohnung gesetzt.

Und es waren keine Dokumente da. Nicht ein einziges. Das rechteckige Wohnzimmer ging auf einen Innenhof hinaus, am anderen Ende folgte ein kleines Schlafzimmer. Chouchanis Schreibtisch stand in der Ecke des Wohnzimmers, vor einem mittelgroßen Fenster. Der Inhalt der Schreibtischschubladen türmte sich auf einem Haufen am Fußboden. Alte Schlüssel, Bedienungsanleitungen, Batterien, Schreibgeräte und eine Taschenlampe waren auszumachen, aber nirgendwo sah Avraham Unterlagen oder Papiere von der Art, wie ein sechzigjähriger Mensch sie im Lauf seines Lebens angesammelt haben muss. Kontoauszüge. Ausweise. Alte Hefte und Notizbücher. Auch ein Computer fehlte, aber der staubige Umriss auf dem Schreibtisch verriet, dass Chouchani sehr wohl einen besessen hatte und dieser von jemandem mitgenommen worden war. Als sie im schummrigen Treppenhaus die Treppe hinabstiegen, fragte Avraham Glauser, ob Chouchani einen Laptop gehabt hatte, und Glauser antwortete, das wisse er nicht. »Ich hatte wirklich überhaupt keinen Kontakt zu ihm. Das müssen Sie verstehen«, sagte er erneut. Annette Mallot hingegen bestätigte, ihr Vater habe einen Laptop besessen, wusste aber nicht, ob er auch über einen Lagerraum verfügte, in dem er seine Unterlagen aufbewahrte, oder warum er vor seiner Reise François-Marie Aubert angerufen hatte, Fachanwalt für Testamentseröffnungen und Nachlassfragen.

Auch, ob ihr Vater Kontakt zu einem anderen Rechtsanwalt hatte, der ihn bei seinen Geschäften rechtlich beriet, wusste sie nicht.

Und das war das Erste, worum Avraham Jules bat, als er ihn von einem öffentlichen Telefon aus anrief, das er im Kellergeschoss des Cafés entdeckt hatte, in dem er zu Mittag aß. Chouchanis Wohnung musste einer gründlichen Spurensicherung unterzogen werden, auch um Fingerabdrücke aufzunehmen, obwohl Avraham sich nicht viel davon versprach, vor allem aber um sicherzustellen, ob sämtliche Unterlagen Chouchanis tatsächlich entwendet worden waren, wie er annahm.

Jules erkannte die Stimme des israelischen Ermittlers sofort, und Avraham meinte sogar, er sei erfreut, ihn zu hören.

Er informierte ihn, dass Annette Mallot wenige Minuten zuvor den Einbruch in die Wohnung ihres Vaters bei der Polizei angezeigt hatte, und fragte Jules, ob er ihm den Bericht der Spurensicherung zukommen lassen könne, sobald er vorliege. Jules schwieg für einen Moment und sagte dann: »Ich weiß nicht, ob ich da rankomme. Das ist nicht … Suchen Sie denn etwas Bestimmtes?«

Ich muss wissen, ob jemand sämtliche Schriftstücke hat verschwinden lassen, die Chouchanis Verbindung zum Mossad belegen, dachte Avraham, sagte aber: »Nein. Ich suche allgemein nach Dingen, die unsere Ermittlung voranbringen.« Dann bat er Jules um alle Informationen, die er über Sarah Nueyma, libanesische Staatsbürgerin, vermutlich mit französischem Pass, bekommen könne, und am anderen Ende der Leitung herrschte abermals Schweigen, ehe Jules fragte, ob es um ein offizielles Ermittlungsgesuch der israelischen Polizei ginge, und falls ja, ob Avraham das nicht auf anderem Weg stellen müsste. Avraham verblüffte ihn, als er sagte, er befinde sich bereits in Paris.

»Zu einem offiziellen Besuch? Wegen dieses Falls?«, fragte Jules, und Avraham bejahte leise, obgleich die Wahrheit komplizierter war und er nicht vorhatte, den jungen französischen Kollegen zu täuschen.

Und dann fragte er Jules: »Können wir uns irgendwo treffen, wo uns niemand sieht und hört?«

12

Der zweite Tag in Paris begann im Jardin du Luxembourg.

Marianka joggte gleich viermal um den Park, doch Avraham begnügte sich mit einer Runde, ließ sich dann auf einer Bank nieder unter den tief herabhängenden Ästen einer Eiche und las auf seinem Telefon den Bericht, den Esthi Wahabe zu der Ermittlung im Fall des ausgesetzten Babys geschrieben hatte, um sich auf die Befragung vorzubereiten, die ihn im weiteren Verlauf des Tages erwartete.

Es war spät hell geworden an diesem Morgen und die Kälte im Park überraschte ihn, denn der Herbst begann ja gerade erst.

Raphael Chouchani hatte ungefähr zu dieser Uhrzeit sein Hotelzimmer verlassen, es war das letzte Mal gewesen, dass ihn jemand gesehen hatte. Er war die Strandpromenade in Bat Yam entlanggegangen, kam aber schon im nächsten Augenblick auf einem der Sandpfade des Jardin du Luxembourg an Avraham vorbei, in seinen braunen Anzug gekleidet, nach Sarah Nueyma Ausschau haltend unter den Joggern und den Eltern, die ihre Kinder zur Schule brachten, den Parisern, die zur Arbeit gingen, oder jenen, die vielleicht nach einer stürmischen Nacht auf dem Weg nach Hause waren.

Hätte er gekonnt, wäre Avraham Raphael Chouchani auch an diesem Tag gefolgt. Hätte selbst nach Sarah Nueyma gesucht, um sie zu fragen, vor wem Chouchani Angst gehabt und warum er befürchtet hatte, man könnte ihr etwas antun. Er hätte Annette Mallot und ihren Mann weiter vernommen und versucht, Rechtsanwälte und Steuerberater ausfindig zu machen, die sich um Chouchanis Geschäfte gekümmert hatten. Und Jules hätte er um Informationen zu dessen Konten gebeten, um zu verstehen, woher seine Einnahmen stammten. Vielleicht hätte er mit Hilfe des jungen Franzosen auch einen von Chouchani angemieteten Lagerraum oder ein Büro gefunden, in dem er seine Unterlagen aufbewahrte, sofern nicht alle bei dem Einbruch weggeschafft worden waren. Er wusste nicht, welche Dokumente er gefunden hätte, nahm aber an, wenn Chouchani tatsächlich für den Mossad gearbeitet hatte, würden sich auch Unterlagen dazu finden. Der Mann, der mit dem Finger auf die Fensterscheibe seines Hotelzimmers im *Palace* den Namen Yaakov Ben-Chayat geschrieben hatte, um Avi einen Anhaltspunkt für den Grund seiner Reise nach Israel zu hinterlassen, hatte sicher in irgendeiner Form seine Arbeit und sein Leben dokumentiert.

Nur war das nicht die Ermittlung, für die er nach Paris geschickt worden war und mit der er sich heute befassen musste. Also las er stattdessen auf seinem Smartphone die Instruktionen, die Wahabe ihm aufgeschrieben hatte, um ihn für die Vernehmung von Danielle Talias vorzubereiten.

Am Montag, den 25. 8., traf eine Meldung aus der Notaufnahme des Wolfson-Krankenhauses ein bezüglich eines Säuglings …

Was zu Beginn von Wahabes Ausführungen geschildert wurde, war Avraham schon hinlänglich bekannt, also scrollte er den Bericht mit dem Finger weiter.

… bei den darauffolgenden Vernehmungen änderte die Tatverdächtige wiederholt ihre Version. Einmal gestand sie, den Säugling ausgesetzt zu haben, und behauptete, die Mutter der Kleinen zu sein, doch die angeordnete DNA-*Untersuchung ergab, dass sie nicht die biologische Mutter, wohl aber eine Verwandte zweiten Grades ist. Nachdem der Arzt, der den Säugling zur Welt gebracht hatte, unter Strafandrohung vernommen wurde, konnte zweifelsfrei festgestellt werden, dass es sich bei der Kindsmutter um Danielle Talias handelt, die sechzehnjährige Tochter der Tatverdächtigen. Der Kindsvater ist ein gewisser Amir Suan, fünfzehneinhalb Jahre alt, wohnhaft in Jaffo, was ebenfalls durch einen* DNA-*Test bestätigt wurde. Sie haben sich in der McDonald's-Filiale in der Yoseftalstraße in Bat Yam kennengelernt. Suan hat dort einen Monat vor Danielle Talias zu arbeiten begonnen und den Job zwei Wochen nachdem sie dort angefangen hatte gekündigt.*

Aber hier wird es konfus, schrieb Wahabe, und dieses Abweichen von der offiziellen Sachlichkeit ihres Berichts ließ Avraham aufmerken.

Liora Talias hat ihrem Rechtsanwalt, der in gutem Kontakt zu Saban steht, gesagt, Danielle sei vergewaltigt worden. Allerdings wurde keine Anzeige erstattet, und Liora Talias hat bei ihren Vernehmungen durch mich auch nichts davon verlauten lassen. Meine erste Vermutung war, sie hätten keine Anzeige erstattet aus Angst, Suans Familie könnte sich an ihnen rächen, weshalb das Mädchen auch nach Frankreich ausgeflogen wurde. Aber die Mutter bestätigt das nicht, und laut einer ersten Überprüfung hat die Familie des Jungen auch keinerlei Verbindung zum kriminellen Milieu. Der Vater ist ein ziemlich einflussreicher Geschäftsmann, Straßenbauunternehmer, und die Mutter Direktorin einer Schule. Außerdem sagte der Sohn aus, es sei eine Beziehung in gegenseitigem Einverständnis gewesen, und hat mir Textnachrichten von Danielle gezeigt, die tatsächlich zu belegen scheinen, dass sie zusammen waren (Findest du in der angehängten Datei: ich hab Dir Teile seiner Zeugenaussage und Nachrichten von Danielle kopiert). Ich konnte weder Freundinnen noch Verwandte des Mädchens ausfindig machen, denen sie von einer Vergewaltigung erzählt hat, andererseits auch genauso wenig über eine einvernehmliche Beziehung. Genau genommen hat keine von Danielles Freundinnen etwas von einer Beziehung zu einem Jungen namens Amir gewusst. Also steht im Moment Aussage gegen Aussage, aber da das Mädchen nicht redet, steht im Grunde genommen seine Aussage gegen die der Mutter, und der Mutter glaube ich nicht. Deshalb musst Du mit dem Mädchen reden.

Die letzten Zeilen von Esthis Bericht bezogen sich auf die jugendliche Mutter.

Bei der Befragung durch Vizekommandantin Idith Graty hat sich Danielle Talias nicht ansatzweise kooperativ gezeigt. Wenn sie ihrer Mutter ähnelt, wirst Du es nicht leicht haben, denn die Mutter ist bretthart und manipulativ. Vielleicht ist sie einzuschüchtern dennoch der richtige Weg, aber das entscheidest Du vor Ort. Meine Vermutungen sind: Entweder, sie ist tatsächlich vergewaltigt worden und hat Angst, was passiert, wenn sie es erzählt, oder sie hatte im Gegenteil Angst vor einer gewalttätigen Reaktion ihrer Mutter und hat die Vergewaltigung erfunden. Diese Möglichkeit würde ich überhaupt nicht ausschließen, und wenn Du kannst, versuch auch diese Richtung abzuchecken.

In der zweiten Datei habe ich Dir außer einer Zusammenfassung aller Zeugenaussagen in der Sache auch noch Fotos von dem Baby angehängt, damit Du sie dem Mädchen zeigen kannst. Ich weiß nicht, ob das was hilft, aber ein Versuch kann nicht schaden.

*

Im kleinen, eleganten Speisesaal des Hotels saßen zwei Paare neben ihnen, ein älteres und eines ungefähr in ihrem Alter, außerdem junge Eltern, die sich flüsternd mit ihren vier strohblonden Kindern in einer Sprache unterhielten, die sich für Avraham nach Norwegisch anhörte. Dennoch herrschte im Raum eine kultivierte Stille, die durch das Glöckchengeläut der in den Porzellantassen rührenden Löffel noch unterstrichen wurde. Avraham bestrich ein Stück Baguette mit Butter und Erdbeermarmelade, aber der größte Teil davon blieb auf seinem Teller liegen. Marianka wirkte glücklich, vielleicht nicht nur dank des Adrenalins nach ihrer morgendlichen Joggingrunde und des Geschmacks der klaren, kalten Luft, sondern auch, weil ihre Eltern in zwei Stunden aus Brüssel am Gare de l'Est eintreffen sollten. Sie häufte warme Gebäckteilchen und dicke Scheiben Sauerteigbrot mit Mohn und Nüssen auf ihren Teller und füllte sich eine Schale randvoll mit Beeren, die sie nicht mehr gegessen hatte, seit sie zu ihm nach Israel gezogen war. Als sie Avraham fragte, warum er nichts aß, antwortete er, er habe keinen Hunger. Und obwohl sie seine Beklemmung wahrnahm, konnte sie den Grund dafür nicht erahnen, denn das Treffen mit Annette Mallot und ihrem Mann und die Durchsuchung der nach dem Einbruch verwüsteten Wohnung hatte er ihr verschwiegen, genau wie alle seine Vermutungen darüber, was Raphael Chouchani tatsächlich zugestoßen war.

Als sie ihn fragte, ob sie ihn zu der Vernehmung von Danielle Talias begleiten solle, verneinte er. Auf ihre vorsichtigen Versuche herauszufinden, ob er sich bereit dafür fühle, erwiderte er, er wisse es nicht. Esthi Wahabe hatte ihr am Morgen eine WhatsApp-Nachricht geschickt und berichtet, dass sie die Kleine erneut im Krankenhaus besucht hatte. Ihr Zustand habe sich so weit verbessert, dass die Ärzte jetzt davon ausgingen, sie würde schon bald ganz aus eigener Kraft atmen.

Sie versuchte ihn aufzumuntern. »Alles, was du tun musst, Avi, ist ihr zeigen, dass du zuhören willst. Und das kannst du.« Was aber, wenn es ihm diesmal nicht gelang zuzuhören, weil seine Gedanken ganz woanders waren?

»Hast du Zweifel, ob sie mit jemandem reden will, der versucht, ihre Situation zu verstehen? Sie ist ja selbst noch fast ein Kind und hat ein Trauma erlitten, vielleicht sogar mehr als nur eins, und sie befindet sich in einem fremden Land, ohne ihre Familie. Bist du wirklich sicher, dass ich nicht mitkommen soll? Bojan und Annika machen einen Stadtbummel, und ich stoße hinterher zu ihnen.« Doch er lehnte ab.

Auch Marianka war der Meinung, es sei eine gute Idee, Danielle Talias Fotos von ihrem Baby zu zeigen, und sie fragte: »Möchtest du, dass Esthi uns ein Bild von gestern schickt? Sie schreibt, die Kleine hat fast so etwas wie ein Lächeln gezeigt.«

Er trank eine zweite Tasse Espresso, verließ den Speisesaal vor Marianka, und als er die Treppe zu ihrem Zimmer nahm, um seine Tasche zu holen, sah er schon vom Ende des Flurs aus, dass die Zimmertür offenstand. Er näherte sich fast geräuschlos und erschreckte das junge Zimmermädchen zu Tode, das sich wortreich entschuldigte und anbot, das Zimmer zu verlassen, doch er sagte, es sei schon in Ordnung, immerhin stand seine Tasche noch unter dem Schreibtisch, wo er sie abgestellt hatte.

Der schwarze Audi von Vizekommandantin Idith Graty wartete vor dem Hotel auf ihn, und ihr schnauzbärtiger, gedrungener Fahrer stieg aus, um Avraham die Tür zu öffnen. Graty selbst erwartete ihn im Fonds, auf luxuriösen, mit weißem Leder gepolsterten Sitzen, und begrüßte ihn herzlich, aber innerhalb von Minuten begriff er, was sie mit dem Gespräch auf dem Weg zur Polizeipräfektur in Neuilly-sur-Seine bezwecken wollte. Sie fragte ihn, ob er schon mal in Paris gewesen sei, und da Avraham antwortete: »Nur ein Mal – vor vielen Jahren«, ließ sie die getönte Scheibe der Dienstlimousine herunter und zeigte ihm die Stadt. Sie war einige Jahre älter als Avraham, aber sehr gepflegt und ausgesprochen elegant gekleidet.

»Dann wissen Sie also schon alles über dieses Mädchen?«, fragte sie. Und erzählte, ihr Versuch, Danielle Talias zu vernehmen, habe gerade mal eine halbe Stunde gedauert, aber gleich darauf fing sie an, ihm Fragen zu dem anderen Fall zu stellen.

»Was war am Ende mit dem Franzosen, den man gefunden hat? Sind Sie damit noch befasst?« Nein, nicht mehr, erwiderte er. Und dass sich die Ermittlung jetzt auf den Versuch konzentriere, etwas über diejenigen in Erfahrung zu bringen, die die Drogen geordert hatten. Als sie wissen wollte, wer beim Drogendezernat der Zentraleinheit Tel Aviv den Fall bearbeite, antwortete er, das wisse er nicht.

Sie überquerten den weitläufigen Place de la Concorde, den Avraham beim letzten Mal in Paris besucht hatte, wie er sich erinnerte. »Aber es besteht doch kein Zweifel mehr, dass er ein Kurier war, nicht wahr? Und Sie waren es doch, der das Kokain in seinem Zimmer gefunden hat, oder? Sie glauben ja nicht, wie viele solcher Fälle wir hier haben. Und nicht nur hier. Auch in Spanien, in Portugal, Holland, hin und wieder auch in Belgien. Das ist meine Hauptbeschäftigung. Ich besuche Israelis, die als Drogenkuriere an Flughäfen überall in Europa geschnappt werden und sich dann hilfesuchend an unsere Botschaften wenden.«

Er erwiderte nichts, aber als Graty fragte: »Wussten Sie, dass in seine Wohnung hier eingebrochen wurde?«, konnte er seine Verwirrung schon nicht mehr verbergen. Ihren Quellen bei der Pariser Polizei zufolge habe der Einbruch nichts mit den Ereignissen in Israel zu tun. In seinem Wohnbezirk im 12. Arrondissement habe es zuletzt eine ganze Reihe von Wohnungseinbrüchen gegeben. Avraham sagte: »In die Wohnung von Raphael Chouchani wurde eingebrochen? Woher wissen Sie das?« Idith Graty suchte seine Augen, als sie mit einem Lächeln sagte: »Gute Kontakte zur Pariser Polizei, wissen Sie nicht mehr? Alles, was hier passiert und irgendwie mit uns zu tun hat, muss ich wissen. Deshalb hat man mich hergeschickt.« Avraham verstand sofort, dass dieser Satz eine Warnung war, die jemand sie gebeten hatte ihm auszurichten.

Offiziell war Graty Repräsentantin der israelischen Polizeikräfte in Paris, aber ihr Büro befand sich im Gebäude der israelischen Botschaft. War es da nicht naheliegend, dass sie auch für den Mossad arbeitete oder zumindest an den Mossad berichtete? Und wenn sie tatsächlich gebeten worden war, Avraham eine Botschaft zu überbringen, dann beinhaltete »alles, was hier passiert und irgendwie mit uns zu tun hat« möglicherweise auch sein Gespräch mit Annette Mallot und ihrem Mann im Café und die Durchsuchung von Chouchanis Wohnung, vielleicht sogar seinen Kontakt zu Jules. War Frédéric Glauser deshalb so angespannt – weil er bemerkt hatte, dass jemand ihr Gespräch beobachtete oder mithörte?

Der schwarze Audi hielt in einer schmalen Straße, an deren Ende die Seine zu sehen war. Als der schnauzbärtige, gedrungene Fahrer Avraham die Tür öffnete, fügte Graty eine letzte Warnung hinzu: »Ich komme nicht mit rein, denn es wird ohnehin eine französische Beamtin dabei sein. So sind die Vorschriften. Wenn Sie etwas brauchen, können Sie mich jederzeit anrufen. Am allerwichtigsten aber: Benachrichtigen Sie Albert, ein paar Minuten bevor Sie mit der Vernehmung fertig sind, damit er kommt und Sie abholt, in Ordnung? Wir wollen doch nicht, dass Sie ganz alleine durch die Stadt laufen. Am Ende gehen Sie uns noch verloren.«

Als Avraham den eher wie ein Büro wirkenden Vernehmungsraum der Polizeipräfektur im westlich gelegenen Vorort von Paris betrat und dort auf Danielle Talias traf, machte ihm Gratys letzter Satz immer noch zu schaffen.

Danielle Talias trug eine weiße Adidas-Trainingshose und ein rotes Sweatshirt mit Kapuze, die ihr Gesicht und ihren Blick schluckte; hätte er ihr Alter erraten sollen, hätte er vermutet, sie sei dreizehn oder vierzehn. Ein Baby in einem so schmächtigen, knabenhaften Körper konnte er sich beim besten Willen nicht vorstellen. Wie war das überhaupt möglich? Unmittelbar zuvor hatte er noch mit Wahabe telefoniert, um sich zu vergewissern, dass sie zeitgleich mit der Vernehmung der Mutter begann, und sie waren übereingekommen, dass er das Mädchen hart anfassen und von Warnungen und Drohungen Gebrauch machen sollte, um Druck auf sie auszuüben, aber beim Anblick des kindlichen Wesens, das dort vor ihm saß, war er schon nicht mehr überzeugt, ob das der richtige Weg war. Dennoch war sein erster Satz, den er in schroffem Tonfall und ohne sie anzuschauen, sagte: »Wir brauchen noch ein paar Minuten, bis wir anfangen, denn ich warte noch auf Informationen aus Israel. Ich muss gleich zu Beginn sagen, dass diese Vernehmung möglicherweise ziemlich kurz ausfallen und morgen oder übermorgen bei uns fortgesetzt werden wird, denn wir haben bei der französischen Polizei ein Gesuch gestellt, dich nach Israel auszuweisen.« Noch bevor er den Satz beendet hatte, spürte er in sich Wut und Scham, und sehnte sich nach Marianka, voller Bedauern, dass er ihr Angebot nicht angenommen hatte, ihn zur Vernehmung zu begleiten.

Er hatte sich mit Wahabe eine Vernehmungsstrategie zurechtgelegt: Er würde dem Mädchen zu verstehen geben, ihre Mutter sei an diesem Morgen mit der Zeugenaussage Amir Suans konfrontiert worden, laut der er im beiderseitigen Einvernehmen Geschlechtsverkehr mit Danielle gehabt und sie nicht vergewaltigt hatte. Nachdem ihre Mutter die vielen Nachrichten von Danielle an Suan gesehen hatte, habe Liora Talias eine neue Version geliefert, die darauf hinauslief, dass ihre Tochter möglicherweise aus Angst in Bezug auf die Vergewaltigung gelogen hatte. Avraham würde das Mädchen ermuntern, mit ihrer Mutter zu telefonieren, damit diese ihr selbst sagen konnte, dass sie diese Version am Morgen bei der Polizei in Cholon zu Protokoll gegeben hatte – nur dass Liora Talias Telefon abgeschaltet sein würde, weil sie zeitgleich bei Wahabe im Vernehmungsraum saß. Das würde allerdings den Druck auf ihre Tochter weiter erhöhen. »Vielleicht will sie nicht mit dir reden«, würde er zu dem Mädchen sagen.

Bei der zeitgleichen Vernehmung der Mutter würde Wahabe gegenüber Liora behaupten, Danielle habe bestätigt, dass der Sex mit Suan im beiderseitigen Einvernehmen erfolgt sei, in der Hoffnung, dass eine von beiden, Mutter oder Tochter, einknicken, kooperieren und Einzelheiten zu der Vergewaltigung liefern würde, die beide bislang verschwiegen hatten.

Die Sehnsucht nach Marianka und der Wunsch, sie wäre hier bei ihm oder würde an seiner Stelle die Befragung durchführen, hingen vor allem damit zusammen, dass sie, im Gegensatz zu ihm, Danielle Talias nicht hätte einschüchtern oder Druck auf sie ausüben wollen, um sie zu brechen. Marianka wollte verstehen, was Danielle passiert war und warum sie ihr Baby weggegeben hatte, das namenlose kleine Wesen, das Marianka mit Wahabe im Krankenhaus besuchen gegangen war, weil dieser kleine Mensch ganz allein auf der Welt geblieben war.

Seine Wut und Scham hingen damit zusammen, dass er sich, als er nun Danielle Talias gegenübersaß, wie ein Polizeiermittler verhielt, aber dies bei dem Fall, wegen dem er eigentlich nach Paris gekommen war, nicht wagte.

Er wagte es nicht, Yaakov Ben-Chayat, den Mann, den Chouchani in Israel hatte treffen wollen, zu einer Vernehmung vorzuladen, obgleich er schon seit einigen Tagen über dessen Telefonnummer verfügte.

Und er wagte es auch nicht, Vizekommandantin Idith Graty offen zu sagen, weshalb er nach Paris gekommen war und was er dort herauszufinden hoffte, nicht seit sie ihm angedeutet hatte, sie wisse alles, »was hier passiert und irgendwie mit uns zu tun hat«, und ihn gewarnt hatte, nicht allein herumzustreifen, da er sonst Gefahr liefe, verloren zu gehen.

Nur gegenüber diesem Mädchen, das vor Angst gelähmt und verloren wirkte, nur ihr gegenüber trat er resolut und entschlossen auf, wie es ein Polizist sein sollte, der die Wahrheit wissen will.

Schweigend saßen sie einander gegenüber. Avraham checkte von Zeit zu Zeit sein Telefon und sagte einmal zu ihr: »Noch ein paar Minuten, und wir fangen an.«

Ilana Liss hatte verstanden, wer er war, als sie ihn warnte, sein Platz sei im Erdgeschoss und dass jeder Versuch zu verstehen, was sich in den Stockwerken über ihm abspielte, mit Nackenschmerzen oder einem Schwindelanfall enden musste. Vielleicht war es ja das, was sie ihm auch in ihrem Abschiedsbrief hatte sagen wollen?

»Du und ich, wir beide wohnen und arbeiten im Erdgeschoss. Das ist unser Platz auf der Welt.« Und dort war er nun auch wieder mit Danielle Talias.

Avraham tat so, als überflöge er eine Nachricht auf seinem Telefon, und sagte dann: »Okay, die Informationen sind da, wir können anfangen. Wir befinden uns auf einem Polizeirevier in Paris. Zugegen ist eine Beamtin der französischen Polizei, den Amtshilfevereinbarungen der beiden Staaten gemäß, und das Gespräch wird in Ton und Bild aufgezeichnet. Mein Name ist Oberinspektor Avraham, ich befehlige das Ermittlungs- und Untersuchungsdezernat im Ayalon-Distrikt, und man hat mich hergeschickt, um eine Zeugenaussage bezüglich einer mutmaßlichen Vergewaltigung aufzunehmen, die zu einer ungewollten Schwangerschaft und der Geburt eines Babys geführt hat. Ich habe neue Informationen, die ich gleich mit dir teilen werde. Vorher möchte ich aber wissen, ob du, anders als bei deiner ersten Vernehmung, mir von dir aus Einzelheiten über die Beziehung anvertrauen möchtest, die du mit Amir Suan hattest, über die Schwangerschaft und die Entscheidung, dem von dir zur Welt gebrachten Säugling eine medizinische Versorgung zu verwehren.« Leise und ohne zu zögern sagte Danielle Talias: »Nein.«

Er fragte: »Warum nicht?«, und sie antwortete mit einem Stimmchen, das kaum zu hören war: »Meine Mutter wird Ihnen alles Notwendige sagen.«

»Deine Mutter ist tatsächlich heute Morgen ein weiteres

Mal von uns vernommen worden und hat erzählt, was wir wissen wollten. Das sind die Informationen, auf die ich gewartet habe. Ich möchte nur zusammen mit dir überprüfen, dass auch alles stimmt«, sagte er, und Danielle Talias hob den Blick.

»Was meine Mutter gesagt hat, ist richtig. Ich habe nichts hinzuzufügen und würde jetzt gern gehen. Ist das in Ordnung?«

*

Im Verlauf der Vernehmung meinte Avraham, einiges an Danielle Talias zu verstehen.

Der von der Kapuze verdeckte Blick, die schwache Stimme, die kurzen Antworten – das alles geschah nicht aus Furcht oder Verängstigung. Es gelang ihm nicht, sie in Panik zu versetzen. Auch nicht, als er sie anherrschte, sie sei verantwortlich für das Aussetzen des Babys, oder als er andeutete, ihre Mutter glaube ihr nicht, dass sie Opfer einer Vergewaltigung war.

Ihre Gesten waren Ausdruck von Apathie. Sie schwieg nicht, weil sie eingeschüchtert war, auch nicht manipulativ oder besonders stur, sondern weil sie schlicht nicht den Wunsch oder die Kraft hatte zu reden. Als er sie bat, die Kapuze abzunehmen, weil er sie nicht hören könne, tat sie das ohne Diskussion, mit einer langsamen Bewegung, wie in Zeitlupe. Ihr Haar war schwarz, glatt und lang.

»Bevor du gehst, möchte ich dir trotzdem erzählen, was ich der Aussage entnehme, die deine Mutter heute Morgen gemacht hat und die mir gerade zugestellt wurde. Soweit ich verstehe, kann es sein, dass es gar keine Vergewaltigung gegeben hat. Zu den Einzelheiten kommen wir sofort. Zunächst einmal bestreitet Amir Suan die Vergewaltigung. Aber das weißt du sicher. Er hat uns Text- und Sprachnachrichten gezeigt, die du ihm geschickt hast, und wir haben uns vergewissert, dass sie authentisch sind. Dass du sie geschickt hast. In dieser Hinsicht also lügt er schon mal nicht. Als man sie deiner Mutter gezeigt hat, war sie, soweit ich verstehe, ziemlich geschockt. Sie wusste offenbar nichts von diesen Nachrichten, oder? Wenn ich es richtig verstehe, haben die Nachrichten sie veranlasst, noch einmal zu überdenken, was du ihr hinsichtlich der Vergewaltigung erzählt hast. Vielleicht ist sie inzwischen sogar der Meinung, dass du gelogen hast. Weil du nämlich Angst vor ihr hattest. Stimmt das, Danielle?«

Er hatte gehofft, die Frage würde sie empören, aber sie löste keinerlei Reaktion bei ihr aus.

»Willst du es von ihr selbst hören? Du kannst gerne anrufen«, bot er an und hielt ihr sein Telefon hin.

Aber Danielle flüsterte: »Was sie Ihnen gesagt hat, das ist okay«, und fügte dann den einzigen Satz hinzu, den sie von sich aus sagte und nicht als Antwort auf eine von ihm gestellte Frage. »Und ich fliege gerne mit Ihnen nach Hause«, flüsterte sie. Erst im Nachhinein sollte Avraham verstehen, dass ihre Worte ein Hilferuf waren.

Er nahm einen Schluck aus der Wasserflasche vor ihm. Dann sagte er: »Ich bin nicht sicher, ob du begreifst, was dich in Israel erwartet. Ehrlich. Du hast eine gravierende Straftat begangen. Verstehst du das überhaupt? Dein Baby hätte sofort medizinische Hilfe gebraucht, und du hast entschieden, sie der Kleinen zu verweigern. Und obwohl sich ihr Zustand dann immer weiter verschlechtert hat, hast du das mehrere Tage lang verhindert und so ihr Leben riskiert. Wer weiß, ob sie es überhaupt übersteht. Aber falls sie es, Gott behüte, nicht schafft, wird das Ganze zu einem vorsätzlichen Tötungsdelikt. Darüber will ich nicht mal nachdenken. Und ich verstehe, dass du das alles zusammen mit deiner Mutter getan hast. Aber wenn deine Mutter jetzt das Gefühl bekommt, du hast sie getäuscht, weil sie dir in der fälschlichen Annahme geholfen hat, dass du vergewaltigt worden bist, dann kann es gut sein, dass sie dich nicht länger schützt. Du hast ja zwei jüngere Schwestern, und wenn deine Mutter ins Gefängnis muss für das, was du getan hast, wäre niemand mehr da, der sich um sie kümmert. Daran denkt deine Mutter bestimmt auch.«

Nichts davon zeigte irgendeine Wirkung bei Danielle Talias.

Er machte nur weiter, weil er die Vernehmung, für die man ihm ein Flugticket nach Paris finanziert hatte, unmöglich nach zwanzig Minuten abbrechen konnte.

»Auch dass du erst sechzehn bist, ändert nichts daran, verstehst du das?«, sagte Avraham und beugte sich zu ihr vor, und für einen Moment fing er ihren Blick ein. »Du trägst die Verantwortung und hättest direkt nach der Geburt das Krankenhaus anrufen müssen. Die Umstände, unter denen du schwanger geworden bist, ändern nicht das Gesamtbild, können aber sehr wohl unsere Einschätzung beeinflussen. Können sich darauf auswirken, wie wir den Fall behandeln. Falls du deine Mutter nicht angelogen hast und Amir Suan dich tatsächlich vergewaltigt hat – und es dir gelingt, das zu beweisen –, dann wird das ganz klar mit in unsere Einschätzung einfließen. Und wir werden auch dafür sorgen, dass er für das, was er dir angetan hat, bestraft wird. Wir werden dich schützen, falls du Angst vor ihm hast. Das verspreche ich dir. Aber solltest du deine Mutter angelogen haben und der Geschlechtsverkehr zwischen euch ist im beiderseitigen Einvernehmen erfolgt, dann hast du dir nur noch eine weitere Straftat aufgehalst, nämlich jemanden einer Tat zu bezichtigen, die er nicht begangen hat.«

Es war, als hätte er kein Wort von all dem gesagt. Nur Stille und die Atemzüge der französischen Polizistin.

Es war Esthi Wahabes Anruf, der ihn rettete, denn er hatte nichts mehr, was er noch hätte fragen oder sagen können. Wahabe sagte: »Avi, kann ich dich eine Sekunde sprechen?« Worauf er von seinem Stuhl aufstand und der Polizistin bedeutete, er müsse kurz raus. Am anderen Ende des Flurs bemerkte er eine Glastür, hinter der ein kleiner Raucherbalkon lag, und den steuerte er an. »Ich glaube, es hat funktioniert, Avi. Obwohl man bei dieser Frau gar nichts wissen kann. Kurz gesagt, sie hat uns die ganze Geschichte noch mal komplett umgekrempelt, aber jetzt redet sie endlich, und sie hat mir eine ziemlich detaillierte Version geliefert. Aber sie sagt etwas, das ich nicht so ganz verstehe, und ich wollte mit dir klären, ob ihre Tochter das ebenfalls sagt.«

Danielle Talias sagte überhaupt nichts.

»Die Mutter behauptet, es sei zwar eine Beziehung im beiderseitigen Einvernehmen gewesen, und erklärt damit auch die Nachrichten, die ihre Tochter dem Jungen geschickt hat, aber sie sagt, er habe ihr nicht verraten, dass er Araber ist.«

Avraham verstand nicht, warum das von Bedeutung war.

»Sie behauptet, dass er das vor ihr verheimlicht hat. Dass er quasi unter falscher Identität aufgetreten ist. Und dass das im Grunde genommen eine Vergewaltigung sei. Denn wenn ihre Tochter gewusst hätte, dass er nicht Jude ist, hätte sie niemals eingewilligt, mit ihm zu schlafen, und das mache die Sache zu einer Vergewaltigung. Ja mehr noch, sie behauptet, er habe das aus nationalistischen Beweggründen gemacht, verstehst du? Dass er nur mit ihr schlafen wollte, weil sie Jüdin ist. Dass er bloß eine Jüdin schwängern wollte, oder so was in der Art. Die Tochter habe erst ein paar Wochen, nachdem er sie verlassen hatte, herausgefunden, dass er Araber ist und sich deswegen furchtbar geschämt, und hat niemandem erzählt, dass sie schwanger ist, auch ihrer Mutter nicht. Und außerdem – kannst du mich hören, Avi? Die Leitung ist nicht die beste, scheint mir – außerdem hat sich die Mutter ans Fernsehen gewandt. Es soll einen Bericht geben darüber, wie er ihre Tochter getäuscht hat und dass wir Danielle und sie verfolgen, anstatt den Vergewaltiger zu verhören. Das muss ich doch Saban melden, nicht? Oder unserer neuen Pressesprecherin?«

Wahabe klang verwirrt und angespannt, und Avraham versuchte, sie zu beruhigen. Sagte ihr, er werde selbst mit Saban reden, und fragte: »Aber glaubst du ihr?«

»Ich weiß nicht. Deshalb hatte ich gehofft, das Mädchen hätte mit dir darüber geredet.«

»Bislang noch nicht.«

»Und wie sollen wir weiter vorgehen?«

Er wies sie an, so viele Einzelheiten wie möglich aus Liora Talias herauszuholen über das, was sie als »Identitätsbetrug« bezeichnete. »Bitte sie um Beweise dafür, dass er das tatsächlich verheimlicht oder ihre Tochter angelogen hat. Und auch für dieses angeblich nationalistische Motiv. Woher weiß sie das? Wir müssen wissen, wem gegenüber er so was gesagt hat und wie sie überhaupt auf sein Motiv gekommen ist. Dann lädst du ihn dir zur Vernehmung vor und konfrontierst ihn mit dieser Version, bittest ihn, er soll dir beweisen, dass er sie nicht vorsätzlich getäuscht hat. Dass er uns die Nachrichten zeigen soll, in denen er ihr gestanden hat, dass er Araber ist. In Ordnung? Und wir sollten prüfen, ob es erstmal möglich ist, in der Sache eine Nachrichtensperre zu verhängen. Auch darüber werde ich mit Saban reden.«

Wahabe dankte ihm, fügte dann aber hinzu: »Aber Avi, vor allem scheint mir, muss geklärt werden, ob das tatsächlich als Vergewaltigung gilt. Das heißt, mal angenommen, es stimmt alles. Ich erinnere mich, es gab eine Geschichte mit einem Typen, der sich als Pilot bei der EL AL oder so was ausgegeben hat, um Frauen rumzukriegen, aber ich glaube, in unserem Fall ist ein Gutachten von der Staatsanwaltschaft oder einem Juristen notwendig, nicht? Um zu klären, ob es überhaupt strafbar ist. Kennst du jemanden bei der Staatsanwaltschaft, von dem du meinst, ich sollte mich an ihn wenden?«

Als er in den Vernehmungsraum zurückkam, wirkte Danielle Talias aus irgendeinem Grund erwachsener auf ihn. Unter der Kapuze, die erneut ihr Gesicht beschattete, hob sie den Blick zu ihm, und er sagte: »Entschuldigung, lass uns noch mal zu dem Punkt gehen, an dem wir waren.« Als er vor ihr Platz nahm, konnte er sich schon eher vorstellen, wie in ihrem schmächtigen Körper das rotgesichtige kleine Wesen mit den fest geschlossenen Augen herangewachsen war, dessen Bilder er ihr zeigen sollte. Er hätte versuchen müssen, die neue Version ihrer Mutter abzuklopfen, ob es Widersprüche gab zwischen dem, was Liora Talias Wahabe über den – wie sie es nannte – Identitätsbetrug sagte, und den Informationen, die die Tochter vielleicht bereithielt. Doch er wusste bereits, Danielle würde nichts sagen. Zwar stellte er ihr Fragen über ihre Beziehung zu Suan – wie hatte sie ihn kennengelernt, wie oft hatten sie sich getroffen und wie hatte die Sache geendet –, aber sie sagte nur immer wieder: »Meine Mutter hat Ihnen doch alles erzählt, nicht? Fragen Sie sie.« Und als er schließlich fragte, ob er ihr Fotos von dem Baby zeigen dürfe, die am Vortag im Krankenhaus gemacht worden waren, sagte sie nur: »Wenn Sie wollen.«

Kurz vor Ende der Vernehmung, als er sie mit der neuen Version ihrer Mutter konfrontierte, der zufolge Amir Suan ihr verheimlicht hatte, dass er Araber ist, und sie im Grunde genommen das gemeint habe, als sie von einer Vergewaltigung gesprochen hatte, erwiderte sie einfach: »Stimmt.«

13

Obwohl Avraham auf das Gegenteil gehofft hatte, war Danielle Talias das Hauptgesprächsthema beim Abendessen mit Bojan und Annika Milaniç in einem Restaurant am Boulevard Saint-Germain. Als er dort eintraf, tranken sie bereits Bier aus hohen Gläsern und aßen Moules et frites von einem gemeinsamen Tablett, und da sie den ganzen Tag zusammen verbracht hatten, wirkten sie auf ihn wieder wie die festgefügte Einheit, die vor Jahren in einem Hafenstädtchen an der Adriaküste entstanden und nur durch seine Schuld gesprengt worden war. Marianka erhob sich, um ihn zu umarmen, aber ihre Berührung war flüchtig, vielleicht vorsichtig, wie immer im Beisein ihrer Eltern. Bojans große Hände dagegen gaben sich alle Mühe, seine Finger zu zerquetschen.

Es war aussichtslos. Avraham hatte ihnen ihre einzige Tochter weggenommen, und das würden sie ihm niemals verzeihen.

Das Erste, was Annika zu ihm sagte, war: »Du siehst großartig aus, Avi. Hast ein bisschen zugenommen, nicht? Das steht dir sehr gut.« Und Avraham dankte ihr herzlich.

Der Kellner kam an ihren Tisch, und Bojan sagte etwas auf Französisch zu ihm. Er deutete auf Avrahams leeren Teller, doch es wurde nichts mehr serviert. Glücklicherweise war auf dem gemeinsamen Tablett noch ein kleiner Berg fettige, längst kalt gewordene Pommes frites verblieben, von denen er als Einziger aß, da er seit dem Frühstück nichts mehr zu sich genommen hatte. Und Bier mochte er ohnehin nicht. Marianka berichtete ihm, vom Bahnhof seien sie mit der Métro nach Montmartre gefahren, seien zu Fuß die Treppen hinauf zur Basilika Sacré-Cœur gestiegen und hätten sich nach einem Mittagessen in der herbstlichen Sonne zum Musée d'Orsay aufgemacht, dem von allen dreien gleichermaßen geliebten Kunstmuseum, um dort ausgiebig – und das nicht zum ersten Mal – darüber zu diskutieren, ob Gustave Courbets Gemälde *Der Ursprung der Welt* ein großes Kunstwerk oder doch nur eine pornografische Provokation sei. Er wusste nicht, über welches Bild sie sprachen, lächelte aber trotzdem. Von Danielle Talias erzählte er nur, weil Marianka fragte, wie die Vernehmung gelaufen sei, und als er gestand, es sei fürchterlich gewesen, hakte sie nach: »Warum? Hast du nichts aus ihr rausbekommen?« Und Avraham nickte, obwohl es noch mehr Gründe gab.

Vor allem die Scham und die Wut. Die Beklemmung, die er empfand, als er begriff, wie weit die Resolutheit, die er Danielle Talias gegenüber an den Tag legte, von der Zaghaftigkeit bei seiner Suche nach den Mördern von Raphael Chouchani entfernt war.

Hinzu kam das Eingeständnis, dass es ihm nicht gelungen war, das Mädchen zum Reden zu bewegen, weil er den ganzen Fall nicht richtig ernst nahm.

Er war nicht ins Krankenhaus gefahren, um das Baby zu sehen, hatte nur an einer einzigen Vernehmung von

Liora Talias teilgenommen, hatte sie nicht über ihre Tochter reden hören und sie nicht wirklich dabei beobachtet. Selbst Wahabes Bericht über die Befragung des Mädchens hatte er nur überflogen – wie also sollte er Danielle Talias' Schweigen verstehen können und sie dazu bringen, ihm etwas anzuvertrauen? Er war mit einer anderen Ermittlung beschäftigt gewesen und hatte Wahabe den Fall, der es jetzt vermutlich bis in die Nachrichten schaffen würde, allein überlassen. Auf dem Weg zum Restaurant hatte Saban ihn angerufen und gesagt: »Avi, dir ist bewusst, was Wahabe mir gerade gesteckt hat, ja? Dass uns da ein Bericht um die Ohren fliegen wird, weil wir angeblich eine Großmutter schikanieren, die einem Baby das Leben gerettet hat, anstatt uns den nationalistisch gesinnten Vergewaltiger vorzuknöpfen, der dieses Kind gezeugt hat? Du bist da dran, ja? Hast auch schon die Aussage des Mädchens aufgenommen, nehme ich an?«

Er hatte Saban versichert, er sei da absolut dran, obgleich ihm Danielle Talias nicht das Geringste gesagt hatte.

Aber immerhin hatte er Wahabe angewiesen, Amir Suan umgehend zur Vernehmung vorzuladen, und hatte sie auch gebeten, sich von Eliyahu Maalul helfen zu lassen, um dessen Eltern und Freunde zu befragen und herauszufinden, ob es Anhaltspunkte gab, dass sich Suan bei Treffen mit anderen Mädchen oder in den sozialen Netzwerken als Jude ausgegeben hatte. Bei einer ersten Recherche hatte Maalul herausgefunden, dass es tatsächlich schon einen Präzedenzfall gab, bei dem ein Araber wegen Vergewaltigung nach Identitätsbetrug verurteilt worden war, weil er sich einer Frau gegenüber, mit der er später Sex hatte, als Jude ausgegeben hatte. Weshalb Liora Talias' Behauptungen ernst genommen werden mussten.

Talias' Version und die von Avraham angeordneten Ermittlungsmaßnahmen, um diese auf ihre Richtigkeit zu prüfen, empörten Marianka.

»Aber wie kann die Mutter behaupten, es sei eine Vergewaltigung gewesen?«, fragte sie ihn. »Nur, weil er nicht verkündet hat, dass er kein Jude ist? Und was wollt ihr jetzt machen, überprüfen, ob er jedes Mal, wenn er ein Mädchen getroffen hat, ihr seinen Personalausweis gezeigt hat?«

Aber Suan hatte Danielle Talias nicht nur nicht gesagt, dass er kein Jude ist, und ihr seinen Personalausweis nicht gezeigt. In Wahabes Zusammenfassung hieß es, dass *Talias behauptet, Suans Identitätsbetrug als Jude gegenüber ihrer Tochter habe sich auch darin ausgedrückt, dass er zeitweise Englisch mit ihr gesprochen hatte, angeblich, weil er früher in Schottland gelebt hatte. Auch habe er sie nie zu sich nach Hause eingeladen und aus den sozialen Netzwerken alles gelöscht, was auf seine (arabische) Herkunft deuten konnte. Die beiden hätten sich bei der Arbeit in einer McDonald's-Filiale kennengelernt, und auch dort war nicht bekannt, dass er Araber ist. Dann fingen sie an, sich Nachrichten zu schreiben, auf Hebräisch, hauptsächlich aber auf Englisch. Sie hatten sich am Strand von Bat Yam und in der Wohnung des Mädchens getroffen, wenn ihre Mutter nicht zuhause war. Im Verlauf dieser Treffen hätten sie zweimal auf seine Initiative hin Geschlechtsverkehr gehabt, ohne dass dem Mädchen bewusst war, dass er kein Jude ist. Unmittelbar danach habe er ihr mitgeteilt, er sei nicht länger interessiert an einer Beziehung mit ihr.*

Doch Marianka war nicht überzeugt. »Er hat also Englisch mit ihr gesprochen und sie nicht zu sich nach Hause eingeladen, na und? Wenn sie mit ihm geschlafen hat, weil sie es wollte und ohne dass er sie zu irgendwas gezwungen hat, dann verstehe ich nicht, wie das als Vergewaltigung gelten kann. Ich bin sicher, das Mädchen hat sehr wohl verstanden, wer und was er ist, auch wenn er etwas verschwiegen hat.«

Aber Bojan mischte sich ein und sagte: »Du irrst, Marianka. Selbstverständlich ist es eine Vergewaltigung«, und Avraham wusste, das Gespräch würde aus dem Ruder laufen und zu einer bitteren Diskussion zwischen Marianka und ihrem Vater werden, in der es nur vordergründig um die Beziehung zwischen Amir Suan und Danielle Talias ging.

In Bojans Glas war noch ein Rest Bier. An der Art, wie er einen weiteren Schluck nahm, war ersichtlich, er genoss diese Momente, in denen seine Tochter und er sich mit Worten duellierten. Aber ging es Marianka damit ähnlich? Avraham erschien es nicht so, auch wenn er nicht sicher war. Ihr Glas war leer. »Eine Vergewaltigung durch Betrug ist nicht weniger schlimm als eine unter Einsatz von körperlicher Gewalt«, resümierte ihr Vater im Tonfall eines Dozenten am theologischen Seminar. »Und moralisch betrachtet, lässt sich nicht von Einverständnis sprechen, wenn es keinen freien Willen gibt. Wenn das Mädchen nicht gewusst hat, wer er in Wirklichkeit ist, wollte sie doch bestimmt nicht mit ihm zusammen sein. Will sagen, sie konnte gar nicht einverstanden sein.«

»Sie hat ihn getroffen und mit ihm gesprochen. Sie haben zusammen gearbeitet. Ich bin sicher, sie hat genau gewusst, wer er ist, und offenbar hat er ihr trotzdem gefallen. Warum denkst du, dass die Religion, die er sich nicht selbst ausgesucht hat, das ausmacht, was er in Wirklichkeit ist? Und wenn er nicht religiös ist? Oder überhaupt nicht an Gott glaubt?«

Bojan bedachte Marianka mit einem Lächeln, als sei sie ein kleines Mädchen, das erst noch lernen musste, was er schon längst vergessen hatte, und Avraham war klar, dafür würde er teuer bezahlen. Für einen Moment stellte er sich vor, was er nie mit eigenen Augen gesehen hatte: Bojan, zwanzig Jahre jünger, der Bart kurz getrimmt und erst in Ansätzen grau, erteilt Marianka im Garten ihres Hauses in Koper Karateunterricht. Marianka versucht, ihren Vater mit den Manövern zu treffen, die er ihr selbst beigebracht hat, und Bojan wehrt sie mit Leichtigkeit ab und bringt sie mit einem schnellen Fußtritt zu Boden, aber sie rappelt sich auf und versucht es weiter. Annika und er hätten das Restaurant auch verlassen können, ohne dass Vater und Tochter es bemerkt hätten.

»Ich habe nicht gesagt, dass das seine ganze Wahrheit ist. Aber es ist ein Teil davon. Du denkst sicher, das ist rassistisch, aber wenn in den Augen des Mädchens und ihrer Eltern die Religion, der sie angehört, eine Bedeutung hat und er seine vor ihr verheimlicht, weil er das genau weiß, dann ist da kein freier Wille und keine Zustimmung ihrerseits, auch wenn sie meinte ihn zu kennen, weil sie zusammen Hamburger bei McDonald's gebraten haben. Das ist ganz einfach.«

»Denkst du, ich habe Avi gefragt, bevor wir miteinander

geschlafen haben, ob er Jude, Muslim oder Katholik ist? Oder er mich?«

Das war die Rache. Oder der Anfang davon.

Bojan seufzte und sagte dann leise: »Vielleicht habt ihr nicht gefragt, aber es war euch klar. Tu nicht so naiv. Und es ist schade, dass du die Bedeutung des religiösen Gebots und des Glaubens für die Identität einiger von uns so herabspielst. Aus Sicht eines gläubigen Menschen sind die Gebote Teil seiner Identität und Wahrheit. Und wenn dieser Junge wissentlich – und ich möchte lieber über ihn reden als über dich und die Männer, mit denen du vielleicht zusammen warst – dieses Mädchen dazu gebracht hat, gegen die Gebote ihrer Religion oder die ihrer Eltern zu verstoßen, dann hat er ganz klar ihr Einverständnis und ihren freien Willen verletzt. Selbstverständlich war das auch eins seiner Motive und sein Wunsch, mit ihr etwas anzufangen. Sie so zu behandeln, wie er vielleicht denkt, dass man ihn in Israel behandelt. Und das ist dann schon ein klarer Vorsatz.«

»Wie kannst du wissen, welche Motive jemand hat, mit jemandem zu schlafen? Vielleicht war eines von Avis Motiven, mit mir schlafen zu wollen? Und vielleicht war es auch das, was mich am Anfang zu ihm hingezogen hat, gerade weil er Jude ist? Wie kann man das wissen? Und warum zum Teufel ist das nicht auch vollkommen in Ordnung?«

Die direkte Anspielung darauf, dass seine Tochter mit dem doch etwas fülligen Mann neben ihm geschlafen hatte, ließ Bojan erröten. Annika legte beschwichtigend die Hand auf seine und schickte Marianka einen flehentlichen Blick.

»Es ist nicht dasselbe, weil du ihn nicht getäuscht hast. Und auch er hat dich, soweit ich weiß, nicht vorsätzlich in die Irre geführt. Außerdem wart ihr beide – oder weißt du was? Zumindest einer von euch – erwachsen, als das geschehen ist, und wenn euch das Vergnügen bereitet, dann ist das euer gutes Recht. Über die Kinder, die ihr vielleicht einmal haben werdet, und die Auswirkungen eures Handelns auf sie habt ihr vermutlich nicht nachgedacht«, sagte Bojan, ohne einen von ihnen dabei anzusehen. Und als Marianka erwiderte: »Stimmt, an Kinder haben wir nicht gedacht, als wir das erste Mal zusammen waren. Möchtest du wirklich in einer Welt leben, in der wir alle per Gesetz verpflichtet sind, dem anderen zu erzählen, welcher Religion wir angehören, bevor wir einander berühren und uns ausziehen?«, bekam Bojan plötzlich keine Luft mehr, weil er etwas im Hals hatte. Er stand abrupt auf und verschwand in Richtung Treppe zu den Toilettenräumen.

*

Nachdem sie ihre Eltern zum Zug zurück nach Brüssel begleitet hatten, war Marianka nachts traurig und schweigsam, wie immer nach einem Abschied von Bojan und Annika. Sie gingen auf der Promenade an der Seine entlang, und als auf der anderen Seite des Flusses der Louvre vor ihnen erstrahlte, blieben sie stehen und ließen sich auf einer Bank nieder. Avraham versuchte, ihre Hand zu berühren, doch sie zog sie weg und sagte: »Darf ich dich etwas fragen? Aber es ist eine kritische Frage. Also sei bitte nicht beleidigt und mach nicht zu.«

Er sagte, sie dürfe.

»Warum mischst du dich bei diesen Diskussionen nie ein?«

Es war nicht das erste Mal, dass ein Treffen mit Bojan und Annika für Spannungen zwischen Marianka und ihm sorgte, und dennoch überraschte sie ihn. »Was soll das heißen? Wie hätte ich mich denn einmischen sollen?«, fragte er.

»Zu meinen Gunsten. Du wirkst immer neutral, obwohl über uns geredet wird. Über dich und mich. Über unser Leben und die Entscheidungen, die wir gemeinsam getroffen haben.«

Er sagte, er habe das Gefühl gehabt, sie sei auch so ausgezeichnet zurechtgekommen, und Marianka erwiderte: »Darum geht es nicht. Ich brauche keine Hilfe von dir. Aber du sagst nicht, was du denkst«, und fügte nach kurzem Zögern leise hinzu, »als ob du Angst vor ihm hast.«

»Vor Bojan?«

»Ja. Du verschweigst, was du denkst oder sagst, wenn wir alleine sind. Und sei bitte nicht gekränkt. Versuch einfach zu antworten.«

Vielleicht überraschte ihn Mariankas Frage auch, weil ihm genau dieser Gedanke einige Stunden zuvor im Vernehmungsraum der Präfektur in Neuilly-sur-Seine durch den Kopf gegangen war. Dass er verheimlichte, was seiner Meinung nach Raphael Chouchani zugestoßen war, und er es nicht wagte, Yaakov Ben-Chayat anzurufen und ihn geradeheraus zu fragen, ob er der Mann sei, dessentwegen Chouchani nach Israel gekommen war und den er am Morgen seines Verschwindens hatte treffen wollen; weil er schlicht Angst vor der Reaktion dieses Mannes hatte, der allem Anschein nach Chouchanis Führungsoffizier beim Mossad war.

Sind Sie auch verantwortlich für das Verschwinden von Sarah Nueyma? Ist Chouchani nach Israel gekommen, weil Sie gedroht haben, Sarah etwas anzutun, oder um herauszufinden, wie es um sie steht, nachdem Sie bereits aktiv geworden waren?

»Du hast recht«, sagte er zu Marianka. »Ich hätte mich einmischen sollen. Aber mir scheint immer, es sei nur etwas zwischen euch beiden und im Grunde nicht meine Sache.« Doch da er spürte, dass seine Antwort ausweichend war, fügte er hinzu: »Aber ich habe tatsächlich Angst.«

Und als sie fragte, wovor, antwortete er nicht.

War das die Vertigo, von der Ilana gesprochen hatte? Vielleicht bin ich ja irrtümlich aufs Dach gestiegen, stehe jetzt an der Kante und fürchte mich davor, in die Tiefe zu schauen? Oder aber meine Angst ist tatsächlich berechtigt, und jemand schleicht sich leise hinter mir an, weil das, was ich herausgefunden habe, ihn in Gefahr bringt.

»Können wir auf dem Weg zum Hotel weiterreden? Es ist schon furchtbar spät«, schlug er vor und Marianka sagte, »Nein. Komm, lass uns hierbleiben.« Und Stunden später, als der Morgen mit orangeroter Flamme durch die Wolken über dem Fluss brach und Avraham wusste, was er tun musste, wenn sie zurück in Israel waren, und auch, dass er dazu in der Lage war, da war klar, dass sie recht gehabt hatte.

Zum ersten Mal sprach er seine Vermutung über Chouchani laut aus; und verriet den wahren Grund ihrer Reise nach Paris und erzählte von seinen geheimen Treffen. Am Flussufer saßen zwei Männer in enger Umarmung, vielleicht Touristen, ein lautstarkes Grüppchen Halbwüchsiger, Mädchen und Jungen, und ein etwa fünfzigjähriger Mann führte einen altersschwachen Hund vielleicht etwas zu lange an der Promenade spazieren und rauchte dabei eine Zigarette nach der anderen. Die ganze Nacht über suchte Avraham mit den Augen nach dem auf Hochglanz polierten Audi und meinte gelegentlich, ihn zu sehen, und dahinter den gedrungenen Schnauzbartträger, den Vizekommandantin Idith Graty als »mein Fahrer Albert« vorgestellt hatte.

Graty hatte ihm unmissverständlich gesagt: »Alles, was hier passiert und irgendwie mit uns zu tun hat, muss ich wissen. Deshalb hat man mich hergeschickt.«

Auf Mariankas Gesicht trat ein Ausdruck der Fassungslosigkeit, während sie ihm zuhörte. »Aber wie soll denn der Mossad etwas mit seiner Ermordung und dem Verschwinden dieser Libanesin zu tun haben«, fragte sie irgendwann.

»Ich bin mir noch nicht sicher. Was ich im Moment habe, sind nur Vermutungen. Ich weiß nur, dass das, was ich bei der offiziellen Ermittlung herausgefunden habe, einfach nicht stimmen kann.«

»Aber du warst doch in seinem Hotelzimmer, als das Päckchen mit den Drogen gefunden wurde«, sagte sie, und er meinte, in ihren Augen auch Besorgnis zu sehen.

»Richtig, aber als ich das Zimmer zum ersten Mal überprüft habe, war es nicht da. Jemand hat es dort platziert, zwischen meinem ersten und zweiten Besuch. Und so läuft es bei dieser Ermittlung schon von Anfang an. Jemand geht vor mir her und hinterlässt mir Zeichen, wohin ich zu gehen habe, legt eine Fährte aus Krumen, der ich folgen soll.«

Sie schwieg einen Moment lang und stellte dann die Frage, von der er gewusst hatte, dass sie kommen musste. Und er wusste auch, was er darauf antworten würde.

»Vielleicht hast du es bei der ersten Durchsuchung nicht gesehen und willst dir das nicht eingestehen, Avi? Das ist immerhin nicht deine Aufgabe. Du bist nicht beim Drogendezernat und kennst die üblichen Verstecke für Drogen nicht. Und du hast auch nicht gewusst, wonach du überhaupt suchen musst. Vielleicht hast du das Päckchen einfach übersehen.«

Seine Antwort war der Name, der von der Fensterscheibe verschwunden war. *Yaakov Ben-Chayat*. Der Name, den jemand mit dem Finger in den Staub auf der Scheibe geschrieben hatte und der beim zweiten Besuch nicht mehr da gewesen war. Der Name, der zweifelsfrei bewies, dass jemand zwischen den beiden Durchsuchungen in Chouchanis Zimmer gewesen war.

»Und was sind dann deine Vermutungen? Kannst du erklären, was Chouchani mit dem Mossad zu tun gehabt haben soll?«

Der rauchende Mann und sein humpelnder Hund waren genau hinter ihnen, und Avraham wartete, bis die beiden ein Stück weiter die Promenade hinabgegangen waren.

Nach dem, was Annette Mallot ihm erzählt hatte, und den Informationen, die er über Chouchanis Exportgeschäfte und dessen Immobilieninvestitionen erhalten hatte, ging er davon aus, dass Chouchani für den Mossad im Libanon, in Tunesien und vielleicht noch in weiteren Staaten aktiv gewesen war, unter der Tarnidentität eines französischen Geschäftsmannes und höchstwahrscheinlich noch mindestens einer weiteren falschen Identität, nämlich der eines Investors aus der Schweiz.

»Aber was hat er gemacht?«, fragte Marianka, und Avraham sagte, darauf habe er keine hundertprozentig sichere Antwort, doch das Mittagessen, bei dem Chouchani zu viel Rotwein getrunken und seiner Tochter etwas über seinen früheren Job erzählt hatte, hatte ihn der Wahrheit nähergebracht.

»Ich nehme an, er hat in mit Israel verfeindeten Staaten Immobilien gekauft – Wohnungen hauptsächlich –, hat sie vermietet und verwaltet«, sagte er.

Du weißt nicht, was für eine Angst dir das macht, dich bei einem Treffen in Beirut plötzlich nicht mehr zu erinnern, ob du ein Schuhgroßhändler aus Tunis oder ein Schweizer Geschäftsmann sein sollst, der nach Gelegenheiten für Immobilieninvestitionen sucht. Du hast einen Blackout. Weißt nicht mehr, unter welchem Namen du dich der Sekretärin vorgestellt hast, die das Treffen vereinbart und dich empfangen hat, aber du weißt, ein Fehler kann dich das Leben kosten.

»Vielleicht waren die Wohnungen, die er angekauft und vermietet hat, *Safe Houses* für die Agenten des Mossad, und von da an hat der Dienst seine Handlungen bestimmt. Ich nehme an, das war Chouchanis Hauptaufgabe, aber er und seine Geschäfte sind bestimmt auch für Kurierdienste genutzt worden, um unter der Hand alles Mögliche zu verschieben, was der Mossad unbemerkt von Land zu Land schaffen wollte.«

Alles deutete für ihn darauf hin, dass das Chouchanis Einsatzgebiet gewesen war. Einschließlich der Tatsache, dass er innerhalb kürzester Zeit alle Immobilien verloren hatte, die scheinbar in seinem Besitz gewesen waren. In seinem Heft hatte Avraham notiert: *Er ist nicht bankrottgegangen, wie Graty erzählt. Diese Immobilien haben ihm gar nicht gehört, waren nicht mit seinem Geld erworben, weshalb das Geld, das er dafür bekommen hat, auch nicht an ihn gegangen ist, als er ausgeschieden ist und sie angeblich verkauft hat.*

»Und Sarah Nueyma?«

Auch was sie betraf, hatte Avraham mehr Vermutungen als Tatsachen, war trotzdem aber überzeugt, dass er sich nicht irrte. Chouchanis Tragödie hing mit dem Verschwinden der Frau zusammen, in die er sich verliebt hatte.

»Meine These ist, jemandem beim Mossad gefiel die Verbindung zwischen ihnen nicht. Mallot hat erzählt, ihr Vater habe das mehr oder weniger unmissverständlich gesagt. Dass man ihn bei seinem ›vorherigen Job‹ gebeten hatte, alle Kontakte zu Nueyma zu meiden. Sie hegten offenbar den Verdacht, sie arbeite für jemanden. Was vielleicht ja auch stimmt. Oder es kann sein, dass es ihnen einfach zu gefährlich war, dass dieser Mann sich in eine ehemalige Journalistin aus dem Libanon verliebt, der sehr viel weiß über die Orte, von denen aus der Mossad an allen möglichen Ecken und Enden der Welt aktiv ist, und damit auch über die Leute und die Aktionen, die von dort ausgehen.«

Er hielt einen Moment inne, da er meinte, das sich umarmende Männerpaar habe ihnen etwas zugerufen, aber

Marianka erklärte ihm, sie hätten um Feuer gebeten, um sich eine Zigarette anzuzünden.

Chouchani war nach Israel geflogen, um Yaakov Ben-Chayat zu treffen, der allem Anschein nach sein Führungsoffizier beim Mossad gewesen war. Es konnte keinen anderen Grund dafür geben, dass der Name des Menschen, mit dem Chouchani von Paris aus telefoniert hatte, bevor er sein Flugticket orderte, auf die Fensterscheibe seines Hotelzimmers geschrieben war. Und dass Ben-Chayats Telefonnummer offiziell nicht vergeben war.

Die Liste der Telefonate, die Jules ihm geschickt hatte, erzählte in seinen Augen eine eindeutige Geschichte. Chouchani hatte mehrfach versucht, Sarah Nueyma zu erreichen – vergeblich. Am 20. 8. hatte er im Libanon angerufen, vielleicht bei ihrer Familie, und auch dort niemanden erreicht. Am 21. 8., morgens um 10:44 Uhr, hatte er zum vorletzten Mal versucht, mit ihr zu sprechen, und gleich darauf Yaakov Ben-Chayat in Israel angerufen. Nach dem Gespräch mit Ben-Chayat hatte er erneut bei Sarah angerufen und direkt ein Reisebüro kontaktiert und einen Flug nach Tel Aviv gebucht.

Was bei dem Telefonat zwischen Chouchani und Ben-Chayat gesagt worden war, konnte Avraham nicht sicher wissen, aber es gab in seinen Augen mehrere plausible Szenarien. Das eine war, dass Yaakov Ben-Chayat nicht in Sarah Nueymas Verschwinden involviert war und nichts darüber wusste, Chouchani bei ihrem Telefonat aber versichert hatte, der Mossad würde ihm helfen, sie zu finden, und er ihn deshalb gebeten hatte, nach Israel zu kommen; das zweite Szenario jedoch war, dass Ben-Chayat genau wusste, wo sich Sarah befand, und Chouchani gedroht hatte, ihr könnte etwas zustoßen, wenn er nicht nach Israel kommen würde. »Er ist so schnell hingereist wie möglich, weil er glaubte, Sarah retten zu können, daran habe ich keinen Zweifel«, sagte Avraham. »Vielleicht hat er sogar gedacht, sie werde in Israel festgehalten und er würde sie treffen.«

»Und davon hat er niemandem erzählt? Weder seiner Tochter noch sonst jemandem?«

»Natürlich nicht. Geheimhaltung war alles, auch bei dem Dienst, für den er gearbeitet hat. Und außerdem, denkst du, er hätte sie in Gefahr gebracht?«

»Und was ist dann passiert? Er wurde immerhin umgebracht, Avi. Und ist nicht nur ertrunken.«

Auf diese Frage hatte er keine Antwort mehr. Und vielleicht war es auch besser so? Keine Fragen mehr zu stellen und das Gespräch mit Annette Mallot zu vergessen, nach Israel zurückzufliegen und sich endlich der Ermittlung über Liora Talias und dem Identitätsbetrug von Amir Suan zuzuwenden?

In seinem schwarzen Heft standen nur Fragen ohne Antworten: *Ist etwas schiefgelaufen, oder war genau das Ben-Chayats Plan – Chouchani zu veranlassen, nach Israel zu kommen, und sich dann dort um ihn zu kümmern? Hat Chouchani damit gerechnet, dass so etwas passieren kann, und sich deshalb verhalten wie ein Mensch, der in den Tod geht? Ist aber trotzdem nach Israel geflogen, um herauszufinden, was mit Sarah passiert ist?* Und dann die Frage, die ihn am meisten beschäftigte: *Hat allein die Tatsache, dass das Hotel Chouchanis Verschwinden gemeldet hat und dass sein Name und sein Aufenthalt in Israel der Polizei bekannt wurden, dazu geführt, dass Chouchani am Ende zu Tode geprügelt wurde? Ist es denkbar, dass er ohne die Anzeige des Hotels an einem geheimen Ort festgesetzt worden und seine Einreise nach Israel unentdeckt geblieben wäre?*

Marianka war der Meinung, es sei nicht möglich, dass Chouchani keine weiteren Hinweise auf die Gründe für seine Reise nach Israel hinterlassen hatte. Und Avraham sagte, dass es in seiner Wohnung womöglich solche Hinweise gegeben habe, nur sei dort eben nichts mehr zu finden gewesen, weil in die Wohnung eingebrochen worden war, ehe er es dorthin geschafft hatte. Chouchanis Computer sei verschwunden sowie sämtliche Unterlagen und Dokumente, die sich mit Sicherheit in der Wohnung befunden hatten. »Verstehst du? Alle Beweise, die jetzt noch existieren, sind die, die bei meiner Ermittlung zutage getreten sind und mit deren Hilfe jemand – oder im Grunde genommen ich – die Tarngeschichte für ihn strickt, anstatt die Wahrheit ans Licht zu bringen. Ich bin der, der das Kokain in seinem Zimmer gefunden und in den Bericht geschrieben hat, dass Chouchani massive Schulden auf dem Grauen Kapitalmarkt hatte, weshalb es plausibel erscheint, dass er als Drogenkurier unterwegs war. Und ich bekam als Erster die Leiche zur Beschau und habe gemeldet, dass die pathologischen Befunde darauf hindeuten, dass er schwer körperlich misshandelt oder gefoltert worden war, als Racheaktion für seinen Verrat oder um aus ihm herauszuprügeln, wo er das gestohlene Kokain versteckt hat. Ich bin faktisch ihr Affe, wie beim organisierten Verbrechen, verstehst du? Ich bin der, der für sie die Wahrheit vertuscht, ohne es zu wissen, und ich kann nichts dagegen tun«, sagte er und musste unwillkürlich an den jungen Orang-Utan denken, der im Sommer aus dem Tierpark in Rishon Lezion geflüchtet, aber nicht weit gekommen war.

Im Grunde genommen bin ich der Affe, dachte er und erinnerte sich an die stille Devotheit, mit der sich der Primat in den Wagen der Tierpflegerin hatte verfrachten lassen, ohne Protest oder den Versuch, sich zu wehren, obgleich er kurz zuvor noch verzweifelt genug gewesen war, um aus dem Zoo auszureißen.

»Sicher kannst du was tun, Avi«, sagte Marianka. »Und du bist nicht allein.«

Das war richtig.

Ich habe dich, dachte er, und ich liebe dich. Und ich habe auch noch Eliyahu Maalul und Esthi Wahabe und vielleicht auch Jules. Das wären also ich und eine Ermittlerin, die gerade dabei ist zu erblinden, ein Oberinspektor kurz vor dem Ruhestand und eine ehemalige belgische Verkehrspolizistin, die jetzt in Israel als Privatdetektivin in Scheidungsfällen arbeitet, und vielleicht auch noch ein kleiner Angestellter in der Auskunftsstelle der französischen Polizei, den ich noch nicht einmal getroffen habe – und das gegen den legendären israelischen Geheimdienst.

Es ist also noch alles offen.

»Wer ist Jules?«, fragte Marianka, und als er sagte: »Ein Beamter von der Pariser Polizei, der mir inoffiziell bei der Ermittlung hilft und den ich hoffentlich morgen treffe«, sah sie ihn mit einem Blick an, in dem er meinte, Anerkennung zu sehen, kein Staunen.

»Es gibt nichts, wovor du Angst haben musst, Avi. Ehrlich«, sagte sie. »Wenn das, was du herausgefunden hast, stimmt, wenn jemand vom Mossad Chouchani oder Sarah Nueyma etwas getan hat, dann muss man den Täter überführen. Und ich werde dir dabei helfen. Ich komme morgen mit zu deinem Treffen mit Jules und auch zur Vernehmung von diesem Ben-Chayat, wenn du willst. Du musst ihn anrufen und mit ihm sprechen. Erstatte Benny Saban Bericht und lade Ben-Chayat zu einer offiziellen Vernehmung. Nichts wird dir passieren. Auch der Mossad steht nicht über dem Gesetz.«

Er war nicht sicher, ob das alles möglich war, nahm sie aber in den Arm und sagte: »Wir werden sehen, was ist, wenn wir zurück in Israel sind.« Doch Marianka war noch nicht fertig. »Ich werde dir mit Chouchani nur unter einer Bedingung helfen.«

Er dachte, sie würde ihn bitten, sie zu küssen, weil sie sich noch viel zu wenig geküsst hatten, seit sie in Paris waren. Und der Morgen, der in rosa und orangefarbenen Schleiern vor ihnen über dem Fluss aufzog, gab die perfekte Kulisse ab. »Ich möchte, dass du Danielle Talias noch einmal verhörst. Und dass ihr nicht ihre Mutter für sie sprechen lasst, sondern ihr zuhört. Bitte sie dir zu erzählen, ob der Junge sie tatsächlich angelogen hat. Versprich es mir«, sagte sie. Obgleich er noch immer nicht ganz verstand, warum ihr das so wichtig war, tat er es und bestellte Danielle Talias, kaum dass sie wieder im Hotel waren, zu einer weiteren Vernehmung für den späten Nachmittag in die Präfektur von Neuilly-sur-Seine ein.

Der Anruf von Benny Saban kam gegen Ende der Vernehmung und machte ihm endgültig klar, dass er den Kampf um die Wahrheit im Fall Chouchani verlieren würde. Trotz des nächtlichen Gesprächs mit Marianka, das ihm Mut gemacht hatte, und dem Treffen mit Jules auf einer Bank vor dem prachtvollen alten Gebäude der ehemaligen Pariser Polizeidirektion am Quai des Orfèvres. Der blendend aussehende junge französische Kollege hatte ihm neue Informationen über den Weg anvertraut, auf dem Sarah Nueyma Frankreich offenbar verlassen hatte.

Saban rief ihn insgesamt dreimal an und gab keine Ruhe. Als Avraham sich schließlich entschied, den Vernehmungsraum zu verlassen und seinem Distriktkommandanten zu antworten, hörte er ihn sagen: »Warum gehst du nicht ran, Avi? Hör zu, man hat den gefasst, der hinter dem Drogenschmuggel steht, den du aufgedeckt hast, und auch den, der deinen Kurier zusammengeschlagen hat. Von den Bassissis hast du schon mal gehört, ja? Drei Brüder. Der älteste sitzt zurzeit wegen Drogenschmuggel ein, leitet die Familiengeschäfte aber aus dem Gefängnis. Er hat gestern gestanden, dass er was mit der Bestellung zu tun hat und dass einer seiner Soldaten Chouchani in die Mangel genommen hat. Hörst du mich, Avi? Du bist doch noch in Paris, oder?«

Er hörte jedes Wort. Und glaubte nicht eines davon.

»Auf jeden Fall hat Bassissis Handlanger Chouchani nicht umgebracht, sondern sich ihn nur richtig zur Brust genommen. So lautet das Fazit der Ermittler. Und offenbar haben sie ihm auch entsprechend gedroht, bevor sie ihn haben laufen lassen, weshalb er dann wohl beschlossen hat, sich das Leben zu nehmen.«

Avraham blieb noch einige Minuten auf dem kleinen Balkon der Polizeipräfektur von Neuilly-sur-Seine und schaute nach unten, auf die Straße zum Fluss, demselben Fluss, an dem er mit Marianka im Morgengrauen gesessen und gehofft hatte, sie hätten noch eine Chance.

Er brauchte Zeit, um in das Vernehmungszimmer zurückzukehren, in dem Danielle Talias auf ihn wartete, weil er versuchte, sich Raphael Chouchani vorzustellen, wie er sich ins Meer schleppt. Allein. Das Wasser geht ihm erst bis zur Hüfte, dann bis zu den Schultern und reicht ihm schließlich bis zum Kopf, bis er ganz verschwunden ist.

So war es nicht.

Wäre es nach Avraham gegangen, hätte er die Vernehmung von Danielle Talias nicht fortgesetzt, aber er hatte Marianka versprochen, das Mädchen dazu zu bringen, mit ihm zu reden und ihm mit eigener Stimme die Wahrheit zu erzählen über das, was mit Amir Suan gewesen war – und an jenem Abend sollte es ihm auch gelingen.

VIERTER TEIL

Der Verrat

14

Als zwei Wochen verstrichen, ohne dass sie von Esthi Wahabe hörte, begriff Liora: Etwas lief schief mit dem Plan.

Auch die Journalistin war wie vom Erdboden verschluckt. Liora versuchte sie anzurufen und bekam keine Antwort. Und auf ihre WhatsApp, *Hey, Sigal, wie steht's? Wie kommen Sie mit unserem Bericht voran? Warte auf eine Antwort von Ihnen, Liora Talias,* reagierte die Reporterin nicht. Liora schaltete den Fernseher an, obwohl sie wusste, es bestand kaum eine Chance, dass der Bericht gesendet wurde, ohne dass man ihr Bescheid gegeben hätte. Anstelle von Danielles Geschichte brachte Sigal eine Recherche über eine Rabbinerin, die gegen Tausende von Schekel Genesungssegen für krebskranke Kinder verteilt und das Geld nicht zurückgegeben hatte, als die Kinder gestorben waren.

Und all das ohne Erklärung. Erst hatte Liora eine umfassende Aussage geliefert, was Danielle genau passiert war, und die Blinde schien ihr endlich zu glauben, und seither – Funkstille. Weil die Blinde sich hat überzeugen lassen? Hatte sie den Fall gegen Liora geschlossen und konzentrierte sich jetzt auf den Vergewaltiger?

Auch Edri musste eingestehen, wie sonderbar es war, dass seit ihrer Aussage bei der Polizei kein Pieps mehr gekommen war, und er versprach zu klären, warum. Als er fragte, wann Danielle zurückkäme, sagte Liora, bald, obwohl sie sich nicht mehr sicher war. Danielle sollte eigentlich schon wieder da sein, um bei der Polizei gegen den Vergewaltiger auszusagen und sich für den Bericht im Fernsehen interviewen zu lassen, wie Liora der Journalistin versprochen hatte. Aber Marcelle rief an und sagte, das Mädchen wolle noch ein paar Tage bei ihnen bleiben. Dass sie sich noch nicht ganz erholt hätte. Und da sowohl die Journalistin als auch die Polizistin von der Bildfläche verschwunden waren, machte es keinen Sinn zu drängen. Liora fragte, ob sie mit Danielle sprechen könne, doch Marcelle sagte: »Gib ihr noch ein bisschen Zeit hier. Sie hat uns gebeten, dir zu sagen, dass sie noch bleiben möchte, und sie mag das nicht von sich aus ansprechen. Uns stört das nicht, im Gegenteil. Es ist richtig nett, dass sie hier ist. Also, was kümmert's dich?«

Marcelle war der einzige Mensch auf der Welt, dem sie blind vertraute.

*

Am nächsten Morgen rief Edri an, nur um ihr zu sagen, er habe das Gefühl, irgendetwas sei im Gange, denn niemand wolle mit ihm reden. Auch Polizisten, die sonst immer offen für eine Zusammenarbeit seien. Er war nicht der Meinung, der Fall würde geschlossen werden – vielleicht sogar im Gegenteil – und bat sie, sich auf das Schlimmste gefasst zu machen. Sie solle ihm Bescheid geben, sobald jemand mit ihr Kontakt aufnahm. Tatsächlich rief am Mittag die Blinde an. Sie versuchte, entspannt zu klingen, fast gelangweilt, als sie fragte, ob Liora morgen früh aufs Revier kommen könne. Liora wollte wissen warum, und Wahabe sagte: »Um lose Fäden zu vernähen. Wir sind im Begriff, abschließende Empfehlungen in dem Fall vorzulegen, und ich würde gern noch einige kleinere Details mit Ihnen klären.«

Edri ging nicht dran, und im Nachhinein begriff Liora, dass das Teil des Verrats war, des doppelten Spiels, das er die ganze Zeit gespielt hatte, genau wie beim letzten Mal, als er sich von den Mördern hatte kaufen lassen.

Er wusste, oder ahnte zumindest, dass Liora in eine Falle ging, und unterließ es sie zu warnen, offensichtlich auf Geheiß seiner Freunde bei der Polizei. Sie hätte darum bitten können, die Vernehmung zu verschieben, weil sie keine Gelegenheit gehabt hatte, sich mit ihrem Rechtsanwalt zu beraten, aber der hätte ihr ohnehin nicht geholfen, und in Wahrheit glaubte Liora auch nicht, dass es das Ende sein würde.

Die letzte Vernehmung.

Danielle war schließlich noch in Frankreich, und sie mussten ja gemeinsam eine Aussage machen. Außerdem nahm Liora an, die Polizei würde an einem bestimmten Punkt auch eine Gegenüberstellung zwischen ihnen und dem Vergewaltiger arrangieren. Was also sollte das heißen, dass Wahabe nur noch »ein paar lose Fäden vernähen« wollte? Und wie genau konnte sie abschließende Empfehlungen in dem Fall vorlegen? Liora hatte doch noch so viel zu sagen!

Alice machte ein säuerliches Gesicht, als Liora um einen

freien Tag bat, denn es war der »Tag des Gebens«, an dem sie besonders auf sie angewiesen war. Die Kinder gaben etwas von sich und sollten für ein anderes Kind aus dem Kindergarten von Herzen ein Kunstwerk schaffen, was immer jede Menge Dreck bedeutete, der hinterher vom Fußboden und den Wänden abgeschabt werden musste. Michal ging über eine Stunde lang nicht ans Telefon, und als Liora sie schließlich erreichte, um zu fragen, ob sie Eden und Ofrit nach der Schule mit zu sich nehmen könne, druckste sie herum, sagte, sie würde zurückrufen. Als sie es schließlich tat, teilte sie ihr mit, es gehe nicht, weil Maxim einen Termin habe und den Wagen brauche. Etwas in Michals Stimme war sonderbar, zu ernst oder zu förmlich, und auch ihre Antwort überraschte Liora, aber Maxim war schon eine ganze Weile sehr feindselig und hatte inzwischen vielleicht angefangen, Einfluss auf seine Frau zu nehmen. Sie rief Mordechai an und fragte, ob er am nächsten Tag nach der Schule auf die Mädchen aufpassen könne, und als er ihr anbot, noch am Abend zu kommen, willigte sie ein. Er bat, sie möge nicht kochen, und erschien um sieben mit einem Topf Geflügelsoffritto und einer Grießkuchenform, aß mit ihr und den Mädchen und schaute hinterher im Wohnzimmer fern. Um halb elf fragte er, ob er bei ihr schlafen könne, und Liora verstand, dass er im selben Bett meinte, und diesmal gestattete sie es ihm, obwohl sie wusste, sie würde ihn nicht anfassen. Edri drückte sie weiterhin weg, und auch Marcelle und Ronny gingen nicht dran, weshalb sie Marcelle schließlich eine Nachricht hinterließ und bat, Danielle solle sie anrufen. Am Morgen dann, vielleicht, weil er sah, dass sie angespannt war, schlug Mordechai vor, gemeinsam einige Psalmen zu lesen, um sie für die Prüfungen vorzubereiten, die ihr womöglich bevorstanden.

Nachdem er zur Synagoge aufgebrochen war, ging Liora duschen. Den zweiten Kaffee trank sie allein auf dem Balkon, bevor sie Eden weckte und ihr sagte, Mordechai käme am Nachmittag, um bei ihr und Ofrit zu bleiben, denn es könne sein, dass sie es nicht rechtzeitig nach Hause schaffen würde.

Wahabe ließ sie nicht auf dem Gang warten, wie bei den vorherigen Vernehmungen. Sie führte sie schnell in den Vernehmungsraum, und erst Stunden später verstand Liora, warum. Sie begegneten sich in diesem Raum zum vierten oder vielleicht fünften Mal, und Liora wusste ja, dass sie stärker war als die andere, aber diesmal war sie doch etwas angespannt, weil sie meinte, in Bezug auf zu viele Dinge im Nebel zu tappen. Im Laufe des Tages wurde klar, dass sie damit recht hatte. Trotzdem geriet Lioras Sicherheit, auch als Wahabe sie überraschte, nicht vollkommen ins Wanken, und sie würde weiterhin die Kontrolle behalten über das, was im Raum geschah, bis zu dem Augenblick, als sie diesen verlassen würde, aufrecht und zu einem Zeitpunkt, an dem sie es wollte.

»Wie ich Ihnen ja bereits mitgeteilt habe«, begann Wahabe, »werden wir in Kürze den Fall zum Abschluss bringen. Vielleicht noch diese Woche. Bevor wir aber endgültige Entscheidungen treffen, wollte ich noch einige Details durchgehen und eine letzte Version von Ihnen bekommen.«

Auf dem Tisch standen ein grüner Kartonaktenschuber und mehrere Wasserflaschen. Die Beamtin hob die Augen nicht von dem Blatt, das sie aus dem Schuber gezogen hatte, und las weiter davon ab. Für einen Moment dachte Liora, hätte sie Wahabe anderswo getroffen – zum Beispiel als Mutter eines Kindes im Kindergarten –, dann hätte sie vielleicht nicht zu den Müttern gehört, die sie hasste.

»Bei unserer ersten Vernehmung hier, am Dienstag, dem 26. August, einen Tag nachdem der Säugling gefunden wurde, haben Sie jegliche Verbindung mit dem Tathergang geleugnet. Ihre Erklärung habe ich hier, von Ihnen unterzeichnet. Sie können sie gerne einsehen«, sagte sie. »Wenige Tage später, als wir eine DNA-Probe hatten, die Sie mit dem Säugling in Verbindung bringt, aber beweist, dass Sie nicht die Mutter sind, haben Sie Ihrerseits trotzdem behauptet, Sie seien die Mutter der Kleinen, könnten sie aber aus finanziellen Gründen nicht bei sich behalten. Erinnern Sie sich? Auch diese Erklärung haben Sie unterschrieben. Und vor zwei Wochen, als Sie begriffen haben, dass wir inzwischen wissen, dass die leibliche Mutter Ihre Tochter Danielle ist, und wir sie in Paris vernehmen werden, haben Sie uns eine weitere Version abgeliefert. Haben gesagt, Danielle sei Opfer einer durch Identitätsbetrug verübten Vergewaltigung durch einen Jungen namens Amir Suan geworden, der ihr seine wahre Identität verschwiegen und sich fälschlicherweise als Jude ausgegeben habe, um mit Ihrer Tochter geschlechtlich zu verkehren. Aus meiner Sicht stellen alle diese Versionen, zumindest im Moment, bloße Versuche dar, die Ermittlungen zu verschleppen und zu stören, um die Polizei daran zu hindern, die einzige Straftäterin in dieser Geschichte vor Gericht zu bringen. Nämlich Sie. Die einzige, gegen die wir im

Augenblick beabsichtigen Strafbefehl einzureichen. Denn ich sehe keine andere Erklärung für Ihre wiederholten Falschaussagen, es sei denn, es gelingt Ihnen, diese zu begründen.«

Wie bei den vorherigen Vernehmungen hatte sie nicht vor zu antworten. Mordechai hatte ihr geraten, während der Vernehmung einen der Psalmen zu sprechen, und sie versuchte, sich an die ersten Zeilen des dritten Psalms zu erinnern, die er im Morgengrauen auf dem Balkon gelesen hatte, genau als die Dunkelheit sich zu lichten begann.

»Schade, dass Sie schon wieder schweigen, Liora. Ich gebe Ihnen die Gelegenheit, sich zu erklären. Eine letzte Chance.« Wahabe versuchte, drohend zu klingen.

Liora entgegnete: »Sie sind der letzte Mensch auf der Welt, der mir eine Chance geben muss. Wer sind Sie denn? Und wenn das alles ist, was Sie wollen, dann würd ich jetzt gerne gehen und meine Arbeit fortsetzen.«

Sie hatte selbst nicht jedes Detail ihres Planes verstanden. Aber es war alles nur für Danielle gewesen.

Die stille Geburt, von der niemand etwas wissen sollte. Das Warten darauf, dass die Kleine endlich aufhörte zu atmen, nachdem die Abtreibung nicht geklappt hatte. Die Entscheidung, das Baby erst vor dem Krankenhaus auszusetzen, nachdem Danielle weg war, damit sie nicht in Verdacht geriet. Für all das würde Liora allein die Verantwortung und die Strafe auf sich nehmen. Doch sie hätte nie gedacht, dass jemand, falls sie gefasst wurde und aussagte, es sei ihr Baby, sich die Mühe machen und nachforschen würde, wer die Mutter ist. Vielleicht hätte das tatsächlich niemand getan, wenn die Ermittlung nicht in die Hände der Blinden gefallen wäre. Die hatte nicht von dem Baby gelassen, als wäre es ihr eigenes, aber vielleicht war das ja ihre Aufgabe in der Welt, sich der Kleinen anzunehmen, von der der Himmel gewollt hat, dass sie lebt, und sich um sie zu kümmern, wie die Tochter des Pharaos es mit Moses getan hatte.

Von dem Betrüger hatte sie erzählen müssen, weil es am Ende keinen anderen Weg mehr gab, Danielle zu retten, als die ganze Wahrheit zu sagen.

Wahabe lächelte und sagte: »Ich möchte wissen, ob Sie an der letzten Version festhalten, laut der Danielle Ihnen gesagt hat, sie sei vergewaltigt worden, weshalb Sie beschlossen haben, erst die illegale Abtreibung machen zu lassen und dann dem Neugeborenen alle medizinische Versorgung zu verweigern. Ich lese Ihnen jetzt Teile aus dem Protokoll der letzten Vernehmung vor, und Sie sagen mir, ob es darin Aussagen gibt, die Sie revidieren möchten. Okay? Sie haben mir Folgendes gesagt:

Am Schabbat, dem 9. August, erzählte mir meine Tochter Danielle, weil sie an heftigen Bauchschmerzen und Müdigkeit litt, sie glaube, schwanger zu sein, da sie schon drei oder vier Monate keine Monatsblutung mehr hatte. Als ich sie fragte, warum sie das nicht früher gesagt habe, gestand meine Tochter, sie habe sich geschämt, mir oder irgendeinem anderen Menschen von der Schwangerschaft zu erzählen, weil diese das Resultat einer Vergewaltigung sei durch einen Jungen namens Amir Suan, den sie bei der Arbeit kennengelernt hatte. Danielle erzählte mir, dass der junge Mann sie nicht durch Brutalität vergewaltigt habe, sondern dadurch, dass er seine Identität verschleiert und sich als Jude ausgegeben hatte. Nachdem es bei zwei Gelegenheiten, auf sein Betreiben hin, zum Geschlechtsverkehr gekommen war, verließ er sie. Wir haben einen Schwangerschaftstest gemacht, der positiv ausfiel, und erwogen, Anzeige wegen Vergewaltigung zu erstatten, aber meine Tochter war in einer schwierigen seelischen Verfassung und wollte nicht. So haben wir beschlossen, alles geheim zu halten und eine Abtreibung zu machen, damit die Vergewaltigung und Schwangerschaft nicht ihre Zukunft beeinflussten.

Im weiteren Verlauf der Vernehmung haben Sie mir erklärt, Sie hätten sich, nachdem der Versuch, eine stille Geburt, also eine Totgeburt, herbeizuführen, misslungen war, aufopferungsvoll um die Neugeborene gekümmert und sie schließlich beim Wolfson-Krankenhaus abgestellt, damit man dort ihr Leben rettet und so weiter. Das ist aber im Moment weniger von Bedeutung. Den Teil, den ich Ihnen vorgelesen habe, können Sie den bestätigen? Dass Ihre Tochter behauptet hat, sie sei unter Identitätsbetrug durch Suan vergewaltigt worden und dass Ihre Tochter Sie gebeten hat, die Vergewaltigung geheim zu halten und alles zu tun, was Sie getan haben?«

»Sagen Sie mal, warum muss man Ihnen alles zweimal sagen? Ist das, weil Sie alles doppelt sehen?«, antwortete sie. »Ich hab nicht gesagt, meine Tochter hat mich drum gebeten, sondern dass ich das für sie getan hab. Dass es das ist, was sie wollte. Und ich hab Ihnen geraten, Sie sollen gefälligst den Vergewaltiger verhören anstatt uns, richtig? Also, haben Sie ihn verhört? Haben Sie geklärt, ob er das noch mehr Mädchen angetan hat? Und schämen Sie sich überhaupt nicht, mich eine Kriminelle zu nennen, wo wir die eigentlichen Opfer in dieser Geschichte sind? Denken Sie dran, ich hab Sie gewarnt, die Hetzjagd auf uns wird Ihnen noch um die Ohren fliegen. Sie werden's sehen, das wird passieren.«

Bei den letzten Worten war Liora weniger sicher und hoffte, Wahabe würde das nicht an ihrer Stimme merken. Die Polizistin sah sie mit dieser Andeutung eines Lächelns an, das seit dem Beginn der Vernehmung nicht von ihrem Gesicht gewichen war, und Liora dachte plötzlich, dass sie möglicherweise Kontakt zu der Reporterin aufgenommen hatte. War das der Grund, warum Sigal wie vom Erdboden verschwunden war? »Wir werden noch sehen, wem was um die Ohren fliegt«, gab die Polizistin zurück und drehte den Computerbildschirm, der auf dem Tisch stand, in Lioras Richtung.

Im ersten Moment meinte Liora, sie selbst sei auf dem Bildschirm zu sehen, wenn auch in ungewohnter Kleidung.

Sie hatte zugenommen, und auch ihre Brust wirkte voller, beinahe fraulich, aber der eigentliche Grund, warum Liora Danielle nicht sofort erkannte, war, dass sie sich so ähnlich sahen.

Sie trug eine helle Jeans, die sie vor der Reise noch nicht gehabt hatte, und ihr geliebtes weißes Kapuzenshirt, das weite mit der großen Bauchtasche, das Liora schon Dutzende Mal gewaschen und zum Trocknen aufgehängt hatte, seit sie es ihr zu Beginn des Winters gekauft hatte.

»Was Sie gleich sehen werden, wurde vor zehn Tagen in Paris aufgenommen. Seitdem haben wir weitere Ermittlungsmaßnahmen durchgeführt, und alles, was Danielle hier sagt, wurde überprüft und bestätigt. Ich habe Ihnen auch eine Mitschrift ausgedruckt, da nicht immer alles gut zu verstehen ist. Ich denke, wir schauen uns jetzt die wichtigsten Ausschnitte gemeinsam an. In Ordnung? Oberinspektor Avi Avraham, der Leiter unseres Ermittlungsdezernats, ist extra nach Paris geflogen, und wie Sie sehen werden, ist es ihm gelungen, Danielle zu einer Aussage zu bewegen. Dabei hat sie etwas ganz anderes erzählt als das, was Sie hier behaupten. Laut Aussage Ihrer Tochter tragen Sie allein die Verantwortung für die Aussetzung des Säuglings, für die mangelnde medizinische Versorgung und danach auch für sämtliche Versuche, die polizeilichen Ermittlungen zu behindern und Danielle zur Straftat einer Falschaussage zu veranlassen.«

Der Polizist gegenüber von Danielle war der, den Liora schon bei einer ihrer eigenen Vernehmungen auf dem Revier gesehen hatte. »Sie können das ruhig stoppen«, sagte sie. »Interessiert mich nicht, was da in Ihrem Filmchen zu sehen ist. Ich kauf Ihnen jedenfalls keins Ihrer Manöver ab.« Um das Zittern ihrer Finger vor der Blinden zu verbergen, legte sie die Hände auf die Knie, unter dem Tisch. Was sie am Manöver der Blinden nicht verstand, war, dass sie gesagt hatte, sie habe Danielle zur Straftat einer Falschaussage veranlasst.

Der Polizist trug eine dunkle Windjacke über weißem Hemd, und aus seinen Worten ging hervor, dass er Danielle nicht zum ersten Mal traf. Wieso hatte Marcelle ihr nichts von diesen Vernehmungen gesagt?

Zu Beginn sagte er zu Danielle: »In deiner Aussage, die du mir gegenüber gestern gemacht hast, bestätigst du, dass Amir Suan dir verheimlicht hat, Araber zu sein, und dass du diesen Umstand gemeint hast, als du sagtest, er habe dich vergewaltigt. Also eine Vergewaltigung durch Betrug.« Danielle nickte nur. »Andererseits«, fuhr der Ermittler fort, »weigerst du dich, näher darauf einzugehen, was genau zwischen euch war, und hast gesagt, deine Mutter solle uns alles sagen. Aber ich habe ein Problem und brauche trotzdem deine Hilfe. Ich habe deine Mutter übrigens getroffen, und sie ist tatsächlich ein Mensch, der zu reden weiß, kein Zweifel – sie kann einem vielleicht sogar ein bisschen Angst machen, nicht? Aber deine Mutter war nicht bei Amir und dir im Zimmer. Ihre Aussage beruht auf Hörensagen. Kennst du diesen Begriff? Eine Zeugenaussage nach Hörensagen ist die eines Menschen, der etwas über ein Verbrechen gehört, es aber nicht selbst erlebt oder mit eigenen Augen gesehen hat, weshalb sie vor Gericht weniger Gewicht hat. Und gerade weil ich dir glaube, Danielle, und Amir wegen Vergewaltigung vor Gericht bringen will, weil ich herausfinden möchte, ob er das, was er mit dir gemacht hat, auch bei anderen Mädchen versucht hat, brauche ich von dir eine Aussage dazu, was passiert ist. Nicht von deiner Mutter. Und zwar in allen Einzelheiten. Wie er seine Identität vor dir verheimlicht und wie er sich verstellt hat. Deine Mutter reicht hier nicht. Ich brauche dich, und sie ist nicht du, auch wenn sie meint, es sei so.«

Danielle hielt die ganze Zeit den Blick unter ihrer Kapuze verborgen, wie sie es zuhause immer machte, außer in den Momenten, in denen der Ermittler Liora erwähnte. Zum Beispiel als er sagte, Liora könne einem ein bisschen Angst machen, hob Danielle den Kopf. Sie schien in Bedrängnis, und erst Stunden später begriff Liora, dass diese Bedrängnis gespielt war.

Wahabe spulte das Video mit doppelter Geschwindigkeit vor, weil der Polizist Zeit brauchte, bis er Danielle so weit hatte, dass sie sagte, was er hören wollte. Seine Strategie war klar. Je länger die Vernehmung dauerte, desto mehr beugte er sich vor und kam Danielle näher. Tat so, als glaubte er ihnen, und versprach, der Vergewaltiger würde ins Gefängnis kommen. Aber zugleich versuchte er, Liora von Danielle zu trennen, sagte: »Ich verstehe, dass deine Mutter versprochen hat, uns alles zu erzählen, und dass sie das tut, um dir zu helfen. Aber deine Mutter irrt sich. Deine Mutter ist keine Rechtsanwältin und sie kennt das Gesetz nicht. Anstatt uns zu helfen, den Vergewaltiger zu bestrafen, richtet sie bloß Schaden an, bei uns – und vor allem für dich. Und verzeih, wenn ich dir das sage, Danielle, aber du bist nicht mehr in dem Alter, in dem man blind alles tut, was die eigene Mutter denkt. Auch wenn du dich vor ihr fürchtest. Du scheinst mir alt genug, alleine zu entscheiden.«

Die Schwäche in den Fingern war in den Arm gewandert, und Liora legte die Hände wieder auf den Tisch. Der Polizist auf dem Bildschirm versuchte weiter, sie zu trennen, als er Danielle fragte: »Kann es sein, dass deine Mutter auch an sich selbst denkt und nicht nur an dich?« Danielle versuchte ihm zu entkommen, indem sie nach oben schaute, zur Kamera, als wüsste sie, dass Liora die Aufzeichnung zu sehen bekommen würde. Sie antwortete nicht, und der Polizist machte weiter. »Kann es sein, dass deine Mutter das, was dir angetan wurde, verwendet, damit wir nachsichtiger bei ihren eigenen Straftaten sind? Denn sie hat gravierende

Straftaten begangen, auf jeden Fall. Sie hätte dem Baby niemals eine medizinische Versorgung verweigern dürfen, egal unter welchen Umständen die Kleine geboren wurde. Vielleicht denkt sie, wir sind weniger streng mit ihr, wenn sie sagt, sie hätte es getan, weil du sie darum gebeten hast oder wegen dem, was dir passiert ist. Hat sie dir deshalb gesagt, du sollst nicht mit uns reden?«

Was Danielle schließlich sagte, hätte Liora nicht vorhersehen können.

»Warum fürchtest du dich vor ihr?«, fragte der Polizist, und Danielle sagte leise: »Tu ich nicht.«

Er ließ nicht locker und sagte: »Tust du doch. Du vermeidest jeden Konflikt mit ihr. Lässt sie entscheiden, lässt sie an deiner Stelle reden, und du schweigst. Du bist nicht bereit, irgendetwas zu tun, was sie dir nicht erlaubt hat«, und Danielle zog heftig an den Bändern der weißen Kapuze, schnürte ihr Gesicht damit zu, als wollte sie darin verschwinden.

»Ich verstehe deine Angst, Danielle. Du willst dich nicht gegen deine Mutter stellen. Aber manchmal muss man sich überwinden und sagen, was man zu sagen hast.«

Danielle sagte etwas, das der Polizist nicht hörte, und wiederholte lauter: »Ich hab keine Angst vor ihr. Ich bemitleide sie«, und als Liora Wahabe ansah, war in den Augen der Blinden kein triumphales Aufblitzen, wie sie gedacht hätte, sondern etwas anderes, das sie lieber nicht sehen wollte.

Der Polizist fragte, was sie damit meine, und Danielle sagte: »Ich bemitleide sie für das, was sie ist, und für das, was sie in ihrem Leben durchgemacht hat, und dafür, was sie deswegen versucht mit mir zu machen. Denn sie hat überhaupt nichts mehr unter Kontrolle, also versucht sie, mich und das, was ich tue, zu kontrollieren. Aber ich mach nicht nur, was sie mir erlaubt, denn Tatsache ist, ich war mit Amir zusammen, obwohl ich sehr gut wusste, was sie davon halten würde.«

Liora bat, den Film zu stoppen, und zu ihrer Überraschung schwenkte Wahabe den Bildschirm weg und sagte: »In Ordnung. Ich verstehe, das ist schwer. Aber was danach kommt, müssen Sie lesen. Soll ich Sie hier allein lassen, während Sie es lesen?« Sie legte die Seiten vor ihr auf den Tisch, nahm den Kartonschuber und verließ den Raum, und Liora überflog die Abschrift, da sie bereits ahnte, was sie darin finden würde.

Ermittler: Was soll das heißen, du hast sehr gut gewusst, was sie davon halten würde?

Talias: *(Keine Antwort)*

Ermittler: Du bist also davon ausgegangen, dass deine Mutter gegen eure Beziehung ist, schon als sie zustande kam?

Talias: *(Bestätigt mit einem Nicken)*

Ermittler: Wenn du geglaubt hast, Amir Suan sei Jude, warum hätte deine Mutter dann gegen diese Beziehung sein sollen?

Talias: *(Antwortet nicht)*

Ermittler: Erklär mir das, Danielle. Warum hätte sie gegen eure Beziehung sein sollen?

Talias: Ich glaub, ich hab's doch gewusst.

Ermittler: Was willst du damit sagen?

Talias: Sie wär gegen jede Beziehung gewesen. Egal wer. Auch gegen eine andere Beziehung, die ich hatte, war sie. Sie wollte halt kontrollieren, was ich im Leben mache.

Ermittler: Augenblick, aber ich möchte noch mal zurück zu dem, was du gesagt hast. Das ist wichtig. Du hast gesagt: »Ich glaub, ich hab's doch gewusst.« Wie soll ich das verstehen? Hat er dir verheimlicht, wer er in Wirklichkeit ist, oder nicht?

Talias: Ich glaub, er hat versucht, es zu verheimlichen, aber ich hab's gecheckt. Hab auch seine Chats auf WhatsApp gesehen.

Ermittler: Komm, lass uns noch einen Augenblick bei den Einzelheiten bleiben. Du sagst, er hat versucht, es zu verheimlichen. Wie genau?

Talias: *(Antwort unverständlich. Muss ergänzt werden. Drei oder vier Worte)*

Ermittler: Aber wie konkret? Nenn mir ein Beispiel für das, was du »verheimlichen« nennst.

Talias: Er wollte nicht, dass wir uns bei ihm zuhause treffen, hat mich nicht zu sich eingeladen und auch nie über Freunde oder über seine Familie geredet. Bei der Arbeit haben sie's auch nicht gewusst, scheint mir. Er hat Hebräisch gesprochen ohne Akzent und hat immer gesagt, es fällt ihm leichter, Englisch zu sprechen, weil seine Familie in Irland war oder in Australien und er da groß geworden ist, bis er zehn war, und nach der Schule wollte er dort auch leben und arbeiten. Auf Arabisch hatte er gar nichts auf dem Handy, außer halt den Chats auf WhatsApp, die ich gesehen hab. Das ist alles.

Ermittler: Und wie bist du dann trotzdem dahintergekommen? Wodurch? Nur durch die Sachen auf WhatsApp?

Talias: Ich hab gespürt, dass er versucht, mir was zu verheimlichen. Wie ich es auch bei bestimmten Sachen mache. Man spürt, wenn jemand versucht, was zu verheimlichen.

Ermittler: Und wie hast du das gespürt?

Talias: Weiß nicht.

Ermittler: Und hat dich das nicht gestört? Als ihr Geschlechtsverkehr hattet, hast du es da gewusst?

Talias: Das hat mich hinterher gestört.

Ermittler: Aber als ihr Geschlechtsverkehr hattet? Zweimal, richtig? Hat es dich da gestört?

Talias: Was?

Ermittler: Dass er es dir verheimlicht.

Talias: Hinterher hat mich das gestört. Wie ich gesagt hab. Ich hab auch keinem erzählt, dass wir zusammen waren, deswegen.

Ermittler: Weswegen?

Talias: Weil ich's gecheckt hatte. Und weil ich nicht wusste, ob er es ernst meint.

(…)

Ermittler: Und wann hat es dich dann gestört, dass er sich als Jude ausgegeben und dir nichts gesagt hat?

Talias: Ich hab ihn auch mit seiner Familie gesehen, in Jaffo, nachdem er den Kontakt abgebrochen hat.

Ermittler: Und dann hat es gestört?

Talias: Was hat gestört?

Ermittler: Dass er es vor dir verheimlicht hat.

Talias: Mich hat gestört, dass er einfach so den Kontakt abgebrochen hat, ohne was zu sagen.

Ermittler: Warum hat er den Kontakt abgebrochen?

Talias: *(Schüttelt den Kopf)*

Ermittler: Dann versuche ich zu verstehen, wann es dich gestört hat.

Talias: Als ich gedacht hab, ich bin schwanger, und nicht wusste, was ich machen soll. Ich war voll in Panik und wollte meinen Freundinnen nichts erzählen, weil ich Angst hatte, sie würden in der Schule was sagen, und dann flieg ich raus. In letzter Zeit war auch der Draht zu einem Teil von meinen Freundinnen weniger gut. Und ich wollte nicht zu meiner Mutter gehen, weil ich wusste, wie sie reagieren wird. Also hab ich gedacht, ich geh zu ihm. Zu Amir. Ich hab ihm echt viele Nachrichten geschickt. Hab ihn sogar angerufen. Aber er ist nicht drangegangen. Danach hat er mich auch auf WhatsApp gesperrt.

Ermittler: Warum hat er das getan?

Talias: Vielleicht hatte er Angst, ich würd's rauskriegen. Er war schon weg von McDonald's, und wir hatten keinen Kontakt mehr.

Ermittler: Also hast du es deiner Mutter erzählt?

Talias: Nicht sofort. Deshalb ist auch zu viel Zeit vergangen. Ich konnte es nicht mehr verstecken, weil ich einen Bauch hatte. Und zuvor hab ich mich geschämt.

Ermittler: Und wie hat sie reagiert, als du es ihr erzählt hast?

Talias: *(Antwortet nicht)*

Ermittler: Es ist nicht leicht für dich, darüber zu sprechen?

Talias: Es war schwer für sie.

Ermittler: Was?

Talias: Alles. Sogar schwerer, als ich gedacht hab.

Ermittler: Hat sie dich gefragt, von wem das Kind ist? Wie du schwanger geworden bist?

Talias: *(Nickt)*

Ermittler: Und was hast du gesagt? Hast du ihr von deiner Beziehung mit Amir erzählt?

Talias: Ich hab ihr gesagt, von wem ich schwanger bin.

Ermittler: Und hast du ihr gesagt, dass Amir dir verheimlicht hat, dass er Araber ist?

Talias: Ich hab ihr gesagt, dass ich am Anfang nicht sicher war. Weil ich es nämlich echt nicht war. Zuerst hat sie überlegt, mit seiner Familie zu reden, aber dann hatte sie Bedenken.

Ermittler: Und du hast ihn nie gefragt? Ich verstehe nicht. Wenn du nicht sicher warst, wieso hast du ihn dann nicht gefragt?

Talias: So was fragt man nicht gern. Ich dachte, er würd's mir erzählen, wenn wir länger zusammen sind, und es war für mich auch nicht so wichtig, bevor er Schluss gemacht hat.

Ermittler: Na gut. Und was ist dann passiert?

Talias: Nach ein paar Tagen hat meine Mutter gesagt, es lässt sich eine Abtreibung hinkriegen, und ist mit mir zu einem Arzt.

Ermittler: Und warst du dagegen? Oder wolltest du eine Abtreibung?

Talias: Wollte ich. Ich wollte nicht schwanger sein.

(Bricht ab. Ermittler reicht ihr Wasser.)

Ermittler: Alles okay? Möchtest du, dass wir eine Pause machen?

Talias: Nein.

Ermittler: Deine Mutter hat dich also zu einem Arzt gebracht?

Talias: Ja.

Ermittler: Und was dann?

Talias: Das Baby ist nicht gestorben. Ich weiß nicht, warum.

Ermittler: Und wie hast du dich damit gefühlt?

Talias: Was meinen Sie?

Ermittler: Was wolltest du mit dem Baby machen, als es nicht gestorben ist?

Talias: Ich wusste gar nichts. Meine Mutter hat gesagt, sie kümmert sich darum. Ich hab mich auf sie verlassen.

Ermittler: Das heißt, deine Mutter hat alleine entschieden, was mit dem Baby geschieht?

Talias: Ja.

Ermittler: Sie hat entschieden, den Säugling erst zuhause zu behalten und die Kleine dann in einer Tasche vor dem Krankenhaus abzustellen?

Talias: *(Nickt)*

Ermittler: Alle diese Entscheidungen kamen von deiner Mutter und nicht von dir?

Talias: Ja.

Ermittler: Und was wolltest du?

Talias: Ich wollte, dass das Baby stirbt.

*

Als die Blinde zurück in den Vernehmungsraum kam, war die Schwäche im Arm verschwunden, weil alle Karten auf dem Tisch lagen und Liora meinte, sie habe nichts mehr zu befürchten. Das Einzige, was sie in jenen Stunden nicht verstand, war, warum Danielle dem Polizisten gesagt hatte, sie habe gespürt, dass Suan ihr etwas vormachte und dass sie das nicht gestört hat. War sie in Panik geraten und hatte versucht, den Polizisten zu beschwichtigen? Später erst wurde ihr klar, das war keine Panik, sondern eine Durchtriebenheit, von der sie nicht glauben konnte, dass Danielle sie besaß.

Als hätte ihr Körper, zusammen mit dem Baby, eine grausame Kraft zur Welt gebracht, die versuchte, Liora zu zerstören.

Die Zeile aus dem Psalm, den sie am Morgen mit Mordechai gelesen hatte, war, das verstand sie mit einem Mal, ein Warnsignal gewesen, das sie nicht bemerkt hatte.

Ein Psalm Davids, da er floh vor seinem Sohn Absalom.

Plötzlich fühlte sie sich erschöpft und versuchte, das zu verbergen, indem sie zu Wahabe sagte: »Ich hab's gelesen. Und was jetzt? Lassen Sie mich 'n Test dazu schreiben? Ein Diktat?«

»Was haben Sie zu dem zu sagen, was Sie gelesen haben?«

»Gar nichts. Meine Tochter ist in 'ne Falle gegangen und hat diesem Wachtmeister Azulay gesagt, was er hören wollte. Das ist alles. Aber sagen Sie mal, kann ich Ihnen auch 'ne Frage stellen, nach all den Fragen, die Sie mir gestellt haben?«

Die Blinde sah sie überrascht an.

»Warum sind Sie so mit dem Baby zugange? Weil Sie selbst keins haben? Sie haben doch keins, oder?«

»Ich beschäftige mich mit dem Baby, weil das meine Aufgabe ist. Und auch, weil ich mir um die Kleine und um Ihre Tochter Sorgen mache. Sogar um Sie mache ich mir Sorgen, Liora, obwohl ich verstehe, dass Sie das nicht denken.«

Es war so durchsichtig. Die Blinde versuchte, sie auf die sanfte Tour zu brechen anstatt durch Drohungen, doch gerade das ließ Liora wieder hart werden. »Um mich müssen Sie sich echt keine Sorgen machen. Wer sind Sie überhaupt, dass Sie sich um mich sorgen?«

»Ich bin niemand. Aber mir tut weh, was Sie sich selbst antun. Sie könnten sich selbst und Ihrer Tochter so viel Leid ersparen, wenn …«

»Was für Leid denn?«, unterbrach Liora die Blinde, weil sie nichts mehr hören wollte. »Glauben Sie mir, meine Tochter hat nicht gewusst, dass Suan ihr was vormacht und sie so betrügt. Das war es, was sie mir gesagt hat, als sie mir von der Schwangerschaft erzählt hat und wollte, dass ich ihr eine Abtreibung organisiere und das Ganze vertusche. Und genau das wird sie im Gericht sagen, wenn sie wieder in Israel ist und nicht mehr unter eurem illegalen Druck steht. Wenn Sie gedacht haben, euer Wachtmeister Azulay könnte uns brechen, dann denken Sie lieber noch mal nach. Und kein Gericht wird uns bestrafen, nachdem Danielle ihre Aussage gemacht hat.«

Wahabe versuchte erneut, sie unverwandt anzusehen, und sagte dann beinahe flüsternd: »Aber sie ist doch schon wieder in Israel, Liora. Sie ist längst wieder da und hat bei mir eine Aussage gemacht, und auch in den Gesprächen mit den Leuten vom psychologischen Dienst, die sie betreuen, hat sie dasselbe gesagt.«

Liora lächelte, weil auch dieses Manöver so durchschaubar war. Danielle würde nicht zurückkommen, ohne ihr Bescheid zu geben, und auch Marcelle hätte sie informiert, dass man ihre Tochter nach Israel zurückbringt. Selbst wenn jemand von der Polizei von ihr verlangt hätte, den Mund zu halten.

»Na, dann mal los, bringen Sie sie rein, worauf warten Sie?«

»Ich werde sie nicht hereinbringen, denn sie möchte Sie nicht sehen. Und ich habe ein Gutachten vorliegen, das bestätigt, ein Treffen zwischen Ihnen beiden wird nur unter Aufsicht der zuständigen Sozialstellen stattfinden und auch nur, falls Danielle es möchte. Sie können ihr nichts mehr antun, Liora.«

Das war nicht möglich.

»Ich hab ihr was angetan? Sagen Sie mal, sind Sie auch noch geisteskrank?«

Wenn Danielle tatsächlich zurückgekommen war, ohne dass Liora davon wusste, und bei der Polizei abermals ausgesagt hatte, sie habe gespürt, dass Suan ihr was vormacht, hatte sie das dann in dem Wissen getan, dass man Liora die gesamte Verantwortung anlasten würde – oder aus reiner Dummheit?

»Ich informiere Sie hiermit, dass Danielle sich seit Freitagmittag in Israel befindet. Ronny und Marcelle Nasry haben sie zum Flughafen gebracht, und die Repräsentantin der israelischen Polizei in Paris hat sie auf dem Flug nach

Tel Aviv begleitet. Ich habe sie am Ben-Gurion-Flughafen in Empfang genommen, zusammen mit Oberinspektor Avi Avraham und Ihrer ältesten Tochter Michal. Laut Beschluss der zuständigen Familienrichterin wohnt Danielle zunächst einmal bei Michal, Sie dürfen sie bis auf Weiteres nicht sehen. Ihnen steht selbstverständlich frei, gegen diesen Beschluss Rechtsmittel einzulegen.«

Erst als die Blinde sagte, Marcelle und Ronny hätten Danielle zum Flughafen gefahren, begann sie zu verstehen, wie allein sie war.

Und dass sie ihr Sündenbock sein würde.

Marcelle hatte drei Tage lang gewusst, dass ihre Tochter in Israel war und dass Liora nach ihr suchte. Sie hatte sich vor ihr gedrückt. Und Michal hatte erst gestern mit ihr telefoniert und kein Wort gesagt.

»Denken Sie, ihr könnt sie mir wegnehmen? Ob sie hier ist oder nicht, ihr nehmt sie mir nicht weg!«

Der Verrat durch Marcelle, die sie seit ihrem sechsten Lebensjahr kannte, schmerzte noch mehr als der durch Michal, von der Liora ohnehin nie viel erwartet hatte. Und von Danielle, die heulend zu ihr gekommen war und gefleht hatte, sie solle ihr das Leben retten. Ohne Liora würde sie sich jetzt um ein Baby kümmern müssen, von dem sie selbst zugegeben hatte, dass sie wünschte, es wäre tot.

Ich werde ihr Sündenbock sein, David.

Auf meinem Rücken werden sie ihre Lügen erzählen, um sich selber rauszureden. Alle haben sie gewusst, was die Polizei mir anhängen will, und keiner hat auch nur daran gedacht, mir zu helfen.

Die zweite Zeile des Psalms, den sie gelesen hatten, war,

Ach HERR, *wie sind meiner Feinde so viel und erheben sich so viele gegen mich.* Fast, als hätte auch Mordechai es gewusst.

»Wir haben nicht vor, sie jemandem wegzunehmen. Aber ich beabsichtige, sie zu schützen. Und das werde ich auch. Das verspreche ich Ihnen.«

»Sie vor mir schützen? Weil sie Ihnen wichtig ist, was? Alles, was Sie wollten, war doch nur, sie dazu zu bringen, wegen diesem Suan zu lügen. Damit sie euch sagt, er hätte ihr nichts vorgemacht oder dass sie die ganze Zeit gewusst hat, dass er Araber ist. Das ist alles, was Sie von ihr wollten.«

Die vierte Zeile war: *Aber du,* HERR, *bist der Schild für mich, du bist meine Ehre und hebst mein Haupt empor,* und als sie sie in ihrem Herzen aufsagte, spürte sie, ihre Kraft war noch nicht ganz verschwunden. Dass sie zu ihr zurückkehren konnte – und tatsächlich tat sie das.

»Wir wollten die Wahrheit wissen, Liora. Und jetzt kennen wir sie. Sie hat Ihnen gesagt, dass sie Bescheid gewusst hat, aber Sie haben sie gedrängt zu sagen, er habe seine Identität verschleiert, für den Fall, dass man Sie fassen würde, weil es dann eine Vergewaltigung gewesen wäre. Um zu rechtfertigen, was Sie getan haben, nehme ich an. Ich weiß nicht, warum für Sie das als Rechtfertigung gilt, denn ich verstehe nicht, wie Ihr Kopf arbeitet. Auf jeden Fall geht es hier um das Leben eines Babys, ganz egal, wer die Eltern sind, Araber oder Juden, das Ihretwegen fast gestorben wäre. Und auch um das Leben Ihrer Tochter, die ein Trauma erlitten hat und psychologischer Hilfe bedurft hätte. Und ja, mich kümmert das alles sehr, im Gegensatz zu Ihnen. Sowohl das Baby als auch Danielle. Und ich warne Sie, ich werde nicht zulassen, dass Sie ihr noch mehr antun. Die Anklageschrift, die wir gegen Sie vorbereiten, wird so streng ausfallen wie möglich, und Danielle wird Hauptbelastungszeugin der Anklage sein.«

Liora kam von ihrem Stuhl hoch und unterbrach die andere. »Bereiten Sie vor, was Sie wollen. Was? Denken Sie etwa, Sie sind besser als ich?«

Der einzige Grund warum sie sich wieder setzte und dann mehr sagte als beabsichtigt, war Wahabes Antwort: »Ich weiß nicht, ob ich besser bin. Und setzen Sie sich bitte wieder hin, Liora, ich habe Sie noch nicht entlassen. Hinsetzen! Sicher ist, ich habe die Straftaten nicht begangen, die man Ihnen zur Last legt. Aber ich habe Ihre Tochter getroffen und ich kann Ihnen sagen, sie leidet an einem schweren Trauma. Weshalb sie Hilfe benötigt hätte. Und nicht, dass Sie sie einfach nach Frankreich abschieben. Sie hätte jemanden gebraucht, der sie beruhigt, der mit ihr redet und ihr hilft. Und jetzt bekommt sie endlich Hilfe.«

»Denken Sie, Sie sind mehr Mensch als ich?«

Wäre Danielle hier gewesen, hätte Liora sie angeschrien: Du hast mir nicht gesagt, dass du gemerkt hast, er spielt dir was vor. Hast du nicht! Also warum hast du das dem Polizisten erzählt?

Wahabe antwortete nicht. Und als Liora weiterredete, sah sie, dass die Blinde erschrak über das, was sie zu sagen hatte. Und sie spürte, ihre Worte waren nicht nur an die andere gerichtet, auch wenn sie die Einzige war, die dort saß.

»Das denken Sie also? Dass es mir was ausgemacht hat, dass sie von ’nem Araber schwanger war? Dann sag ich

Ihnen, Sie sind tausendmal rassistischer als ich. Und nicht weniger. Mich hat nicht gekümmert, von wem sie schwanger war. Denn ich war im Gegensatz zu Ihnen mein ganzes Leben an 'nem Ort, wo es Beziehungen zu solchen Leuten gab. Wissen Sie, wer zusammen mit meinem David umgebracht wurde? Überprüfen Sie das mal, und Sie werden sehen, wer der Arbeiter war, der mit ihm auf der Baustelle umgebracht wurde. Oder bitten Sie Danielle, sie soll Ihnen das erzählen. Zwanzig Jahre haben sie zusammen gearbeitet wie Brüder. Und im Gegenteil zu Ihnen les ich auch jeden Morgen die Geschichten über Moses und weiß, wer ihn aufgezogen hat.«

»Ich verstehe nicht, was das jetzt mit Moses zu tun hat. Und wenn es Ihnen nichts ausmacht, warum haben Sie das getan?«

»Warum hab ich was getan?«

»Das alles.«

»Warum ich 'ne Abtreibung hab machen lassen bei ihr?«

»Ja. Warum haben Sie versucht, eine illegale Abtreibung vornehmen zu lassen, warum haben Sie das Neugeborene nicht medizinisch versorgen lassen und warum haben Sie hinterher Danielle gedrängt auszusagen, sie hätte nichts über Suans Identität gewusst?«

Sie hätte ihr sagen können, dass sie das niemals getan hat, aber die Blinde hätte ihr nicht geglaubt, und Danielle hätte es ohnehin nicht geholfen.

»Sie denken, ich hab das gemacht, weil ich rassistisch bin? Das denken Sie wirklich, was? Aber ich hab das nur wegen euch gemacht. Nicht meinetwegen. Weil ich weiß, was eine wie Sie über ein sechzehnjähriges Mädchen denkt, das von einem Jungen aus Jaffo geschwängert wird. Ich weiß sehr gut, wie Sie sie angesehen hätten. Und ich hab sie nicht so angeguckt. Für mich war sie immer das Mädchen, das seinen Vater verloren hat. Deshalb ist sie ja auch zu ihm gegangen, zu diesem Bubi, der sie ausgenutzt hat. Das hören Sie nicht gerne? Aber es stimmt. Sie gehören zu den Leuten, die sie so anschauen. Auf jeden Fall wartet jede Menge Scheiße auf sie im Leben, und mit dem Baby hättet ihr das noch schlimmer für sie gemacht.«

»Ich weiß nicht, warum Sie andauernd ›ihr‹ sagen, wenn Sie mit mir reden. Wer denken Sie denn, dass ich bin? Und außerdem, wenn Sie Danielle geholfen hätten, würde vielleicht auch nicht ein Leben voller Scheiße auf sie warten.«

Liora überging, was die Blinde über die Anrede in der Mehrzahl gesagt hatte. »Wissen Sie überhaupt, wer dieses Mädchen ist, so wie Sie hier sitzen und über sie quatschen, als wären Sie ihre Retterin? Ganze zwei Mal haben Sie sie getroffen? Und wissen schon, wer sie ist?«

Wahabe schwieg, und die Schwäche, die Liora zuvor befallen hatte, verschwand vollkommen.

»Sie ist ein Mädchen, das gelitten hat, seit sie klein war, ganz egal, was ich ihr angeblich angetan hab oder nicht. Ich weiß das, weil ich am Anfang genau war wie sie. Ein Mädchen, das keiner mochte. Keine anderen Kinder, keine Freundinnen. Keiner wollte was mit ihr zu tun haben, und sie hat das mitgekriegt, denn Grips hat sie. Und deshalb ging's ihr nicht gut damals. Kindheit ist was, was ihr viel zu sehr überbewertet. An der Kindheit ist nichts Gutes. Schon mit zehn hat Danielle kapiert, dass es auch nicht gerade leicht ist, eine Frau zu sein, aber auf jeden Fall weniger schlimm. Und schon da war sie sauer, dass man sie nicht sein lässt, wie sie will. Aber eine Frau hat wenigstens Augenblicke von Macht, und wenn sie Glück hat, so wie ich, kann sie auch Liebe haben. Also kapieren Sie jetzt, was ich wollte? Ich wollte das Baby nicht töten, glauben Sie mir, ich hab den Himmel um Verzeihung gebeten, dass wir 'ne Abtreibung machen lassen, aber ich wollte, dass meine Tochter 'ne Chance kriegt, ihr Leben als Frau zu beginnen, ohne diesen Stempel, den ihr ihr verpasst hättet. Und er hat ihr doch auch wirklich was vorgemacht, oder etwa nicht? Hat er ihr was vorgemacht oder nicht? Ich frag jetzt nach ihm, nicht danach, was Danielle sagt. Von wegen, sie hätte es gemerkt. Hat er versucht, das vor ihr zu verheimlichen oder nicht? Auf einmal ist Ihnen die Wahrheit nicht mehr so wichtig, was? Sie sind der Wahrheit nur verpflichtet, wenn's Ihnen passt, aber das ist ja nichts Neues für mich. Als man meinen Mann umgebracht hat, seid ihr der Wahrheit auch nicht verpflichtet gewesen. Da hat's euch auch besser gepasst, die Augen vor der Wahrheit zu verschließen und mit den Mördern zu mauscheln.«

Die Blinde hatte keinen Weg, Liora zu antworten. Das Einzige, was sie sagen konnte, war nur wieder: »Ich verstehe wirklich nicht, warum Sie die ganze Zeit ›ihr‹ sagen und wer diese ›ihr‹ sein sollen. Ich habe beim Tod Ihres Mannes nicht ermittelt und ich hätte Danielle niemals irgendeinen Stempel verpasst.«

Und als Liora auf der Stelle erwiderte: »Ihr, das seid ihr alle. Die Schönen. Alle, die mich verurteilen und denken, ihr seid besser als ich, während ihr mein Leben und die Leiche meines Mannes mit Füßen tretet und uns das Geld aus der Tasche zieht, als wär Geld das, was euch fehlt«, da blieb Wahabe einfach stumm.

Und weil sie nun schon einmal zu reden begonnen und ohnehin mehr gesagt hatte als beabsichtigt, erwähnte sie am Ende auch noch David. In jenen Augenblicken sprach sie zu der Blinden nicht, als säßen sie beide in einem Vernehmungsraum, sondern als könnte die ganze Welt sie hören.

Hör zu, wie ich mit denen rede, David. Das ist vielleicht die letzte Gelegenheit, es so zu sagen, dass alle es hören.

»Und es gab noch einen Grund, warum ich wollte, dass sie eine Abtreibung macht. Aber den verstehen Sie sowieso nicht.« Die folgenden Sätze waren die größte Wahrheit, die sie in diesem Raum sagte, seit die Blinde sie dort das erste Mal hatte Platz nehmen lassen.

»Ich wollte, dass Danielles erstes Kind aus einer großen Liebe geboren wird, wie ich sie mit David hatte. Nicht mit einem Mann, den sie kaum kennt und der sie hinterher wegwirft. Ich weiß nicht, ob sie jemals so eine Liebe findet. Ihnen aber wünsche ich, dass Sie ein Leben lang keine Liebe haben, und ich weiß auch, dass das passieren wird, dass Sie ihr ganzes Leben allein bleiben wie eine Aussätzige. Und ohne Kinder, denn Sie verdienen keine Kinder. Auch Danielle wird vielleicht keine Liebe haben, denn nicht jeder findet Liebe, und nicht jeder ist stark genug, so zu lieben. Um zu lieben, wie ich David geliebt habe, braucht man Kraft, und meine Tochter hat diese Kraft nicht, deshalb hat dieser Amir sie vielleicht auch verlassen. Aber ich wollte wenigstens, dass sie noch die Chance hat.«

Wahabe seufzte, sammelte die Seiten des Vernehmungsprotokolls ein, schob sie in den Schuber und sagte: »Was immer Sie sagen, Liora. Ihr Rechtsanwalt wird Sie dann informieren, was die Anklageschrift alles umfasst. Und ich setze Sie hiermit auch in Kenntnis davon, dass wir ein Ausreiseverbot für Sie beantragen werden und dass ein Umgangsverbot mit Danielle gegen Sie erteilt wurde. Avi Edri wird Ihnen alles erklären.«

Und Liora lächelte erneut. »Sie denken, Sie schaffen es, Danielle aus mir herauszukriegen? Oder hat sie Ihnen das wirklich gesagt? Denn dann verstehen Sie sie ungefähr so, wie Sie mich verstanden haben«, sagte sie zu der Blinden, bevor diese ein letztes Mal den Raum verließ. »Und Ihr Ausreiseverbot ist so was von überflüssig, denn ich verreise nirgendwohin. Ihr habt mir ja kein Geld gelassen. Außerdem gehör ich nicht zu denen, die weglaufen.«

15

Am Ende rief er Yaakov Ben-Chayat an, wie er es sich vorgenommen hatte. Der Grund, warum er länger dafür brauchte, war nicht die Angst, diesmal nicht. Bei ihrer Rückkehr aus Paris hatte sich Avraham bereit erklärt, Esthi Wahabe dabei zu helfen, den Fall Talias zum Abschluss zu bringen, hatte gemeinsam mit ihr die Rückholung von Danielle und ihre Betreuung geplant. Und die letzte Vernehmung ihrer Mutter. Der eigentliche Grund aber, warum er sich Zeit ließ, war, dass er in das Gespräch mit Ben-Chayat besser vorbereitet gehen wollte als in jede bisherige Ermittlung in seinem Leben.

»Wenn er Führungsoffizier beim Mossad ist, wie du denkst, dürfte er um einiges raffinierter sein als jeder Kriminelle, den du bislang getroffen hast«, sagte Maalul, als Avraham ihm erzählte, er beabsichtige, Ben-Chayat mit seinen Informationen zu konfrontieren. »Und in dem Fall ist meiner Meinung nach die Chance, dass du was aus ihm rausholst, gleich null. Dir ist klar, dass du nur diese eine Gelegenheit hast, oder? Sobald du deine Karten auf den Tisch legst, wird er sie dir durcheinanderbringen. Und einige werden auch verschwinden.«

Benny Saban war genau derselben Meinung wie Maalul. Er sagte zu Avraham: »Ich versteh nicht, wem das was bringt. Der Fall ist doch aufgeklärt, oder nicht? Die Typen, die Chouchani geprellt hat, haben gestanden, was sie mit ihm gemacht haben. Und niemand wird anfangen zu ermitteln, nur weil seine Frau Tochter glauben möchte, ihr Vater sei kein Drogenkurier gewesen, sondern ein Spion, und weil du dich auf der Suche nach einem wichtigen Fall von ihren Hirngespinsten hast anstecken lassen. Ist es nicht das, was hier gerade abläuft? Jetzt damit zu irgendeinem Ben-Chayat zu gehen, von dem du dir zusammenfantasierst, er sei beim Mossad, ist absolut überflüssig.«

Er wusste, beide hatten womöglich recht.

Als er Ben-Chayat von seinem Büro auf dem Revier aus anrief, war er gut vorbereitet, und trotzdem gab es so vieles, was er nicht verstand.

Arbeitete Ben-Chayat für den Mossad, und wenn ja, in welcher Funktion und welchem Dienstgrad? Da er wollte, dass ihn der Anruf überraschend und unvorbereitet erreichte, unterließ er alle Erkundigungen. Auf den Rechnern der Polizei fand er keinerlei Eintrag zu einer Person namens Yaakov Ben-Chayat, als existierte der Mann überhaupt nicht.

Er fragte sich, ob die Frau, die ans Telefon ging, seine Stimme wiedererkannte von dem Anruf, bei dem er sich als Paketbote ausgegeben hatte. Er bat, mit Yaakov Ben-Chayat zu sprechen, und die Frau erwiderte nichts, und es dauerte eine Weile, bis die Stimme eines Mannes zu hören war. Avraham stellte sich vor und fragte, ob sie sich treffen könnten, und auf die Frage, in welcher Angelegenheit, antwortete er: »Ich würde mich gerne mit Ihnen beraten, bezüglich einer Ermittlung, an der ich beteiligt bin. Einer polizeilichen Ermittlung.«

Ben-Chayat erwiderte: »Ich weiß nicht, wie ich Ihnen da helfen kann, aber kein Problem, Sie sind eingeladen. Könnten Sie so in zwei, drei Stunden herkommen? Nach halb zwölf?«

Avraham sagte sofort zu und schrieb sich den Namen der Straße und die Hausnummer auf. Er bat für ein paar Stunden um einen Streifenwagen, da sein Hyundai am Morgen nicht angesprungen war – eine der beiden Lügen, die er an diesem Tag verwenden sollte.

Als Maalul ihn zum Streifenwagen begleitete, sagte er: »Meiner Meinung nach stehen die Chancen gut, dass du nach dem Gespräch mit ihm noch viel weniger weißt, Avi.«

Aber diesmal irrte Eliyahu.

Die Einladung zu ihm nach Hause ins nördliche Tel Aviv am späten Vormittag eines normalen Arbeitstags hätte Avraham Hinweis genug sein müssen, in welchem Alter Ben-Chayat war, dennoch war er überrascht, als er ihm dann gegenüberstand. Er sah ganz anders aus, als er ihn sich vorgestellt hatte. Und vor allem erinnerte er ihn unglaublich an seinen Vater.

Hinter der hohen Steinmauer, die das Haus verbarg, schlugen zwei Hunde an, die eine kräftige Frau mit beiden Händen am Halsband hielt, als sie Avraham das Tor öffnete, damit sie ihn nicht in Stücke rissen. Ein magerer und kränklich aussehender Schäferhund und eine helle Pitbull-Hündin, die das ganze Treffen über zu Füßen von Ben-Chayat döste und nur ab und an, wenn Avrahams fremde Stimme in ihren Schlaf vordrang, den kurzen, massigen Hals reckte und ihn ansah. Der Schäferhund dagegen blieb im Hof angekettet und winselte endlos wie von Sinnen.

Ben-Chayat war einen Kopf kleiner als Avraham, aber kompakt, stämmig und mit seinen siebzig bis fünfundsiebzig Jahren offenbar noch ausgesprochen beweglich.

Als er Avraham in dem kleinen Wohnzimmer empfing, das trotz des Terrassenfensters zum Garten schummrig war, trug er Jeans und Polohemd. Seine Füße steckten in alten, karierten Pantoffeln, wie sein Vater welche hatte. »Wie kann ich helfen? An welcher Ermittlung sind Sie beteiligt? Und noch etwas – können Sie mir sagen, wie Sie an unsere Nummer gekommen sind?«, fragte er, aber Avraham sah an seinem Blick, dass er die Antworten auf all diese Fragen bereits kannte. Auch das Haus, das Avraham hinter der Steinmauer erwartete, überraschte ihn, da es sich sehr von den Palästen unterschied, die er auf der Suche nach einem Parkplatz möglichst nah am Haus aus seinem Streifenwagen in den Straßen des Zehala-Viertels gesehen hatte. Mit Granatapfel- und Clementinenbäumen im kleinen Garten sah es aus wie ein altes Siedlungshaus, das irrtümlich in dieses Tel Aviver Neureichenviertel verpflanzt worden war, oder wie ein Wärterhäuschen, das dort aus lang vergangenen Zeiten übrig war. Als Avraham vor den Hunden fliehend hinter der großen Frau schnell ins Haus schlüpfte, registrierte er noch das altersschwache Pfannendach und in der Hofecke eine Schubkarre, in der Granatäpfel schwarz wurden. Über das Geländer des kleinen Holzbalkons, der im zweiten Stock aus der Fassade ragte, war eine braune Wolldecke zum Lüften gehängt, und nach dem Treffen sah Avraham auf dem Weg nach draußen die Frau darüber gebeugt, mit einer Bürste und einem Teppichklopfer in ihren kräftigen Händen.

Ben-Chayats Kopf war vollkommen kahl, wie der Schädel eines Krebskranken, der sämtliche Haare verloren hat, aber er wirkte nicht krank. Seine Augen, denen nicht eine Bewegung Avrahams entging, als er Platz nahm und sein schwarzes Heft aus der Tasche zog, waren strahlend blau. »Die Ermittlung ist bereits beendet, sodass es richtiger wäre zu sagen, ich *war* daran beteiligt«, begann Avraham. »Ich habe wegen des Verschwindens eines Mannes namens Raphael Chouchani ermittelt, der Ende August aus Frankreich eingereist ist und von dem sich herausgestellt hat, dass er als Drogenkurier fungierte. Seine Leiche wurde am Strand von Rishon Lezion gefunden. Oder vielmehr im Wasser. Im Meer. Er ist ertrunken, aber bei der Obduktion haben wir festgestellt, dass er zuvor schwer misshandelt wurde und etliche Brüche und innere Verletzungen erlitten hat. Die Ermittlung wurde dann ans Drogendezernat der Zentraleinheit Tel Aviv abgegeben, und vor zwei Wochen hat ein Handlanger eines großen Syndikats gestanden, Chouchani bearbeitet zu haben, weil der einen Teil der von ihm von Frankreich nach Israel geschmuggelten Drogen unterschlagen hat.«

Ben-Chayat griff sich eine der kleinen Statuen, die auf dem Glastisch vor ihnen verteilt standen, und hielt sie in der Hand, als wollte er ihr Gewicht abschätzen. Seine Augen wichen nicht von Avraham. »Anständig von ihm. Ein Drogenhändler mit Gewissen. Ich wusste nicht, dass es die gibt. Aber wie kann ich Ihnen bei dieser Ermittlung helfen?«, fragte er, und Avraham antwortete unumwunden, wie er es geplant hatte. »Einer der von mir befragten Zeugen hat die Möglichkeit ins Spiel gebracht, Chouchani könnte für den Mossad tätig gewesen sein. Und ich bin nur hier, um diese Möglichkeit auszuschließen. Sicherheitshalber, gewissermaßen.«

»Und warum bei mir, wenn man fragen darf?«

Noch ist es zu früh, die Karten auf den Tisch zu legen, sagte er sich, eingedenk Eliyahus Warnung. Bei der Vorbereitung für das Treffen hatte Avraham in seinem Heft notiert: *Ben-Chayat weiß, dass Chouchani seinen Namen auf die Scheibe geschrieben hat, daran besteht kein Zweifel. Aber weiß er auch, dass ich den Namen bemerkt habe, ehe er von den beiden Typen, die er hingeschickt hat, weggewischt wurde? Hat er herausgefunden, dass ich Informationen zu dem Telefonat zwischen ihm und Chouchani habe?* Sein Plan war, nichts von dem preiszugeben. Er sagte: »Darf ich fragen, ob Sie für den Mossad arbeiten oder es in der Vergangenheit getan haben?«

Ben-Chayat antwortete umgehend: »Dürfen Sie, aber ich werde Ihnen nicht antworten.«

»Warum nicht?«

Die Pitbull-Hündin reckte den Hals, vielleicht, weil Ben-Chayat sie mit dem Fuß angestoßen hatte, als er sich zu Avraham vorbeugte. »Ich möchte nur verstehen, was hier läuft: Ist das jetzt eine offizielle Ermittlung?«, fragte er.

»Nein, im Moment nicht. Und wenn es eine offizielle Ermittlung wäre, würden Sie mir dann antworten?«

»Auch nicht.« Ben-Chayats Miene blieb ernst, aber in seinen blauen Augen war der Anflug eines Lächelns.

»Dann frage ich Sie anders. Warum würden Sie mir darauf nicht antworten?«

»Weil ich Ihnen nicht antworten kann. Weder privat noch im Zuge einer offiziellen Ermittlung. Und weil es Sie nichts angeht.«

»Aber warum haben Sie mich dann eingeladen? Das hätten Sie mir auch am Telefon sagen können. Sie wussten ja, warum ich herkomme.«

»Ich wollte Sie treffen. Ich habe in letzter Zeit so manches über Sie gehört. Aus verschiedenen Richtungen. Ich bin nicht sicher, ob Sie das wissen, aber wir haben gemeinsame Freunde. Und ich dachte, es könnte ganz spannend sein zu hören, was Sie zu sagen haben.«

Er wusste von vornherein, dass er Augenblicke der Schwäche zu überstehen haben würde.

Ben-Chayats Sprache war diese Art von Geheimsprache, in der alles nur zwischen Worten und Zeilen angedeutet wurde, ohne je ausgesprochen zu werden. Keren vom Büro des Ministerpräsidenten hatte sich dieser Sprache bedient, als sie sagte, wenn sie richtig verstehe, sei er an Informationen gelangt »über einen französischen Touristen, der von sich behauptet, für uns zu arbeiten«, ohne zu erklären, woher sie davon wusste, aber explizit genug, damit Avraham verstand, dass jemand seine Ermittlung im Blick hatte und sie abhörte. Danach hatte er diese Sprache von Idith Graty gehört, die alles wissen musste, »was hier passiert und irgendwie mit uns zu tun hat«, und Avraham gewarnt hatte, er könnte verloren gehen, um ihm zu sagen, jemand beobachtete ihn, falls er sich an Orten herumtrieb, an denen er nichts zu suchen hatte, und sich mit Leuten traf, die er nicht hätte treffen sollen. Und jetzt Ben-Chayat.

Er hatte solche Momente der Schwäche einkalkuliert und dachte an das, was Raphael Chouchani zu der Grenzschutzbeamtin am Flughafen gesagt hatte, und an das Foto mit Sarah Nueyma, um sich selbst in Erinnerung zu rufen, warum er hier war.

Werden Sie mich in Erinnerung behalten?

Die große Frau machte auf dem niedrigen Tischchen vor ihnen Platz und stellte ein Tablett zwischen die Stein- und Metallstatuen, auf das rot gedeckte Hütten in einer verschneiten Berglandschaft gemalt waren. Sie mochte vielleicht fünfundfünfzig bis sechzig sein, mit silbergrauem, zu einem Zopf geflochtenen Haar, der ihr bis zur Hüfte ging, und als sie neben ihnen stand, sah Avraham ihre mächtigen Schenkel und ihre riesigen, nackten Füße. Auf dem Tablett standen eine Blechkaraffe und ein Glas, das nicht für Avraham bestimmt war.

»Ich freue mich, dass Sie zumindest nicht bestreiten, für den Mossad zu arbeiten oder gearbeitet zu haben«, sagte Avraham, während die Walküre Wasser in das blaue Glas goss und es vor Ben-Chayat hinstellte. »Hätten Sie das getan, wäre ich gegangen. Aber da Sie es nicht dementieren, wende ich mich jetzt einfach an Sie, als wären Sie für den Mossad tätig, in Ordnung?«

Ben-Chayat sah Avraham mit einem verhaltenen, amüsierten Lächeln an, das ihm die Erlaubnis gab weiterzumachen, und dann die Frau, die die Blechkaraffe zurück auf das Tablett stellte und verschwand, nachdem sie auf Deutsch »Bitte« zu Ben-Chayat gesagt hatte.

»Angenommen, Sie würden für den Mossad arbeiten. Was würden Sie mir raten?«

»In welchem Zusammenhang?«

»Im Zusammenhang mit dem Fall, an dem ich beteiligt war.«

»Ich bin kein Polizist, Herr Avraham, aber ich denke, ich hätte Ihnen geraten, es bei dem zu belassen, was Sie herausgefunden haben. Sie haben den Fall doch gelöst, oder? Seien Sie zufrieden mit sich. Nach allem, was ich so über unsere Polizei lese, kommt das ja nicht jeden Tag vor.«

Auch Bemerkungen dieser Art hatte er erwartet. Und für einen Moment meinte Avraham, er könnte diesen gedrungenen, hellwachen Mann mögen, der ihn an seinen Vater erinnerte – vor dem Schlaganfall. Und der nicht aufhörte, ihn zu belügen.

Du bist nicht hier, um ihn zu mögen, rief er sich in Erinnerung. »Ich habe ein Problem mit dem, was ich herausgefunden habe«, fuhr er leise fort. »Obwohl ich es wirklich gerne dabei belassen würde.«

»Was ist Ihr Problem?«

»Zu viele Dinge lassen mich daran zweifeln, dass meine Ermittlungsergebnisse die Wahrheit sind. Die Zeugenaussage, von der ich Ihnen erzählt habe, dass Chouchani für den Mossad gearbeitet haben soll, und weitere Aussagen und Indizien, an denen ich Sie leider nicht teilhaben lassen kann, da Sie ja offenbar weder für den Mossad tätig sind noch waren, richtig? Also haben Sie im Grunde genommen nichts mit dem Fall zu tun.«

»Sehr richtig.«

»Ganz nebenbei, können Sie mir denn sagen, was genau Sie arbeiten, Herr Ben-Chayat?«

Das Lächeln auf dem Gesicht des stämmigen Mannes verschwand, und für eine Sekunde war in seinen Augen etwas anderes, vielleicht unterdrückte Wut, zu sehen. Er fragte Avraham, ob das jetzt ein offizielles Verhör sei, und als Avraham sagte, selbstverständlich nicht, meinte er nur, er ziehe es vor, keine Frage zu beantworten, die sein Privatleben berühre.

»Bestens. Dann bleibe ich bei theoretischen Fragen, mit Ihrer Erlaubnis. Es sei denn, Sie möchten, dass ich gehe? Ausgezeichnet. Wir sprachen darüber, was Sie mir raten würden, richtig? Chouchani, den Sie auch unter dem Namen Jacques Bartoldi kennen und vielleicht noch unter weiteren Namen, hat in Frankreich eine Tochter. Er hat sich nicht immer bemüht, Kontakt zu ihr zu halten, dennoch liebt sie ihn und glaubt nicht, dass er ein Drogenkurier war. Sie möchte wissen, was ihm zugestoßen ist. Er hatte auch eine Lebensgefährtin, eine Libanesin, die ebenfalls auf mysteriöse Weise verschwunden ist. Sie ist offenbar überraschend am 18. August in Begleitung von zwei Männern mit *Transavia* von Paris nach Gibraltar geflogen und seither unauffindbar. Sollte sie noch am Leben sein, da bin ich sicher, wird auch sie wissen wollen, was Chouchani tatsächlich widerfahren ist.«

Ben-Chayats Gesichtsausdruck veränderte sich nicht, auch als Avraham den Namen Jacques Bartoldi aussprach oder Sarah Nueymas Flug nach Gibraltar erwähnte. Möglich, dass es tatsächlich aussichtslos war.

»Wie ich Ihnen schon sagte, ich würde Ihnen raten, sich

mit dem zu begnügen, was Sie herausgefunden haben, und es dabei zu belassen«, sagte Ben-Chayat noch einmal. Tatsächlich hielt es Avraham durchaus für möglich, dass genau das am Ende passieren würde – aber noch war es zu früh, um aufzugeben. Einen Moment später meinte er, Ben-Chayat habe den ersten Köder geschluckt, denn der Verlauf ihres Gesprächs änderte sich. Der glatzköpfige Mann beugte sich vor und kraulte die Pitbull-Hündin am Bauch, die sich auf den Rücken wälzte und mit ihren kurzen, stämmigen Beinen durch die Luft paddelte. Er fragte Avraham, ob er etwas Kaltes trinken wolle oder einen Kaffee, rief dann nach der Frau, die er wenig später Esther nannte, und sagte auf Deutsch etwas zu ihr, das Avraham bis auf das Wort »Wasser« nicht verstand. »Schauen Sie, Herr Avraham. Da Sie eher theoretisch mit mir reden, werde ich mit Ihnen auch so reden. Ich sagte Ihnen ja bereits, dass ich von Ihnen gehört habe, nicht? Unter anderem habe ich gehört, dass Sie Kriminalromane mögen.«

»Das stimmt.«

Obwohl er seit Beginn der Ermittlung keine Zeit mehr zum Lesen gehabt hatte. Auf dem Nachttisch neben seinem Bett lag das Buch, das Marianka ihm geschenkt hatte und bei dem er noch nicht über die ersten Seiten hinausgekommen war.

»Schön. Dann sind meine Quellen ja verlässlich. Unsere Bibliothek befindet sich im zweiten Stock, also können Sie nicht wissen, dass ich ebenfalls Bücher liebe, wenn auch anderer Art, und die meisten unserer Bücher sind außerdem auf Deutsch, weil Esther aus Wien stammt und hauptsächlich auf Deutsch liest, aber ich bin bereit, mich auf ein theoretisches Detektivgespräch mit Ihnen einzulassen, um Ihnen dabei zu helfen, Ordnung in das zu bekommen, was Sie nicht verstehen. Deshalb sind Sie ja aus Cholon hergekommen, nicht? Sie sind doch aus Cholon, oder? Also, ich bin bereit, ein Rollenspiel mit Ihnen zu veranstalten, sagen wir Hercule Poirot und … Wie heißt sein Freund noch gleich, Herr Avraham? Der Arzt. Hastings, richtig? Wären Sie bereit, Hastings zu sein?«

War das sein Versuch, sich bei Avraham anzubiedern? Oder wollte er nur herauszufinden, was er wusste?

Du hast keine andere Wahl und musst jetzt ein paar Karten auf den Tisch legen, um ihn bei der Stange zu halten, dachte er. Aber du platzierst sie vorsichtig. Und die meisten behältst du in der Tasche.

»Also los, spielen wir. Was an Ihren Ermittlungen macht Ihnen Schwierigkeiten? Erklären Sie«, sagte Ben-Chayat, und Avraham berichtete ihm, in Chouchanis Wohnung in Paris sei eingebrochen worden und nicht ein Schriftstück darin geblieben, das mit seinem Leben in Verbindung gestanden hatte, und auch sein Laptop war entwendet worden. »Und das alles, ohne einen einzigen Fingerabdruck zu hinterlassen. Ich kann kaum glauben, dass Drogendealer aus Ramle so professionell in eine Wohnung in Paris einbrechen, um ein Laptop verschwinden zu lassen. Klingt das nicht sonderbar?«

»Ich weiß nicht. Und Sie denken natürlich, der Mossad war das. Denn es ist ja bekannt, dass der Mossad solche Dinge macht. In Wohnungen einbrechen und Laptops daraus stehlen. Was ist mit Schmuck? Wurde keine Schmuck aus der Wohnung geklaut?«

»Nicht nur ich denke so.«

Das war das erste Mal während ihres Gesprächs, dass Avraham Überraschung in den strahlend blauen Augen sah. Gebe ich gerade die Furcht an dich weiter?

Ben-Chayat fragte nicht, wer noch so denke. »In meinen Augen ist das vollkommen absurd. Denken Sie, Mossad-Angehörige hätten einen Mitarbeiterausweis in der Schublade liegen samt Arbeitsvertrag mit allen von ihnen durchgeführten Aufträgen? Und Computer muss man heutzutage nicht mehr stehlen, um die Dokumente darauf zu löschen. Das wissen Sie, hoffe ich. Und ich habe eine andere Erklärung für Sie. Eine plausiblere.«

»Ich bin ganz Ohr.«

»Was wissen Sie über seine Tochter?«

Avraham verstand nicht, worauf Ben-Chayat hinauswollte.

»Wenn sich dieser ältere Herr in eine deutlich jüngere Frau verliebt hat, kann es doch sein, dass er sein Testament geändert und sie darin bedacht hat, oder? Vielleicht hat er ihr sogar alles vermacht. Und wenn seine Tochter dahintergekommen ist, als sie erfahren hat, dass ihr Vater tot ist, hätte sie einen guten Grund gehabt, das Testament zu suchen und es zu vernichten. Denn solange kein Testament existiert, ist die Tochter die einzige rechtmäßige Erbin. Wissen Sie noch, ob der Einbruch stattgefunden hat, nachdem die Tochter vom Tod ihres Vater erfahren hat, oder davor?«

Annette Mallot hatte die Wohnung erst aufgesucht, nachdem Avraham sie über den gewaltsamen Tod ihres Vaters informiert hatte. Bei ihrem Treffen in Paris hatte sie sich geweigert, mit Avraham die Wohnung noch einmal zu betreten. Auch Frédéric Glauser, der ihn bis zur Tür begleitet hatte, wollte nicht mit rein. Der Einbruch selbst war spurlos erfolgt, kein Schloss wurde aufgebrochen und keine Scheibe eingeschlagen, und obgleich Mallot gesagt hatte, sie hätte keinen Schlüssel von der Wohnung, musste das nicht stimmen.

Aber Mallot hatte nicht gelogen, und daran zweifelte er auch nicht.

Er legte die Hand auf die Karten, die Ben-Chayat soeben versucht hatte durcheinanderzubringen, und sagte: »Die Erklärung könnte aus einem Detektivroman der Art stammen, die ich weniger mag. Ein bisschen sehr altmodisch. Und sie überzeugt mich nicht. Ich habe keinerlei Beweis, ob es ein solches Testament überhaupt gibt oder gegeben hat.«

Ben-Chayat bedachte ihn mit einem Lächeln, als er sagte: »Sie haben auch keinen Beweis, dass er beim Mossad war.« Und fügte dann hinzu: »Aber ich stimme mit Ihnen überein, dass dem Mann vermutlich etwas anderes passiert ist, etwas sehr viel Trivialeres. Ja, beinahe offensichtlich.«

»Ich höre.«

»Sie sagten, er habe sich in eine jüngere Frau verliebt und dass auch sie verschwunden ist, ja? Dass sie irgendwie Hals über Kopf mit jemandem nach Gibraltar geflogen ist. Daher nehme ich an, dass Sie keine Zeugenaussage von der Dame haben und auch sonst nicht viel über sie wissen. Vielleicht hat sie ihn ja ausgenommen, Ihren Mann? Hat ihm Geld gestohlen oder Immobilien auf ihren Namen übertragen lassen, was bedauerlicherweise ja nicht wenigen älteren Herren passiert, und hat sich dann abgesetzt? Das könnte erklären, warum er in eine finanzielle Notlage geraten ist, die ihn am Ende zwang, sich als Kurier zu verdingen. Und wer weiß, vielleicht war sie es auch, die ihn dazu verführt hat? Sie hat seinen Namen an die Drogenschmuggler gegeben und ihn gedrängt, ihn vielleicht sogar erpresst, mit ihnen zusammenzuarbeiten. Haben Sie daran noch gar nicht gedacht, Captain Hastings?«

*

Später im Auto bei der Rückfahrt dachte Avraham, er müsse alles unternehmen, um Sarah Nueyma ausfindig zu machen, denn wenn sie noch am Leben war, befand sie sich möglicherweise in großer Gefahr.

Und selbstverständlich hatte er bereits zuvor über die Möglichkeit nachgedacht, Chouchanis junge Lebensgefährtin, über die er tatsächlich viel zu wenig wusste, könnte ihn betrogen und vielleicht sogar gezwungen haben, bei dem Drogenschmuggel mitzumachen – hatte diese Möglichkeit aber bald ausgeschlossen, da Chouchanis Telefonat mit Ben-Chayat und der hastig auf die staubige Fensterscheibe seines Hotelzimmers gekritzelte Name in eine ganz andere Richtung deuteten. Aber erst während des Gesprächs mit Ben-Chayat begriff er, dass dies der nächste Schritt des stämmigen, kleinen Mannes und seiner Leute sein würde. Dass ein Handlanger des Syndikats in Frankreich auftauchen würde, der aussagte, Sarah Nueyma habe Chouchani zu dem Job verführt; oder es käme heraus, dass eine seiner Immobilien auf sie übertragen worden war. Falls Nueyma nicht gefunden wurde, tauchte vielleicht ein angeblich von ihr verschickter Brief mit einem ausführlichen Geständnis darin auf.

Aber möglicherweise konnte er sie noch aufhalten. Und das war der Moment, damit anzufangen.

»Auch diese Erklärung könnte aus einem dieser Detektivromane stammen, die ich weniger schätze«, sagte er. »Und verzeihen Sie, wenn ich so wählerisch bin. Das klingt nach einer dieser amerikanischen Storys über eine mysteriöse *femme fatale*, an deren Ende immer die Frau schuldig ist. Die habe ich nie gemocht. Außerdem, das Notizbuch, das Raphael Chouchani in seinem Hotelzimmer gelassen hat, erzählt mir eine vollkommen andere Geschichte. Detektive brauchen nicht nur Verstand, sondern auch Glück. Spione doch auch, oder? Und ich hatte diesmal Glück, denn die beiden Männer, die in Chouchanis Hotelzimmer waren, haben nicht gründlich genug gesucht und sein dort verstecktes Notizbuch nicht gefunden.«

Das war die zweite Lüge.

Und sie änderte Ben-Chayats Pläne, Avraham sah das an der unmerklichen Bewegung der Pupillen in den strahlend blauen Augen, obgleich sein Gegenüber ungerührt blieb und sogar noch ein bisschen breiter lächelte, als er Avraham vorschlug, für einen Moment mit ihm ins Obergeschoss zu kommen.

Avraham wusste nicht, was ihn dort erwartete. Und er versuchte sich zu beruhigen, dass sowohl Benny Saban als auch Eliyahu Maalul wussten, wo er sich aufhielt.

Ben-Chayat geleitete ihn auf einem grauen Teppichboden zu dem kleinen und bis unter die Decke mit Büchern zugebauten Arbeitszimmer, in dem niemand auf sie wartete. Nachdem er von einem der Bücherborde einen dicken, schwarz gebundenen Wälzer gezogen hatte, meinte Ben-Chayat zu ihm: »Bei allem Respekt für Ihre Kriminalromane, aber das sind die Werke, die ich bevorzuge. Haben Sie schon einmal *Don Quijote* von Cervantes gelesen?«

»Ist das jetzt ein offizielles Verhör? Bin ich verpflichtet, Ihnen zu antworten?«, fragte Avraham, und Ben-Chayat lachte.

»Sehr schön. Ich freue mich, dass wir unser Treffen in diesem Sinne beschließen. Ich wollte Ihnen aber noch diese berühmte Stelle nahebringen – Sie kennen sie sicher, auch wenn Sie Cervantes nicht gelesen haben sollten – über den Kampf mit den Windmühlen. Ja? Der Ritter von der traurigen Gestalt kämpft gegen Windmühlen, die ihm als monströse Riesen mit kilometerlangen Armen erscheinen. Hören Sie zu:

Indem bekamen sie dreißig oder vierzig Windmühlen zu Gesicht, wie sie in dieser Gegend sich finden; und sobald Don Quijote sie erblickte, sprach er zu seinem Knappen: »Jetzt leitet das Glück unsere Angelegenheiten besser, als wir es nur immer zu wünschen vermöchten; denn dort siehst du, Freund Pansa, wie dreißig Riesen oder noch etliche mehr zum Vorschein kommen; mit denen denke ich einen Kampf zu fechten und ihnen allen das Leben zu nehmen. Mit ihrer Beute machen wir den Anfang, uns zu bereichern; denn das ist ein redlicher Krieg, und es geschieht Gott ein großer Dienst damit, so böses Gezücht vom Angesicht der Erde wegzufegen.«

Das sagt der Ritter, ja? Und was erwidert sein treuer

Knappe Sancho? Wissen Sie noch?« Die folgenden Zeilen las Ben-Chayat langsam und deutlich vor, und seine strahlend blauen Augen ruhten dabei auf Avraham, als kenne er den Text auswendig. *»Die dort sich zeigen, sind keine Riesen, sondern Windmühlen, und was Euch bei ihnen wie Arme vorkommt, das sind die Flügel, die, vom Winde umgetrieben, den Mühlstein in Bewegung setzen.«* Also, das wollte ich Ihnen nur sagen, Herr Avraham, bei uns ist es genau umgekehrt. Oder darf ich Sie vielleicht schon Avi nennen, was meinen Sie? Bei uns auf jeden Fall ist es umgekehrt, Avi. Denken Sie daran. Bei uns sind Leute, die wie Windmühlen erscheinen mögen, in Wahrheit gewaltige Riesen mit todbringenden Armen, die sehr, sehr weit reichen.«

Als er den Hof zum Tor und nach draußen überquerte, zerriss der Schäferhund beinahe seine Kette im Versuch, Avraham anzufallen.

Er stieg in seinen Streifenwagen vor dem Haus und nahm die Ayalon-Autobahn Richtung Süden, und da unterwegs mehrere Baustellen den Verkehr behinderten, brauchte er länger nach Cholon und traf erst gegen zwanzig nach zwei auf dem Revier in der Fichman-Straße ein. Dort wartete er weitere fünfundvierzig Minuten, nahm dann die Treppe zu Maalus Zimmer und fragte, ob er dessen Telefon für einen Anruf benutzen dürfe, worauf Eliyahu ihn erstaunt ansah.

»Klar kannst du. Ist deins kaputt? Aber wie war's? Hat er alles abgestritten oder bestätigt?«

Eigentlich war das unwichtig, aber das hatte Avraham ihm zuvor nicht sagen können und konnte es auch jetzt noch nicht. »Du hattest recht. Er hat kein Wort gesagt. Anscheinend hatte ich tatsächlich keine Chance«, gab er zu. Er sagte aber nicht, dass er diesmal geahnt hatte, Worte würden nicht helfen. Und dass er so gut vorbereitet gewesen war wie noch bei keiner Vernehmung zuvor.

Worte ließen sich von Fensterscheiben wischen, auf die sie in den Staub gekritzelt waren. Computer, in denen Worte abgespeichert waren, ließen sich stehlen, und auch Papiere, auf denen sie gedruckt standen. Und vor allem ließen sich unzählige Erklärungen dafür finden. Was Avraham diesmal brauchte, waren eindeutige Beweise, und erst in ein paar Minuten würde er wissen, ob er über solche verfügte. Er verließ das Revier und setzte sich auf die Stufen der Eingangstreppe. Marianka ging sofort dran, und als er fragte, »Wo bist du?«, antwortete sie: »Unterwegs nach Hause.«

»Ich glaub's nicht. Sie waren schon da?« In ihrem langgezogenen »Ja« hörte er das breite Lächeln auf ihren Lippen.

»Zwanzig Minuten nachdem du weg warst, waren sie schon bei ihm. Wie wir gedacht haben.«

»Hast du Fotos von ihnen gemacht? Bist du sicher, dass sie es sind? Sind die Bilder gut geworden?«

Ja, ja und ja.

Seit Beginn der Ermittlung waren Ben-Chayat und seine beiden Laufburschen ihm immer voraus gewesen. Waren in jedem einzelnen Augenblick immer einen Schritt weiter. Diesmal war es umgekehrt. »Und wie sehen sie aus? Beschreib sie mir ganz genau«, bat er, weil er nicht warten konnte, bis sie mit den Aufnahmen nach Hause kam, und Marianka sagte: »Exakt wie auf dem Video, das du mir gezeigt hast, Avi. Der eine zu kurz geraten, muskulös und sehr blond. T-Shirt in die Hose gestopft, wie im Hotel. Der andere groß und hager. Das sind die beiden Typen, Verwechslung ausgeschlossen. Du wirst es sehen, wenn ich zuhause bin.«

Er spürte, er war dabei, jeden Moment auf den Stufen vor dem Revier in Tränen auszubrechen, ohne zu wissen warum. Er stand auf, um die Beklemmung im Magen und im Hals loszuwerden. Das war kein Glücksgefühl, auch keine Erleichterung. Als er fragte: »Bist du sicher, dass sie dich nicht gesehen haben?«, sagte Marianka: »Du machst Witze, oder? Weißt du, wie viele Männer ich in den letzten Monaten beim Betreten von Häusern fotografiert habe, ohne dass sie mich gesehen haben? Ich hab dir gesagt, das ist meine Spezialität. Er hat gesehen, wie du weggefahren bist. Ich war im Wagen am anderen Ende der Straße mit dem besten Objektiv, das derzeit auf dem Markt zu haben ist ...«

Das war der Knockout, auf den er gehofft hatte. Der Beweis, dass die beiden Männer, die Chouchanis Koffer aus dem *Palace* mitgenommen hatten, nicht für ein Drogensyndikat arbeiteten, sondern für Ben-Chayat und den Mossad. Und obgleich er wusste, dass der Kampf noch lange nicht zu Ende war, hätte er sich nicht vorstellen können, dass sich alles noch an jenem Abend ändern würde.

»Dann sehen wir uns zuhause. Fahr vorsichtig«, sagte er, denn der weiße Hyundai, den er ihr geliehen hatte, war noch im Norden von Tel Aviv, und mindestens eine Stunde Fahrt lag zwischen ihnen.

Und vielleicht auch gewaltige Riesen, als Windmühlen getarnt, deren todbringende Arme sehr weit reichten.

*

Es war zehn nach sechs, und draußen wurde es bereits dunkel, als auf dem Balkon Avrahams Telefon klingelte.

Er nahm an, es sei Saban, vielleicht sogar der Bezirkskommandant, aber einen Anruf von dieser Nummer hatte er nicht erwartet. Nicht an diesem Abend. Er schwankte, ob er rangehen sollte, ehe er nach dem Gerät griff und sagte: »Gerry, wie geht's dir?«

Gerry fragte, ob er zuhause sei, und als Avraham bejahte, sagte er: »Du wohnst doch noch in der Alufej Zahal, richtig? Denn ich steh hier unten vor dem Haus. Wir haben den Brief gefunden, den Ilana dir hinterlassen hat, und ich hatte ein Treffen in der Gegend, also hab ich gedacht, ich bring ihn dir einfach vorbei. Kann ich kurz raufkommen, Avi? Bist du allein?«

Nichts von dem, was geschehen würde, hätte er voraussehen können.

Aus dem Treppenhaus war zu hören, wie der Aufzug auf seiner Etage hielt, dann klopfte Gerry an die Tür mit dem Umschlag, den Ilana hinterlassen hatte, in der Hand. Ein schlichtes Couvert, rechteckig und weiß, auf dem mit blauem Kugelschreiber in kleinen und ein bisschen krakeligen Buchstaben stand: *Für Avi.*

Der Umschlag war knitterig wie einer, der schon vor vielen Wochen hätte übergeben werden sollen, überraschte Avraham aber dennoch, weil er sich nicht so weich anfühlte, wie er erwartet hätte.

Als sie vor dem ausgeschalteten Fernseher im Wohnzimmer saßen, und Gerry sich die nackten Wände und die wenigen Möbel besah, betrachtete Avraham seine eigene Wohnung für einen Moment mit den Augen des Gastes und auch mit denen von Ilana, die ihn dort nie besucht hatte. Er schämte sich ein wenig, weil sie so anders war als das Haus der Familie Liss. Und warum war Gerry überhaupt in seine Wohnung gekommen, um ihm den Brief zu übergeben, und nicht aufs Revier?

»Wie hast du ihn gefunden?«, fragte Avraham.

»Uri hat ihn gefunden, nicht ich. Ich bin noch immer nicht in der Lage, ihre Sachen durchzusehen. Nicht die Kleider und auch alles andere nicht. Das ist noch zu früh für mich. Aber wie sich herausstellte, hat sie alle möglichen Zeitschriften und Magazine abonniert und bekommt andauernd noch Mitteilungen und zahlt per Dauerauftrag, also hat Uri sich die Schubladen vorgenommen, um zu sehen, was gekündigt werden muss. Dabei hat er ihn gefunden. Den Umschlag hatten wir schon vorher gefunden, erinnerst du dich? Offenbar hat sie den Brief geschrieben und ihn in den Umschlag gepackt, wollte dann noch etwas hinzufügen oder ändern, weshalb sie ihn wieder rausgeholt hat, und muss ihn dann vergessen haben oder hat es nicht mehr geschafft, ihn wieder in den Umschlag zu stecken. Deshalb ist der Umschlag auch geöffnet, obwohl sie ihn erst zugeklebt hatte.«

Ehe Gerry ihm den wahren Grund für sein Kommen offenbarte, dachte Avraham noch, dass eine gewisse Symbolik darin lag, dass er Ilana Liss' Abschiedsworte ausgerechnet an dem Tag lesen würde, an dem ihm das gelungen war, was sie nicht für möglich gehalten hatte.

Er war aufs Dach gestiegen und hatte hinuntergeschaut, ohne einen Schwindelanfall zu bekommen, und war – zumindest bislang – nicht abgestürzt.

Aber von Symbolik konnte keine Rede sein. Und von Zufall auch nicht.

Avraham fragte Gerry, wie er die ersten Wochen ohne Ilana überstanden hatte, und Gerry sagte: »Ich hätte mir nie vorstellen können, dass ich so leide. Als sie krank war, hab ich gedacht, nach ihrem Tod würde es für uns alle viel leichter werden, aber das stimmte nicht. Von mir aus hätte sie noch jahrelang krank sein können, wenn sie nur bei uns geblieben wäre. Das hätte sie natürlich nicht gewollt. Also stürze ich mich in die Arbeit, um an nichts anderes zu denken, und die Wahrheit ist, dass ich wegen der Arbeit auch beschlossen habe, dich zu besuchen.« Und noch immer hatte Avraham nicht die geringste Ahnung, worauf er hinauswollte.

»Ilana hat dir sicher erzählt, dass ich beim Mossad bin.«

Das hatte sie ihm niemals gesagt.

Richtig war, dass Avraham sich nie besonders dafür interessiert hatte, was Gerry machte, aber er hatte mindestens ein Mal gefragt und meinte, Ilana habe ihm erzählt, Gerry arbeite in einer Forschungsabteilung des Außenministeriums, weshalb er auch viel um die Welt flog. Er hatte angenommen, dass sie Gerry aus anderen Gründen bei ihren Gesprächen so gut wie nie erwähnte.

»Mich überrascht, dass sie dir nichts gesagt hat, aber so war Ilana, nicht? Verschwiegen bis zum letzten Atemzug.« Gerry lächelte. »Also, ja, das ist mein Arbeitgeber. Und ich werde ganz offen zu dir sein, Avi, denn ich sehe keinen Grund, dir etwas zu verschweigen. Ilana hat dich geliebt und sehr geschätzt, und das ist für mich die mit Abstand wichtigste Sicherheitsklassifikation. Ich bin zurzeit Abteilungsleiter, ich kann dir nicht sagen, von welcher Abteilung genau, und ich hoffe, du akzeptierst das. Ich bin hier, um dir etwas zu erklären, das du verstehen wolltest. Mir ist wichtig, dass du weißt, ich vertraue dir zu einhundert Prozent. Würde ich das nicht tun, wäre ich jetzt nicht hier. Aber ich kann keine Namen nennen und nicht in Einzelheiten gehen, weil es Geheimhaltungsvorschriften gibt, denen ich verpflichtet bin. Die Leute, über die ich sprechen werde, sind fiktive Personen, und wenn du nach ihnen suchst, wirst du herausfinden, sie existieren nicht.«

Avraham hatte sein Telefon im Schlafzimmer auf dem Bett liegen gelassen, als er sich hastig für das Treffen umzog, aber wahrscheinlich hätte er auch nicht versucht, Gerry aufzunehmen, wenn er das Gerät zur Hand gehabt hätte. Aber als Gerry gegangen war, notierte er in dem schwarzen Heft alles, was er gehört hatte, solange die Erinnerung frisch war.

»Du weißt, Israel setzt Agenten an allen möglichen Ecken und Enden der Welt ein. Das ist kein Geheimnis. An Orten, mit denen unser Land befreundet ist, und auch dort, wo das nicht der Fall ist. Diese Menschen erledigen Aufgaben unterschiedlichster Natur, manche davon sind wichtig, andere weniger. Manchmal geraten sie durch diese Aufgaben in Besitz von vielen Informationen, manchmal nicht. Es gibt alle möglichen Arten von Aufgaben, ich werd dich jetzt nicht damit langweilen. Parallel zu diesen Aufgaben haben diese Agenten ein Leben. Sie haben Familie und Freunde und in aller Regel auch eine Anstellung oder ein Geschäft, ein festes Einkommen. Und zuweilen führen sie im Zuge ihres normalen Lebens auch Beziehungen mit

Menschen, mit denen sie das nicht tun sollten. Beziehungen mit Menschen, die die Aufgaben, die sie für uns erledigen, gefährden. Kannst du mir bis hierher folgen?«

Raphael Chouchani hätte sich nicht in Sarah Nueyma verlieben dürfen. Genau, wie er vermutet hatte.

»Gesetzt den Fall, ein Agent geht eine Beziehung ein mit einem Menschen, mit dem er keine haben sollte, gehört es zu meinen Aufgaben, dies zu unterbinden. Insbesondere mögen wir es nicht, wenn es Beziehungen zwischen unseren Leuten und Personen aus feindlichen Staaten sind. Ich meine Beziehungen, über die wir keine Kontrolle haben. Die nicht vorsätzlich herbeigeführt werden. Spontane Beziehungen können den Agenten und viele andere Menschen in Gefahr bringen, auch wenn ihm selbst das nicht bewusst ist. Von daher ist es – zuweilen – erforderlich, dass ein solcher Agent zu einem Treffen mit seinem Kontaktmann erscheint, der ihm klarmacht, warum er die Beziehung beenden muss, es sei denn, er kann das Ganze in ein Verhältnis umwandeln, von dem auch wir profitieren.«

War es das, was Chouchani angetragen worden war? Ein Doppelagent zu werden in der Beziehung mit der Frau, in die er sich verliebt hatte? Hatte er dieses Angebot abgelehnt und deshalb mit seinem Leben bezahlt?

»Wenn du sagst, ›der ihm klarmacht, warum er die Beziehung beenden muss‹ – meinst du damit auch Misshandlungen?«, fragte Avraham, und Gerry lächelte.

»Mir scheint, du verwechselst gerade uns und die Bösen, Avi. Das sind unsere Agenten, nicht Leute, die wir bearbeiten.«

»Und wie dann?«

»Er wird durch seinen Kontaktmann einbestellt, den Menschen, mit dem er seit vielen Jahren zusammenarbeitet und dem er blind vertraut, und das zu Recht. Der Kontaktmann hilft dem Agenten, die Wahrheit zu verstehen. In vielen Fällen, und ich sage das, weil ich es gesehen habe, ist es die Wahrheit, an der sie zerbrechen. Die sie nicht verdauen können. Ihnen fällt schwer zu akzeptieren, dass ein Mensch, von dem sie geglaubt haben, es sei ein Freund oder die Liebe ihres Lebens, sie im Grunde belogen und nur eine Beziehung mit ihnen eingegangen ist, um Informationen aus ihnen herauszuholen. Noch schwerer ist die Erkenntnis, dass wegen der eigenen Arglosigkeit, wegen der Informationen, die man preisgegeben hat, Menschen mit ihrem Leben bezahlt haben. Dass Menschen, die du kennst, gefoltert und hingerichtet wurden oder in befeindeten Staaten im Gefängnis sitzen, und das alles, weil du naiv warst und der Frau geglaubt hast, die du meintest zu lieben. Verstehst du, wie schmerzlich das sein kann, Avi? Stell dir vor, ich hätte herausgefunden, dass Ilana mich all die Jahre belogen hat, oder du kommst dahinter, dass Marianka dich nur geheiratet hat, um dich auszunutzen. Dass deine Naivität gute Leute das Leben gekostet hat. Verstehst du, wie tragisch das sein kann? Und es gibt Menschen, die zerbrechen an dieser Enttäuschung – aber auch wegen ihrer Scham und ihrer Schuldgefühle. Sie kommen nicht klar damit, dass man sie reingelegt hat, und übernehmen die Verantwortung dafür, dass andere ihretwegen zu Schaden gekommen sind.«

Sarah Nueyma hatte die Informationen, die sie von Chouchani brauchte, bekommen und sich nach Gibraltar abgesetzt – das war es, was Gerry ihm sagen wollte. Und deshalb war Chouchani nach Israel gekommen. Damit Ben-Chayat ihm schonend beibrachte, dass Nueyma vielleicht für eine Terrororganisation oder einen mit Israel verfeindeten Staat arbeitete, und dass die Informationen, die sie ihm über seine Arbeit für den Mossad entlockt hatte, andere Agenten das Leben gekostet hatte. Und weil Chouchani die Trauer und Schmach nicht ertragen konnte – hatte er sich umgebracht.

Gerry wollte, dass er das glaubte.

»Und was ist mit den Schlägen, die Chouchani bezogen hat, bevor er sich das Leben genommen hat? Und den Drogen? Wozu musstet ihr das alles erfinden?«, fragte er geradeheraus.

Gerry lächelte erneut. »Niemand hat irgendetwas erfunden, Avi. Du überraschst mich, wenn es wirklich das ist, was du denkst. Der Ägypter hat mir gesagt, du glaubst, alles was du über die Drogen und über den Bassissi-Clan herausgefunden hast, stimmt nicht; das hat mich überrascht. Du darfst nicht so binär denken. Die Welt, in der wir leben, ist nicht so. Agenten tun neben ihren Aufgaben für uns alle möglichen anderen Dinge, erst recht nach ihrem Ausscheiden aus dem aktiven Dienst. Wenn sie Geld brauchen, können sie etwa für Verbrecherorganisationen Kurierdienste übernehmen, weil sie gut darin sind. Und uns kommt es nebenbei gesagt manchmal ganz gelegen, mit Leuten zu arbeiten, die noch eine paar andere Leichen im Keller haben.«

Der *Ägypter* war offenbar Yaakov Ben-Chayat, der Gerry losgeschickt hatte, das Notizbuch zu beschaffen, das es nicht gab, und Avraham von seiner Version zu überzeugen, damit er niemandem verraten würde, was er herausgefunden hatte. Doch Gerrys Worte brachten Avraham auf eine weitere These, was Raphael Chouchani zugestoßen sein mochte, eine Möglichkeit, an die er zuvor nicht gedacht hatte, schlimmer noch als alles andere. »Vielleicht ist das auch ganz angenehm für euch, denn so erledigen Syndikate und Polizei für euch die Drecksarbeit, ohne es überhaupt zu merken«, sagte er und vermochte nicht, seinen Aufruhr zu verbergen. »Wenn zum Beispiel zwei Männer, die für den ›Ägypter‹ arbeiten, Chouchani am Flughafen einen Teil seiner geschmuggelten Drogen stehlen und sie hinterher in seinem Hotelzimmer deponieren, um ihn zu belasten. Chouchani übergibt die Lieferung, seine Auftraggeber beschuldigen ihn, sie geprellt zu haben, und versuchen, aus ihm herauszuprügeln, wo der gestohlene Rest ist. Aber er bestreitet alles, weil er ja tatsächlich nichts abgezweigt hat, und wird am Ende liquidiert. Und wenn dann ein Polizist wie ich – den ihr im Grunde auch wie eine Marionette steuert – die Drogen in dem Zimmer findet, scheint die Geschichte für alle klar. Könnte es nicht so gewesen sein, Gerry? Dass sich Chouchani gar nicht das Leben genommen hat, sondern ihr sowohl ihn als auch die Kriminellen als auch mich benutzt habt, um ihn loszuwerden, ohne euch dabei die Hände schmutzig zu machen? Für Dinge, die er vermeintlich getan hat oder nicht bereit war, sie zu tun?«

In seiner Fantasie sah er Chouchani im Augenblick der Drogenübergabe. Hatte er gleich verstanden, wer ihm einen Teil der Lieferung gestohlen hatte und warum? Und was das für sein Schicksal bedeutete?

Gerry lächelte abermals, bevor er leise sagte: »Ich hoffe doch sehr, du glaubst nicht, was du da gerade gesagt hast, Avi. Dass du nicht im Ernst glaubst, wir könnten derart grausam oder raffiniert sein. Denn falls doch, wäre das in meinen Augen sehr traurig. Wie auch immer, ich bin hergekommen, um dir die Wahrheit zu sagen, denn wir verlassen uns auf dich. Wir sind sicher, du weißt, wie du damit umzugehen hast. Und du verstehst, dass es nicht selbstverständlich ist, dass ich hier bin und dir das alles erzähle? Nicht alle waren der Meinung, ich sollte das tun. Ich habe dir die Wahrheit anvertraut, die so gut wie niemand kennt, weil du es verdienst. Du hast ausgezeichnete Ermittlungsarbeit geleistet und bewiesen, du bist dessen würdig. Aber um weiter Teil des kleinen Kreises von Menschen zu sein, die die Wahrheit kennen, ist außer deiner Intelligenz als Ermittler noch etwas anderes nötig. Du wirst Pflichttreue zeigen müssen und die Wahrheit für dich behalten.«

*

Den Umschlag, den Avraham von Gerry bekommen hatte, öffnete er um kurz nach acht auf dem Balkon.

Marianka saß auf dem braunen Sofa neben ihm.

Zuvor hatte er ihr erzählt, Gerry Liss wolle ihn glauben machen, Raphael Chouchani sei Mossad-Agent gewesen und habe herausgefunden, dass die Frau, die er für seine große Liebe gehalten hatte, ihn betrogen und ihm Geheimnisse entlockt hatte, was wiederum andere das Leben gekostet hätte, ehe sie schließlich nach Gibraltar geflohen war. Er sei auf Wunsch Ben-Chayats nach Israel gekommen, habe aber den Besuch genutzt, um aus Geldnot Drogen zu schmuggeln. Er habe aber die Auftraggeber der Aktion geprellt, sei geschnappt und von ihnen zu Tode geprügelt worden. Oder aber er hatte, innerlich gebrochen durch Sarah Nueymas Verrat und den Preis, den seine eigene Arglosigkeit gefordert hatte, beschlossen, sich das Leben zu nehmen.

Diese Geschichte begründete zwar einigermaßen plausibel, warum Chouchani nach seinem Telefonat mit Ben-Chayat nach Israel geflogen war, nachdem er unzählige Male versucht hatte, mit Sarah Nueyma zu sprechen. Falls Ben-Chayat Chouchani am Telefon verraten hatte, dass Sarah ihn hintergangen hatte, dann konnte das sogar erklären, warum er gewusst hat, dass er in den Tod ging.

Als er die Polizeibeamtin am Flughafen fragte: »Werden Sie mich in Erinnerung behalten?«, war er nicht davon ausgegangen, ermordet zu werden, sondern hatte gewusst, er würde sich umbringen.

Sie saßen eng umschlungen auf dem dunklen Balkon, und Marianka legte ihre Hand auf seinen Oberschenkel, während Avraham beim spärlichen Licht, das aus dem Wohnzimmer fiel, den Brief aus dem Umschlag erst selbst las und ihn dann für sie auf Englisch übersetzte.

Avi,
ich schreibe Dir, um Dir zu erklären, warum wir uns in den letzten Monaten nicht mehr gesprochen haben und warum ich bat, Du mögest nicht herkommen. Ich weiß, das hat Dir wehgetan und schmerzt Dich vielleicht noch immer, und ich möchte, dass Du verstehst,

in der Hoffnung, dass mit dem Verstehen auch der Schmerz etwas nachlassen wird. Seit dem Tag, an dem ich Dich kennengelernt habe, vor mehr als zehn Jahren, in meinem Büro (weißt Du das überhaupt noch?), hatte ich das Gefühl, Du siehst in mir jemanden, der Dir Zweifel ausräumen soll, der für Dich entscheidet, was richtig ist und was nicht. Und offenbar habe ich diese Aufgabe angenommen, die Du mir zugedacht hast, weil es mir geschmeichelt hat, und vielleicht auch, weil vor Dir niemand eine solche Beziehung zu mir gesucht hat. Mit den Jahren habe ich auch die Belastung gespürt, die das für unser Verhältnis bedeutete. Vielleicht hast Du sie ja auch empfunden. Selbst als ich das erste Mal erkrankt war und Du wusstest, ich will nicht über die Arbeit reden oder daran denken, bist Du mich besuchen gekommen und warst nicht davon abzubringen, mir von Deinen Ermittlungen zu erzählen, damit ich Dir sage, ob Du auf dem richtigen Weg bist. Erinnerst Du Dich?

Aber diese Monate sind meine letzten. Vielleicht sind es auch meine letzten Wochen. Ich will es nicht wissen. Vielleicht kannst Du das nicht verstehen, vielleicht ist es auch nicht zu verstehen, aber ich will nicht wissen, was mit mir passieren wird. Wie lange ich noch leben werde. Wie viele Tage mir noch bleiben, um am Morgen die Augen zu öffnen und Uri, Naama und Gerry zu sehen, und ob ich an dem Ort, zu dem ich gehe, Amir treffen werde, den wir vor zehn Jahren verloren haben und der mich vielleicht dort begrüßt. Ich will nicht wissen, ob mein Leben gut war oder richtig, und

ganz sicher will ich das bei niemand anderem wissen. Doch ich hoffe, Du verstehst, dass Du mich nicht brauchst. Du weißt, was das Richtige ist. Das ist nicht kompliziert. Immer hast Du es gewusst. Du bist ein Mensch, der weiß, was richtig ist. Du hast Dir nur nie genug selbst vertraut.
Wir hatten wunderbare Jahre zusammen, und wenn es dort, wo ich hingehe, ein Erinnern gibt, sei sicher, dass ich Dich nicht vergessen werde.
Ilana

Vielleicht hätte Avraham die Lügen tatsächlich geglaubt, die Gerry ihm über Raphael Chouchani und Sarah Nueyma erzählt hatte, wäre die Handschrift, in der der Brief verfasst war, die vertraute Handschrift von Ilana Liss gewesen.

Epilog

Die Bilder, die Marianka geschossen hatte, wurden auf einem USB-Stick abgespeichert, zusammen mit dem ausführlichen Bericht, den Avraham Mitte Oktober für sich selbst verfasste und niemandem zeigte, wie Gerry es von ihm verlangt hatte. Unter dem Eindruck einer seiner geliebten Detektivstorys hatte er zunächst vorgehabt, den Stick an einem gut sichtbaren Ort zu verstecken, nämlich in den Dienstrechner seines Büros gesteckt, da es mutmaßlich niemandem in den Sinn kommen würde, dort zu suchen. Aber am Ende schob er ihn dann doch in ein altes Sockenpaar in der Wäscheschublade ihres Schlafzimmers. Eine weitere Kopie der Unterlagen, die den Mossad mit dem Tod Raphael Chouchanis in Verbindung brachten, landete im E-Mail-Postfach seiner Mutter, das sie niemals öffnete. Aber auch weil der Gedanke, dass seine Mutter, ohne davon zu wissen, über streng vertrauliches und gefährliches Beweismaterial verfügte, Avraham ein gewisses Vergnügen bereitete.

In seinem Dossier hatte Avraham die Möglichkeiten, zwischen denen er noch immer schwankte, in einer Form in Worte gebracht, von der sogar er sich selbst eingestehen musste, dass sie ein bisschen zu poetisch geraten war:

Alles hängt von der Liebe Sarah Nueymas ab. Hat sie

Chouchani in Wahrheit gar nicht geliebt und sollte er dies in Israel herausgefunden haben, dann könnte Gerry recht haben. Am 18. August nimmt sie einen Flug nach Gibraltar und reist von dort in ein Drittland weiter, im Gepäck die Informationen, die sie Chouchani entlockt hat. Ben-Chayat beordert Chouchani zum Rapport, und als er die Wahrheit erfährt, beschließt Chouchani, nachdem er von den Fußsoldaten der Bassissis zusammengeschlagen worden ist, aus dem Leben zu scheiden, weil er keinen Sinn mehr darin sieht.

Aber es gibt noch eine andere Möglichkeit: dass Gerry gelogen hat. Nueyma hat Chouchani tatsächlich geliebt, sie war keine feindliche Agentin, dennoch hat die Beziehung Chouchanis Kontaktleuten beim Mossad nicht gefallen, weil Nueyma ursprünglich Libanesin und noch dazu Journalistin war. In diesem Fall wären zwei unterschiedliche Szenarien denkbar: Entweder hat der Mossad Sarah entführt oder nach Gibraltar gelockt, um sie nicht in Paris aus dem Verkehr ziehen zu müssen; nachdem Chouchani sich nicht davon hat abbringen lassen, seine Geliebte zu suchen, und damit gedroht hat, ihr Verschwinden publik zu machen, stellte er für Ben-Chayat ein Risiko dar, das neutralisiert werden musste. Beim zweiten Szenario hatte Chouchani selbst ihr den Flug nach Gibraltar organisiert, um sie aus der Schusslinie zu nehmen, bevor er zum Rapport bei Ben-Chayat nach Israel gereist ist. So oder so, als Ben-Chayat verstanden hat, dass Chouchani nicht zu bewegen war, auf Nueyma zu verzichten, wodurch er zu einer Bedrohung wurde, sollte Chouchani auf seinen Befehl hin Probleme mit den Auftraggebern des Drogenschmuggels bekommen, sprich: Ihm wurde ein Teil des geschmuggelten Kokains gestohlen und in seinem Hotelzimmer deponiert, damit die Drogenhändler ihn verdächtigten, er hätte versucht, sie über den Tisch zu ziehen, und ihn dann beseitigten – im Grunde genommen für den Mossad, aber ohne dass sie davon wussten.

Marianka fragte, was er mit seinen Erkenntnissen und den Fotos, die sie gemacht hatte, vorhabe, und als er sagte, er wisse es noch nicht, war das die Wahrheit.

In der Zwischenzeit wartete er einfach.

Darauf, dass Sarah Nueyma plötzlich wieder auftauchte und noch am Leben war. Dass die fiktiven Leute, die es nicht gab, etwas unternehmen, das ihm helfen würde zu verstehen, woran er glauben und was er tun musste.

In dem Brief, den Gerry ihm gebracht hatte und den er sich weigerte noch einmal zu lesen, hieß es in Ilanas Namen, Avraham wisse, *was das Richtige ist*, und dass das *nicht kompliziert ist* – aber das stimmte nicht. Mitunter hatte er sich selbst im Verdacht, kam sich vor wie jemand, der etwas erfindet oder zusammenfantasiert – wie der groteske Ritter in dem Buch, aus dem Ben-Chayat ihm vorgelesen hatte, der meinte, er würde gegen gewaltige Riesen kämpfen; in anderen Augenblicken begriff er, dass das, was andere für Paranoia halten, der einzige Weg ist, sich von Wahrheiten zu befreien, die als selbstverständlich gelten.

*

So vergehen Wochen.

Er hört weder von Gerry noch von Ben-Chayat, auch nichts vom Bezirkskommandanten oder von Benny Saban. Selbst Annette Mallot ruft nicht an, um sich zu erkundigen, ob er neue Einzelheiten über ihren Vater herausgefunden hat. Als sei die Geschichte damit beendet. Auf dem Nachhauseweg nimmt er jeden Tag die Corniche von Bat Yam, direkt am *Palace* vorbei, als bestünde Aussicht, dass Chouchani just in dem Moment aus dem Hotel kommt oder es betritt, allein oder in Begleitung der Frau, die ihm neues Leben eingehaucht hat. Durch das geöffnete Fenster seines weißen Hyundais betrachtet er die Passanten, als versuchte er, sich alle Gesichter einzuprägen. Danach marschiert er am dunkler werdenden Strand entlang und wirkt auf jemanden, der ihn von der Promenade aus beobachtet, als warte er darauf, dass etwas aus dem Meer angespült käme.

Im Verlauf eines Wochenendes gelingt es ihm endlich, den Kriminalroman anzufangen und zu beenden, der seit September neben seinem Bett liegt, und er entdeckt darin Zeilen, von denen er meint, sie seien für ihn bestimmt:

Deine Profession, mein teurer Freund, wird sonderlich, sagt darin eine Figur zu dem Detektiv. *Sie geht von der Existenz des Einzelnen aus, aber der Einzelne existiert nicht. Sie nimmt die Existenz Gottes an, eines Gottes im Verborgenen, der die Wahrheit nur wenigen offenbart und sie vor allen anderen verborgen hält … Sie geht davon aus, dass Frieden ist, aber es herrscht Krieg … Das ist der Punkt: Es ist Krieg, und deshalb sind nur die Vielen für schuldig zu erklären und an den Schandpfahl zu stellen, nicht aber der Einzelne.*

Äußerlich findet Avraham zur Routine der täglichen Arbeit zurück. Er verhört unter Strafandrohung einen nach einer Blinddarmoperation frisch Genesenen, der verdächtigt wird, im großen Stil Viagra-Tabletten geschmuggelt zu haben, und unterzeichnet Esthi Wahabes Abschlussbericht zu ihrer Ermittlung im Fall des Säuglings. Am Ende soll nur gegen Liora Talias wegen mehrerer schwerer Straftatbestände Anklage erhoben werden, während die Ermittlungen gegen ihre Tochter Danielle und gegen Amir Suan eingestellt werden. Und er trifft sich mit Oberinspektorin Orna Ben-Chamo vom Yiftach-Distrikt, die ihn um Rat bittet wegen ihrer Ermittlung in einem mehrfachen Mordfall, der ihr zwischen den Fingern zu zerbröseln droht. Ein Rechtsanwalt, von dem sie sicher ist, dass er zwei Frauen ermordet und ihren Tod als Selbstmord inszeniert hat, ist vom zuständigen Gericht auf freien Fuß gesetzt worden, da man nach seiner Festnahme drei weitere Frauen gefunden hat, die unter ganz ähnlichen Umständen zu Tode gekommen sind, aber unmöglich durch seine Hand.

Es gibt Tage, da denkt er gar nicht mehr an Chouchani, und andere, an denen dessen gräuliches Gesicht ihn nicht verlässt. Erkenntnisse zu dem Fall, die völlig ohne Belang sind, kommen ihm sogar im Schlaf und lassen ihn frühmorgens aufwachen. So versteht er zum Beispiel inzwischen, warum es Chouchani so nachdrücklich abgelehnt hatte, die Visitenkarte des Taxifahrers anzunehmen. Er wollte nicht, dass die Leute vom Mossad sie bei ihm finden und sich dann auch mit dem Fahrer befassen, weil er aussagen könnte, Chouchani getroffen zu haben.

Der Winter liegt schon in der Luft, und Avraham weiß,

dass Marianka sich darüber freut. An einem Freitagabend Anfang November trifft er gemeinsam mit Wahabe und Maalul am Tatort ein, um den versuchten Mordanschlag auf den Betreiber eines illegalen Glücksspielnetzes zu untersuchen. Es ist ein regnerischer Abend, der erste von vier Tagen, an denen es in Strömen gießen wird, und der Schütze rutscht mit seinem Motorrad nur ein paar Kilometer vom Ort des Anschlags auf der seifigen Fahrbahn weg und kommt schwer verletzt ins Wolfson-Krankenhaus, zwei Zimmer von dem Mann entfernt, den er versucht hat umzubringen.

Auch als Benny Saban ihn zum Gespräch bittet und Avraham eröffnet, er habe aller Voraussicht nach eine neue Stelle für ihn gefunden, um die er ja gebeten hatte, erwähnt sein Vorgesetzter Raphael Chouchani mit keinem Wort, als hätte das eine mit dem anderen nichts zu tun. »Was für eine Stelle?«, fragt Avraham, und Saban antwortet, er sei schon jetzt neidisch auf ihn.

»Ich versteh nicht, wie sie dir so was anbieten können. Oder verstehen tu ich's schon, aber trotzdem …«

Das Angebot ist eine Ernennung zum Vertreter der israelischen Polizei bei EUROPOL, der Polizeibehörde der Europäischen Union mit Sitz im niederländischen Den Haag. »Anscheinend kriegst du das wegen Marianka. Die haben bestimmt gedacht, das passt für euch, dort zu leben, und dass sie dir dort helfen kann. Dazu gibt's eine Beförderung zum Vizekommandanten, das Gehalt ist an den Euro gekoppelt, Dienstwagen und Fahrer sind auch mit drin, und ich sag dir jetzt schon: Mach dich drauf gefasst, mich dorthin einzuladen. Es ist noch nicht offiziell, aber das ist das Angebot, und ich denke, es müsste diese Woche noch kommen. Ich glaube, wenn du zugreifst, sollte Esthi deinen Posten übernehmen. Was meinst du?«

Ist das ein Weg, ihn aus Israel wegzubekommen? Oder aber ihm seine Pflichterfüllung zu vergelten?

Als Avraham in sein Büro zurückkehrt, will er Marianka anrufen, um ihr von dem Angebot zu erzählen, aber er kommt nicht dazu, denn auf dem Flur vor seiner Tür sitzt ein Mann, von dem er auf den ersten Blick keinen Zweifel hat, dass es Raphael Chouchani ist.

Der Mann hat auf Avraham gewartet, sitzt auf einem weißen Plastikstuhl und trägt den braunen Anzug.

Sein Gesicht ist zerknittert, als hätte er nichts mehr gegessen, seit Avraham ihn das letzte Mal gesehen hat, an dem Tag, nachdem man seine Leiche aus dem Meer gefischt hatte.

Als sie sich dann in seinem Büro gegenübersitzen, sieht Avraham, dass der Mann ein paar Jahre älter ist als Chouchani. Doch der Schock über die Ähnlichkeit weicht das ganze Gespräch über nicht von ihm und diktiert vielleicht auch die Art und Weise, wie er den älteren Herrn behandelt.

Hassan Suan erklärt ihm, er sei der Großvater des Jungen, der verdächtigt wurde, Danielle Talias durch Identitätsbetrug vergewaltigt zu haben. Er warte schon eine halbe Stunde vor seiner Tür auf Avraham. »Der Grund, warum ich zu Ihnen komme, ist das Baby«, sagt er, und als Avraham ihm erklärt, die Ermittlungsakte gegen seinen Enkel sei doch geschlossen, erwidert er: »Richtig. Aber wir wollten fragen, was Sie mit dem Baby machen, wenn die Kleine aus dem Krankenhaus entlassen wird. Hätten Sie fünf Minuten für mich?«

Zu Beginn ihres Gesprächs denkt Avraham noch an EUROPOL. Fragt sich, ob Marianka schon einmal in Den Haag war, und obgleich er nicht weiß, wie die Stadt aussieht, malt er sich eine Wohnung mit pittoreskem Balkon voller Blumen zu einer Gracht mit einer kleinen Brücke aus. Suan wirft einen Blick zum geschlossenen Fenster und fragt Avraham, ob es möglich wäre zu rauchen, und Avraham verneint erst, ändert dann aber seine Meinung und sagt: »Wissen Sie was? In Ordnung«, stellt einen Plastikbecher mit ein wenig Wasser auf den Tisch und steht auf, um das Fenster zu öffnen. Draußen regnet es schon nicht mehr. Es hat aufgeklart, und der Himmel erstrahlt in herbstlichem Glanz, und in Avrahams Zimmer herrscht eine angenehme Wärme, die von seinem Gast auszugehen scheint und von der Verbindung zwischen ihnen.

Avraham weiß da noch nicht, dass er im Verlauf ihrer Begegnung feststellen wird, dass dies das Gespräch ist, auf das er gewartet hat. Und dass er danach verstehen wird, dass die beiden Fälle zusammenhängen, nicht nur, weil sie am selben Tag aufgenommen wurden und ihn beide nach Paris geführt haben, sondern auch, weil der eine ihm helfen wird zu entscheiden, wie er sich in dem anderen verhalten soll.

Hassan Suan wirkt überrascht, als Avraham sagt, er habe keine Ahnung, was mit dem Baby passieren wird. Soweit er weiß, wird die Kleine noch einige Wochen im Wolfson bleiben. Wahabe besucht sie weiterhin und hat ihm erzählt, das Baby habe auch schon einen Namen, Emunah – was auf Hebräisch »Glaube, Vertrauen« bedeutet –, den die strenggläubige Krankenschwester für sie ausgesucht habe, die sich von ihrem ersten Tag im Krankenhaus an um das kleine Mädchen gekümmert hatte. Auch Danielle Talias sei damit einverstanden, die in Begleitung ihrer älteren Schwester das Baby ebenfalls einmal besucht hatte. Als Avraham dem Großvater rät, sich doch an die Sozialbehörden zu wenden, um Näheres zu erfahren, sagt Suan: »Haben wir schon. Aber wir dachten, wenn die Polizei beim Sozialamt ein Wort einlegt, könnte das vielleicht auch helfen.«

Avraham versteht noch immer nicht, wie er behilflich sein kann. Er fragt den Großvater, ob sein Enkel das Baby besuchen möchte. Ob es darum geht.

»Amir doch nicht. Amir weiß gar nichts. Er ist ja noch ein Kind. Wissen Sie, wie alt er ist? Noch keine sechzehn. Jünger sogar als sie. Als die Mutter, die das Baby geboren hat.«

Also wer möchte dann Emunah sehen? Die Eltern des Jungen?

»Die Eltern auch, ja, ja. Seine Mutter möchte gern. Und ich auch. Wir wollten sie im Wolfson besuchen, aber man hat uns nicht gelassen. Sie ist doch die Tochter meines Enkelsohns, trotz allem, nicht wahr? Auch wenn er mit ihrer Mutter nicht gut umgegangen ist und ihr nicht geholfen hat, als sie seine Hilfe gebraucht hätte. Er hat Angst gehabt, dass wir böse auf ihn sind oder uns schämen. Und ich war tatsächlich erzürnt, wie er mit ihr umgegangen ist, aber das ist nicht seine Schuld. Heutzutage machen Kinder viele Sachen, die nicht richtig sind.«

In Avrahams Erinnerung steigt der Moment auf, in dem er Danielle Talias in Paris gefragt hat, was sie für das Baby gewollt habe. *Ich wollte, dass das Baby stirbt*, hatte sie geantwortet, und das war offenbar auch, was Amir Suan wollte.

»Warum hat er ihr nicht geholfen, als sie sich an ihn gewandt hat?«, fragt Avraham, und Suan erwidert: »Ich denke, weil er Angst hatte, sie würde ihn nicht wollen, wenn sie dahinterkommt, wer er ist. Deshalb ist er verschwunden. Er hatte Angst, sie würde ihn nicht mehr mögen. Das glaube ich.«

»Was soll das heißen, ›glaube ich‹? Haben Sie ihn nicht gefragt?«

»Habe ich, aber Kinder sagen viel und wissen nicht immer, was sie sagen. Erwachsene auch, sicherlich, aber Kinder noch mehr. Er sagt nicht, dass sie ihm gefallen hat, weil er sich schämt, möglicherweise auch, weil er denkt, das würde ihn vor seiner Familie bloßstellen. So hat sie ja vielleicht auch gedacht, nicht? Kinder finden Gefallen aneinander, manchmal ohne zu wissen, was verboten oder erlaubt ist.«

Vor Avrahams Augen zieht für einen Moment das Bild Chouchanis und Sarah Nueymas im Restaurant am Strand vorüber. Er verspricht Suan, er werde sein Möglichstes tun, damit die Familie das Baby im Krankenhaus besuchen kann, worauf der Großvater sagt: »Aber nicht nur besuchen. Wir wollen ihr helfen.«

»Was wollen Sie damit sagen? Wie ihr helfen?«

Der Alte zündet sich noch eine Zigarette an und bietet auch Avraham eine an, der erst schwankt und dann ablehnt. »Wie alt, meinen Sie, bin ich?«, fragt der Großvater, und als Avraham, wohl wegen der Ähnlichkeit mit Chouchani, sagt: »Zweiundsechzig?«, lacht sein Gegenüber.

»Danke, Habibi, mein Freund. Sie meinen es wirklich gut mit mir. Ich bin 49 geboren. Rechnen Sie selbst. Ich habe vier Kinder und zehn Enkel. Wie viele Kinder haben Sie?«

Anstatt unumwunden zu antworten, sagt Avraham aus irgendeinem Grund: »Noch keine. Werden wir aber«, und der alte Araber sagt: »Inschaallah. Und Ihre Mutter? Wie alt ist die?«

»Sie ist ungefähr in Ihrem Alter. Jahrgang 47.«

»Darf ich Ihnen eine Geschichte über meine Mutter erzählen, damit Sie verstehen, warum ich hier bin?«, fragt Suan, und Avraham nickt.

Möglicherweise meint Avraham, da er den Worten des Großvaters lauscht, nicht nur Chouchanis Stimme zu hören, sondern auch die seines eigenen Vaters, der immer gern Geschichten erzählt hat, eine Stimme, die er schon lange nicht mehr gehört hat, und auch das erleichtert ihm die Entscheidung, was er tun muss.

»Als ich geboren wurde, 1949, wie ich Ihnen ja sagte, ist meine Mutter, möge ihr Andenken gesegnet sein, ganz allein geblieben. Ihre Familie ist 48 nach Gaza gefahren, wegen des Kriegs, und nicht zurückgekommen. Nur sie, mein Vater und ihr großer Bruder sind hiergeblieben, um auf die Obstplantagen der Familie aufzupassen. Aber nach dem Krieg war eine Rückkehr schwierig. In dem Haus, in dem wir gewohnt haben, waren alle Wohnungen von unserer Familie, und in diese Wohnungen sind jüdische Familien eingezogen, eine aus dem Irak und eine aus Bulgarien. Neueinwanderer. Die Mütter hatten genau wie meine Mutter kleine Kinder. Säuglinge. In meinem Alter. Und meine Mutter hatte wegen der Sehnsucht, der Trauer um die Familie und wegen ihres Kummers, dass sie allein in Jaffa geblieben war, gerade mal achtzehn oder neunzehn Jahre alt, stellen Sie sich das vor, also, sie hatte keine Milch für mich. Traurig, aber so war es. Sie hat mir das selbst erzählt, niemand sonst. Sie hat sich nicht geschämt, das zu erzählen. Sie hat lange versucht, mich zu stillen, aber es ging eben nicht. Und wer hat mich dann gestillt? Die jüdische Nachbarin aus Bulgarien und die jüdische Nachbarin aus dem Irak. Sie haben sich ein paar Monate lang immer abgewechselt. Einen Tag die eine und am nächsten die andere, sie haben mich zusammen mit ihren Kindern gestillt, bis ich groß genug war und nicht mehr gestillt werden musste. Das wollte ich Ihnen erklären und Sie bitten. Ich habe das nie vergessen. Viel Schlechtes ist uns und euch passiert. Aber Gott hat mir eine Gelegenheit gegeben, den Kreis zu schließen. Glauben Sie an Gott? Wenn Sie Avraham heißen, haben Sie ja keine andere Wahl, oder? Avraham ist ja der erste Gläubige. Sogar als Gott ihm sagt, er soll sein Haus und seinen Vater verlassen, glaubt Avraham an ihn und tut, worum er bittet, nicht wahr? Also haben Sie keine Wahl. Ich glaube, bevor Gott mich zu sich nimmt, gewährt er mir die Gelegenheit, ihm etwas zurückzugeben. Nicht den Juden – ihm. Für das Leben und die Kraft, die er mir gegeben hat, als ich ein Säugling war und meine Mutter mir keine Kraft geben konnte. Deshalb wollen wir uns um das Baby kümmern und der Kleinen ein gutes Leben schenken. Ich bin sicher, Sie können das beeinflussen. Nicht Amir wird sie großziehen, wir werden für sie da sein, die ganze Familie, und auch ihre Mutter kann sie besuchen, wenn sie will. Können Sie uns helfen, diese Leute zu überzeugen? Vielleicht entscheiden ja die beim Sozialamt, aber Offiziere bei der Polizei haben lange Arme, die auch dorthin reichen, nicht wahr?«

Und so endet es.

Das Los fällt.

Avraham ruft Saban an und teilt ihm mit, er bitte darum, vorerst seine Stelle behalten zu dürfen, ohne zu erklären, warum, und als Marianka hinterher fragt, was seine Meinung geändert hat, sagt er, er habe beschlossen, im Erdgeschoss zu bleiben, weil man vom Dach nicht die Gesichter der Menschen sieht.

Er fährt nach Hause, holt den USB-Stick und die vertraulichen Unterlagen, und obgleich er Mariankas Telefon oder das seiner Eltern benutzen könnte, beschließt er, sich nicht länger zu verstecken, kehrt aufs Revier zurück und ruft vom Dienstapparat in seinem Büro in Paris an. Bevor er telefoniert, zieht er wegen des Windes, der durch das offene Fenster hereinweht, seine blaue Jacke an und nimmt die Mahagonipfeife zur Hand, die Marianka ihm in Jerusalem gekauft hat.

Als er die angenehme Stimme hört, sagt er: »Ich bin es, Oberinspektor Avraham. Können Sie jetzt sprechen?«

Er weiß, Jules ist kein hochrangiger Polizist, sondern nur ein kleiner Angestellter der Auskunftsabteilung, und auch, dass er ihm in diesem Augenblick nicht vom Quai des Orfèvres antwortet, dennoch behagt es Avraham, sich den jungen Franzosen an einem munter bollernden Ofen im prachtvollen alten Gebäude der Polizeidirektion mit Blick auf die Seine vorzustellen. Aber wenn dir das hilft, das Richtige zu tun, sagt er sich, warum nicht?

»Ich habe Informationen für Sie, die die französische Polizei überprüfen muss«, beginnt er. »Richtig, hinsichtlich Raphael Chouchani und seiner Lebensgefährtin. Nein, es ist noch nicht vorbei. Wie auch? Denn die Rechnung geht nicht auf, bis wir beschließen, dass sie aufgeht, Jules. Und sie wird nicht eher beglichen sein, als bis wir die Mörder bestrafen. Kurz gesagt, ich habe die Absicht, hier weiter alles zu unternehmen, um die Verantwortlichen vor Gericht zu bringen. Aber ich schicke Ihnen gleich ein Foto per E-Mail und werde Ihnen erzählen, wer die Männer auf dem Bild sind, wer sie befehligt und was sie mit Chouchani gemacht haben. In Ordnung? Und ich möchte, dass Sie die Informationen an Annette Mallot weitergeben. Sie soll unbedingt wissen, dass sie in Bezug auf ihren Vater recht hatte. Kann ich jetzt anfangen, Ihnen die Geschichte zu erzählen, *mon ami*? Haben Sie etwas zum Schreiben?«